北京大学图书馆藏革命文献图录

陈建龙　主　　编
邹新明　执行主编

北京大学出版社
PEKING UNIVERSITY PRESS

图书在版编目(CIP)数据

北京大学图书馆藏革命文献图录 / 陈建龙主编；邹新明执行主编.
—北京:北京大学出版社，2024.1

ISBN 978-7-301-34131-5

Ⅰ.①北… Ⅱ.①陈… ②邹… Ⅲ.①革命文物—世界—图录 Ⅳ.①K86

中国国家版本馆CIP数据核字(2023)第108801号

书　　　　名	北京大学图书馆藏革命文献图录
	BEIJING DAXUE TUSHUGUAN CANG GEMING WENXIAN TULU
著作责任者	陈建龙　主编　邹新明　执行主编
策 划 统 筹	马辛民
责 任 编 辑	吴远琴　沈莹莹
标 准 书 号	ISBN 978-7-301-34131-5
出 版 发 行	北京大学出版社
地　　　址	北京市海淀区成府路 205 号　100871
网　　　址	http://www.pup.cn　新浪微博:@北京大学出版社
电 子 邮 箱	编辑部 dj@pup.cn　总编室 zpup@pup.cn
电　　　话	邮购部 010-62752015　发行部 010-62750672
	编辑部 010-62756449
印 刷 者	涿州市星河印刷有限公司
经 销 者	新华书店
	720 毫米 × 1020 毫米　16 开本　37.25 印张　282 千字
	2024 年 1 月第 1 版　2024 年 1 月第 1 次印刷
定　　　价	260.00 元

《北京大学图书馆特藏文献丛刊》
编辑委员会

《北京大学图书馆藏革命文献图录》
编辑委员会

"北京大学图书馆特藏文献丛刊"序

北京大学图书馆创建于 1898 年，初名京师大学堂藏书楼，是中国近现代第一座国立综合性大学图书馆，专供学人"研究学问，增长智慧"，1912 年改为现名。

北京大学图书馆事业得到党和国家领导人的亲切关怀、学校的高度重视和社会各界的热心支持，历代图书馆员心系国家、爱岗敬业、革故鼎新、追求卓越，为学校整体发展、行业共同进步、国家文化繁荣做出了重要贡献，在大学图书馆现代化进程中发挥了示范引领作用。

125 年来，北京大学图书馆已经积累形成了包括古文献、特藏文献和普通文献在内的近千万册（件）纸质文献，其中特藏文献近百万册（件），蕴含着独特的历史底蕴和文化魅力。北京大学图书馆特藏文献不仅规模宏大，而且种类繁多、内容独特，大致可归为以下四大类：

一是晚清民国文献：晚清民国时期出版的中文图书（不包括线装）、中文报刊、外文报纸（仅包括国内出版）。

二是北京大学有关特藏：北大人的著作、北大学位论文、北大名人赠书及手稿，北大校史和馆史档案资料等非书文献，以及革命文献。

三是西文特藏：西文善本、次善本，西文东方学，中德学会、中法大学旧藏，中法中心藏书，缩微大型特藏，欧盟文献等。

四是其他特藏：非北大名人的赠书、藏书、手稿，零散珍贵特藏等。

不难发现，北京大学图书馆特藏文献不仅是北京大学乃至中国近现代学术文化史的浓缩再现，也是北京大学在马克思主义的中国早期传播和中国共产党建立过程中的杰出贡献的历史见证；既是本馆百余年特藏文献容纳百川的厚重积淀，也是近代以来中西文化交流的历史记录。

北京大学图书馆向来十分重视特藏的采集和受赠、揭示和组织、整理和研究、保护和利用等工作，2005 年设立特藏部，现已改名为特藏资源服务中心（以下简称特藏中心），组建了由十几名专业馆员构成的队伍。特藏中心在做好基础工作的同时，积极开展特藏文献的发掘与整理，已有不少成果问世，如《北京大学图书馆藏西文汉学珍本提要》《烟雨楼台：北京大学图书馆藏西籍中的清代建筑图像》《胡适藏书目录》等。这些图书对于揭示北京大学图书馆特藏资源，推动相关研究，起到了积极作用。

北京大学图书馆特藏文献的整理研究和出版工作还大有可为。有鉴于此，北京大学图书馆与北京大学出版社于 2017 年底签署了"北京大学图书馆特藏文献丛刊合作出版协议"，旨在推动北京大学图书馆特藏文献的整理研究和出版工作，彰显北京大学薪火相传的学术传统，揭示北京大学图书馆博大精深的人文底蕴。"北京大学图书馆特藏文献丛刊"第一辑出版四种：

《北京大学图书馆藏学术名家手稿》

《北京大学图书馆藏革命文献图录》

《北京大学图书馆藏老北大燕大毕业年刊》

《北京大学图书馆藏胡适未刊来往书信》

"北京大学图书馆特藏文献丛刊"的出版，离不开北京大学出版社的积极合作和鼎力支持，离不开典籍与文化事业部马辛民主任和武芳、吴远琴、王应、吴冰妮、沈莹莹等编辑的辛勤劳动，在此表示衷心感谢。

"北京大学图书馆特藏文献丛刊"的出版任重道远，我们将进一步加强与北京大学众多院系和有关方面的交流合作，加大文献整理研究和出版力度，努力将"特藏文献丛刊"打造成在大学图书馆界和出版界都具有一定知名度的品牌，为繁荣学术和发展文化做出积极贡献。

今年 10 月 28 日，北京大学图书馆将迎来 125 周年馆庆，"特藏文献丛刊"的出版无疑也是一种很好的纪念！

北京大学图书馆馆长　陈建龙

2023 年 9 月 26 日

前　言

北京大学有着光荣的革命传统，特别是五四运动前后，北京大学不仅是马克思主义传播的重镇，也是中国共产党建党和早期活动的重要中心。以李大钊、邓中夏等人为代表的北大师生在其中发挥了重要作用。

马克思主义的接受与传播离不开马克思主义文献的收集与流传。北京大学的马克思主义传播与北大图书馆关系密切，其中最主要的原因是李大钊在马克思主义传播的关键时期出任北京大学图书馆主任（1918—1922）。北京大学系统广泛收集马克思主义文献，就是从李大钊主持北京大学图书馆工作开始的，这已经为早期的文献研究和近年的文献发掘所证实。我们今天仍能在馆藏中不断发现这一时期引进的有关马克思主义、各种社会主义思潮和俄国革命的文献。而"五四"前后的北京大学学生社团也在马克思主义文献的收集和传播方面做出了积极贡献，特别是马克思学说研究会的藏书室"亢慕义斋"在当时非常活跃，与北大图书馆的马克思主义文献收藏互通有无，相互呼应。现存北大图书馆的"亢慕义斋"八册共产国际德文出版物，已经成为马克思主义在中国传播的重要文献见证。此外，北京大学早期学生社团创办的通信图书馆，在对各种社会主义思潮相关书籍的收集传播方面也功不可没。解放战争时期，由北京大学学生自治会创办的"子民图书室"，致力于收集马克思主义文献和进步书刊，这些收藏在北平解放后都并入北大图书馆，进一步丰富了北京大学图书馆的革命文献收藏。

本书名为"革命文献图录"，因此"革命文献"的定义是不可回避的内容。目前国内关于革命文献的界定尚无定论，我们根据馆藏和其他图书馆的相关收藏和定义，大致界定为辛亥革命时期进步书刊，五四运动时期进步书刊，马克思主义早期译本及相关宣传书刊，与李大钊和北京大学有关的进步书刊，中国共产党在新中国成立前各个历史时期的出版物等。

对北京大学图书馆藏革命文献的系统介绍，应该始于图书馆前辈张玉范老师在北大图书馆《面向二十一世纪'94五四科学讨论会论文集》上发表的《北京大学图书馆馆藏早期革命文献综述》一文。张老师在文中对"早期革命文献"的定义为："五四运动以后，马克思主义在中国的传播和中国共产党诞生至新中国成立的各个历史时期出版的关于马列主义和毛泽东思想的理论著作，以及其他宣传革命的书籍。"张老师文中介绍了北京大学图书馆1949年后在革命文献整理编目方面所做的工作："建国以后，北京大学图书馆一直沿用老北大图书馆使用的皮高品分类法，分类时凡遇革命文献均冠以'廿'字头，这部分书数量不多。六十年代初，本馆许世华同志将原来北大和燕大收藏的未经编目的此类图书集中一起，分类编目。分类时，又分为革命文献和早期出版物两类。其中，马列主义和毛泽东思想的理论著作及直接反映党的纲领、路线、方针政策的书籍入革命文献，而有关经济、文化教育、文学艺术、哲学、历史、科技、军事知识等内容的书籍有的入革命文献，有的则编入早期出版物。据1990年6月统计，革命文献1163种，1438册，早期出版物272种，625册。"据此可知，许世华老师是北大图书馆较早对革命文献整理编目的前辈。将革命文献和早期出版物相加，总计1435种，2063册。北京大学图书馆后来所说的2000余册革命文献即源于此。

这2000余册珍贵革命文献原收藏于古籍特藏部，2005年特藏部成立后，调拨特藏部。2020年12月，北大图书馆东楼重启，这批革命文献又被珍藏于新建立的大钊阅览室。本书所介绍的革命文献，即以此部分革命文献为主体，其中既有北大图书馆原有馆藏，也有因抗战胜利和院系调整等原因而调拨的文献。

近年来，北大图书馆对李大钊主持图书馆期间引进的革命文献进行了深入发掘，有不少可喜的发现。此外，我们在整理未编图书的过程中也有不少重要发现，目前已整理出中外文革命文献300余册，包括1920年代初人民出版社出版的"马克思全书""列宁全书""康民尼斯特丛书"中的四种。本书也对这些新发现的革命文献进行了有选择的介绍。

本书的编写缘起于2019年3月13日，当时特藏中心的几位老师到国家图书馆参观调研，调研内容主要涉及民国书刊数字化和保护、革命文献界定等。我们在国图等待对方接洽之前，特藏中心的吴冕老师带了一册国家图书馆编辑出版的善本图录，建议我们也可以考虑做一本图录。于是想到可以做一本北大图书馆藏革命文献图录，大家都觉得这是一个很好的主意，可以对现有馆藏革命文献进行比较深入的梳理和总结，同时为相关研究和进一步收集革命文献提供线索。2017 年，北大图书馆与北大出版社签署"北京大学图书馆特藏文献丛刊"合作出版协议，于是《革命文献图录》的编写计划也列入其中。

本书的编写，先由邹新明确定 19 个主题，然后根据特藏中心每个人的专长、对文献的熟悉程度和知识背景进行了分工。参加本书编写的特藏馆员有：邹新明、张丽静、常雯岚、栾伟平、吴冕、徐清白、孙雅馨、程援探八位老师，具体分工请见正文中的署名，这里不再一一介绍。

"事非经过不知难"，革命文献图录的编写也是如此。本书自 2020 年组织编写，直到 2022 年暑假，我们才完成文字定稿和革命文献图片的挑选准备工作。

本书能够出版，除了感谢参编的各位老师，感谢北大图书馆郑清文书记、中国印刷博物馆出版印刷史研究室主任章泽锋先生对本书内容修改的指导，还要感谢北大出版社前后担任编辑的吴远琴和沈莹莹老师的大力支持。

本书涉及革命文献数量众多，内容广泛，如有错漏之处，敬请指正。

北京大学图书馆特藏资源服务中心

2022 年 3 月 5 日

目　录

建党前后革命文献

马克思、恩格斯、列宁著作

毛泽东著作

马克思、恩格斯、列宁、毛泽东传略

其他革命文献

建党前后革命文献

五四新文化运动中传播马克思主义的报刊

吴　冕

新文化运动自《新青年》发起，一直推进到轰轰烈烈的五四运动，对于中国社会的许多方面都产生了不小的影响，而报刊又在其中发挥着关键的作用。这诸多在五四运动前后涌现出来的期刊报纸，也是中国早期马克思主义传播的重要渠道和载体。

一、《新青年》

陈独秀主办的《青年杂志》于 1915 年 9 月 15 日在上海创刊（图 1），并在第二卷第一号起正式改名《新青年》（图 2），出版了月刊 9 卷 54 号，后又出版季刊 4 号、不定期 5 号，总共出版 63 期。《新青年》是近现代中国文化史上最重要的杂志之一，充分反映了新文化运动、五四运动以及马克思主义在中国的早期传播与发展的时代历程。

俄国十月革命胜利之后，《新青年》逐渐转变为宣传马克思列宁主义的刊物，李大钊在《新青年》第五卷第五号上发表了《庶民的胜利》和《BOLSHEVISM 的胜利》两篇文章。在《庶民的胜利》一文中，他认为，"民主主义战胜，就是庶民的胜利。社会的结果，是资本主义失败，劳工主义战胜"。[1] 在《BOLSHEVISM 的胜利》里，他又高度肯定了十月革命胜利的重要意义，指出"BOLSHEVISM 的胜利，就是廿世纪世界人类人人心中共同觉悟的新精神的胜利"。[2]

1919 年 9 月[3]、11 月（《新青年》第六卷第五号版权页上的出版时间为1919 年 5 月，经一些学者研究考证，实际出版时间应为 1919 年 9 月初），李大

钊又在《新青年》第六卷第五号和第六号上分两期发表了《我的马克思主义观》
（图 3），首次对马克思主义进行系统的介绍。《新青年》第六卷第五号在李大钊
的主编下，还集中发表了《马克思学说》《俄国革命之哲学的基础》《马克思传
略》等传播马克思主义的文章，成为"马克思主义专号"（图 4）。

　　1920 年 5 月 1 日出版的《新青年》第七卷第六号为"劳动节纪念号"（图
5），蔡元培写有"劳工神圣"的题词（图 6），李大钊发表《"五一"May Day
运动史》专文（图 7），北大学生李泽彰译有《俄罗斯苏维埃联邦共和国劳动法
典》一篇。从第八卷第一号开始，《新青年》设立"俄罗斯研究"专栏，译载有
关俄国革命理论以及当时俄国具体情况的资料，其中有北大人张慰慈（图 8）、
袁振英等翻译的许多篇章。

　　《新青年》从北京迁回上海之后，自 1920 年 9 月第八卷开始，成为上海早
期党组织的机关刊物。陈独秀发表《谈政治》一文，明确宣布"我承认用革命
的手段建设劳动阶级（即生产阶级）的国家，创造那禁止对内对外一切掠夺的
政治法律，为现代社会第一需要"。[4] 1922 年 7 月，《新青年》在广州出完第九
卷后休刊。1923 年 6 月《新青年》季刊恢复，由瞿秋白主编，作为党的机关刊
物，卷期号另起，季刊停办后又有不定期的《新青年》出版，至 1926 年 7 月最
终停办。

　　《新青年》倡导新文化运动，积极传播马克思主义，培育了许许多多的"新
青年"，而与《新青年》有着紧密关联的北京大学，也在五四新文化运动中做出
了卓越的贡献。北京大学图书馆至今还完整收藏着《新青年》月刊 1—9 卷的原
版，其中的《青年杂志》创刊号，今天已不易见到，尤显珍贵。

图 1 《青年杂志》创刊号封面

图 2 《青年杂志》改名《新青年》

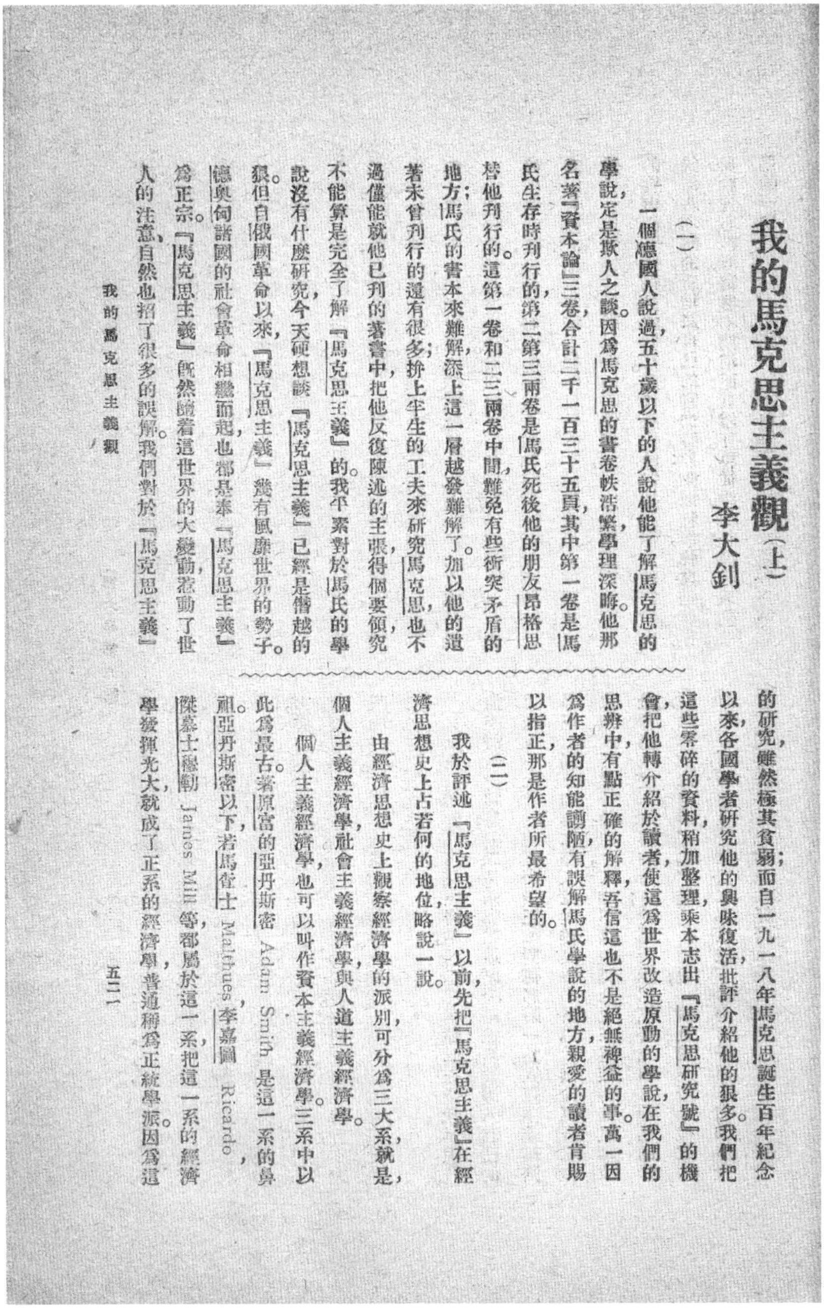

我的馬克思主義觀(上)

李大釗

（一）

一個德國人說過，五十歲以下的人說他能了解馬克思的學說定是撅人之談。因為馬克思的書卷帙浩繁，學理深晦，他那名著『資本論』三卷合計二千一百三十五頁，其中第一卷是馬氏生存時刊行的，這第二第三兩卷是馬氏死後他的朋友昂格思替他刊行的。這第一卷和二三兩卷中間難免有些術突矛盾的地方，馬氏的書本來難解，添上這一層越發難解了。加以他的遺著未曾刊行的還有很多；把他反復陳述的工夫來研究馬克思，也不過僅能算是已刊的著書裡把他所談『馬克思主義』的我半索對於馬氏的學說有什麼研究，今天硬想談『馬克思主義』已經是僭越的狼，但自俄國革命以來，『馬克思主義』幾乎風靡世界的勢子，德奧、匈諸國的社會革命相繼而起，也都是本『馬克思主義』為正宗。『馬克思主義』既然隨着這世界的大變動惹動了世人的注意，自然也招了很多的誤解，我們對於『馬克思主義』

以來各國學者研究他的興味復活，批評介紹他的很多，我們把這些零碎的資料稍加整理，乘本志出『馬克思研究號』的機會把他轉介紹於讀者，使這為世界改造原動的學說在我們思辨中有點正確的解釋，吾信這也不是絕無裨益的事。萬一因為作者的知能譾陋，有誤謬馬氏學說的地方，親愛的讀者肯賜以指正，那是作者所最希望的。

（二）

我於評述『馬克思主義』以前，先把『馬克思主義』在經濟思想史上占若何的地位略說一說。

由經濟思想史上觀察經濟學的派別可分為三大系，就是個人主義經濟學、社會主義經濟學與人道主義經濟學。

個人主義經濟學也可以叫作資本主義經濟學，三系中以此為最古。著原富的亞丹斯密 Adam Smith 是這一系的鼻祖。亞丹斯密以後，若馬爾薩 Malthus、李嘉圖 Ricardo、傑嘉士穆勒 James Mill 等都屬於這一系。把這一系的經濟學發揮光大就成了正系的經濟學，普通稱為正統學派，因為這

我的馬克思主義觀

图 3　李大钊在《新青年》发表《我的马克思主义观》

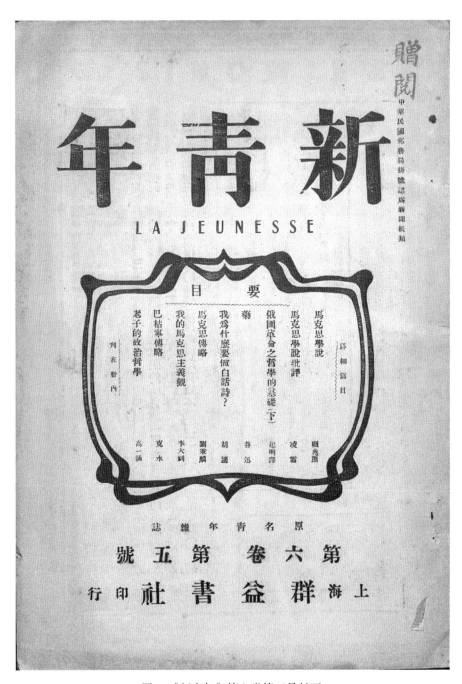

图 4 《新青年》第六卷第五号封面

图 5 《新青年》"劳动节纪念号"封面

图 6　蔡元培为《新青年》题词"劳工神圣"

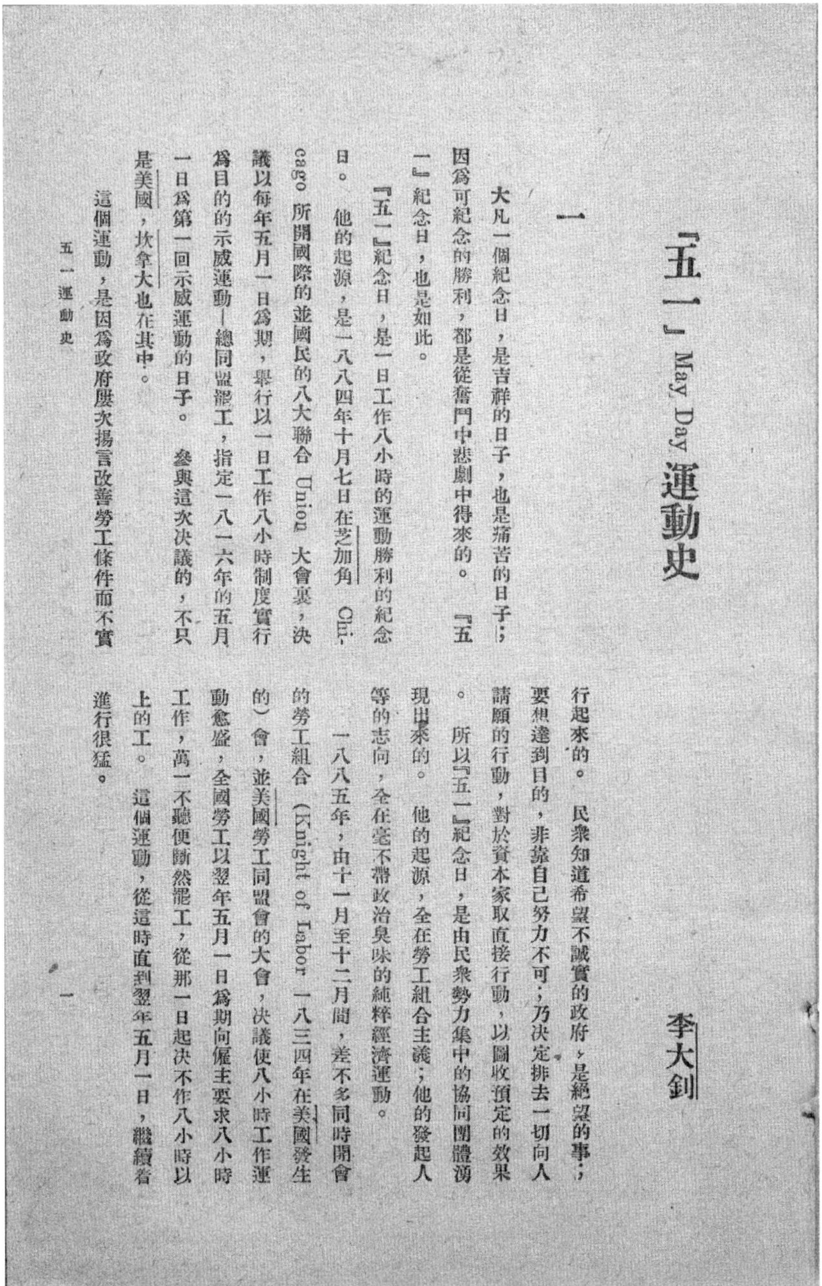

『五一』May Day運動史

李大釗

一

大凡一個紀念日，是吉祥的日子，也是痛苦的日子；因爲可紀念的勝利，都是從奮鬥中悲劇中得來的。『五一』紀念日，也是如此。

『五一』紀念日，是一日工作八小時的運動勝利的紀念日。他的起源，是一八八四年十月七日在芝加角Chicago所開國際的並國民的八大聯合Union大會裏，決議以每年五月一日爲期，舉行以一日工作八小時制度實行爲目的的示威運動—總同盟罷工，指定一八一六年的五月一日爲第一回示威運動的日子。參與這次決議的，不只是美國，坎拿大也在其中。

這個運動，是因爲政府屢次揚言改善勞工條件而不實行起來的。民衆知道希望不誠實的政府，是絕望的事；要想達到目的，非靠自己努力不可；乃決定排去一切向人請願的行動，對於資本家取直接行動，以圖收預定的效果。所以『五一』紀念日，是由民衆勢力集中的協同團體湧現出來的。他的起源，全在勞工組合主義；他的發起人等的志向，全在毫不帶政治臭味的純粹經濟運動。

一八八五年，由十一月至十二月間，差不多同時開會的勞工組合（Knight of Labor一八三四年在美國發生的）會，並美國勞工同盟會的大會，決議使八小時工作運動愈盛，全國勞工以翌年五月一日爲期向僱主要求八小時工作，萬一不聽便斷然罷工，從那一日起決不作八小時以上的工。這個運動，從這時直到翌年五月一日，繼續着進行很猛。

五一運動史　一

图7　李大钊在《新青年》发表《“五一”May Day运动史》

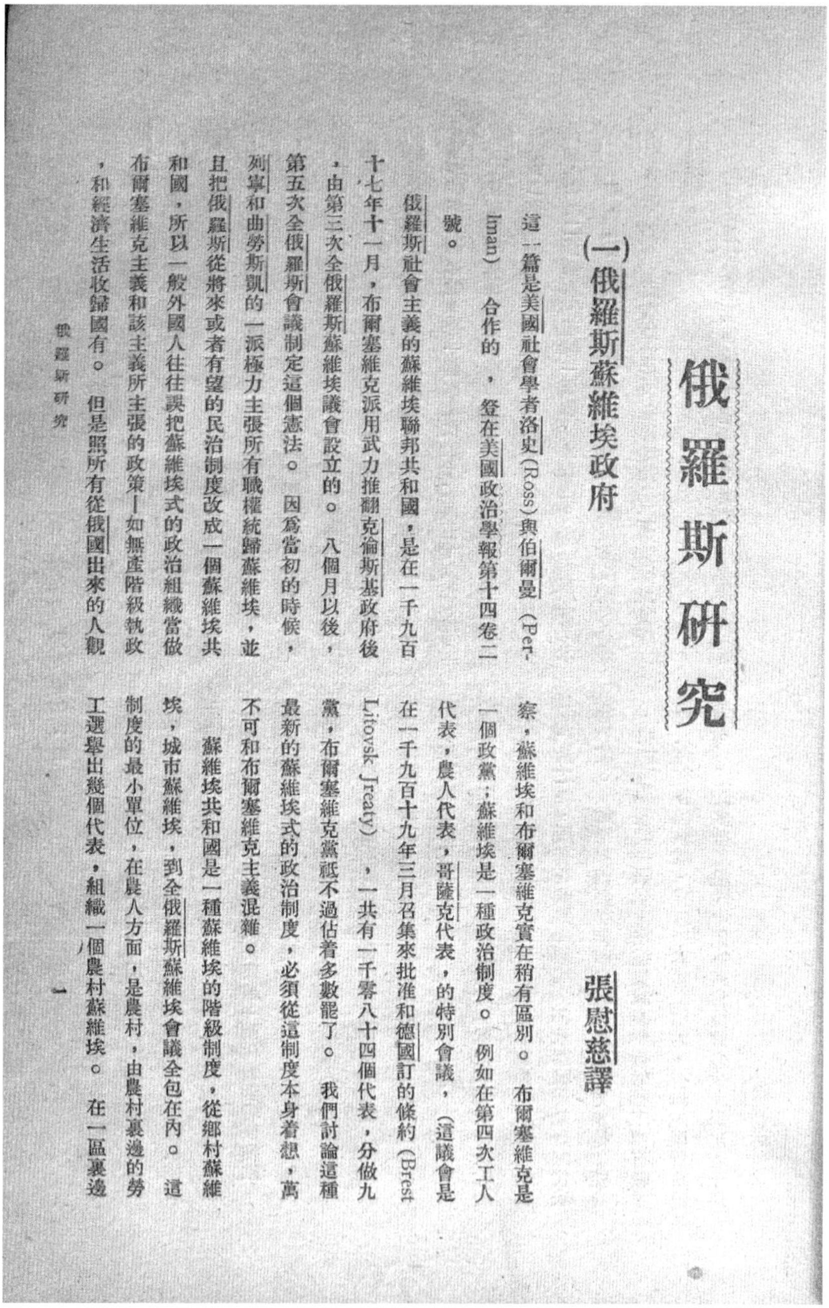

俄羅斯研究

(一)俄羅斯蘇維埃政府

張慰慈譯

這一篇是美國社會學者洛史(Ross)與伯爾曼(Perlman)合作的，登在美國政治學報第十四卷二號。

俄羅斯社會主義的蘇維埃聯邦共和國，是在一千九百十七年十一月，布爾塞維克派用武力推翻克倫斯基政府後，由第三次全俄羅斯蘇維埃議會設立的。八個月以後，第五次全俄羅斯會議制定這個憲法。因爲當初的時候，列寧和曲勞斯凱的一派極力主張所有職權統歸蘇維埃，並且把俄羅斯從將來或者有望的民治制度改成一個蘇維埃共和國，所以一般外國人往往誤把蘇維埃式的政治組織常做布爾塞維克主義和該主義所主張的政策——如無產階級執政，和經濟生活收歸國有。但是照所有從俄國出來的人觀

一個政黨；蘇維埃是一種政治制度。

察，蘇維埃和布爾塞維克實在稍有區別。例如在第四次工人代表，農人代表，哥薩克代表，的特別會議，(這議會是在一千九百十九年三月召集來批准和德國訂的條約(Brest Litovsk Jreaty)，一共有一千零八十四個代表，分做九黨，布爾塞維克黨祇不過佔着多數罷了。我們討論這種最新的蘇維埃式的政治制度，必須從這制度本身着想，萬不可和布爾塞維克主義混雜。

蘇維埃共和國是一種蘇維埃的階級制度，從鄉村蘇維埃，城市蘇維埃，到全俄羅斯蘇維埃會議全包在內。這制度的最小單位，在農人方面，是農村，由農村裏邊的勞工選舉出幾個代表，組織一個農村蘇維埃。在一區裏邊

图 8 《新青年》建立"俄罗斯研究"专栏

二、《每周评论》

《每周评论》1918 年 12 月在北京创刊，陈独秀主编，在五四运动前以关心国际大事、批评国内时局等为主，五四运动期间则有"山东问题"（第二十一至二十三号）、"对于北京学生运动的舆论"（第三次特别附录，图 9）等专号，有力地配合了五四运动。后又陆续刊载张慰慈（曾任教北大政治学系）《俄国的新宪法》（第二十八号第二至三版）、《俄国的土地法》（第二十九号第一至二版，图 10）、《俄国的婚姻制度》（第三十号第一版）、《俄国遗产制度之废止》（第三十一号第二版）等介绍俄国情况的文章，对于国人了解俄国革命起了较大的作用。

1919 年 1 月 5 日出版的《每周评论》第三号第二版上，刊载了李大钊肯定和歌颂劳工的《新纪元》一文，李大钊鼓励"劳工阶级要联合他们全世界的同胞，作一个合理的生产者的结合，去打破国界，打倒全世界资本的阶级。总同盟罢工，就是他们的武器"。[5] 1919 年 4 月 6 日出版的《每周评论》第十六号第二版上，又刊登了北大学生成舍我摘译的《共产党的宣言》（图 11），出自《共产党宣言》第二章。

1919 年 7 月 20 日出版的《每周评论》第三十一号第一版，刊载了胡适《多研究些问题，少谈些"主义"》一文。同年 8 月 17 日出版的《每周评论》第三十五号第一至二版，李大钊发表了《再论问题与主义》的文章，对胡适的观点进行回答。在《每周评论》上开展的这场"问题与主义"之争，大大促进了马克思主义在中国的传播。

《每周评论》与《新青年》各有侧重，但又互相配合，共同推动着五四新文化运动的不断深入，也有力地促进了马克思主义在中国的传播与发展。

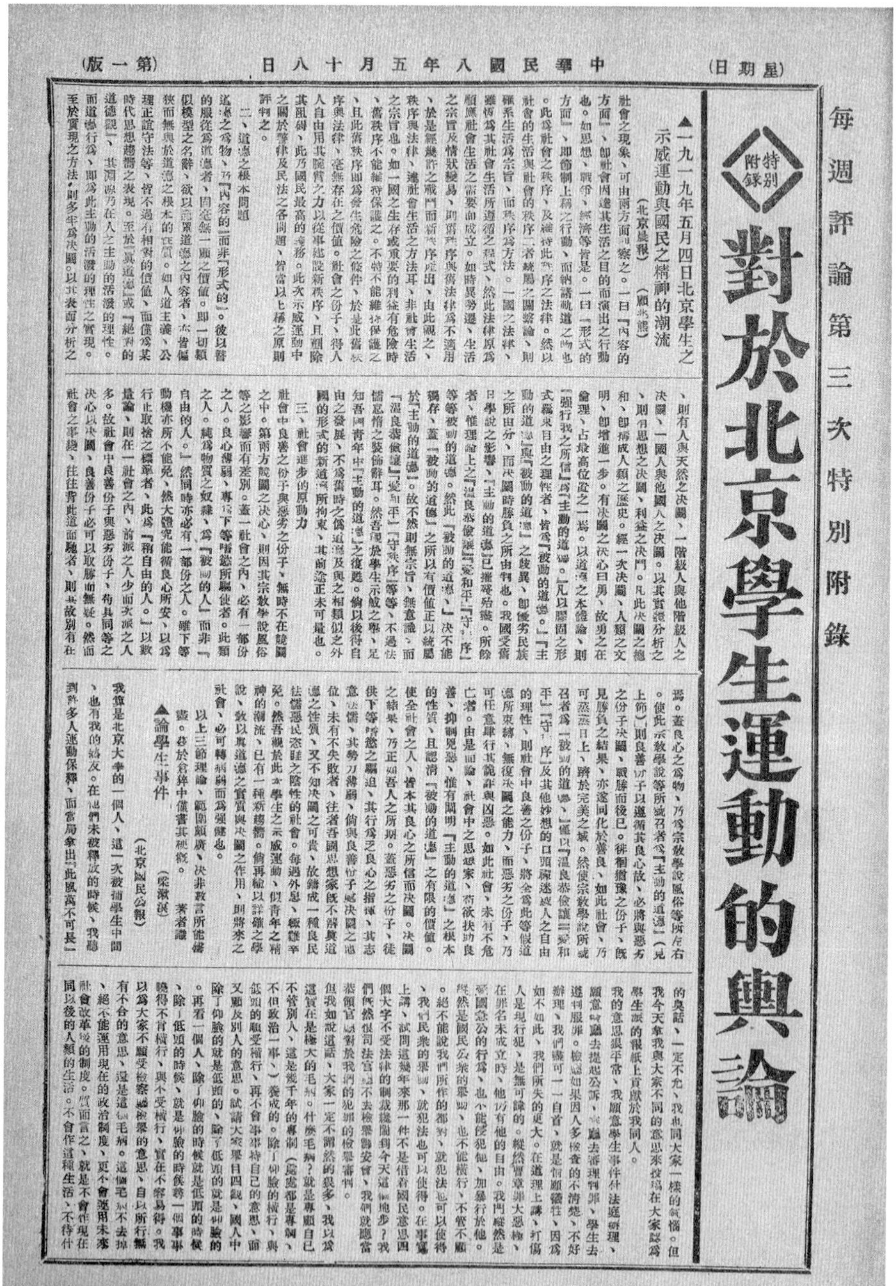

图9 《每周评论》附录"对于北京学生运动的舆论"

图 10 《每周评论》刊载张慰慈《俄国的土地法》

图11 《每周评论》刊载成舍我摘译《共产党的宣言》

三、《晨报》

《晨报》也是五四运动期间发表介绍和传播马克思主义相关文章较多的一份报纸。李大钊曾参与编辑《晨报》，在他的影响下，《晨报》第七版增设"自由论坛"与"译丛"栏目，使之成为五四新文化运动和社会主义宣传的重要园地之一。李大钊不仅参与编辑工作，还撰写文章在《晨报》发表。1919 年 2 月 7 日至 9 日出版的《晨报》，连载了李大钊《战后之世界潮流》一文，文章指出："这种社会革命的潮流，虽然发轫于德俄，蔓延于中欧，将来必至弥漫于世界。"[6]

1919 年 4 月 15 日出版的《晨报》第二版登有《读者大注意》（图 12），其中文字提道："美国俄事调查局长塞克（A.J.Sack）著《俄国革命史》（*The Birth of Russian Democracy*）一书于一九一八年冬间出版，距今未及半年，重板已至两次。书分三编：第一编叙述一八一四年至一九一七年三月期间思想政治各方面之革命运动，第二编叙述思想政治各方面、革命首领之学说及其生平，第三编叙述一九一七年三月革命后至最近列宁政府之一切状况。诚为研究俄事最新最详最精之巨制。兹由志希君译成中文，俟《大战后之民主主义》登完后即行登出，仍在《名著新译》栏内。特此预告，希读者注意。"[7]志希即罗家伦，当时正在北京大学英文系就读。自 1919 年 4 月 19 日始，罗家伦翻译的《俄国革命史》在《晨报》上陆续刊载[8]（图 13）。《俄国革命史》一书的翻译登载，对国人更好地了解俄国革命不无裨益。

1919 年 5 月 1 日《晨报》首次纪念"五一"国际劳动节，专门设置了"劳动节纪念"专版（图 14），李大钊还特别写了《"五一节"May day 杂感》一文，简要介绍五一劳动节的由来。同年 5 月 5 日出版的《晨报》，为纪念马克思 101 周年诞辰，新开辟了"马克思研究"专栏（图 15）。在这一专栏中，《晨报》陆续刊载了许多宣传马克思主义的论著，如《马克思的唯物史观》（原著河上肇，渊泉译）、《劳动与资本》（即马克思《雇佣劳动与资本》）、《马氏资本论释义》（从考茨基的《马克思的经济学说》翻译）等。

　　《晨报》在当时的影响颇大，因此对于中国早期的马克思主义传播起到了不小的作用。北京大学图书馆现藏两份 1919—1928 年间较为完整的《晨报》原件，其中一份为中德学会旧藏。

图 12　《晨报》1919 年 4 月 15 日第 2 版
《读者大注意》宣传《俄国革命史》

晨報

舊曆己未三月十九日

夫教育之事業。亦須國家之資助……之計劃耳。堂有限量乎。是以名之。名之曰極大之無形高利(Spiritual Usury)是荷能以算數計之乎。實業家有見於此。於是對於慈善事業……

（未完）

名著新譯

● 俄國革命史

譯者 羅家倫

我做這本書的意思，就是要使美國人民知道在一九一七年三月大革命以前，俄國一千年間內俄國革命運動的稱種情形之發展，所以醞釀大革命的緣由，及大革命以後至於現在的為那所為的種種事情之後果。

自此以後，人民思想漸移，至於今日。名曰十二月黨之亂。在法國革命空氣所組織的小部分少年軍官所組織的。十二月黨的名字，即一八二五年十二月也。

在十九世紀以前，其時正當拿破崙的……俄國第一次革命發生，在……

詩家卜令Pushkin歡迎他們……

沙皇……成功……一九○五年的新紀元。

俄國雖然有許多學說，但是……

（未完）

名人小史

● 英國的新進政治家

（忠）

英國現代新進政治家……第一人名阿克爾。第二名亞斯里克。第三名亞斯德韓。弟兄二人……領袖……

图 14 《晨报》1919 年 5 月 1 日 "劳动节纪念" 专版

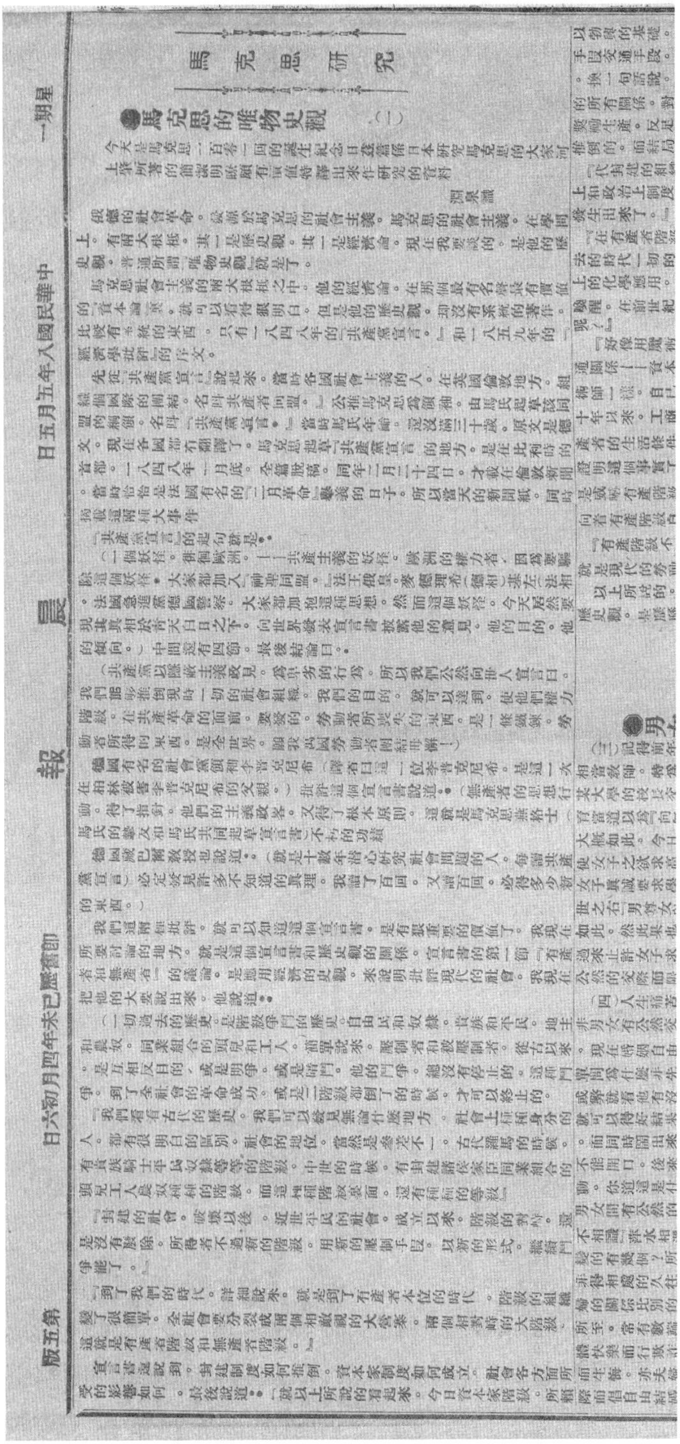

馬克思研究

馬克思的唯物史觀

图 15 《晨报》开辟“马克思研究”专栏

四、《新潮》与《国民》

《新潮》是五四时期由北大学生创办的重要新文化刊物（图16），在创刊号上，罗家伦发表《今日之世界潮流》一文，他在开篇就提及："却说现在有一股浩浩荡荡的世界新潮起于东欧，由东欧突然涌入中欧……诸位不见俄罗斯的革命、奥匈的革命、德意志的革命，就是这个新潮的起点吗"，"现在的革命不是以前的革命了！以前的革命是法国式的革命，以后的革命是俄国式的革命。"[9] 当时的北大学生、《新潮》主编傅斯年也发表《社会革命——俄国式的革命》："一年以来，我对于俄国的现状绝不抱悲观，我以为这是现代应当有的事情，将来无穷的希望，都靠着他做引子。"[10] 李大钊也很关心《新潮》的创办，并在第二卷第二号发表《物质变动与道德变动》一文。这篇探讨道德相关问题的文章，体现出他对马克思主义的理解与运用。

与《新潮》创刊同时，北大学生许德珩等人创办了《国民》杂志（图17），在五四期间积极进行马克思主义的宣传。在第二卷第一号上，刊登有李泽彰所译的《马克斯和昂格斯共产党宣言》（图18），出自《共产党宣言》第一章。此外，《国民》还刊载了周炳琳《社会主义在中国应该怎么样运动》（第二卷第二号）、费觉天所译《马克思底资本论自叙》（第二卷第三号）、陈国榘翻译的《苏维埃俄国底经济组织》和《苏维埃俄国底新农制度》（第二卷第四号）等宣传和介绍马克思主义的文章。

《新潮》和《国民》在五四运动中积极传播新思想、新文化，它们对于马克思主义的介绍与讨论，在当时的北大，甚至中国，都产生了较大的影响。北京大学图书馆现藏有《新潮》3卷共12期和《国民》2卷共8期的全部原件。在这些原件中也有北大人的旧藏，如《国民》第二卷第一号封面上就有亲历"五四"的北大学生苏甲荣的名章（图19）。

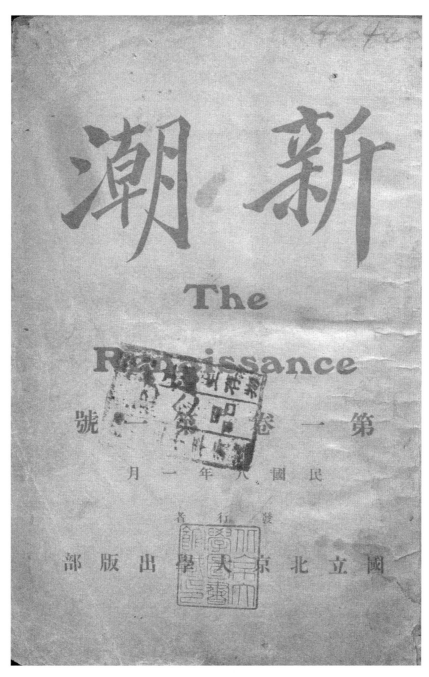

图 16 《新潮》创刊号封面

图 17 《国民》创刊号封面

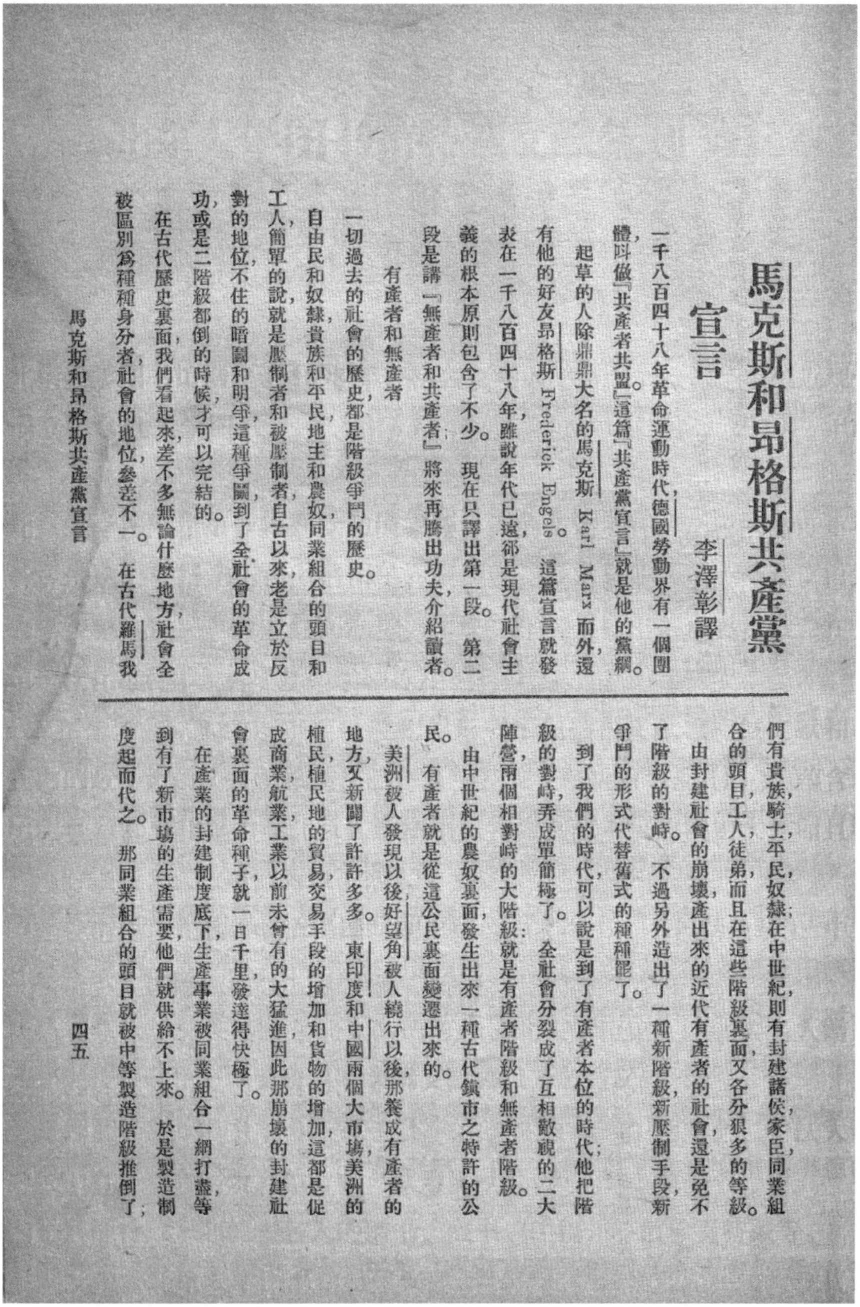

馬克斯和昂格斯共產黨宣言

李澤彰譯

一千八百四十八年革命運動時代，德國勞動界有一個團體，叫做『共產者共盟』。這篇『共產黨宣言』就是他的黨綱。

起草的人除鼎鼎大名的馬克斯 Karl Marx 而外，還有他的好友昂格斯 Frederick Engels。這篇宣言就發表在一千八百四十八年，雖說年代已遠，卻是現代社會主義的根本原則包含了不少。現在只譯出第一段。第二段是講『無產者和共產者』，將來再騰出功夫，介紹讀者。

有產者和無產者

一切過去的社會的歷史，都是階級爭鬥的歷史。

自由民和奴隸，貴族和平民，地主和農奴，同業組合的頭目和工人，簡單的說，就是壓制者和被壓制者，自古以來，老是立於反對的地位，不住的暗鬬和明爭，這種爭鬬，到了全社會的革命成功，或是二階級都倒的時候，才可以完結的。

在古代歷史裏面，我們看起來，差不多無論什麼地方，社會全被區別為種種身分者，社會的地位，參差不一。在古代羅馬我們有貴族，騎士，平民，奴隸；在中世紀，則有封建諸侯，家臣，同業組合的頭目，工人，徒弟，而且在這些階級裏面，又各分狠多的等級。

由封建社會的崩壞，產出來的近代有產者的社會，還是免不了階級的對峙。不過另外造出了一種新階級，新壓制手段，新爭鬥的形式，代替舊式的種種罷了。

到了我們的時代，可以說是到了有產者本位的時代；他把階級的對峙，弄成單簡極了。全社會分裂成了互相敵視的二大陣營，兩個相對峙的大階級：就是有產者階級和無產者階級。

由中世紀的農奴裏面，發生出來一種古代鎮市之特許的公民。有產者就是從這公民裏面變遷出來的。

美洲被人發現以後，好望角被人繞行以後，那養成有產者的地方，又新闢了許許多多。東印度和中國兩個大市場，美洲的植民，植民地的貿易，交易手段的增加和貨物的增加，這都是促成商業，航業，工業以前未曾有的大猛進，因此那崩壞的封建社會裏面的革命種子，就一日千里，發達得快極了。

在產業的封建制度底下，生產事業被同業組合一網打盡，等到有了新市場的生產需要，他們就供給不上來。於是製造制度起而代之。那同業組合的頭目就被中等製造階級推倒了；

馬克斯和昂格斯共產黨宣言　四五

图 18 《国民》刊载李泽彰翻译《马克斯和昂格斯共产党宣言》

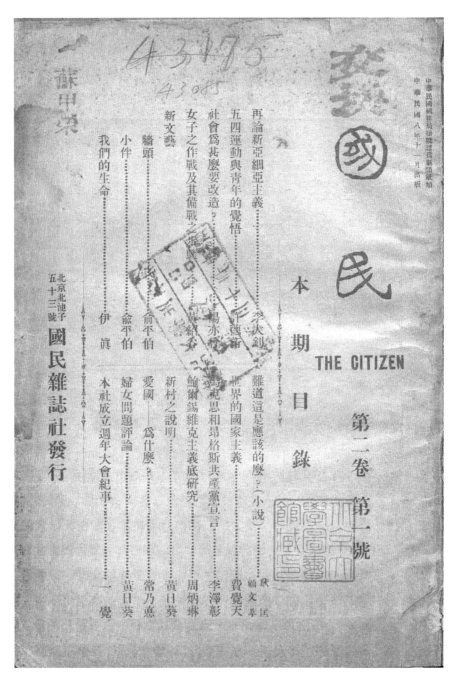

图19 《国民》第二卷第一号封面，钤有北大学生苏甲荣名章

五、《湘江评论》

《湘江评论》是五四时期毛泽东主办的著名革命周报（图 20）。1919 年 7 月 14 日在湖南长沙创刊，共出版 5 期，第二期中附有"临时增刊"一号，而第五期未及发行即被没收，因此现存的《湘江评论》共有 5 期（含增刊）。毛泽东在《创刊宣言》中写道："自'世界革命'的呼声大倡，'人类解放'的运动猛进，从前吾人所不置疑的问题，所不遽取的方法，多所畏缩的说话，于今都要一改旧观。"[11]《湘江评论》受《每周评论》影响较深，不仅版式相同，都分为四版，而且在分栏设置上也较为接近，设有"西方大事述评""东方大事述评""世界杂评""湘江杂评""法国通信""放言""新文艺"等栏目。

《湘江评论》虽然只出版了 5 期，但毛泽东所写的具有马克思主义倾向的诸多文章，对湖南的学生运动起了巨大的推动作用，产生了深刻的影响。《湘江评论》不仅在湖南产生了很大影响，且波及全国。《每周评论》还专门提及《湘江评论》，并指出："《湘江评论》的长处是在议论的一方面。"[12]

图 20　《湘江评论》创刊号

六、《觉悟》《建设》《星期评论》

在中国早期的马克思主义传播史上，国民党人也在客观上起到了促进作用。

由邵力子主编的上海《民国日报》副刊《觉悟》，在"五四"期间发表了较多宣传新文化和介绍有关社会主义思想的文字，比如李达（鹤）《什么叫社会主义？》（1919 年 6 月 18 日第八版）、《社会主义的目的》（1919 年 6 月 19 日第八版）等。胡汉民等主办的《建设》刊登了戴季陶（传贤）所译《马克斯资本解论说》（第一卷第四号，图 21）、苏中翻译的《见于〈资本论〉的唯物史观》（第二卷第六号）等文章。戴季陶等人主编的《星期评论》也积极介绍社会主义，关心劳工问题。

北京大学图书馆现藏有《建设》3 卷共 13 期全部原件，但《觉悟》只收藏了部分原件，而《星期评论》则为影印本。

在中国马克思主义传播史上，"五四"前后是一个高峰。这一时期距俄国十月革命成功不远，又正赶上轰轰烈烈的五四运动，两相合力，共同促成了马克思主义在中国的极大传播与流行。而在"五四"前后的这段时间里，宣传马克思主义的主要阵地是当时颇为风行的报纸和杂志，书籍的大规模翻译出版尚未开始。

以李大钊为代表的具有马克思主义倾向的北大人，是中国早期马克思主义传播的主力军。李大钊不仅自己撰文宣传马克思主义，更注意利用他在北大教学和担任图书馆主任的多重身份，积极购买马克思主义文献，用心指导学生研读马克思主义经典，秘密成立马克思学说研究会等。在李大钊的努力和影响下，一大批北大学生如罗章龙、李梅羹等投身到研究和传播马克思主义的队伍中来，有关内容参见本书《人民出版社的马克思主义书刊》章节。而当时北大另一些较为进步的人士，如李泽彰、成舍我、罗家伦、袁振英、张慰慈、周炳琳、费觉天等，对于社会主义相关问题的重视与讨论，也在不同程度上促进了马克思主义在中国的传播与发展。

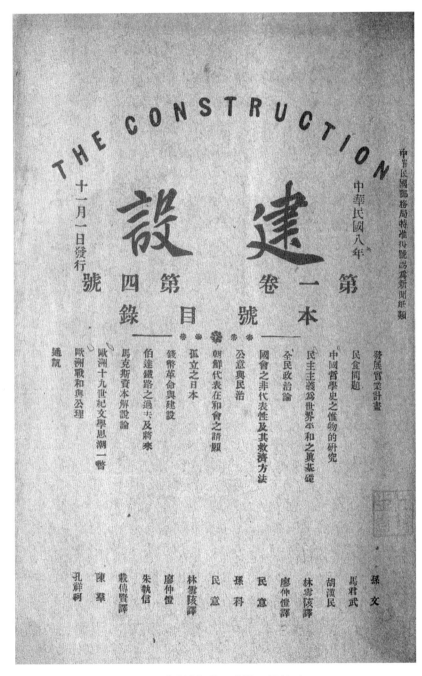

图 21 《建设》第一卷第四号封面

参考文献

［1］李大钊.庶民的胜利［J］.新青年，1918，5（5）.

［2］李大钊.BOLSHEVISM 的胜利［J］.新青年，1918，5（5）.

［3］杨琥.李大钊《我的马克思主义观》一文若干问题的探讨［G］//牛大勇，欧阳哲生主编.五四的历史与历史中的五四.北京：北京大学出版社，2010：318—340.

［4］陈独秀.谈政治［J］.新青年，1920，8（1）.

［5］李大钊.新纪元［J］.每周评论，1919（3）.

［6］李大钊.战后之世界潮流（一）［N］.晨报，1919—2—7（7）.

［7］《晨报》编辑部.读者大注意［N］.晨报，1919—4—15（2）.

［8］邹新明，陈建龙.从北京大学图书馆《1919~1920 年西文图书登录簿》看李大钊对马克思主义的引进与传播［J］.大学图书馆学报，2019，37（5）：5—11.

［9］罗家伦.今日之世界潮流［J］.新潮，1919，1（1）.

［10］傅斯年.社会革命——俄国式的革命［J］.新潮，1919，1（1）.

［11］毛泽东.创刊宣言［J］.湘江评论，1919（1）.

［12］《每周评论》编辑部.介绍新出版物［J］.每周评论，1919（36）.

李大钊任北大图书馆主任期间引进的部分马克思主义文献

邹新明

  李大钊是中国共产主义运动的先驱，伟大的马克思主义者，杰出的无产阶级革命家，中国共产党的主要创始人之一，又被誉为"中国现代图书馆事业之父"。1918 年 1 月，李大钊正式出任北京大学图书馆主任。正如吴晞在《北京大学图书馆九十年记略》中总结指出的，由于李大钊的积极领导和推动，"在中国革命史上，北京大学图书馆是马克思主义在中国传播的起点之一；在中国图书馆史上，它是国内第一所利用书刊宣传介绍马克思主义的图书馆"。

  最近几年，我们对李大钊主持北大图书馆期间引进的马克思主义及相关文献进行了文献调查发掘，有不少可喜的发现，下面分西文图书、英文期刊、日文图书三部分加以介绍。

一、西文图书

  李大钊任北京大学图书馆主任五年期间引进的西文马克思主义文献，从当年的《北京大学日刊》刊登的图书馆相关公告中可以了解大概，而近年重新发现的《国立北京大学图书馆西文图书登录簿》（1919—1920）（以下简称《登录簿》）则为我们了解李大钊的相关贡献和查找相关馆藏提供了新的思路和线索。

  通过对这册登录簿的初步整理发现：仅此两年，在西文图书方面，北京大学图书馆就引进包括马克思、恩格斯、列宁著作及其他马克思主义著作，以及马克思、列宁传记 15 种；书名明确是关于社会主义的图书 15 种，无政府主义、基尔特社会主义、费边主义、工会主义、工团主义等当时广义上的社会主义图书 15 种；关于俄国问题和俄国革命的图书 22 种。这些图书的引进，固然与"五四"前后新思潮新文化的时代背景有关，但更主要的是作为图书馆主任的李大钊的思想倾向和积极推动的结果。

我们在馆藏目录中对上述共计 67 种图书进行了检索，找到版本信息与《登录簿》一致，且登录号相同，可以确定为李大钊任图书馆主任期间引进的马克思主义及相关文献。下面分类加以介绍。

（一）马克思主义原著及相关图书

马克思主义原著方面，根据《登录簿》，这一时期引进马克思著作 2 种，马克思、恩格斯合著 1 种，恩格斯著作 2 种，列宁著作 3 种。其中能够确认为《登录簿》中的图书的，只有以下两种。

1. *Lohnarbeit und Kapital: Zur Judenfrage und andere Schriften aus der Frühzeit*/von Karl Marx, Leipzig: P. Reclam，1900.（图 1）

马克思《雇佣劳动与资本》，1900 年德文版。该书封内贴有国立北京大学图书馆登录卡，"登录总号"为 5311，与《登录簿》内登录号相同。本书题名页钤有"北京大学图书馆"蓝色椭圆印，对应的英文为"The Library of Government University，Peking"。（本部分所介绍的相关革命文献均钤有此章，以下不再重复介绍。）本书最初是马克思 1849 年为《新莱茵报》写的社论，以连载的形式刊出，没有刊完。1883 年出版第一个单行本。

2. *The Future Belongs to the People*/by K. Liebknecht; S. Zimand，Walter Weyl，New York: MacMillan Co.，1919.（图 2、图 3）

卡尔·李卜克内西（Karl Liebknecht，1871—1919），德国和国际工人运动的著名活动家，德国社会民主党和第二国际的左派领袖之一，德国共产党创始人之一。本书是一战爆发以来李卜克内西的一些演讲记录，由 S. Zimand 编辑和翻译，Walter Weyl 作导言。馆藏中有两册所贴国立北京大学图书馆登录卡上的序号与《登录簿》的登录号一致，序号分别为 1396 和 1571，前者的出版年为 1919 年，后者为 1918 年。

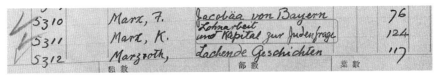

图 1　1900 年德文版马克思《雇佣劳动与资本》

（上左，题名页；上右，登录卡；下，《登录簿》中有关记录）

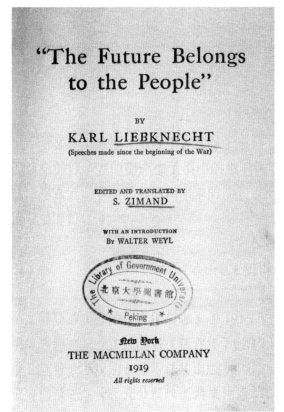

图 2　1919 年版李卜克内西《未来属于人民》

（上左，题名页；上右，登录卡；下，《登录簿》中有关记录）

PREFACE

THE philosophy of Karl Liebknecht as revealed in these pages leaves but a narrow ledge for heroes to stand on. To him the significant thing in history is, and has always been, the stirring of the masses of men at the bottom, their unconscious writings, their awakenings, their conscious struggles and finally their gigantic, fearsome upthrust, which overturns all the little groups of clever men who have lived by holding these masses down. In these conflicts, kings, priests, leaders, heroes count for no more than flags or flying pennants. All great leaders, Cæsar, Mahomet, Luther, Napoleon, are instruments of popular movements, or at best manuscripts upon which the messages of their class and age have been written.

To Liebknecht all that Carlyle has said about heroes is contrary to ideology and inversion of the truth. "As I take it," writes Carlyle, "Universal History, the history of what man has accomplished in this world, is at bottom the History of the Great Men who have worked there. They were the leaders of men, these great ones; the modellers, patterns, and in a wide sense creators, of whatsoever the general mass of men contrived to do or to attain; all things that we see standing and accomplished in the world are properly the outward material result, the prac-

9

图 3　1919 年版李卜克内西《未来属于人民》正文首页

（二）与社会主义有关的西文图书

在五四运动前后所讨论的"社会主义"，既包括科学社会主义，也包括无政府主义、基尔特社会主义、费边社会主义、工团主义、工会主义等。据周策纵《五四运动史》介绍，1919 年秋，国内研究社会主义的团体风行一时，成立了各式研究社会主义、无政府主义、工团主义的组织。据孙百刚翻译，中华书局1923 年出版的柯卡普的一本关于社会主义的著作《社会主义初步》，其第十二章标题为"无政府主义，工团主义，基尔特社会主义及玻尔塞维克"，其中"玻尔塞维克"今译"布尔什维克"。这表明，当时的学术思想界对于社会主义的认识都是比较宽泛的。

据此，本部分介绍的与社会主义有关的图书，除了明确带有"社会主义"一词的图书，也包括有关无政府主义、基尔特社会主义、费边主义、工会主义、工团主义的图书。根据这一界定，我们在《登录簿》中找到 30 种相关图书，其中发现于现有馆藏的有 8 册，下面略作分类介绍。

1. *Memoirs of a Revolutionist*/by Peter Alexeivich Kropotkin，Boston and New York: Houghton，Mifflin company，1899.（图 4、图 5、图 6）

克鲁泡特金（P. Kropotkin，1842—1921）的《一个革命者的回忆录》。克鲁泡特金是俄国革命家，无政府主义的主要代表人物之一。本书《登录簿》里记录有两种，均在现馆藏中找到。一种为单行本，所贴国立北京大学图书馆登录卡上的序号为 4205，与《登录簿》的登录号一致；一种为两卷本，所贴国立北京大学图书馆登录卡上的序号为 6305、6306，与《登录簿》的登录号一致。此外，我们还在馆藏中发现了该书的德文译本两册，所贴国立北京大学图书馆登录卡上的序号分别为 6793、9725，登录卡上的登录日期分别为 1921 年 2 月 16日和 11 月 15 日，也在李大钊任北京大学图书馆主任期内。再有，《登录簿》所登录 1157 号图书，为陶孟和所赠，是克鲁泡特金的 *Law and Authority*（《法律与权威》），也见于现有馆藏。

2. *Fabian Essays in Socialism*/by Bernard Shaw，London: Felling-on-Tyne；New York: Walter Scott Publishing，1908.（图 7、图 8）

萧伯纳（Bernard Shaw，1856—1950）的《费边社社会主义论文》。费边社是英国资产阶级知识分子于 1884 年组成的社会主义团体，以古罗马统帅费边的名字命名，主张采取温和缓进的方法把土地和产业资本转为公有，反对无产阶级革命。主要领导人为韦伯和萧伯纳。本书前言首页所打印流水号 1359 与《登录簿》中的登录号一致，题名页另钤有"国立北京大学藏书"朱文方印。

3. *The New Unionism*/by André Tridon，New York: B. W. Huebsch，1914.（图 9、图 10）

《新工联主义》，作者 André Tridon（1877—1922），生平不详。新工联主义是 19 世纪 80 年代英国工人运动中比较激进的流派，主张工会应该成为消灭社会财富分配不均的强大社会力量，成为启蒙工人自觉意识的政治中心。本书所贴国立北京大学图书馆登录卡上的序号为 1590，与《登录簿》登录号一致。

4. *An Introduction to Trade Unionism*/by G. D. H. Cole，Westminster: Fabian Research Department; London: G. Allen and Unwin，1918.（图 11、图 12）

《工联主义导论》，作者 George Douglas Howard Cole（1889—1959），英国政治理论家、经济学家、历史学家、自由社会主义者，提出基尔特社会主义理论，并且是费边社成员。本书所贴国立北京大学图书馆登录卡上的序号为 4226，与《登录簿》登录号一致。

5. *Economics and Syndicalism*/by Adam Will Kirkaldy，London: Cambridge University Press，1914.（图 13、图 14）

《经济学与工团主义》，本书作者情况不明。馆藏本书所贴国立北京大学图书馆登录卡上的序号为 1164，与《登录簿》登录号一致。

6. *A Guildsman's Interpretation of History*/by Arthur Joseph Penty，London: G. Allen & Unwin Ltd.，1920.（图 15、图 16）

《基尔特人的历史观》，作者 Arthur Joseph Penty（1875—1937），英国建筑师，基尔特社会主义和分产主义作家，曾是费边社会主义者。馆藏本书所贴国立北京大学图书馆登录卡上的序号为 4246，与《登录簿》登录号一致。

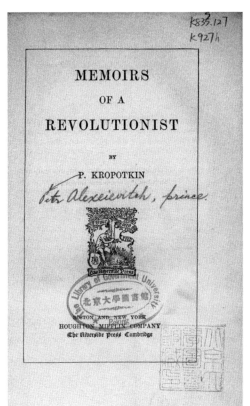

图 4　1899 年英文单卷本克鲁泡特金《一个革命者的回忆》
（上左，题名页；上右，登录卡；下，《登录簿》中有关记录）

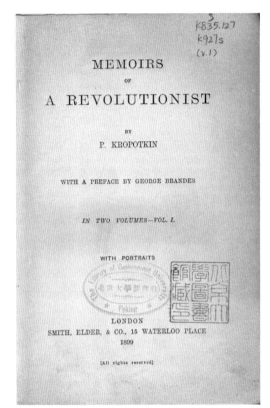

图 5　1899 年英文两卷本克鲁泡特金《一个革命者的回忆》第一卷
（上左，题名页；上右，登录卡；下，《登录簿》中有关记录）

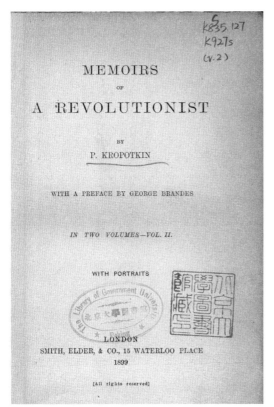

图 6　1899 年英文两卷本克鲁泡特金《一个革命者的回忆》第二卷
（左，题名页；右，登录卡）

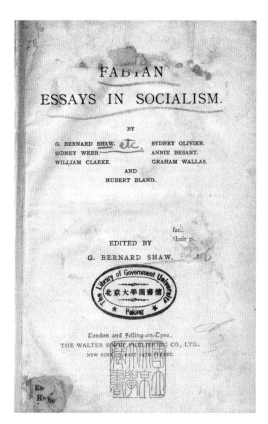

图 7　1908 年版 *Fabian Essays in Socialism*
（上，题名页；下，《登录簿》中关于此书的记录）

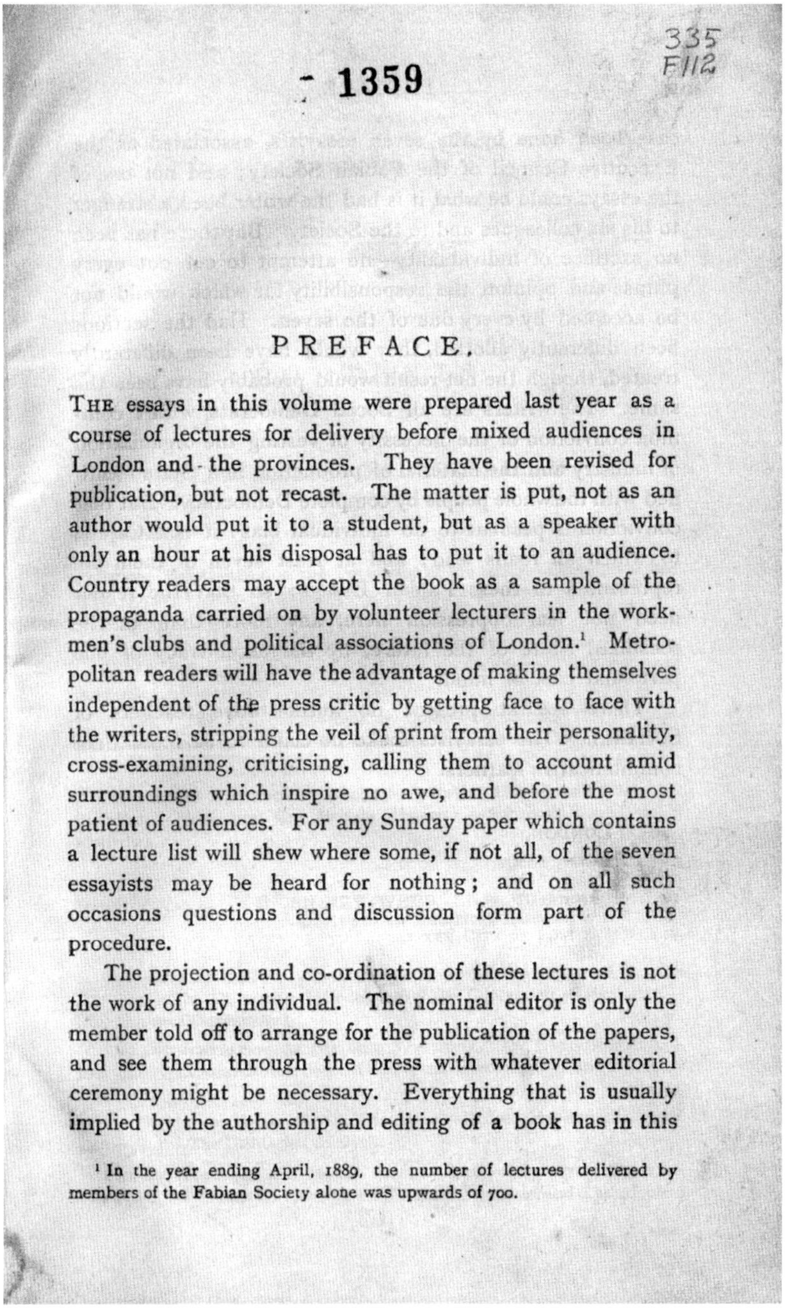

- 1359

PREFACE.

THE essays in this volume were prepared last year as a course of lectures for delivery before mixed audiences in London and the provinces. They have been revised for publication, but not recast. The matter is put, not as an author would put it to a student, but as a speaker with only an hour at his disposal has to put it to an audience. Country readers may accept the book as a sample of the propaganda carried on by volunteer lecturers in the workmen's clubs and political associations of London.[1] Metropolitan readers will have the advantage of making themselves independent of the press critic by getting face to face with the writers, stripping the veil of print from their personality, cross-examining, criticising, calling them to account amid surroundings which inspire no awe, and before the most patient of audiences. For any Sunday paper which contains a lecture list will shew where some, if not all, of the seven essayists may be heard for nothing; and on all such occasions questions and discussion form part of the procedure.

The projection and co-ordination of these lectures is not the work of any individual. The nominal editor is only the member told off to arrange for the publication of the papers, and see them through the press with whatever editorial ceremony might be necessary. Everything that is usually implied by the authorship and editing of a book has in this

---

[1] In the year ending April, 1889, the number of lectures delivered by members of the Fabian Society alone was upwards of 700.

图 8　1908 年版 *Fabian Essays in Socialism* 正文首页

图 9　1914 年版《新工联主义》

（上左，题名页；上右，登录卡；下，《登录簿》中有关记录）

THE NEW UNIONISM

CHAPTER I

THE NEW UNIONISM: A DEFINITION

NEW UNIONISM. At the present day the New Unionism, that is labor's endeavor to free itself from the existing forms of organization and improve upon them, goes by a different name in almost every country. In the United States, Industrialism, in England, Syndicalism, in France, Revolutionary Syndicalism, in Germany, Localism or Anarcho-Socialism. Robert Rives La Monte even attempted to call it New Socialism.

Before attempting to tell what it is, we consider it imperative to tell what it is not. It is neither anarchism, nor trade unionism, nor reformism, nor political socialism, nor Marxian socialism.

Radical papers and pamphlets are fond of displaying the Marxian motto: "The emancipation of the workers must be accomplished by the workingmen themselves." Thus far, however, the worker has always been prone to believe that someone else was going to emancipate him and could emancipate him quicker than he himself could. Certain theorists hold out a millennium to the workers on one apparently simple and fair condition: that the workers give the theorists a formal warrant to go forth and conquer it in their behalf.

1

图 10　1914 年版《新工联主义》正文首页

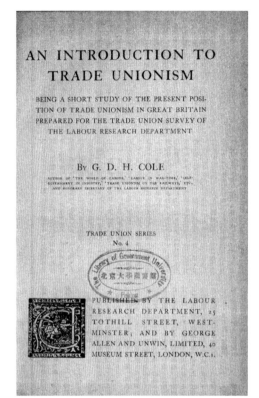

图 11　1918 年版《工联主义导论》

（上左，题名页；上右，登录卡；下，《登录簿》中有关记录）

PART I

THE STRUCTURE OF TRADE UNIONISM

SECTION I.—THE PRESENT STRENGTH OF TRADE UNIONISM

THIS book is not in any sense an attempt to provide a comprehensive account of the present structure and organisation of the Labour movement. It is merely a study of an introductory character, which aims at bringing out the general features of the Trade Union movement at the present day, introducing actual descriptions of particular societies only for the purpose of illustration of the main points involved. By itself, then, it will not serve to give the reader any comprehensive vision of the strength or inner working of the Trade Union movement, but it may be none the less useful to set out, as shortly as may be, the general principles of organisation which the Trade Union movement has adopted and the main difficulties and problems which are confronting it at the present time.

I shall begin with a survey of the numerical strength of the Trade Union movement, and for this purpose it may be useful to institute a comparison between the strength of Trade Unionism to-day and its strength at the time when the only elaborate survey of the movement which has yet been made was taken by Mr. and Mrs. Sidney Webb, in their *History of Trade Unionism* and *Industrial Democracy*, in the early 'nineties. During the quarter of a century which has elapsed since Mr. and Mrs. Webb's studies, the growth in Trade Union membership has been enormous. There have been temporary set-backs in periods of decline in trade, but these have been insignificant in comparison with the expansion which has taken place in more prosperous years. During the last ten years the total membership has doubled.

At the end of 1892 the population of the United Kingdom was about forty millions, and the total membership included in Trade Unions a little over a million and a half, of whom all but a hundred thousand were men. The Trade Unions thus included about 4 per cent of the total population and about 20 per cent of the male

图 12 1918 年版《工联主义导论》正文首页

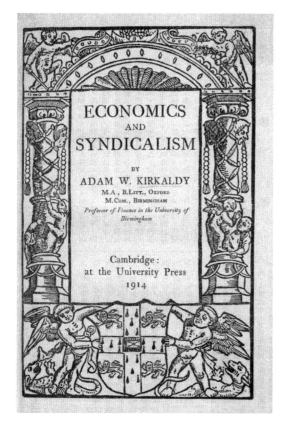

图 13　1914 年版《经济学与工团主义》

（上左，题名页；上右，登录卡；下，《登录簿》中有关记录）

ECONOMICS
AND SYNDICALISM

CHAPTER I

UNCONSCIOUS AND SEMI-CONSCIOUS ECONOMISTS

To understand the present economic situation, the outcome of which appears to so many people to have resolved itself into an alternative, either socialism or syndicalism, it is necessary to have at least a bowing acquaintance with the development of economic theory and practice from the earliest days. These have really developed as man himself has progressed.

During the period which is known as ancient history, the economist was unconscious; during that period which is roughly termed the Middle Ages, he may be called semi-conscious. It was not until about the middle of the seventeenth century that thinking man became conscious that there was a science of economics, and began to make efforts towards unravelling its laws, and understanding its tendencies.

A   1

图 14 1914 年版《经济学与工团主义》正文首页

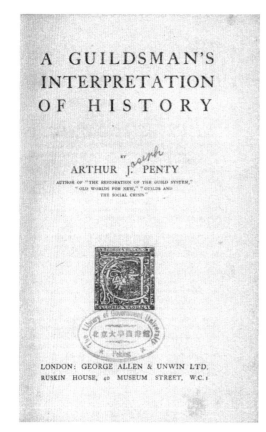

图 15　1920 年版《基尔特人的历史观》

（上左，题名页；上右，登录卡；下，《登录簿》中有关记录）

A Guildsman's Interpretation
of History

CHAPTER I

GREECE AND ROME

THE first fact in history which has significance for Guildsmen is that of the introduction of currency, which took place in the seventh century before Christ when the Lydian kings introduced stamped metal bars of fixed weight as a medium of exchange. In the course of a generation or two this uniform measure entirely replaced the bars of unfixed weight which the Greeks had made use of when exchange was not by barter. It was a simple device from which no social change was expected, but the development which followed upon it was simply stupendous. Civilization—that is, the development of the material accessories of life, may be said to date from that simple invention, for by facilitating exchange it made foreign trade, differentiation of occupation and specialization on the crafts and arts possible. But along with the undoubted advantages which a fixed currency brought with it there came an evil unknown to primitive society—the economic problem; for the introduction of currency created an economic revolution, comparable only to that which followed the invention of the steam engine in more recent times, by completely undermining the communist base of the Mediterranean societies. "We can watch it in Greece, in Palestine and in Italy, and see the temper of the sufferers reflected in Hesiod and Theognis, Amos and Hosea, and in the legends of early Rome."

The progress of economic individualism soon divided

13

图 16　1920 年版《基尔特人的历史观》正文首页

（三）关于俄国问题及俄国革命的图书

李大钊任北京大学图书馆主任期间，对有关俄国问题和俄国革命的图书的引进非常重视，最知名的就是 1920 年 12 月 11 日《北京大学日刊》刊登的北京大学"图书部典书课通告"（当时图书馆改称图书部），通告列出了"本校所有关于俄国问题之参考书籍二十三种"。

我们在整理《登录簿》时发现，上述 23 种图书中有 16 种在《登录簿》中有记录，仅缺 7 种。这表明，1920 年底公布的这份书目中的图书主要是李大钊任主任期间购买的。下面介绍现有馆藏中找到的 7 种相关图书。

1. *The Red Heart of Russia*/by Bessie Beatty，New York: The Century Co.，1919.（图 17、图 18）

作者 Bessie Beatty（1886—1947），美国新闻记者、编辑、剧作家。曾以战地记者的身份到俄国 8 个月，见证了俄国十月革命，本书即以此经历为基础写成。馆藏本书所贴国立北京大学图书馆登录卡上的序号为 4269，与《登录簿》登录号一致。

2. *The Eclipse of Russia*/by Emile Joseph Dillon，London: J. M. Dent，1918.（图 19、图 20）

作者 Emile Joseph Dillon（1854—1933），爱尔兰作家、记者、语言学家。1897—1914 年曾任《每日电讯报》驻俄国记者。本书主要讲述末代沙皇尼古拉二世时期的俄国历史，其中包括 1905 年革命。馆藏本书所贴国立北京大学图书馆登录卡上的序号为 94，与《登录簿》登录号一致。

3. *Russia in Transformation*/by Arthur Judson Brown，New York: Fleming H. Revell Company，1917.（图 21、图 22）

作者 Arthur Judson Brown（1854—1963），美国牧师、传教士、作家。本书主要叙述了俄国从沙皇独裁到俄国革命的兴起和高潮（指 1917 年二月革命，由于本书出版时间的原因，未涉及十月革命）的历史。馆藏本书所贴国立北京大学图书馆登录卡上的序号为 1405，与《登录簿》登录号一致。

4. *A Diary of the Russian Revolution*/by James Lawrence Houghteling，New York: Dodd，Mead and Company，1918.（图 23）

作者 James Lawrence Houghteling（1883—1946），生于美国芝加哥，一战期间曾任美国驻俄国大使馆专员。书内所说俄国革命是指 1917 年的二月革命。馆藏本书所贴国立北京大学图书馆登录卡上的序号为 1419，与《登录簿》登录号一致。

5. *The Rebirth of Russia*/by Isaac Frederick Marcosson, New York: John Lane Company，1919.（图 24）

作者 Isaac Frederick Marcosson（1876—1961），美国编辑。本书主要记录了俄国二月革命之后的重要历史事件和人物，序言作于当年 7 月，因此未涉及十月革命。馆藏本书所贴国立北京大学图书馆登录卡上的序号为空白，《登录簿》登录号为 836。

6. *The Bullitt Mission to Russia*/by William Christian Bullitt, New York: B. W. Huebsch，1917.（图 25、图 26）

作者 William Christian Bullitt（1891—1967），美国外交官、新闻记者、小说家。曾以巴黎和会代表的身份与列宁谈判，本书是作者在美国外交委员会的证词。作者后曾出任美国驻苏联首任大使。馆藏本书所贴国立北京大学图书馆登录卡上的序号为 4272，与《登录簿》登录号一致。

7. *Raymond Robins' Own Story*/by William Hard，New York and London: Harper & Brothers Publishers，1920.（图 27、图 28）

本书作者 William Hard（1878—1962），美国记者，一战期间曾率领美国红十字会赴俄国进行救援，曾多次与列宁会谈。馆藏本书所贴国立北京大学图书馆登录卡上的序号为 4276，与《登录簿》登录号一致，题名页另钤有"北京大学图书馆藏印"朱文方印。

以上是我们根据《登录簿》信息在现有馆藏中找到的马克思主义及相关文献的简单介绍。需要指出的是，《登录簿》中有而在馆藏中未找到的相关图书，有的影响更大，更重要。如影响青年毛泽东信仰马克思主义的三本书——《共产党宣言》《社会主义史》《阶级争斗》，我们在《登录簿》中都找到了英文版著录，而且根据有关回忆和研究，当年李大钊主持购入的这三种书，都有可能成为陈望道、李季和恽代英翻译的底本或者参考，限于篇幅，这里不再赘述。

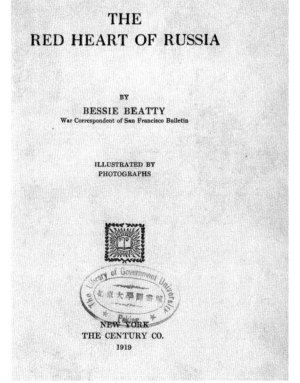

图 17　1919 年版 *The Red Heart of Russia*

（上左，题名页；上右，登录卡；下，《登录簿》中有关记录）

THE
RED HEART OF RUSSIA

CHAPTER I

THREE GOOD SAMARITANS

PETROGRAD!

Out there in the silver twilight of the white night she lay, a forest of flaming church steeples and giant factory chimneys, rising vaguely from the marshes. I pressed my face closer to the dust-crusted windowpane and searched the flying landscape.

There on the edge of the East she waited for us, strange, mysterious, inscrutable, compelling —a candle drawing us on from the ends of the earth like so many fluttering moths.

Twelve long, hot, dusty days the Trans-Siberian Express had been crawling toward her,— crawling like a snake across flower-strewn steppe and velvet forest,—the one unclean thing upon this new-born world of spring.

I glanced at my wrist-watch—it was twenty

3

图 18　1919 年版 *The Red Heart of Russia* 正文首页

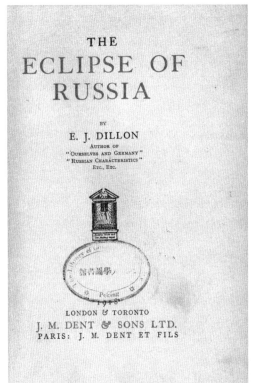

图 19　1918 年版 *The Eclipse of Russia*

（上左，题名页；上右，登录卡；下，《登录簿》中有关记录）

THE ECLIPSE OF RUSSIA

CHAPTER I

THE RUSSIAN ENIGMA

THE misfortunes of Russia and the disillusions of the nations that trusted her promises and relied on her help are attributable to no one circumstance more markedly than the failure of the interested statesmen to grasp the purely predatory character of the Tsardom, its incompatibility with the politico-social ordering of latter-day Europe, the pressing necessity on the one hand and the almost insuperable difficulty on the other of remodelling and adapting it to its European environment. It is no exaggeration to affirm that the history of drifting Europe—excluding the Central Empires—during the past quarter of a century, and of the outbreak of the awful struggle at its close, is the story of a tissue of deplorable mistakes—a tragedy of errors culminating in a catastrophe. The delusion of statesmen about the Tsardom, its origins and its drift, are the least blameworthy. For Russia is a cryptic volume to Slav nations, and to Britons a book with seven seals. Her own ruling class constantly misread the workings of her peoples' mind. Even the close observer who classified the strange phenomena that unfolded themselves to his eye seldom traced them back to their causes or realised their various bearings. Between Slav and Saxon, in particular, there yawns a psychological abyss wide enough in places to sunder two different species of beings not merely two separate races. And of all Slav peoples the Russian is by far the most complex and puzzling. He often raises expectations which a supernatural entity could hardly fulfil, and awakens apprehensions which only a miracle could lay, yet somehow neither hopes nor fears are realised and, as they fade away, one wonders how they could ever have been entertained. In truth, Sarmatia is a

A

图 20　1918 年版 *The Eclipse of Russia* 正文首页

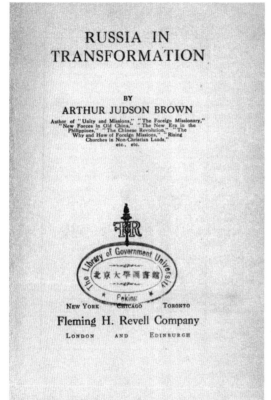

图 21　1917 年版 *Russia in Transformation*
（上左，题名页；上右，登录卡；下，《登录簿》中有关记录）

THE AUTOCRATIC RUSSIA OF THE TSAR

RECENT events have deepened the interest of thoughtful men in Russia. A nation so vast in population, in territory and in resources, and so distinctive in character and purpose, would be a fascinating study at any time, and it is now doubly so. In order that the significance of the Revolution may be understood, it is necessary to remind ourselves in outline of the conditions against which the revolt was made.

The old Russia was autocratic and despotic in every sphere of life and activity. An American cannot consistently criticise the restrictions which Russia imposed upon international trade, for his own country has long been notorious for protective tariffs. Most men engage in business "for revenue only," and Russia, like the United States, enforced commercial regulations with sole reference to her own aggrandizement. America had some

9

图 22　1917 年版 *Russia in Transformation* 正文首页

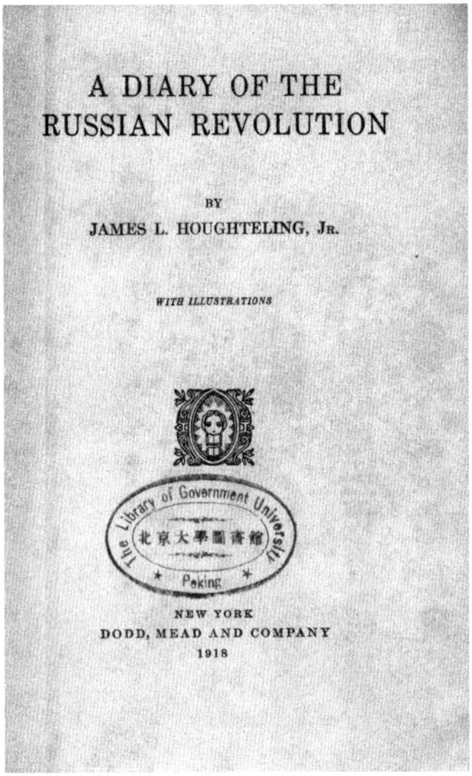
A DIARY OF THE
RUSSIAN REVOLUTION

BY
JAMES L. HOUGHTELING, JR.

WITH ILLUSTRATIONS

NEW YORK
DODD, MEAD AND COMPANY
1918

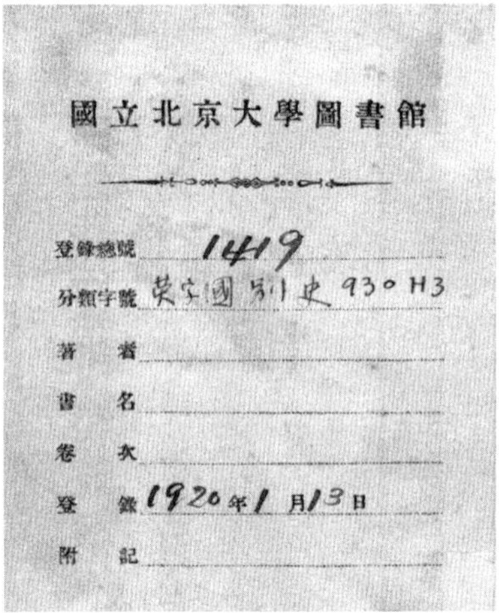
國立北京大學圖書館

登錄總號 1419
分類字號 英文國別史 930 H3
著者
書名
卷次
登錄 1920年1月13日
附記

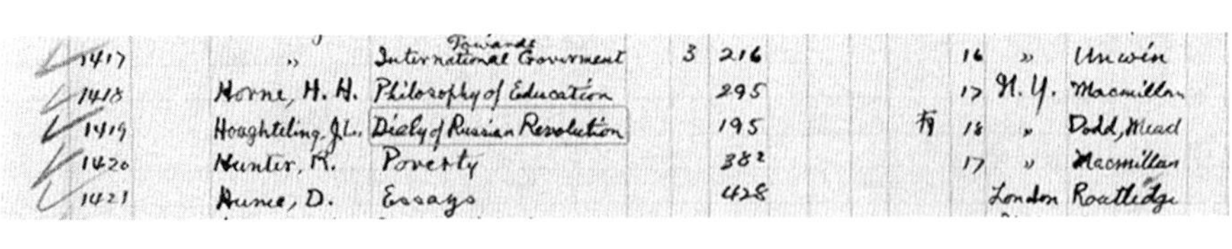
1417	”	Towards International Government	3	216		16 ”	Unwin
1418	Horne, H. H.	Philosophy of Education		295		17 N. Y.	Macmillan
1419	Houghteling, J. L.	Diary of Russian Revolution		195	有	18 ”	Dodd, Mead
1420	Hunter, R.	Poverty		382		17 ”	Macmillan
1421	Hume, D.	Essays		428		London	Routledge

图 23　1918 年版 *A Diary of the Russian Revolution*

（上左，题名页；上右，登录卡；下，《登录簿》中有关记录）

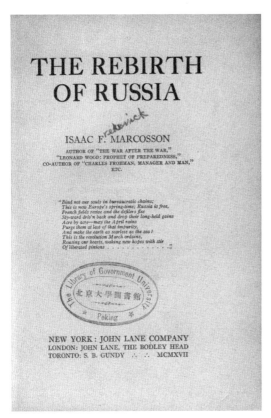

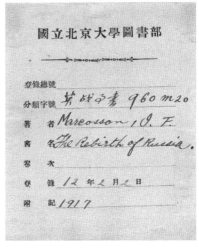

图 24　1919 年版 *The Rebirth of Russia*

（上左，题名页；上右，登录卡；下，《登录簿》中有关记录）

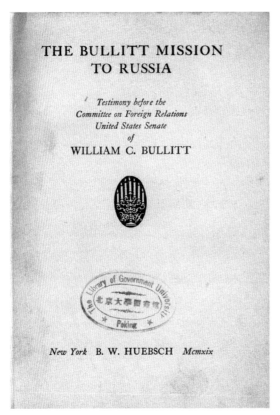

图 25 　1919 年版 *The Bullitt Mission to Russia*

（上左，题名页；上右，登录卡；下，《登录簿》中有关记录）

UNITED STATES SENATE,

COMMITTEE ON FOREIGN RELATIONS,

Washington, D. C., Friday, September 12, 1919.

The committee met, pursuant to the call of the chairman, at 10 o'clock a. m., in room 310, Senate Office Building, Senator Henry Cabot Lodge presiding.

Present: Senators Lodge (chairman), Brandegee, Fall, Knox, Harding, and New.

The CHAIRMAN. Mr. Bullitt is to make a statement to the committee this morning. I think I ought to say that Mr. Bullitt was summoned on the 23d of August, I believe, and he was in the woods at that time, out of reach of telegraph or telephone or mail, and only received the summons a few days ago. He came at once to Washington. That is the reason of the delay in his hearing.

The CHAIRMAN. Mr. Bullitt, will you take the stand and give your full name, please, to the stenographer?

Mr. BULLITT. William C. Bullitt.

The CHAIRMAN. You are a native and a resident of Philadelphia, are you not?

Mr. BULLITT. I am, sir.

The CHAIRMAN. Prior to the war, what were you engaged in?

Mr. BULLITT. Before the war I was employed by the Philadelphia Public Ledger. I had been a correspondent for them in various places, and I had been a member of the editorial staff in Philadelphia for a time.

The CHAIRMAN. You went abroad for them as a correspondent?

Mr. BULLITT. I did, sir.

The CHAIRMAN. Before we went into the war?

Mr. BULLITT. Before we went into the war I toured

I

图 26　1919 年版 *The Bullitt Mission to Russia* 正文首页

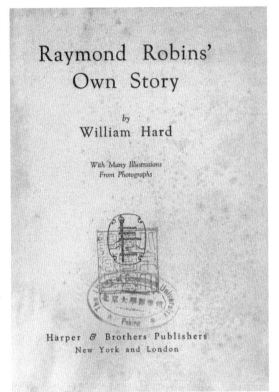
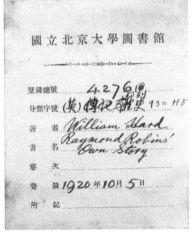

图 27　1920 年版 *Raymond Robins' Own Story*
（上左，题名页；上右，登录卡；下，《登录簿》中有关记录）

Raymond Robins' Own Story

I

THE ARRIVAL OF THE SOVIET

WITH Bolshevism triumphant at Budapest and at Munich, and with a Council of Workmen's and Soldiers' Deputies in session at Berlin, Raymond Robins began to narrate to me his personal experiences and his observations of the dealings of the American government with Bolshevism at Petrograd and at Moscow.

But he was not merely an observer of those dealings. He was a participant in them. Month after month he acted as the unofficial representative of the American ambassador to Russia in conversations and negotiations with the government of Lenin.

1

图 28　1920 年版 *Raymond Robins' Own Story* 正文首页

二、英文报刊

《北京大学日刊》是以刊登北京大学校内信息为主的报纸，创刊于 1917 年 11 月 16 日。11 月 24 日，图书馆即以"图书馆书目编订室日记录"的形式介绍新到馆书刊。李大钊出任图书馆主任后，栏目名称经过几次变化，1919 年 1 月 8 日开始，分"图书馆登录室第一部布告"（图 29）、"图书馆登录室第二部布告""图书馆登录室第三部布告"，分别公布新到报刊、图书和捐赠书刊。根据 1920 年《北京大学日刊》上刊登的"图书馆登录室第一部布告"，我们可以了解到，李大钊任北大图书馆主任期间引进的英文马克思主义及相关报刊主要有以下几种。

1. *The Labour Leader*

《北京大学日刊》1920 年 6 月 28 日"图书馆登录室第一部布告"中公布的新到杂志中有 *Labour Leader*。*The Labour Leader* 是英国的社会主义报纸，1891 年创刊。现馆藏未见收藏。

2. *Socialist Review*

《北京大学日刊》1920 年 6 月 30 日"图书馆登录室第一部布告"中公布的新到杂志中有 *Socialist Review*。该杂志 1908 年由英国独立工党创办。现馆藏未见收藏。

3. *Soviet Russia*（图 30）

《北京大学日刊》1920 年 6 月 30 日"图书馆登录室第一部布告"中公布的新到杂志中有 *Soviet Russia*。*Soviet Russia* 是苏维埃俄国在纽约出版的杂志，1921 年 1 月 20 日《北大日刊》刊登的袁同礼 1920 年 12 月 9 日写给蒋梦麟和李大钊的信，推荐介绍了 *Soviet Russia*，称此刊为"苏维埃政府之机关报。出版地在纽约，每星期发刊一次。内中材料，颇多可取。前三卷均可购到。去岁曾与申府兄提及，不知已购置否？"根据此信内容，袁同礼曾于 1919 年给张申府去信推荐购买此刊，《北京大学日刊》1920 年 6 月 30 日"图书馆登录室第一部布告"中公布的新到杂志中已有此刊，大致可以确定此刊是经袁同礼推荐订购的。此刊本馆现馆藏中有收藏。

4. *The Communist*

《北京大学日刊》1920 年 10 月 23 日"图书馆登录室第一部布告"中公布的新到杂志中有 *The Communist*。该报纸 1919 年在芝加哥创刊，是美国共产党的机关报。现馆藏未见收藏。

5. *The New Russia*

《北京大学日刊》1921 年 1 月 17 日"图书馆登录室第一部布告"中公布的新到杂志中有 *The New Russia*。该杂志情况不详。现馆藏未见收藏。

6. *The Guildsman*

《北京大学日刊》1921 年 1 月 15 日"图书馆登录室第一部布告"中公布的新到杂志中有 *The Guildsman*。该刊 1916 年由英国国家基尔特联盟创办。现馆藏未见收藏。

名　　　　　　　　　　　　稱	卷	號	總　　號	出版月	日	册數
圖　書　館　登　錄　室　第　一　部　布　告						
※ 下　列　雜　誌　到　館　※						
The Chemical Age.	3	75		11	20	1
„ Times Weekly Edition	45	2291		11	26	1
„ Canadian Nation	2	10		11	27	1
„ Chemical News	121	3162		11	19	1
Common Sense	9	21		11	20	1
The NeW Russia	3	43		11	25	1
The Anatomical Record	19	6		11	20	2
The Reciew of Reciew	62	371		11		1
British Medical Journal			3125	11	20	1
The Spectator			4821	11	20	1
Truth Christmas Nnmber			2302	12		1
La De Genive			5	11		1
滬江大學週刊	10	5		12	11	1
„ „ „ „ „ „	10	6		12	18	1
„ „ „ „ „ „	10	7–8		12	25	1
Bulletin of the New york Public Lilerary	24	2		11		1
The New Russia	3	42		11	18	1
Nature	106	2664		11	18	1
Soviet Russia	3	21		11	20	1
The American Journal of Anatomy	28	1		11	15	1
„ Scientific Monthly	11	6		12		1
„ Astrophysical Journal	52	3		10		1

图29 《北京大学日刊》1921年9月17日第4版"图书馆登录室第一部布告"
关于新到馆杂志目录，其中包括 *The New Russia*, *Soviet Russia*

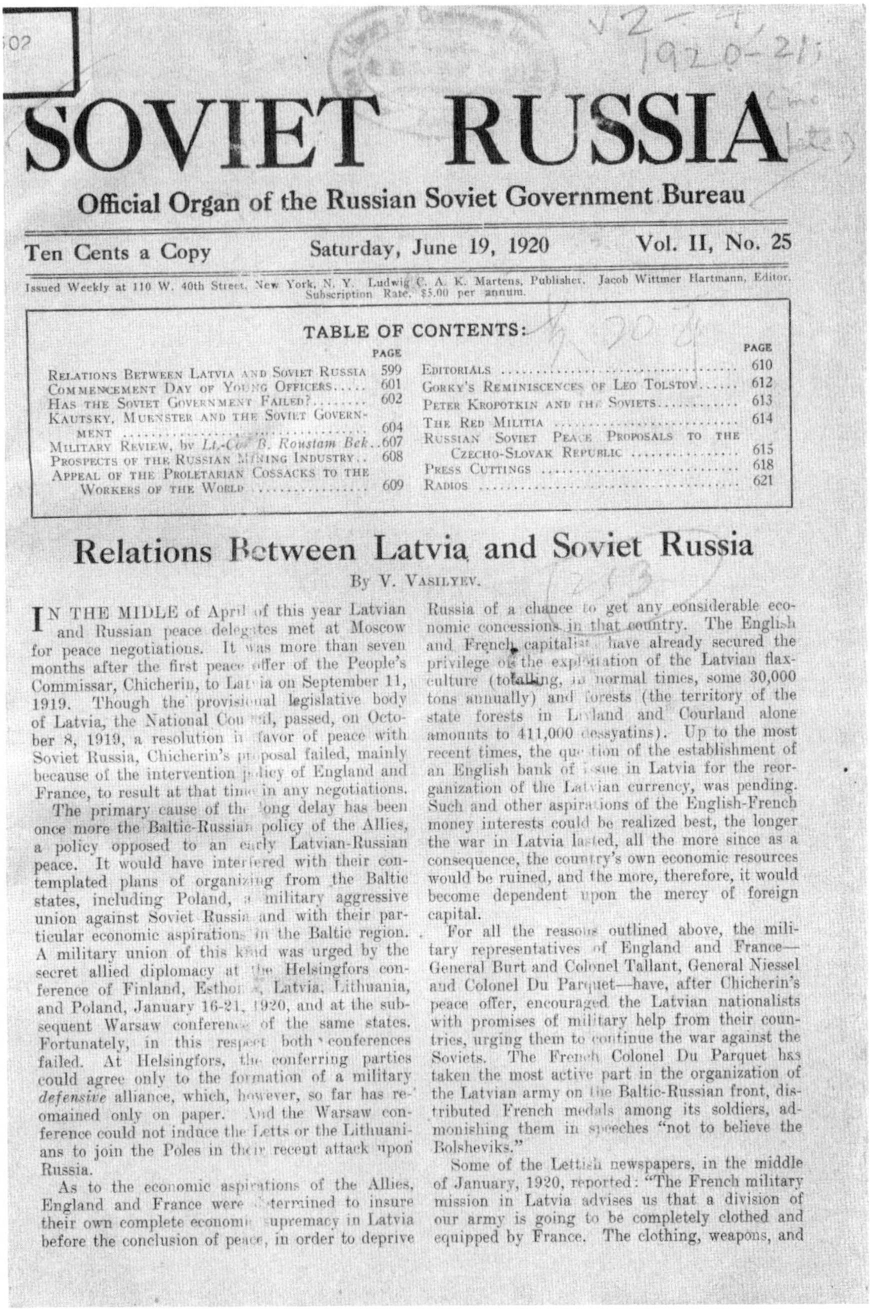

SOVIET RUSSIA

Official Organ of the Russian Soviet Government Bureau

Ten Cents a Copy   **Saturday, June 19, 1920**   **Vol. II, No. 25**

Issued Weekly at 110 W. 40th Street, New York, N. Y. Ludwig C. A. K. Martens, Publisher. Jacob Wittmer Hartmann, Editor. Subscription Rate, $5.00 per annum.

TABLE OF CONTENTS:

Relations Between Latvia and Soviet Russia

BY V. VASILYEV.

IN THE MIDDLE of April of this year Latvian and Russian peace delegates met at Moscow for peace negotiations. It was more than seven months after the first peace offer of the People's Commissar, Chicherin, to Latvia on September 11, 1919. Though the provisional legislative body of Latvia, the National Council, passed, on October 8, 1919, a resolution in favor of peace with Soviet Russia, Chicherin's proposal failed, mainly because of the intervention policy of England and France, to result at that time in any negotiations.

The primary cause of the long delay has been once more the Baltic-Russian policy of the Allies, a policy opposed to an early Latvian-Russian peace. It would have interfered with their contemplated plans of organizing from the Baltic states, including Poland, a military aggressive union against Soviet Russia and with their particular economic aspirations in the Baltic region. A military union of this kind was urged by the secret allied diplomacy at the Helsingfors conference of Finland, Esthonia, Latvia, Lithuania, and Poland, January 16-21, 1920, and at the subsequent Warsaw conference of the same states. Fortunately, in this respect both conferences failed. At Helsingfors, the conferring parties could agree only to the formation of a military *defensive* alliance, which, however, so far has remained only on paper. And the Warsaw conference could not induce the Letts or the Lithuanians to join the Poles in their recent attack upon Russia.

As to the economic aspirations of the Allies, England and France were determined to insure their own complete economic supremacy in Latvia before the conclusion of peace, in order to deprive Russia of a chance to get any considerable economic concessions in that country. The English and French capitalists have already secured the privilege of the exploitation of the Latvian flax-culture (totalling, in normal times, some 30,000 tons annually) and forests (the territory of the state forests in Livland and Courland alone amounts to 411,000 dessyatins). Up to the most recent times, the question of the establishment of an English bank of issue in Latvia for the reorganization of the Latvian currency, was pending. Such and other aspirations of the English-French money interests could be realized best, the longer the war in Latvia lasted, all the more since as a consequence, the country's own economic resources would be ruined, and the more, therefore, it would become dependent upon the mercy of foreign capital.

For all the reasons outlined above, the military representatives of England and France—General Burt and Colonel Tallant, General Niessel and Colonel Du Parquet—have, after Chicherin's peace offer, encouraged the Latvian nationalists with promises of military help from their countries, urging them to continue the war against the Soviets. The French Colonel Du Parquet has taken the most active part in the organization of the Latvian army on the Baltic-Russian front, distributed French medals among its soldiers, admonishing them in speeches "not to believe the Bolsheviks."

Some of the Lettish newspapers, in the middle of January, 1920, reported: "The French military mission in Latvia advises us that a division of our army is going to be completely clothed and equipped by France. The clothing, weapons, and

图 30　北京大学图书馆藏 *Soviet Russia* 1920 年 1 月 19 日第 2 卷第 25 期封面

三、日文图书

如前所述，北京大学图书馆 1919 年 1 月 8 日开始，以"图书馆登录室第二部布告"的形式在《北京大学日刊》上介绍新到馆图书，其中包括日文图书。经检索，我们发现部分马克思主义及相关日文图书。

《北京大学日刊》1920 年 1 月 26 日"图书馆登录室第二部布告"中公布的日文图书中有三种相关图书，我们在现馆藏中找到以下一种两册。

1. 唯物史観の立場から，堺利彦著，大正八年（1919）（图 31）

本书北大图书馆 1919 年、1920 年各购入一册。登录日期分别为 1919 年 12 月 10 日、1920 年 1 月 15 日，在李大钊任图书馆主任期间。

《北京大学日刊》1920 年 3 月 19 日"图书馆登录室第二部布告"中公布的日文图书中，有五种相关图书。我们在现有馆藏中发现以下一种，上下两册。

2.《マルクス傳》（《马克思传》），ジョン・スパーゴ著，村上正雄译，三田書房发行，大正八年（1919）（图 32、图 33）

该书登录日期为 1920 年 1 月 15 日，也属于李大钊任图书馆主任期间购入的。

李大钊任北京大学图书馆主任期间，恰逢一战结束、十月革命胜利、五四运动等重大事件先后发生。由于他本人对马克思主义的接受和信仰，以及当时各种进步思潮的影响，他在主持北京大学图书馆期间对引进马克思主义和其他进步书刊起到了积极的领导和推进作用。从相关文献的引进与传播、中文译本的翻译等方面考察，北京大学图书馆在传播马克思主义及其他进步思潮方面，开风气之先，并与当时的进步思潮积极互动，产生了深远的历史影响。在这方面，李大钊是功不可没的。

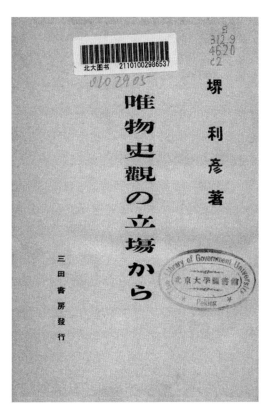

 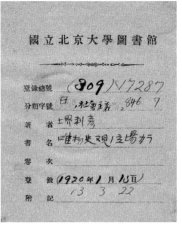

图 31　大正八年（1919）版《唯物史觀の立場から》

（上，题名页；下左，登录卡一；下右，登录卡二）

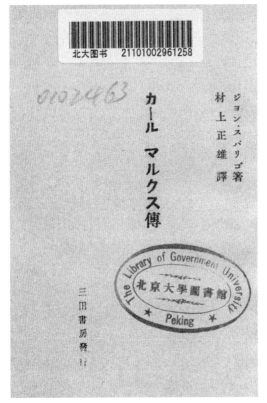

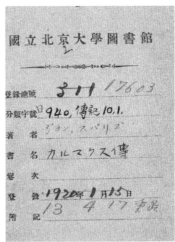

图 32　大正八年（1919）版《マルクス傳》(《马克思传》)（上）（左，题名页；右，登录卡）

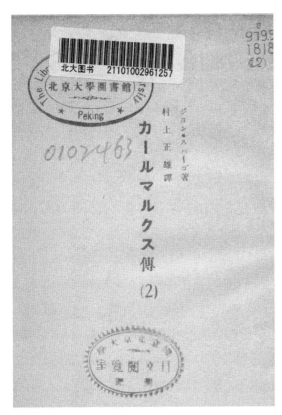
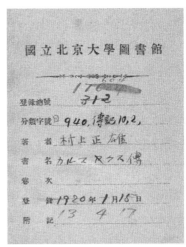

图 33　大正八年（1919）版《マルクス傳》（《马克思传》）（下）（左，题名页；右，登录卡）

参考文献

［1］吴晞. 北京大学图书馆九十年记略［M］. 北京：北京大学出版社，1992：
　　34.

［2］周策纵. 五四运动史. 陈永明，张静，译. 世界图书出版公司，2016：242.

［3］图书部典书课通告. 北京大学日刊［N］，1920-12-11（2）.

"亢慕义斋"旧藏八种

吴　冕

　　1920 年 3 月，在时任北京大学图书馆主任李大钊的指导下，北京大学的一些学生秘密组织成立了马克思学说研究会，主要成员有邓中夏、高君宇、罗章龙等。这是中国最早开始系统研究和传播马克思主义的团体。1921 年 7 月，中国共产党成立。马克思学说研究会为了方便工作，在征得校长蔡元培的同意后[1]，于当年 11 月 17 日在《北京大学日刊》第 894 号第 4 版刊登启事（图 1、图 2），正式公开。蔡元培还在校内拨了两间屋子供研究会使用，其中一间就作为研究会的图书室，名叫"亢慕义斋"（图 3），德文作 Das Kammunistsches Zimmer（义为"共产主义小室"）[2]。关于"亢"字的选用，据罗章龙解释："'亢'乃'盈、高、穷、极'之义，即吾人理想的最高境界，极高明而致幽远的境界。"[2]因其作为研究会的重要活动场所且藏书丰富，"亢慕义斋"遂成为马克思学说研究会的代名词。

一、"亢慕义斋"藏书来源

　　"亢慕义斋"作为收集与研究马克思主义文献的图书室，曾购买和收藏了较为丰富的马克思主义文献。"亢慕义斋"的藏书"或系会有，或系私有，皆有符号，归众共览"，[3]"一部分是由北大图书馆购进转给学会的，大部分则是第三国际代表东来后，陆续由第三国际及其出版机构提供的"，[2]而马克思学说研究会的会员们本身就有筹集经费以购买图书的义务。[4]

　　综合而言，"亢慕义斋"的藏书主要有以下四个来源：私人图书、会员筹集经费采买的图书、北京大学图书馆转来图书、第三国际及其出版机构提供的图书。

图1 《北京大学日刊》刊登《发起马克斯学说研究会启事》

图 2　1921 年 12 月 17 日出版的《北大生活》刊登马克思学说研究会会员合影

图 3 "亢慕义斋"旧址 [5]

二、"亢慕义斋"藏书情况

根据现存的史料，尚可部分还原"亢慕义斋"当年的藏书情形。1921 年 11 月 17 日出版的《北京大学日刊》第 894 号第四版登载了《发起马克斯学说研究会启事》（在中国早期的马克思主义传播史上，尚未确立统一的翻译标准，"马克斯""马克司""马格斯"等皆为"马克思"的不同译法），其中提到研究会"筹集了百二十元的购书费，至少要购备《马克斯全集》英、德、法三种文字的各一份。各书现已陆续寄到，并且马上就要找定一个事务所，可以供藏书、阅览、开会、讨论的用"。[4]

1922 年 2 月 6 日出版的《北京大学日刊》第 950 号第四版上又刊登了《马克思学说研究会通告（四）》（图 4）。《通告（四）》称研究会当时"已有英文书籍四十余种，中文书籍二十余种"，[3] 现节录相关原文如下：

社会主义丛书

Communist Manifesto（Marx and Engels）

Socialism, Utopian and Scientific（Engels）

Ethics and [the] Materialist Conception of History（Kautsky）

Essays on the Materialistic Conception of History（Labriola）

Socialism and Philosophy（Labriola）

The Theoretical System of Karl Marx（Boudin）

The Books on Socialist Philosophy（Engels）

Some of the Philosophical Essays of Joseph Dietzgen

The Poverty of Philosophy（Marx）

Anarchism and Socialism（Plechanoff）

The Origin of Family（Engels）

Bolshevik Theory（Postgate）

The Infantile Sickness of Leftism [in] Communism（Lenin）

The Proletarian Revolution（Lenin）

The Collapse of Capitalism（Herman Cahn）

Militarism（Liebknecht）

Two Pages from Roman History（Daniel De Leon）

共产党宣言（陈望道译）

阶级争斗（恽代英译）

马克斯资本论入门（李汉俊译）（按，据现存实物，书名为《马格斯资本论入门》）

马克思经济学说（李达译）（按，《马克思经济学说》的译者是陈溥贤，而《社会问题详解》的译者是盟西）[6]

社会主义史（李季译）

社会问题详解（李季译）

社会问题概论（周佛海译）

到自由之路（雁冰、凌霜、崧年共译）

工团主义（李季译）

共产党底计划，政治理想，社会结构学（太柳译）

经济丛书

Boehm-Bawerk's Criticism of Karl Marx（Rudolf Hilferding）

Capital Today（Herman Cahn）

Progress and Poverty（Henry George）

The Evolution of Banking（Robert H. Howe）

Socialization of Money（E. F. Mylluis）

Wage, Labour and Capital（Marx）

High Cost of Living（Kautsky）

The Evolution of Property（Lafargue）

Solution of Trust Problem（Leon & Berry）

工钱劳动与资本（袁让译）

劳动问题丛书

Unity（Leon）

Woman's Suffrage（Leon）

Industrial Unionism（Leon）

Industrial Unionism（Leon & Lebo）

Lincoln Labour and Slavery（Schluter）

Violence and [the] Labour Movement（Robert Hunter）

Reflection on Violence（Sorel）

历史丛书

History of I.W.W.（Brissendon）

General History of Civilization in Europe（Guizot）

Revolution and Counter-Revolution（Marx）

The 18th Brumaire of Louis Bonaparte（Marx）

The Civil War in France（Marx）

An Introduction to Middle Ages（Emerton）

The Ancient Lowly（Suole）（Wars）

History of Economic Doctrines（Gide & Rist）

Lenin, The Man and His Work（Albert Rhys and Williams）

中国近时外交史（刘彦著）

中日交涉史（刘彦著）

欧战之教训与中国之将来，战后之世界，欧战史要（黄郛著）

东方问题丛书

The International Relations of Chinese Empire（3 Vol.）（Morse）

Democracy and [the] Eastern Question（Millard）

Foreign Financial Control in China（Overlach）

俄国问题丛书

Reminiscences of Russian Revolution（Philip Price）

The Russian Workers' Republic（H. Noel Brailsford）

劳农会之建设（列宁著）

讨论进行计划书（列宁著）

杂志报章

Soviet Russia（苏维埃俄罗斯）

Asia（亚细亚）

Weekly Review of the Far East（米勒评论）

The Communist International（国际共产党）

大陆报，共产党，新青年，先驱，工人周刊，劳动周刊，济南劳动周刊，长沙劳工周刊，晨报，民国日报，时事新报，申报，广东群报，时事月刊，妇女声。[3]

详考此通告，可知实际载有英文书籍 47 种，中文书籍 20 种；英文杂志报章 4 种，中文杂志报章 15 种。

1922 年 4 月 24 日出版的《北京大学日刊》第 1009 号第四版上还有《马克司学说研究会图书馆通告（第二号）》（图 5）。该通告记载，"本会新到英文书籍七十余种，杂志十余种并德文书籍杂志七八十种"。[7] 这些新到的书籍很可能就是"尚有四五会员出金购买一百四十元之英、德文书籍"。[3] 合计可知，当时的"亢慕义斋"收藏英文书籍和杂志报章 131 种以上，中文书籍和杂志报章 35 种，"德文书籍、杂志七八十种"。

1922 年 12 月 13 日出版的《北京大学日刊》第 1132 号第三版则登载了《马克思学说研究会征求会员启事》（图 6）。其中提道："本会备有关于马氏学说之书籍数百部，专为有志研究马克思学说诸同志而设……其在本京之会员，得向本会借阅书籍（备有汉文、英文、德文、俄文，各项书籍借期以半月为限……）。"[8]

从这些通告和启事中可以看出，"亢慕义斋"当年的马克思主义文献收藏颇具规模，不仅藏书数量较大，且文种丰富，备有多种外文原典。马克思学说研究会在 1923 年后继续活动，藏书情况应还有变化，可惜目前尚未发掘到更多相关信息。

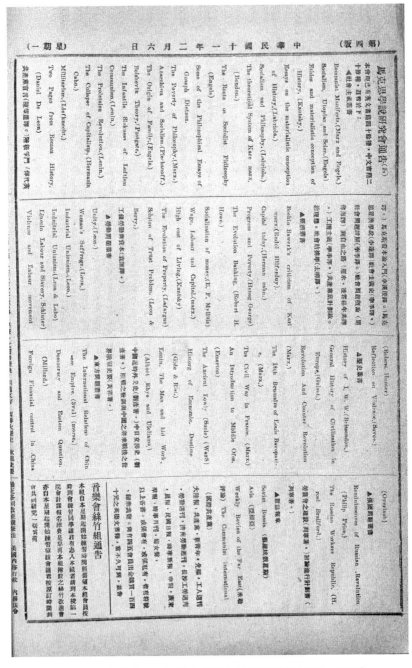

图 4　《北京大学日刊》刊登《马克思学说研究会通告（四）》

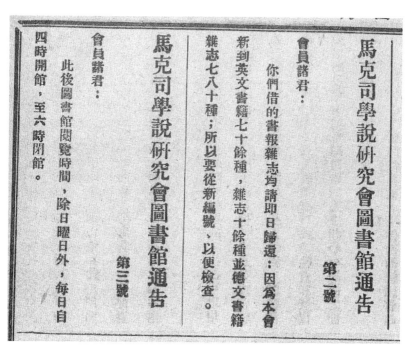

图 5 《北京大学日刊》刊登《马克司学说研究会图书馆通告（第二号、第三号）》

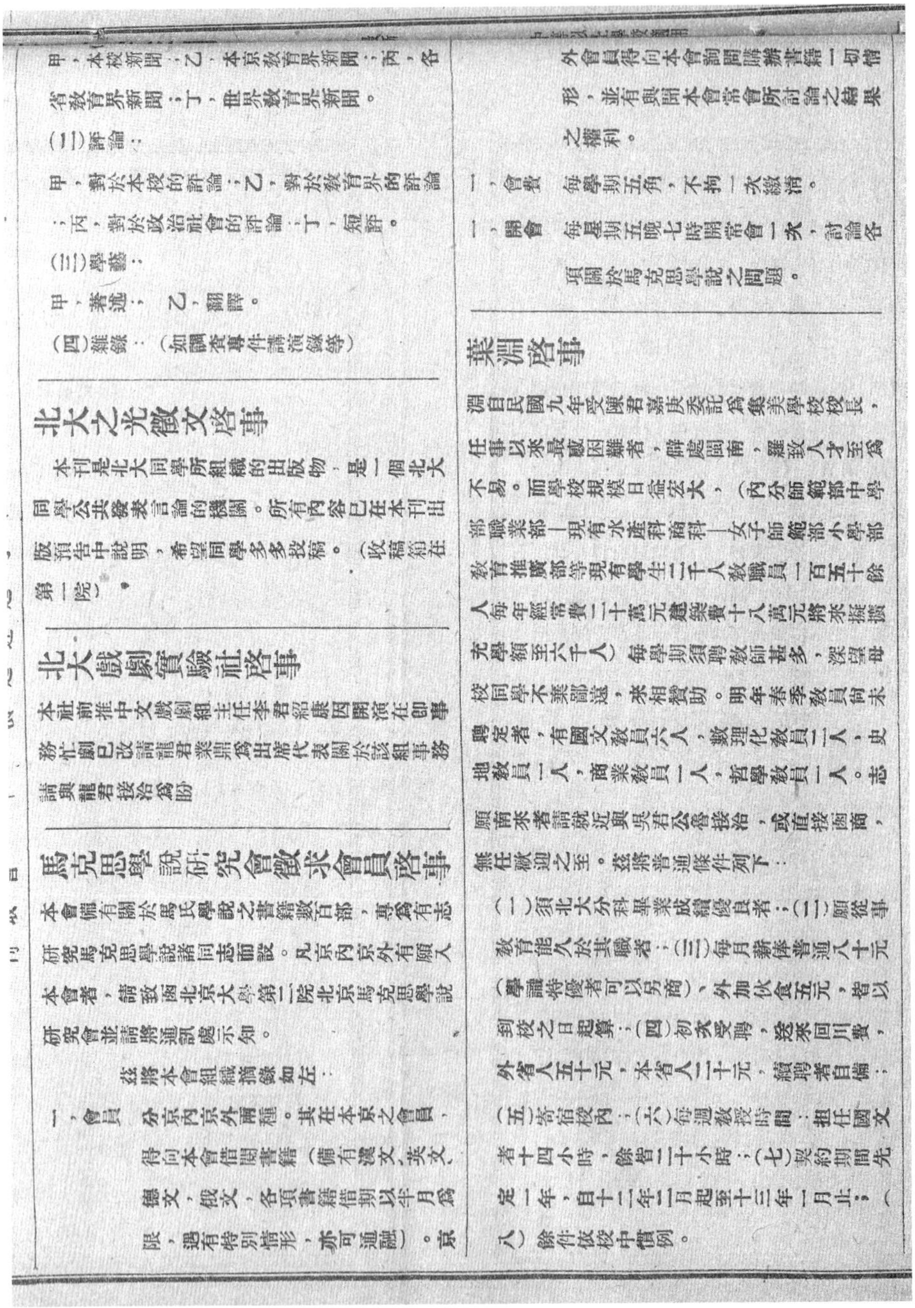

甲，本校新聞；乙，本京教育界新聞；丙，各省教育界新聞；丁，世界教育界新聞。

（二）評論：

甲，對於本校的評論；乙，對於教育界的評論；丙，對於政治社會的評論；丁，短評。

（三）學藝：

甲，著述；乙，翻譯。

（四）雜錄：（如調查事件演錄等）

北大之光徵文啓事

本刊是北大同學所組織的出版物，是一個北大同學公共發表言論的機關。所有內容已在本刊出版第一號預告中說明，希望同學多多投稿。（收稿處在北京大學第二院。）

北大戲劇實驗社啓事

本社前接洽諸君演劇在即，務忙劇員有改請諸君接洽組織事務關於調演代表出席各項紹介事，諸請本社康聞暫由李君君紹祥鈞任。

馬克思學說研究會徵求會員啓事

本會係研究馬克思學說諸同志所發起，凡京內外有願入會者，請致函北京大學第二院本會並請通訊處示知。茲將本會組織略述如左：

一、會員分京內京外兩種。其在本京之會員，得向本會借閱書籍（備有英文、德文、法文、各項書籍以供諸同志之研究），又可通融借閱。又有特別情形，亦可通融。各項借閱期以一月為限。京外之會員，有願入會者，借閱期定二年。其他辦法依校中規章辦理。

外會員將向本會詢問辦法書籍之一切情形，並有開明本會常務會所討論之結果。

一、會費每學期別五角，不拘一次繳清。

一、開會每星期別五晚七時開常會一次，討論各項關於馬克思學說之問題。

图6 《北京大学日刊》刊登《马克思学说研究会征求会员启事》

三、"亢慕义斋"旧藏八种

"亢慕义斋"与北京大学图书馆有着密切的关联。这不仅体现在当时的图书馆主任李大钊是"亢慕义斋"实际的组织者和领导者，斋中的许多图书由图书馆转来或代购，还因为"亢慕义斋"的收藏后来又回归北京大学图书馆保存，至今仍是馆藏中的珍品。[9]历经岁月的沧桑，当年的"亢慕义斋"旧藏已不易找寻。所幸根据钤在书上的"亢慕义斋图书"印记（据罗章龙回忆，这枚印章是由他设计，"亢斋"成员宋天放刻成的）[2]，可以确认北京大学图书馆尚存"亢慕义斋"旧藏八种（图7）：

1. N. Lenin. *Die Grosse Initiative*. Unionverlag Bern，1920.（列宁《伟大的创举》，伯尔尼联合出版社1920年版。）（图8）封面钤印。

2. N. Lenin. *Der "Radikalismus" die Kinderkrankheit des Kommunismus*. Herausgegeben vom Westeuropäischen Sekretariat der Kommunistischen Internationale. Leipzig，1920.（列宁《共产主义运动中的"左派"幼稚病》，莱比锡共产国际西欧书记处1920年版。）（图9）封面钤印。

3. Clara Zetkin und Henri Walecki. *Dem Reformismus entgegen*. Verlag der Kommunistischen Internationale. Hamburg，1921.（蔡特金、瓦勒齐《反对改良主义》，汉堡共产国际出版社1921年版。）（图10）书内钤印。

4. E. Brand und H. Walecki. *Der Kommunismus in Polen*. Verlag der Kommunistischen Internationale. Hamburg，1921.（布兰特、瓦勒齐《共产主义在波兰》，汉堡共产国际出版社1921年版。）（图11）书内钤印。

5. G. Sinowjew. *Die Rolle der Kommunistischen partei in Der Proletarischen Revolution*. Herausgegeben vom Westeuropäischen Sekretariat der Kommunistischen Internationale，1920.（季诺维也夫《共产党在无产阶级革命中的作用》，共产国际西欧办事处1920年版。）（图12）封面钤印。

6. G. Sinowjew. *Zwölf Tage in Deutschland*. Verlag der Kommunistischen Internationale. Hamburg，1921.（季诺维也夫《德国十二天》，汉堡共产国际出版社1921年版。）（图13）书内钤印。

7. G. Sinowjew. *Alte Ziele Neue Wege*. Verlag der Kommunistischen Internationale. Hamburg，1922.（季诺维也夫《旧目标新道路》，汉堡共产国际出版社 1922 年版。）（图 14）封面钤印。

8. L. Trotzki. *Die Fragen der Arbeiterbewegung in Frankreich und die kommunistische Internationale*. Verlag der Kommunistischen Internationale. Hamburg，1922.（托洛斯基《法国工人运动问题和共产国际》，汉堡共产国际出版社 1922 年版。）（图 15）封面钤印。

这八本书籍皆为德文版，由共产国际的机构"汉堡共产国际出版社""莱比锡共产国际西欧书记处""伯尔尼联合出版社"出版，且很有可能就是共产国际代表维金斯基（Veginsky）来华时赠送的。[10] 这八本书的出版时代较早，亦颇具版本与史料价值。

图 7 "亢慕义斋"旧藏八种

图 8 列宁《伟大的创举》封面钤印

Preis 4.— Mk.

N. Lenin

Der „Radikalismus" die Kinderkrankheit des Kommunismus

Herausgegeben vom Westeuropäischen Sekretariat der Kommunistischen Internationale
(Kommissionsverlag: Franckes Verlag G. m. b. H.)
Leipzig 1920

图 9 列宁《共产主义运动中的"左派"幼稚病》封面钤印

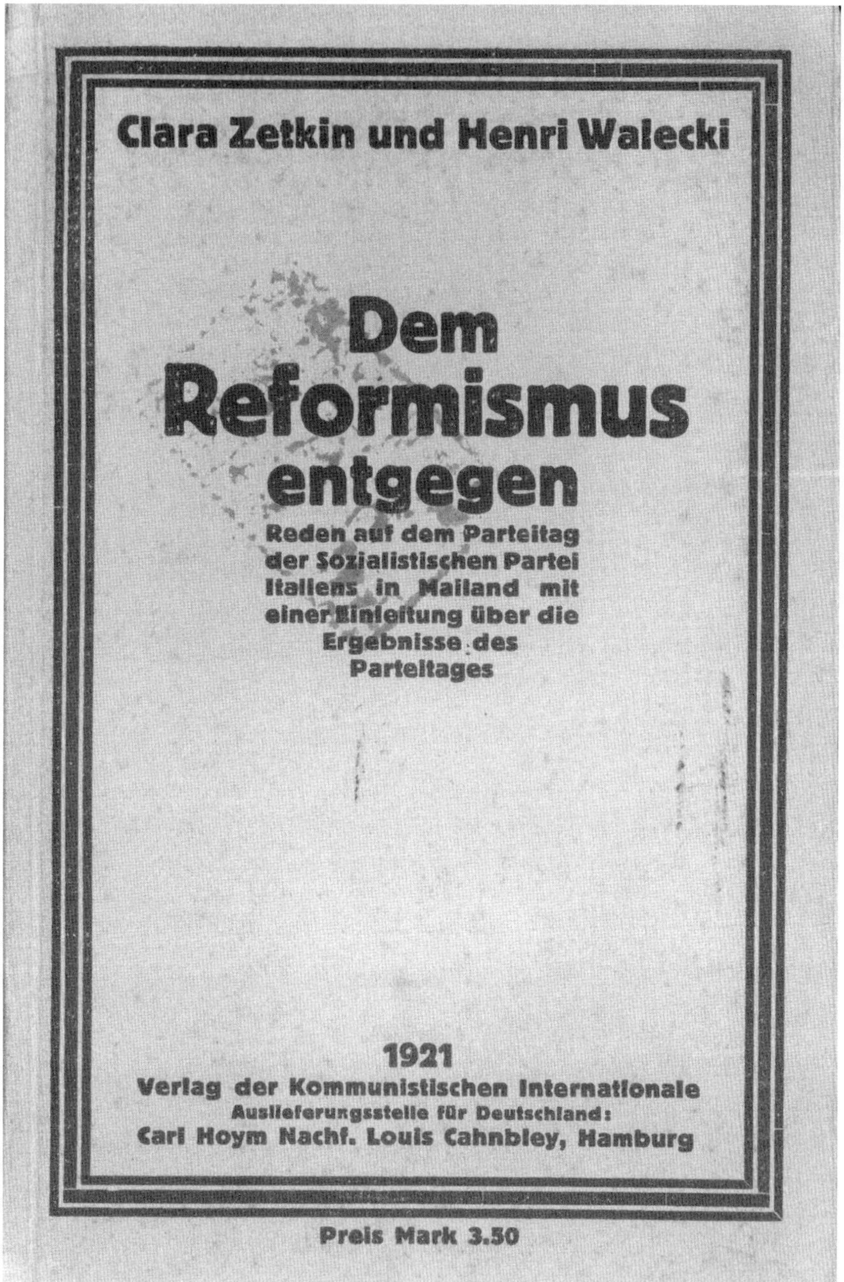

图 10　蔡特金、瓦勒齐《反对改良主义》封面

图 11　布兰特、瓦勒齐《共产主义在波兰》封面

G. SINOWJEW

DIE ROLLE DER KOMMUNISTISCHEN PARTEI IN DER PROLETARISCHEN REVOLUTION

REDE AUF DEM ZWEITEN WELTKONGRESS
DER KOMMUNISTISCHEN INTERNATIONALE.
MOSKAU, JULI/AUGUST 1920

MIT RESOLUTION
DES KONGRESSES

HERAUSGEGEBEN VOM WESTEUROPÄISCHEN SEKRETARIAT
DER KOMMUNISTISCHEN INTERNATIONALE
1920

图 12　季诺维也夫《共产党在无产阶级革命中的作用》封面钤印

图 13　季诺维也夫《德国十二天》封面

图 14　季诺维也夫《旧目标新道路》封面钤印

BIBLIOTHEK
DER KOMMUNISTISCHEN INTERNATIONALE
30.

L. TROTZKI

DIE FRAGEN DER
ARBEITERBEWEGUNG IN
FRANKREICH
UND DIE KOMMUNISTISCHE
INTERNATIONALE

*Zwei Reden, gehalten auf der Konferenz
der Erweiterten Exekutive der Kommunistischen Inter-
nationale am 26. Februar und 2. März 1922 in Moskau*

1922
VERLAG DER KOMMUNISTISCHEN INTERNATIONALE
AUSLIEFERUNGSSTELLE FÜR DEUTSCHLAND:
CARL HOYM NACHF. LOUIS CAHNBLEY, HAMBURG

图 15　托洛斯基《法国工人运动问题和共产国际》封面钤印

从以上的文献记载和现存的历史实物中，能够感受到当年马克思学说研究会收藏与研读马克思主义经典文献的热情与努力。因此，当时的北京大学，无可争议地成为全国研究与传播马克思主义的重镇，而北京大学图书馆在其中又起着至关重要的作用。

参考文献

［1］罗章龙.回忆北京大学马克思学说研究会［J］.新文学史料，1979（3）：9—15.

［2］罗章龙.椿园载记［M］.北京：生活·读书·新知三联书店，1984：87.

［3］马克思学说研究会.马克思学说研究会通告（四）［N］.北京大学日刊，1922-2-6（4）.

［4］马克思学说研究会.发起马克斯学说研究会启事［N］.北京大学日刊，1921-11-17（4）.

［5］郭俊英主编，北京新文化运动纪念馆编.新时代的先声——五四新文化运动展览图录［M］.北京出版社，2011：98.

［6］汪信砚.李达传播马克思主义的重要史实勘误之一——关于李达是否翻译过考茨基《马克思经济学说》的考辨［J］.武汉大学学报（人文科学版），2012，65（6）：5—10.

［7］马克思学说研究会.马克司学说研究会图书馆通告（第二号）［N］.北京大学日刊，1922-4-24（4）.

［8］马克思学说研究会.马克思学说研究会征求会员启事［N］.北京大学日刊，1922-12-13（4）.

［9］吴晞."亢慕义斋"——我国图书馆史上光辉的一页［J］.图书馆工作与研究，1991（4）：64—65.

［10］张红扬.书传马恩列文载"亢慕义"［N］.中华读书报，2011-9-21（18）.

《共产党宣言》中译十二个版本

邹新明

马克思和恩格斯于 1848 年 1 月合作完成的《共产党宣言》是国际共产主义运动的第一个纲领性的文献。这部文献的问世标志着马克思主义的诞生。《共产党宣言》自 1848 年 2 月德文第一版问世以来，通过 200 多种文字的译本传遍世界，对人类社会变革和思想革命产生了深远的影响。

《共产党宣言》在中国的翻译传播，经历了从只言片语介绍到部分章节选译，再到全文翻译的过程。20 世纪初，留日学生在日本出版的书刊所附的广告中曾预告有两种中文全译本《共产党宣言》出版，但后来均未见原书。书是否出版过，无从确定。其一是 1906 年 12 月东京社会主义研究社出版的幸德秋水著、蜀魂翻译的《社会主义神髓》一书，在所附的该社"社会主义丛书出版预告"中，列有蜀魂翻译的五种图书，其中就有《共产党宣言》，但此书未见流传；其二是 1908 年 1 月 5 日在东京出版的刘师培主编的《天义》报月刊第 15 卷，曾刊登广告"本报下册汇列新译各书成一最巨之册……"，所列书目中第一种就是《共产党宣言》。虽然《天义》报 1908 年 3 月 15 日出版的 16—19 卷合刊中刊登了民鸣翻译的《共产党宣言》前引和第一章全文，但该报 3 月下旬停刊，未见后续几章译文刊载，也未见单行本。

据高放整理研究，1949 年之前有实物可证的《共产党宣言》的中文全译本主要有以下几种版本：

1. 1920 年陈望道译本
2. 1930 年华岗翻译的中英文对照本

3. 1938 年成仿吾、徐冰合译本

4. 1943 年陈瘦石译本

5. 1943 年博古校译本

6. 1948 年乔冠华在成仿吾、徐冰合译本基础上的校译本

7. 1949 年苏联外国文书籍出版局在莫斯科出版的《共产党宣言》百周年纪念版

北京大学图书馆收藏的 12 个 1949 年以前的《共产党宣言》中文全译本基本不出上述范围，有所增加的主要在于博古译本有各根据地版本 6 种，另有燕京大学图书馆藏手抄本一种。缺少的是 1938 年成仿吾、徐冰合译本，1943 年陈瘦石译本。下面按出版或抄录年代先后顺序分别加以介绍。

一、陈望道译本

由陈望道翻译，社会主义研究社在 1920 年 8 月出版的《共产党宣言》是现存最早的中文全译本。此版采用《近世界六十名人》中收录的马克思图像为封面，发行量仅 1000 册。据研究者统计，首版现存不到 10 册，分藏于国家博物馆、国家图书馆、上海图书馆、上海市档案馆等机构，所以非常珍贵。据研究者考证，此译本主要以日译本为底本，并参考英译本。

北京大学图书馆收藏的陈望道译本是 1920 年 9 月的再版（图 1、图 2），现存量不多，也非常珍贵。再版纠正了初版题名误作"共党产宣言"的错误，封面由水红色改为蓝色。本书封面钤有"北京法政专门学校收藏"朱文长方印，当属北京法政专门学校旧藏，何时入藏本馆，有待进一步考察。封面右上角钤有"特"字圆章，具体含义及年代待考。

图 1   1920 年 9 月再版陈望道译本《共产党宣言》封面

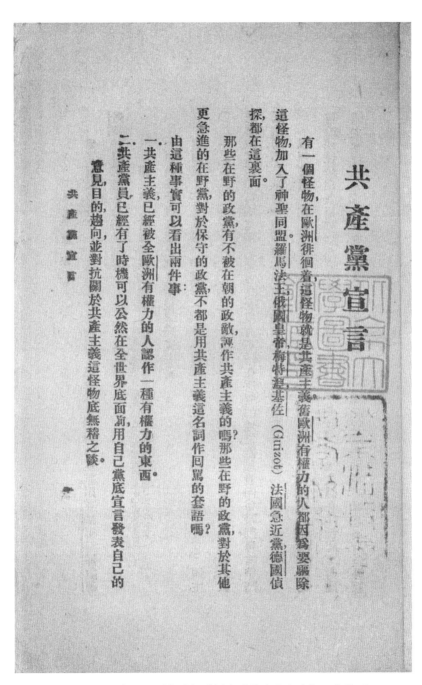

共產黨宣言

有一個怪物,在歐洲徘徊着,這怪物就是共產主義舊歐洲有權力的人都因爲要驅除這怪物,加入了神聖同盟,羅馬法王俄國皇帝梅特涅基佐(Guizot)法國急近黨德國偵探都在這裏面。

那些在野的政黨有不被在朝的政敵譏作共產主義的嗎?那些在野的政黨,對於其他更急進的在野黨對於保守的政黨不都是用共產主義這名詞作囘罵的套語嗎?

由這種事實可以看出兩件事

一．共產主義,已經被全歐洲有權力的人認作一種有權力的東西．

二．共產黨員已經有了時機可以公然在全世界底面前用自己黨底宣言發表自己的意見目的趨向並對抗關於共產主義這怪物底無稽之談.

共產黨宣言

图 2 1920 年 9 月再版陈望道译本《共产党宣言》正文首页

二、原燕京大学图书馆藏手抄本

此抄本钤有"燕京大学图书馆"蓝色椭圆印（图3），并有被划掉的手写流水号"5195"。抄本采取单页标注页码的方式，类似于古籍筒子页的页码标注，共标计28页，实为55页。经比对，可知抄录所据底本即陈望道1920年的中译本。抄本用钢笔行书抄录，字迹清晰工整，并有部分红笔圈划痕迹（图4）。

据上述被划掉登录号5195，在燕京大学图书馆中文登录簿此登录号下找到此抄本的记录，登录时间为1927年3月至5月，故推定此抄本大致抄录于1927年前后。《共产党宣言》抄本的出现，可能与当时对马克思主义等进步书刊的控制，以及知识阶层对马克思主义的关注有关。从时间和流传上看，此抄本已有近百年历史，保存至今实属不易，非常珍贵。

三、华岗译中英文对照本

1929年，中共中央在上海成立华兴书局，华岗受命根据1888年恩格斯亲自校订的英文版《共产党宣言》重新翻译成中文。此译本译者署名"华冈"，1930年初由华兴书局出版（图5、图6）。据有关研究，此译本初版现存为数不多，本馆所藏应即初版。据对《共产党宣言》中译本颇有研究的学者高放先生回忆："我是在1973年—1978年因人大停办，转到北大教书期间，从北大图书馆头一次借读到这个译本。"可见此译本比较罕见。

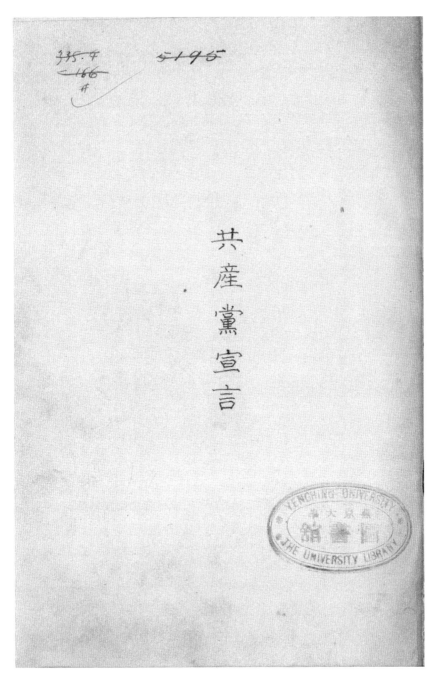

图 3　原燕京大学图书馆藏手抄本《共产党宣言》封面

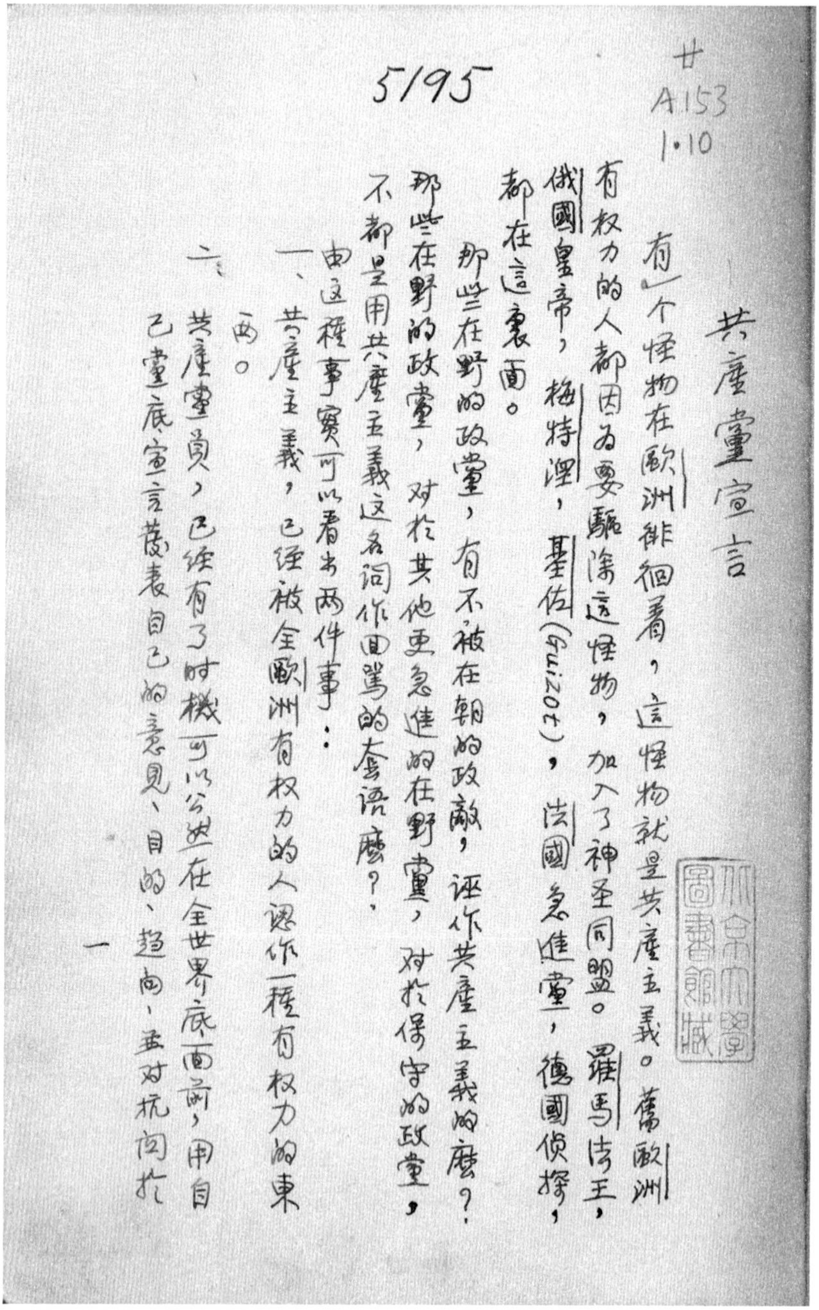

5195

共產黨宣言

有一个怪物在欧洲徘徊着，这怪物就是共产主义。旧欧洲有权力的人都因为要驱除这怪物，加入了神圣同盟。罗马法王，俄国皇帝，梅特涅，基佐(Guizot)，法国急进党，德国侦探，都在这里面。

那些在野的政党，有不被在朝的政敌，诬作共产主义的么？那些在野的政党，对於其他更急进的在野党，对於保守的政党，不都是用共产主义这名词作诟骂的套语么？

由这种事实可以看出两件事：

一、共产主义，已经被全欧洲有权力的人认作一种有权力的东西。

二、共产党员，已经有了时机可以公然在全世界底面前，用自己党底宣言发表自己的意见、目的、趋向，去对抗向於

一

图 4　原燕京大学图书馆藏手抄本《共产党宣言》正文首页

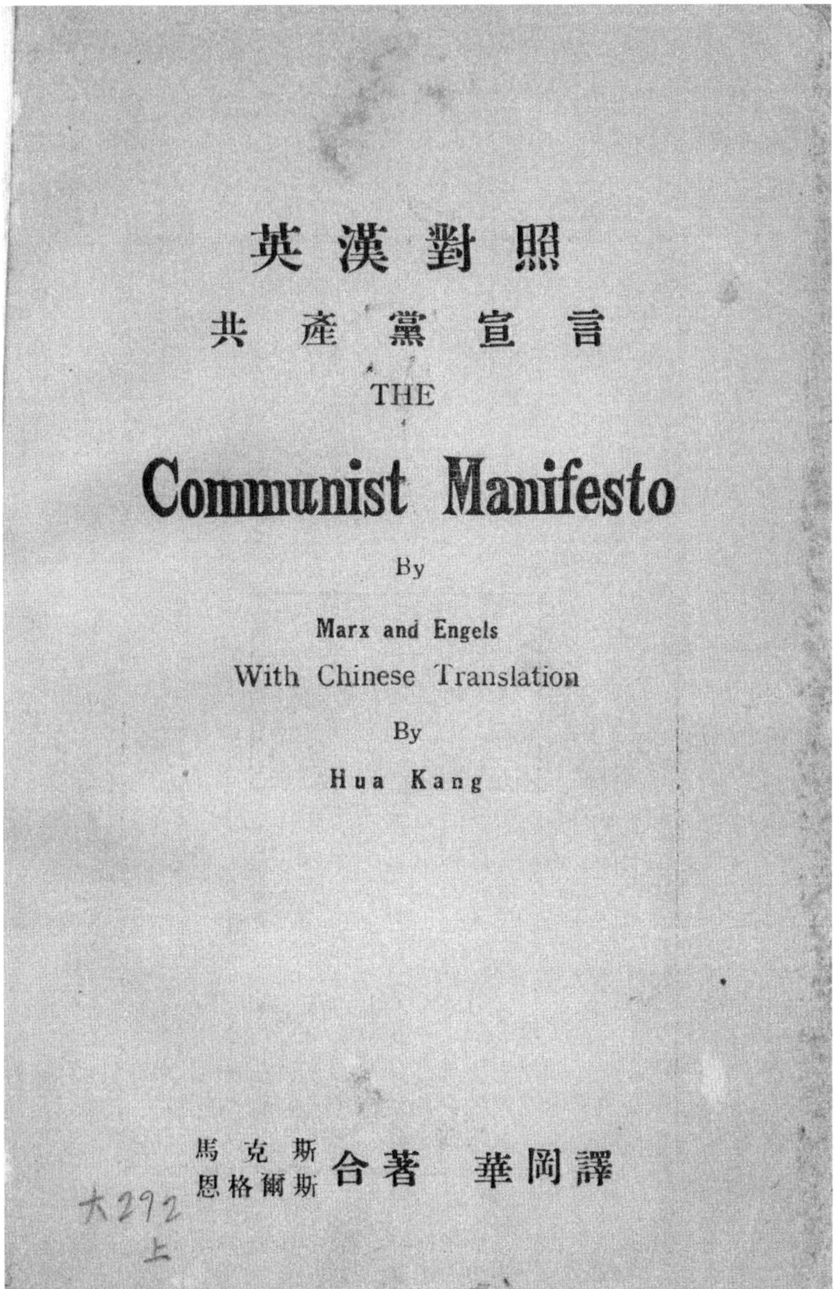

英 漢 對 照

共 產 黨 宣 言

THE

Communist Manifesto

By

Marx and Engels

With Chinese Translation

By

Hua Kang

馬克斯
恩格爾斯 合著 華岡譯

图 5 1930 年华岗（署名"华冈"）译中英文对照本《共产党宣言》封面

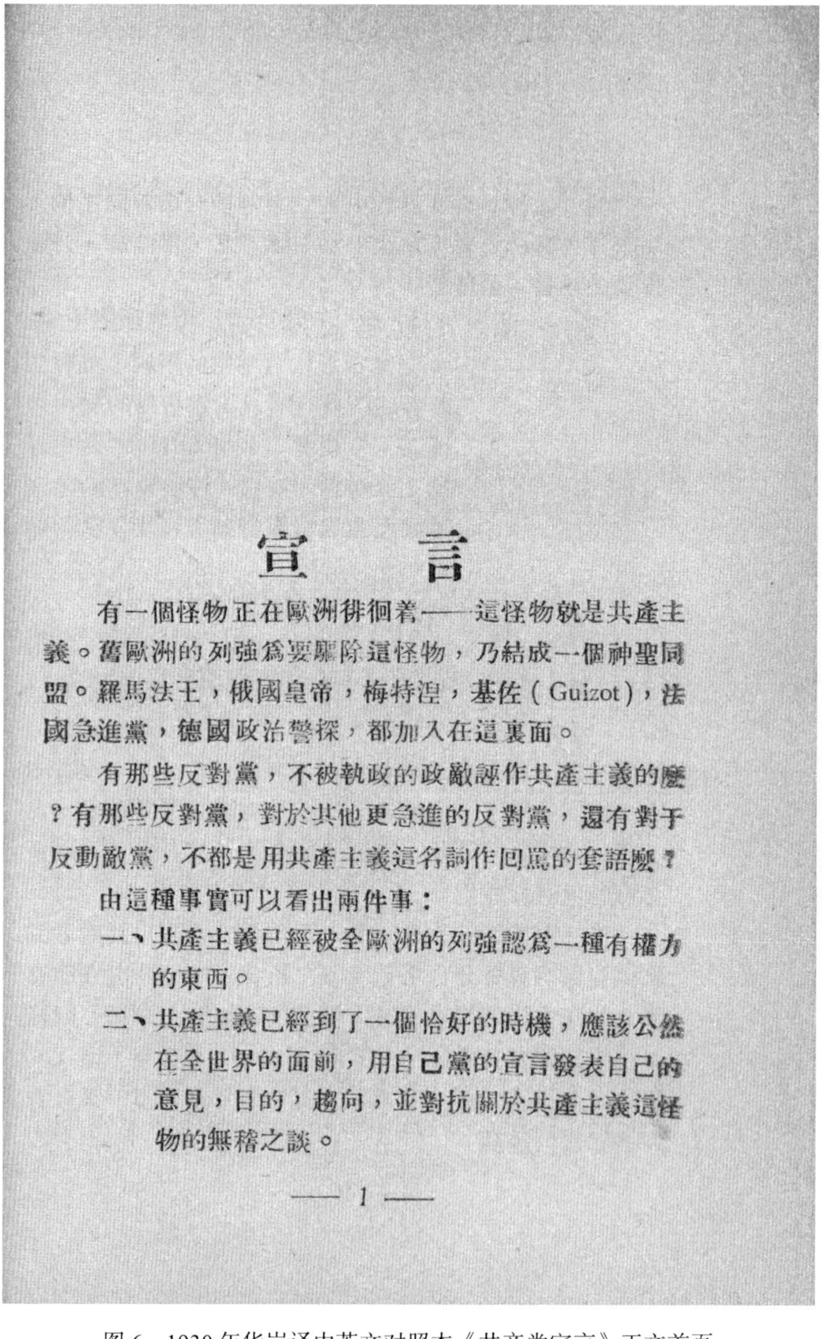

宣　言

有一個怪物正在歐洲徘徊着——這怪物就是共產主義。舊歐洲的列強爲要驅除這怪物，乃結成一個神聖同盟。羅馬法王，俄國皇帝，梅特涅，基佐（Guizot），法國急進黨，德國政治警探，都加入在這裏面。

有那些反對黨，不被執政的政敵誣作共產主義的麽？有那些反對黨，對於其他更急進的反對黨，還有對于反動敵黨，不都是用共產主義這名詞作回罵的套語麽？

由這種事實可以看出兩件事：

一、共產主義已經被全歐洲的列強認爲一種有權力的東西。

二、共產主義已經到了一個恰好的時機，應該公然在全世界的面前，用自己黨的宣言發表自己的意見，目的，趨向，並對抗關於共產主義這怪物的無稽之談。

—— 1 ——

图6　1930年华岗译中英文对照本《共产党宣言》正文首页

四、乔冠华校译本

此本是在成仿吾、徐冰合译本基础上校译的。成仿吾和徐冰合译的《共产党宣言》，1938 年 8 月由延安解放社出版，是当时解放区由中国共产党公开组织翻译的第一个《共产党宣言》全译本。

成仿吾 1929 年留法期间曾受蔡和森委托，以德文版《共产党宣言》为主，并参考英、法译本，完成了中文翻译。后来译稿因变故下落不明。1938 年，时任延安陕北公学校长的成仿吾与《解放日报》编辑徐冰受中共中央宣传部委托，以德文版为底本重新翻译《共产党宣言》，二人分工合作，同年 8 月该译本作为"马恩丛书"第四种出版。

本馆所藏成仿吾、徐冰合译，乔冠华校译本是 1949 年 6 月由香港中国出版社出版的（图 7、图 8），收入"马列主义理论丛书"。该书题名页钤有"姚迅"朱文方印，似原为私人收藏，后入藏本馆。此版正文前印有马克思、恩格斯头像，除正文外，翻译了 1872 年、1883 年、1890 年的德文版序言。此校译本最早出版于 1948 年，据书后所附署名"乔木"（乔冠华笔名）的"校后记"，此校译本是为了纪念《共产党宣言》问世一百周年而作，采用英文版为底本校译，大致改动不多，"除掉误植和个别字句而外，比较重要的校正可以说是很少的。有些地方的校正并不足以说明原译者错了，只是因为原译者太忠实于德文的结构，往往显得生硬，甚而至于有使读者发生误解的可能"。

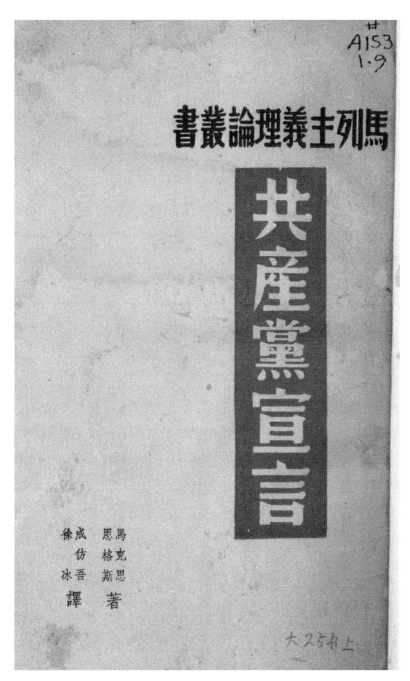

图 7　香港中国出版社 1949 年版《共产党宣言》封面

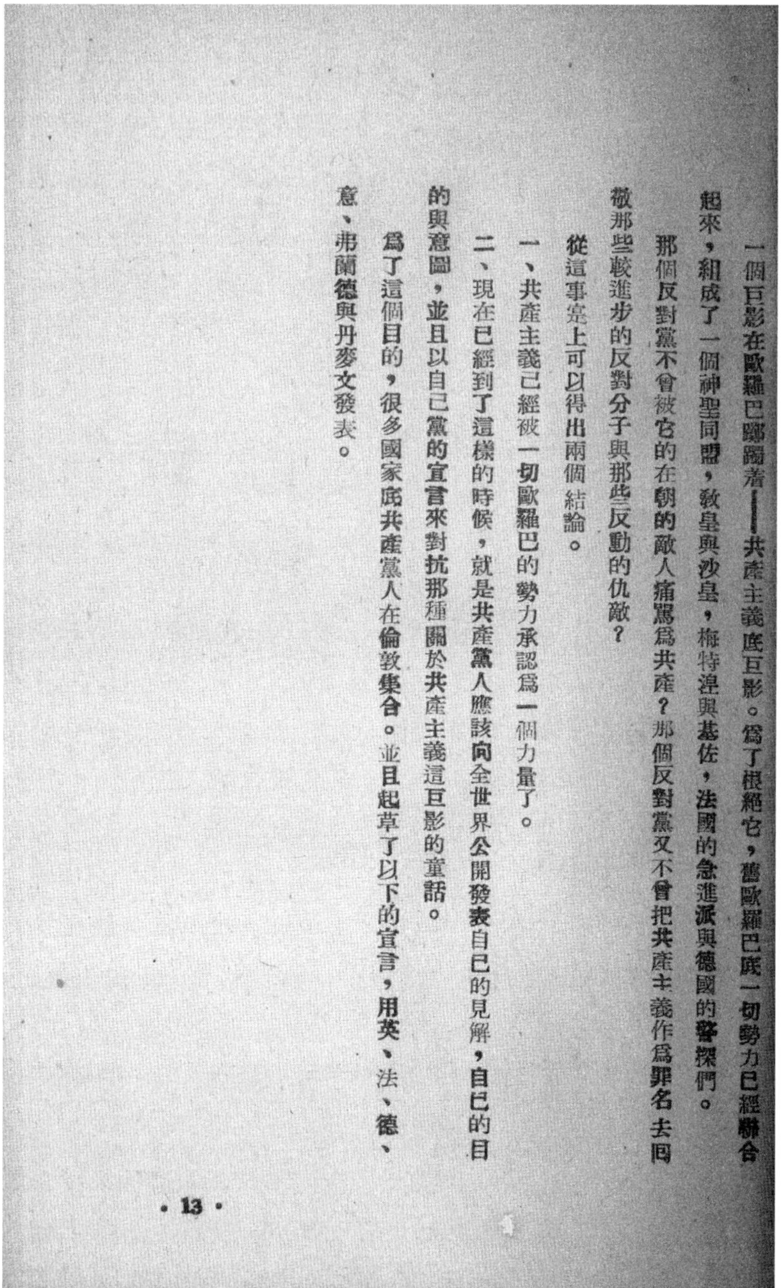

一個巨影在歐羅巴踯躅着——共產主義底巨影。爲了根絕它，舊歐羅巴底一切勢力已經聯合起來，組成了一個神聖同盟，敎皇與沙皇，梅特涅與基佐，法國的急進派與德國的警探們。

那個反對黨不曾被它的在朝的敵人痛罵爲共產？那個反對黨又不曾把共產主義作爲罪名去回敬那些較進步的反對分子與那些反動的仇敵？

從這事寔上可以得出兩個結論。

一、共產主義已經被一切歐羅巴的勢力承認爲一個力量了。

二、現在巳經到了這樣的時候，就是共產黨人應該向全世界公開發表自巳的見解，自巳的目的與意圖，並且以自巳黨的宣言來對抗那種關於共產主義這巨影的童話。

爲了這個目的，很多國家底共產黨人在倫敦集合。並且起草了以下的宣言，用英、法、德、意、弗蘭德與丹麥文發表。

・13・

图 8　香港中国出版社 1949 年版《共产党宣言》正文首页

五、博古校译本

1942 年 10 月，中共中央宣传部成立翻译校阅委员会，作为该委员会成员之一的博古据俄文版《共产党宣言》对成仿吾、徐冰译本做了重新校译，并增译了 1882 年俄文版序言。1943 年 8 月，博古校译本由延安解放社首版。同年，该译本被中共中央列为高级干部必读的五本马列原著之一，出版发行量极大，不仅在解放区，在国统区和敌占区也有广泛的流传，有各解放区新华书店印行本。本馆收藏的较早的博古校译本主要有以下几种：

版本一

1946 年 5 月太岳新华书店印行本（图 9、图 10）。此种封面有"校正本"字样，书后附有勘误表一页。

版本二

1948 年 10 月东北书店印行本（图 11、图 12），印数 15001—20000 册。

版本三

1948 年 10 月东北书店安东分店印行本（图 13），印数 5000 册。本书题名页和目录页钤有"北京大学学生自治会子民图书室"蓝色圆印（图 14），为"子民图书室"旧藏。

版本四

1949 年 3 月解放社印行本（图 15）。本书题名页有"王箴廷"毛笔签名（图 16）。

版本五

北平人民书报社印行本（图 17、图 18），年代不详。

版本六

大众出版社印行本（图 19、图 20），年代不详。本书目录页有原书主签名：沈其邵，一九四九。沈其邵 1949 年新中国成立前就读于燕京大学机械系，中共地下党员，1952 年毕业。此书有可能是沈其邵捐赠给燕京大学图书馆或北京大学图书馆的。

图 9　太岳新华书店 1946 年印行本《共产党宣言》封面

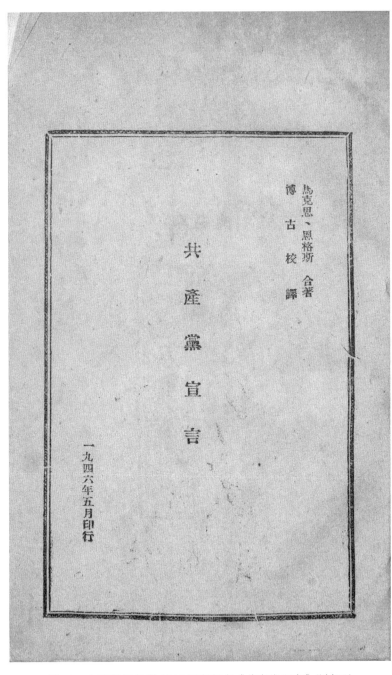

图 10　太岳新华书店 1946 年印行本《共产党宣言》题名页

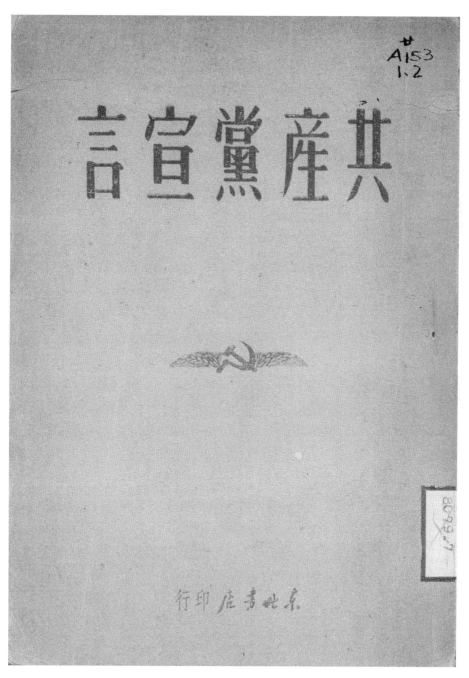

图 11 东北书店 1948 年印行本《共产党宣言》封面

图 12　东北书店 1948 年印行本《共产党宣言》题名页

图 13　东北书店安东分店 1948 年印行本《共产党宣言》封面

图 14　东北书店安东分店 1948 年印行本《共产党宣言》题名页

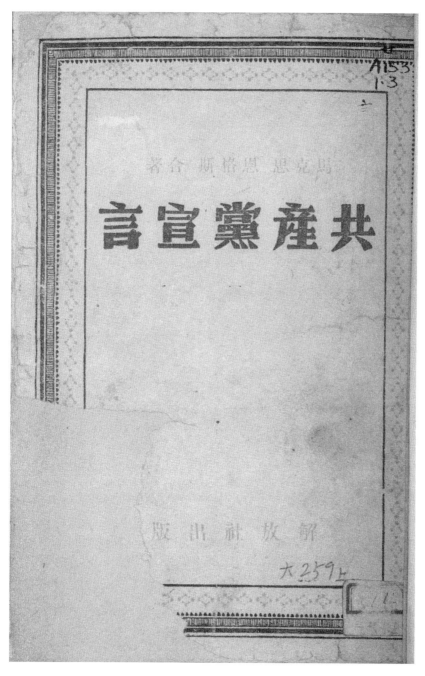

图 15　解放社 1949 年印行本《共产党宣言》封面

图 16　解放社 1949 年印行本《共产党宣言》题名页

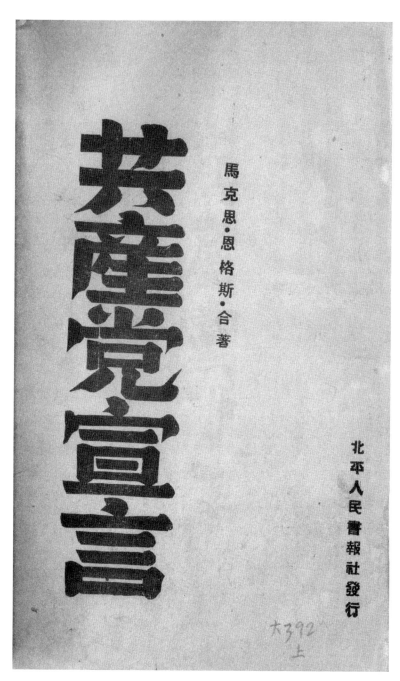

图 17　北平人民书报社印行本《共产党宣言》封面

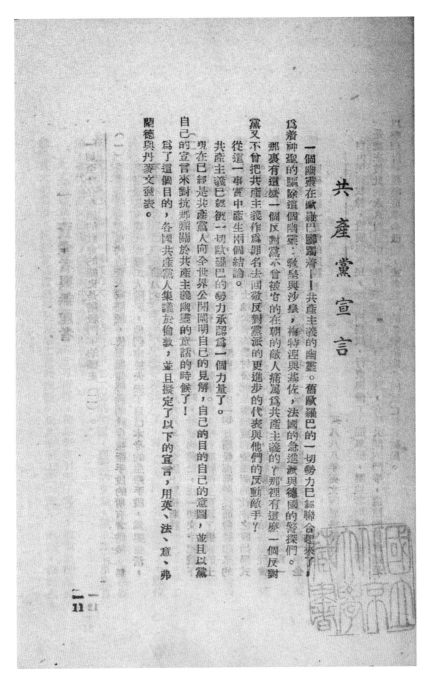

一個幽靈在歐羅巴踟蹰着——共產主義的幽靈。舊歐羅巴的一切勢力已經聯合起來了，

為着神聖的驅除這個幽靈：敎皇與沙皇，梅特涅與基佐，法國的急進派與德國的警探們。全

那裏有過激一個反對黨不曾被官的在朝的敵人痛罵為共產主義的？那裏有這麼一個反對

黨又不曾把共產主義作為罪名法回敬反對黨派的更進步的代表與他們的反動敵手？

從這一專實中產生兩個結論。

共產主義已經被一切歐羅巴的勢力承認為一個力量了。

現在已是共產黨人向全世界公開開明自己的見解，自己的目的自己的意圖，並且以黨

自己的宣言來對抗那類關於共產主義幽靈的童話的時候了！

為了這個目的，各國共產黨人集議於倫敦，並且擬定了以下的宣言，用英、法、意、弗

蘭德與丹菱文發表。

共 產 黨 宣 言

图 18　北平人民书报社印行本《共产党宣言》正文首页

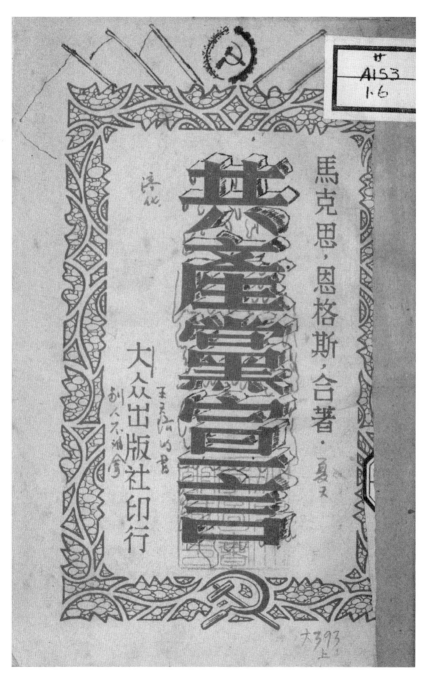

图19 大众出版社印行本《共产党宣言》封面

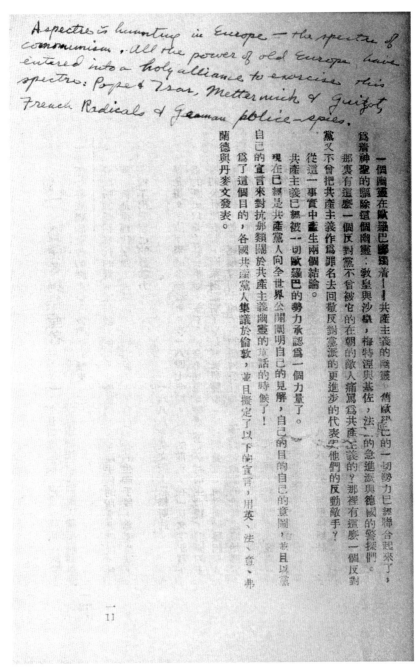

A spectre is haunting in Europe — the spectre of communism. All the power of old Europe have entered into a holy alliance to exorcise this spectre: Pope & Tsar, Metternich & Guizot, French Radicals & German police-spies.

一個幽靈在歐羅巴遊蕩着——共產主義的幽靈。舊歐羅巴的一切勢力已經聯合起來了，爲着神聖的驅除還個幽靈：教皇與沙皇，梅特涅與基佐，法」的急進派與德國的警探們。

那裏有這麼一個反對黨不曾被它的在朝的敵人痛罵爲共產主義的？那裡有這麼一個反對黨又不曾把共產主義作爲罪名去回擲反對黨派的更進步的代表與他們的反動敵手？

從這一事實中產生兩個結論。

共產主義已經被一切歐羅巴的勢力承認爲一個力量了。

現在已經是共產黨人向全世界公開闡明自己的見解，自己的目的自己的意圖，並且以黨自己的宣言來對抗那類關於共產主義幽靈的童話的時候了！

爲了這個目的，各國共產黨人集議於倫敦，並且擬定了以下的宣言，用英、法、意、弗蘭德與丹麥文發表。

11

六、莫斯科译本

1948 年，设在莫斯科的苏联外国文书籍出版局为纪念《共产党宣言》发表一百周年，组织几位中国同志（一说由谢唯真等人）将 1848 年德文原版《共产党宣言》翻译成中文出版。该书的特点是收入了马克思、恩格斯为此书写的全部七篇序言，是当时内容最全、翻译质量最高的一个版本。此译本封面印有马克思和恩格斯并列头像，中间有一颗红星，下印"百周年纪念版"字样。题名页前几页印有列宁和斯大林论《共产党宣言》，马克思和恩格斯像。

版本一

1950 年苏联外国文书籍出版局出版的《共产党宣言》（图 21、图 22）。此种除封面没有"百周年纪念版"六字外，其他版本特征及文字内容与 1948 年出版的百年纪念版相同，故可以归入"莫斯科译本"。

版本二

人民出版社 1953 年出版的《共产党宣言》（图 23、图 24）。此书中有解放社编辑部 1949 年 11 月 10 日作的"版本说明"，称"本书本版是根据莫斯科外国文书籍出版局一九四九年所出最新中文版翻印的"，故此版也可归入"莫斯科译本"。

本馆收藏的早期《共产党宣言》中文全译本大致即此十二个版本，包含六种译本。虽然未能涵盖高放所整理的全部七种译本，但收藏版本之多，已属不易。而本馆独有的手抄本也颇具特色。

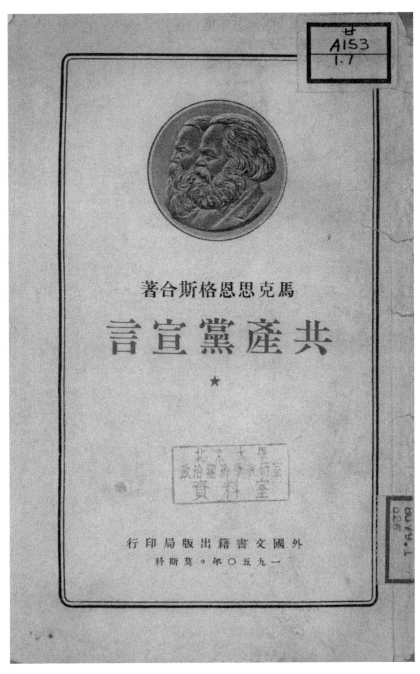

图 21　苏联外国文书籍出版局 1950 年版《共产党宣言》封面

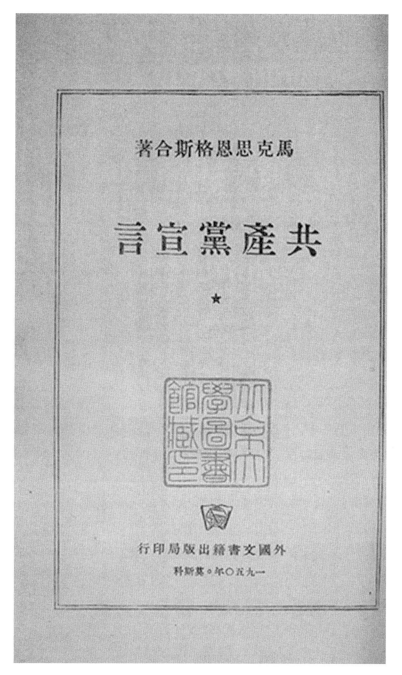

图 22　苏联外国文书籍出版局 1950 年版《共产党宣言》题名页

图 23　人民出版社 1953 年版《共产党宣言》封面

共 産 黨 宣 言

馬克思 恩格斯

人 民 出 版 社
一九五三年·北京

图 24 人民出版社 1953 年版《共产党宣言》题名页

人民出版社的马克思主义书刊

吴　冕

人民出版社是中国共产党成立后创办的第一家出版机构，创立于 1921 年 8、9 月间[1]。人民出版社的工作由当时中央局宣传主任李达负责。该社以宣传马克思列宁主义为宗旨，短时间内编译出版了一批进步书籍，在当时的革命宣传工作中发挥了重要的作用。

一、人民出版社有关情况及地址

人民出版社的相关情况，李达在《中国共产党的发起和第一次、第二次代表大会经过的回忆》中说："本年秋季，在上海还成立了'人民出版社'（社址在南成都路辅德里 625 号），准备出版马克思全书十五种，列宁全书十四种，共产主义者丛书十一种，其他九种，但在这一年内，只出版了十五种，如《第三国际议案及宣言》《国家与革命》《共产党宣言》《苏维埃论》《共产党星期六》《哥达纲领批判》等书。'人民出版社'由我主持，并兼编辑、校对和发行工作，社址实际在上海，因为是秘密出版的，所以把社址填写为'广州昌兴马路'。"[2]

罗章龙在《回忆北京大学马克思学说研究会》中说："'康慕尼斋（按，即亢慕义斋）'译书规划曾刊登在一九二三年的《向导》上。在这个规划中，康慕尼斯特丛书有十种，列宁丛书有十四种，马列主义丛书有十四种。这个规划中的书，主要是由北京大学马克思学说研究会会员译作的。其次还有联合广州、上海及其他地方的同志（如武汉恽代英同志）翻译的。这些丛书翻译出来的约有一半，没有全部译完，这是因为大多数会员从事工人运动，参加实际斗争去了。"[3]他后来又在《椿园载记》中提道："前后规划有二十种，陆续译成付印，一九二三年由人民出版社出版。根据人民出版社通告（广州昌兴新街二十八号），该社编译社会主义新书和重版书籍共计四十八种，其中标明康明尼斯特丛书十种，列宁全书十四种，均系沉慕义斋翻译任务。又马克思全书十四种，是沉慕义斋与上海、广州同志分任编译的，书中编译者大都用笔名，其它九种亦同。"[4]

由于史料的缺乏，人民出版社的组织与运行情况尚不十分明确，人民出版社的地址问题也需进一步厘清。根据相关研究，人民出版社的实际发行工作应是在当时由国民党控制、环境较为便利的广州进行。[5]而人民出版社在广州的地址开始是"广州昌兴新街（马路）二十六号"（据《新青年》第九卷第五号《人民出版社通告》、现存人民出版社图书实物版权页及《广东群报》上的"新书出版"等），这也是新青年社搬迁到广州后的最初地址，后来则改成了"昌兴马路（新街）二十八号"（据《新青年》第九卷第六号《新青年社特别启事》）。现在见到的人民出版社出版的图书实物，封面写有"广州人民出版社印行"，版权页则为"人民出版社"。

二、人民出版社总书目

关于人民出版社的具体书目，1921 年《新青年》第九卷第五号上最先刊登了《人民出版社通告》（图 1）：

近年来新主义新学说盛行，研究的人渐渐多了，本社同人为供给此项要求起见，特刊行各种重要书籍，以资同志诸君之研究。

本社出版品的性质，在指示新潮底趋向，测定潮势底迟速，一面为信仰不坚者祛除根本上的疑惑，一面和海内外同志图谋精神上的团结。各书或编或译，都经严加选择，内容务求确实，文章务求畅达，这一点同人相信必能满足读者底要求，特在这里慎重声明。

马克思全书

马克思传，王仁编

工钱劳动与资本（已出版，定价一角八分），袁让（按，"让"，原作"湘"，此据出版实物信息而定）译

价值价格与利润，李定译

哥达纲领批评，李立译

共产党宣言（已出版，定价一角），陈佛突译

法兰西内乱，孔剑明译

资本论[①]（已出版，定价一角），李漱石译

剩余价值论，刘英译

经济学批评，李漱石译

革命与反革命，李漱石译

自由贸易论，吴智译

神圣家族，钱润译

哲学之贫乏，黄式遵译

犹太人问题，胡琰译

历史法学派之哲学的宣言，张九思译

列宁全书

列宁传（印刷中），张亮译

国家与革命（印刷中），康明烈译

劳农会之建设（已出版，定价一角六分），李立译

---

① 各书目多载此书为《资本论入门》（如《新青年》第九卷第五号"新书出版"、1923年1月15日出版的《新江西》第一卷第三期"本刊介绍重要的书报"），也有称《马克思资本论入门》（如1922年4月2日出版的《青年周刊》第六号中缝"介绍新书"及1923年7月11日出版的《向导》第三十一、三十二期合刊"新青年社举行大廉价"）和《马克斯资本论入门》（如1922年2月6日出版的《北京大学日刊》第950号第四版《马克思学说研究会通告（四）》）的。现据北京大学所藏实物（缺出版信息）及"社会主义研究小丛书"第二种，确定书名为《马格斯资本论入门》，以便下文论述。

无产阶级革命，张空明译

现在的重要工作，成则人译

劳工专政与宪法会议选举，成则人译

讨论进行计画书（已出版，定价一角），成则人译

写给美国工人的一封信，孔剑明译

劳农政府之效果与困难[①]，李墨耕译

共产主义左派的幼稚病，张空明译

帝国主义、资本主义的末局，罗慕敢译

第二国际之崩坏，孔剑明译

共产党星期六[②]（印刷中），王崇译

列宁文集，孔剑明译

康民尼斯特丛书

共产党计画[③]（已出版，定价三角），布哈林著，张空明译

俄国共产党党纲（已出版，定价一角），张西望译

共产主义与无政府主义，布哈林著，彭成译

世界革命计画，胡友仁译

共产主义入门，布哈林著，罗雄译

共产主义，鲍尔著，张松严译

创造的革命，鲍尔著，李又新译

到权力之路，柯祖基著，孔剑明译

第三国际议案及宣言，成则人译

共产主义与恐怖主义，托洛兹基著，罗慕敢译

国际劳动运动中之重要时事问题（已出版，定价一角），李墨耕译

其他

马克斯学说理论的体系，布丹著，李立译

---

① 据现存实物，书名为《劳农政府之成功与困难》。
② 据现存实物，书名为《共产党礼拜六》。
③ 据现存实物，书名为《共产党底计画》。

空想的与学科（科学）的社会主义，恩格斯著，陈佛突译

伦理与唯物史观，柯祖基著，张世福译

简易经济学，阿卜列特著，张空明译

多数党底理论，波斯格特著，康明烈译

俄国革命记实，托洛兹基著，周诠译

多数党与世界和平，托洛兹基著，周诠译

马克思经济学，温特曼著，杨寿译

家庭之起原，伯伯尔著，张空明译

以上各书，已有十种付印，其余的均在编译之中，准年内完全出版。购读者请直接寄函本社接洽，寄售处全国各国［地］各新书店。

广州昌兴新街二十六号人民出版社启（本社书报慨［概］无折扣，外埠购买寄费亦不另加邮票，代价不折不扣）[①]

以上拟定了"马克思全书"15 种，"列宁全书"14 种，"康民尼斯特丛书"11 种，"其他"9 种，总计 49 种。

《人民出版社通告》不仅在《新青年》刊登，也附在一些人民出版社已经出版的书后。据 1922 年 2 月初版《劳农政府之成功与困难》和 1922 年 4 月初版《第三国际议案及宣言》可知原拟定书目实际又有所调整："康民尼斯特丛书"增加《共产主义与妇女》《俄国革命与社会革命》2 种，"其他"增加《李卜克内西纪念》《太平洋会议与吾人之态度》《劳农俄国问答》3 种。

在 1922 年 4 月 2 日广东社会主义青年团出版的《青年周刊》第六号中缝里，载有人民出版社的"介绍新书"[②]，"其他"增加了《共产党》月刊（《新青年》第九卷第五号也登有《共产党月刊社启事》，发售处中包含人民出版社）、《两个工人谈话》（又见《新青年》第九卷第六号"出版新书"）、《阶级争斗》（又见 1922 年 4 月 14 日出版的《广东群报》第二页"新书出版"[③]）3 种。

1922 年 5 月 16 日出版的《广东群报》第二页上，人民出版社的"新书出

---

① 人民出版社.人民出版社通告［J］.新青年，1921，9（5）.

② 《青年周刊》第七、八号中缝的"介绍新书"与第六号相同。

③ 列有《阶级争斗》的"新书出版"，在1922年4—5月间出版的多期《广东群报》上刊载。

版"①（图 2）还增加了《劳动运动史》（又见《新青年》第九卷第六号 "出版新书"②和 1922 年 10 月 15 日出版的《先驱》第十二期中缝 "新书出版"③，图 3）、《马克思纪念册》（陈独秀 1922 年 6 月 30 日给共产国际的报告中也提到 "五月五日全国共产党所在地都开马克思纪念会，分散《马克思纪念册》二万本"）[6] 2 种，同属 "其他" 这一分类④。

另据张人亚藏书，[7] 有《五一特刊》1 种⑤（现藏中共 "一大" 会址纪念馆[8]），应与《马克思纪念册》和《李卜克内西纪念》分类相同。

李达在前文的回忆中提到出版了《苏维埃论》，罗章龙则又提及："我还将德文版《震撼世界的十日》翻译过来，作为学会的学习资料，后来送给广州人民出版社出版，但原稿被遗失了。"[3] 这 2 种书暂未知分类。

这样，人民出版社出版相关图书的总数便达到 62 种，分别是 "马克思全书" 15 种，"列宁全书" 14 种，"康民尼斯特丛书" 13 种，"其他" 18 种，未知 2 种。

根据以上信息，以 1922 年 2 月初版《劳农政府之成功与困难》和 1922 年 4 月初版《第三国际议案及宣言》2 种书后所附的《人民出版社通告》为基准，再结合中共 "一大" 会址纪念馆、[9] 中国国家博物馆[1] 等保存的实物情况，可以推测上述书目中已出版的共有 26 种，分别为：

"马克思全书" 4 种，即《共产党宣言》（"马克思全书第一种"，[10] 已出版），《工钱劳动与资本》（"马克思全书第二种"，1921 年 12 月初版），《马格斯资本

①有关《劳动运动史》和《马克思纪念册》的 "新书出版"，在 1922 年 5 月间出版的多期《广东群报》上刊登。

②《新青年》第九卷第六号 "出版新书" 中的 "其他" 分类列有《劳动运动史》，而在同期的 "劳动运动史出版了"（1923 年 6 月 15 日出版的《新青年》季刊第一期上也有）的书讯中，《劳动运动史》又作为 "劳动学校教科用书" 的一种。该书由施光亮编辑，中国劳动组合书记部发行，人民出版社经售。

③包含《劳动运动史》的 "新书出版" 又见《先驱》第十三、二十一、二十三期中缝。

④这 2 种书在《广东群报》的 "新书出版" 中原未分类，《劳动运动史》的归类今据《新青年》第九卷第六号 "出版新书" 确定，而《马克思纪念册》则据《李卜克内西纪念》的分类推定。

⑤张人亚还藏有《唯物史观解说》与《京汉工人流血记》2 种，据现有史料，暂不列入人民出版社书目。

论入门》①（"马克思全书第三种"，[10]已出版），《哥达纲领批评》（印刷中）②。

"列宁全书"7种，即《劳农会之建设》（"列宁全书第一种"，1921年12月初版），《讨论进行计画书》（"列宁全书第二种"，1921年12月初版），《共产党礼拜六》（"列宁全书第三种"，1922年1月初版），《列宁传》（"列宁全书第四种"，1922年1月初版），《劳农政府之成功与困难》（"列宁全书第五种"，1922年2月初版），《国家与革命》（印刷中），《现在的重要工作》（印刷中）。

"康民尼斯特丛书"4种，即《共产党底计画》（"康民尼斯特丛书第一种"，1921年12月初版），《俄国共产党党纲》（"康民尼斯特丛书第二种"，1922年1月初版），《国际劳动运动中之重要时事问题》（"康民尼斯特丛书第三种"，1922年1月初版），《第三国际议案及宣言》（"康民尼斯特丛书第四种"，1922年4月初版）。

"其他"9种，即《李卜克内西纪念》（1922年1月15日出版），《俄国革命记实》③（1922年1月初版），《劳动运动史》（1922年4月10日初版），《五一特刊》（1922年5月1日出版），《马克思纪念册》（1922年5月5日出版），《太平洋会议与吾人之态度》（已出版），《两个工人谈话》《阶级争斗》《共产党》月刊。

"未知"2种，即《苏维埃论》和《震撼世界的十日》。

---

① 1923年1月15日出版的《新江西》第一卷第三期"本刊介绍重要的书报"，将《（马格斯）资本论入门》归入"其他"分类。

② 印刷、出版的情况与《新青年》第九卷第五号《人民出版社通告》所载不同之处，本文皆据1922年2月初版《劳农政府之成功与困难》和1922年4月初版《第三国际议案及宣言》2种书后所附的《人民出版社通告》及实物信息而定，下同。

③ 陈独秀的报告把《俄国革命记实》放在了"康民尼斯特丛书"中。

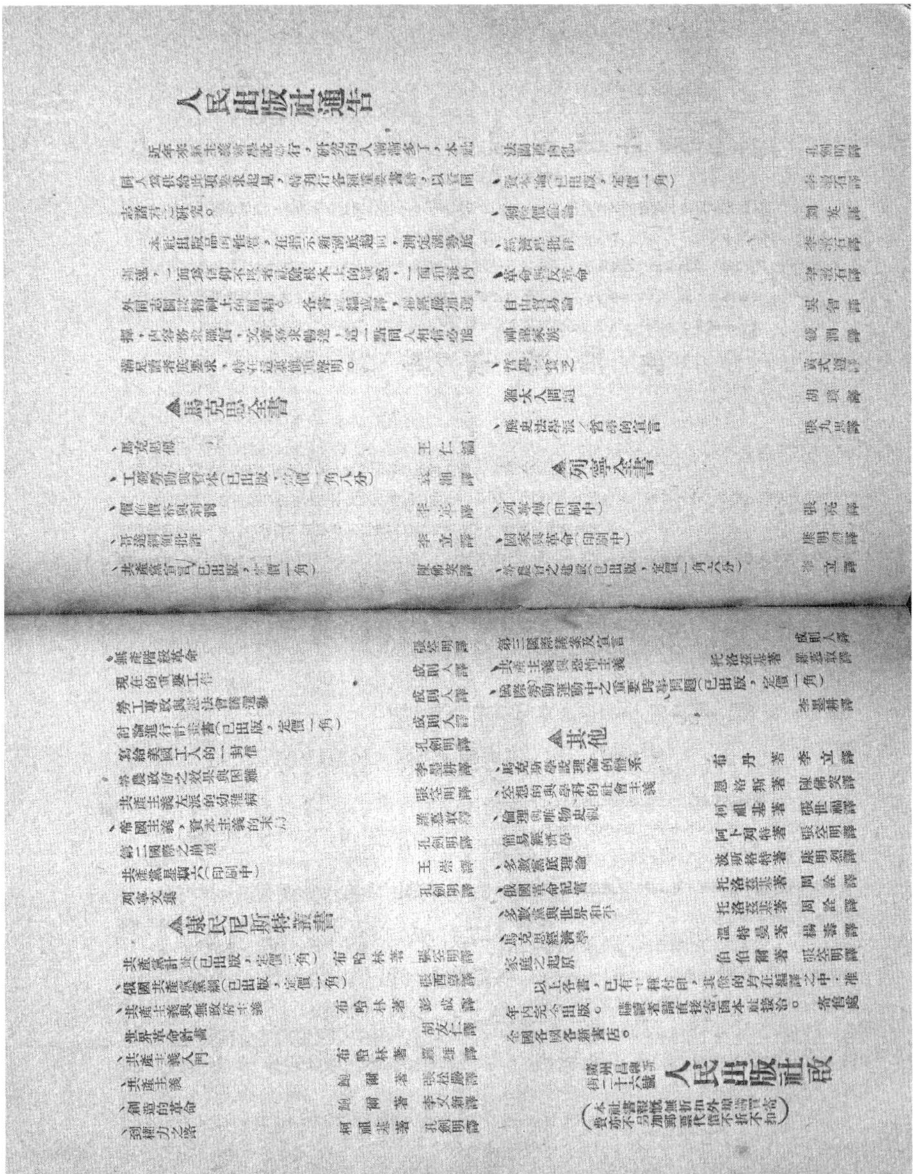
人民出版社通告

馬克思全書

列寧全書

康民尼斯特叢書

其他

人民出版社啟

图 1 《新青年》刊登《人民出版社通告》

图 2　1922 年 5 月 16 日《广东群报》
刊载"新书出版"

图 3　1922 年 10 月 15 日
《先驱》"新书出版"

三、人民出版社书目分析

对于上述 26 种书目的有关情况，还需进一步说明：

其一，《广东群报》不仅登载了人民出版社的"新书出版"，还在 1922 年 3 月 2 日第四页登载的《人民出版社通告》上发布了《共产党底计画》（图 4）、《俄国共产党党纲》《国际劳动运动中之重要时事问题》3 种书的章节目录，又在 1922 年 2 至 3 月间连载了《共产党底计画》译文，并在同年 4 至 5 月连载了《列宁传》的译文（图 5）。

其二，《苏维埃论》和《震撼世界的十日》2 种书，都只见回忆，缺乏其他佐证，亦未见实物。

其三，《现在的重要工作》在《劳农政府之成功与困难》和《第三国际议案及宣言》书后所附的《人民出版社通告》中都标明"印刷中"，《太平洋会议与吾人之态度》标为"已出版，非卖品"，目前也都未见实物。《哥达纲领批评》也标注为"印刷中"，但未见人民出版社出版实物，中国国家博物馆藏有马克思主义研究会 1923 年 5 月 5 日出版的单行本。[1]《两个工人谈话》亦未发现人民出版社印行的实物，中国国家博物馆藏有该书的其他版本。[1]

其四，前文罗章龙的回忆曾提及人民出版社的书目中包含"重版书籍"，但人民出版社或许受当时出版条件等因素制约，并未新出版或重印过《共产党宣言》《马格斯资本论入门》《阶级争斗》这 3 种书籍，而是考虑到原出版这 3 种书籍的机构也都与党组织关系密切，所以直接将这些出版物也列为人民出版社的书目。以下几个现象能从侧面帮助理解相关情况：

（一）《新青年》第九卷第五号的"新书出版"，虽然把《共产党宣言》《（马格斯）资本论入门》分别标为"马克思全书第一种"和"马克思全书第三种"，但在实际排序上，并没有完全按照"马克思全书第某种"的顺序排列，而是将两本书都排在标为"马克思全书第二种"的《工钱劳动与资本》之前。《新青年》第九卷第六号的"出版新书"，未标"马克思全书第某种"，而三种书的排序与第九卷第五号相同。因此可以推测其顺序是按三种书实际出版时间的先后，也就是说，《共产党宣言》和《（马格斯）资本论入门》可能没有重新出版，而只是被列入人民出版社的书目中重新加以揭示。

（二）《劳动运动史》既收录在人民出版社书目中，又是"劳动学校教科用书"的一种，而《共产党宣言》《马格斯资本论入门》则原属于"社会主义研究小丛书"，《阶级争斗》则是"新青年丛书"。

（三）《共产党》月刊和刊载在其上的《国家与革命》这2种文献也都被收录在人民出版社书目中。[1]

而当人民出版社并入新青年社后，新青年社继续发售仍有存余的人民出版社书籍时依然有沿用人民出版社原分类的情况，但"其他"分类中的书目时有变化。1923年6月15日出版的《新青年》季刊第一期（图6）上的"新青年社——举行大廉价"（图7）并未再分类，其中列有《劳动运动史》《俄国革命记实》《两个工人谈话》《京汉工人流血记》《共产党（月刊）》5种书目。1923年12月20日出版的《新青年》季刊第二期"新青年社出版书报目录"中，包含"其他"分类，所列书目也是5种，但把《共产党月刊》这一书目换成了《精神讲话一班》。1924年8月1日出版的第三期与同年12月15日出版的第四期《新青年》季刊上，则都在第二期的基础上增加了《向导》汇刊（第一期到第五十期）。而到1925年4月22日再次复刊的《新青年》第一期（列宁号）（图8），又在《新青年》季刊第四期的书目基础上，把《新青年季刊》（四册）、《新青年》（八、九卷全，共十二册）、《前锋》（一、二、三）放在了里面（图9）。

在另外几种刊物上，也发现了新青年社的书目，如1923年1月15日出版的《新江西》第一卷第三号（图10）"本刊介绍重要的书报"（图11）上，"其他"分类中列了《劳动运动史》《俄国革命记实》《（马格斯）资本论入门》3种。1923年7月11日出版的《向导》第三十一、三十二期合刊（图12）中的"新青年社举行大廉价"，则和1923年6月15日出版的《新青年》季刊第一期上的相同。1923年12月1日出版的《前锋》第二期"新青年社出版书报目录"下的"其他"分类，所列的书目是《京汉工人流血记》《劳动运动史》《俄国革命记实》《两个工人谈话》4种。

从上述史料中可以发现，无论是从人民出版社的书目看，还是从后来的新青年社书目考察，"其他"分类中所属的图书具有一定数量的重合。这个情况也许能够说明各出版机构的不同书目之间存在相互关联的情形。或者说，正因为在党组织的统一领导下，所以各书目间的界限才并不那么分明。

其五，"亢慕义斋"对人民出版社书目的翻译和收藏。在前文所引的罗章龙回忆中，提及的细节并不完全准确，比如《向导》上并没有"规划书目"，而是在 1923 年 7 月 11 日出版的第三十一、三十二期合刊上有一个"新青年社举行大廉价"，有提到已出版的一些人民出版社书目。罗章龙恐怕是将这一"促销"误记成了"规划书目"，并且他回忆的丛书具体数量和出版时间也与实际情况有出入。但他的回忆仍指出了一个很重要的信息，那就是"亢慕义斋"实际参与了翻译活动。现存实物亦证明，仅李梅羹一个人就翻译出版了《劳农政府之成功与困难》和《国际劳动运动中之重要时事问题》两种著作。且北大人张西曼（张西望）也参与翻译出版了人民出版社书目中的《俄国共产党党纲》一书。

"亢慕义斋"不仅参与翻译人民出版社的这些书目，还集中收藏过《共产党底计画》《劳农会之建设》《讨论进行计画书》等人民出版社的出版实物（见 1922 年 2 月 6 日出版的《北京大学日刊》第 950 号第四版所载《马克思学说研究会通告（四）》）。这也可以说明，在早期学习与传播马克思主义的过程中，"亢慕义斋"切实达成了集收藏、研究、传播于一身的目标。这种集多项功能于一身的难得条件，又大大促进了早期马克思主义在北大乃至在全国的传播。

其六，北大图书馆为人民出版社书目提供翻译底本的可能。在近年来新发现的李大钊主持北大图书馆期间所形成的《国立北京大学图书馆西文图书登录簿》（1919—1920）上，记载有《工钱劳动与资本》德文版、《共产党宣言》英文版、《国家与革命》英文版以及《劳农会之建设》英文版等图书。而关于当时陈望道翻译《共产党宣言》的情形，又一直有着其参考北京大学所藏《共产党宣言》英文版的说法，因此北大图书馆"极有可能为人民出版社组织翻译出版的马克思主义文献提供了一部分原始文献底本"。[11]

图4　1922年3月2日《广东群报》连载《共产党底计画》

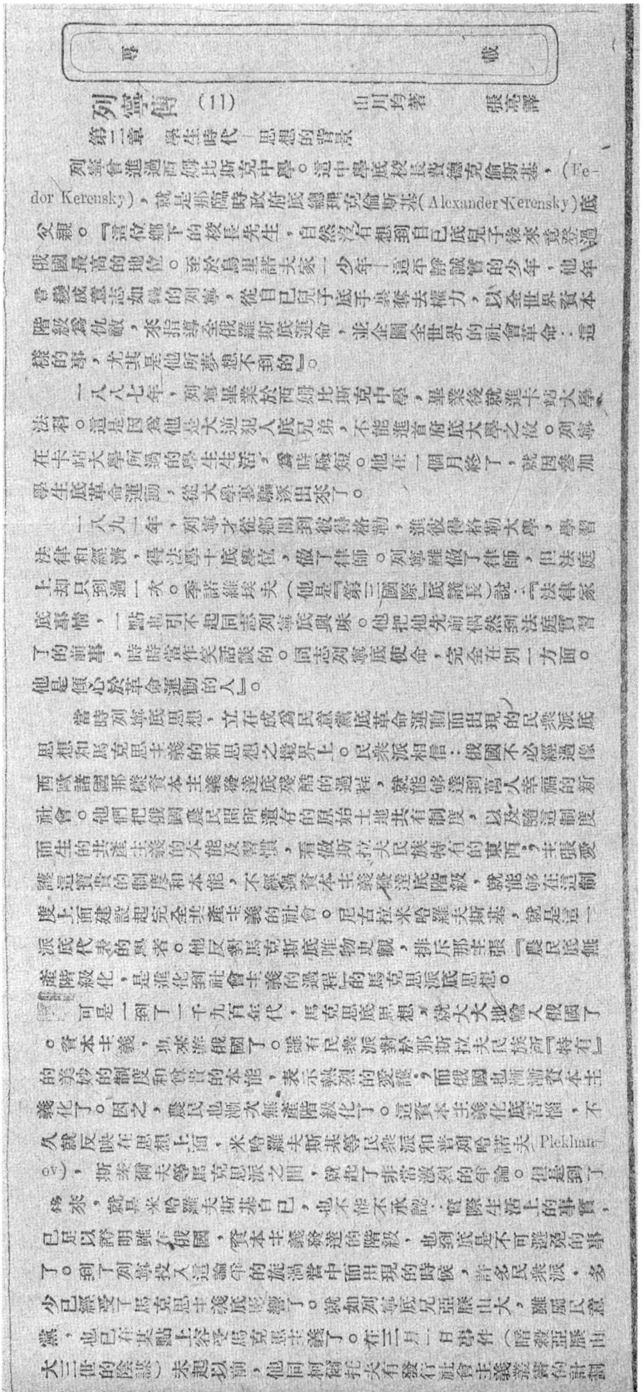

專 載

列寧傳（三） 山川均著 張亮譯

第二章 學生時代——思想的背景

列寧曾進過西姆比斯克中學。這中學底校長費德克倫斯基，(Fedor Kerensky)，就是那臨時政府底總理克倫斯基(Alexander Kerensky)底父親。『這位鄉下的校長先生，自然沒有想到自己底兒子後來竟登過俄國最高的地位。至於烏里諾夫家一少年——這平靜誠實的少年，他年青變成意志如鐵的列寧，從自己兒子底手裏奪去權力，以全世界資本階級爲仇敵，來指導全俄羅斯底運命，並企圖全世界的社會革命，這樣的事，尤其是他所夢想不到的』。

一八八七年，列寧畢業於西姆比斯克中學，畢業後就進卡山大學法科。這是因爲他是大逆犯人底兄弟，不能進首府底大學之故。列寧在卡山大學所過的學生生活，爲時極短。他在一個月後了，就因參加學生底革命運動，從大學裏驅逐出來了。

一八九一年，列寧才從鄉間到彼得格勒，進彼得格勒大學，學習法律和經濟，得法學士底學位，做了律師。列寧雖做了律師，但法庭上却只到過一次。季諾維埃夫（他是『第三國際』底議長）說：『法律家底事情，一點也引不起同志列寧底興味。他把他先前偶然到法庭實習了的前事，時時當作笑話談的。同志列寧底使命，完全在別一方面。他是傾心於革命運動的人』。

當時列寧底思想，立在成爲民意黨底革命運動而出現的民衆派底思想和馬克思主義的新思想之境界上。民衆派相信：俄國不必經過像西歐諸國那樣資本主義發達底殘酷的過程，就能够達到萬人幸福的新社會。他們把俄國農民間所遺存的原始土地共有制度，以及隨這制度而生的共產主義的本能及習慣，看做斯拉夫民族特有的東西，主張要護這質實的制度和本能，不經過資本主義發達底階級，就能够在這制度上面建設起完全共產主義的社會。尼古拉米哈羅夫斯基，就是這一派底代表的學者。他反對馬克斯底唯物史觀，排斥那主張『農民底無產階級化，是進化到社會主義的過程』的馬克思派底思想。

可是一到了一千九百年代，馬克思底思想，就大大地輸入俄國了。資本主義，也來滲俄國了。還有民衆派對於那斯拉夫民族所『特有』的美妙的制度和習慣的本能，表示熱烈的愛護，而俄國也漸漸資本主義化了。因之，農民也漸次無產階級化了。這資本主義化底苦惱，不久就反映在思想上面，米哈羅夫斯基等民衆派和蒲列哈諾夫(Plekhanov)，斯莱爾夫等馬克思派之間，就起了非常激烈的爭論。但是到了後來，就是米哈羅夫斯基自己，也不能不承認：實際生活上的事實，已足以證明雖在俄國，資本主義發達的階段，也到底是不可避免的事了。到了列寧投入這論爭的旋渦當中而出現的時候，許多民衆派，多少已經受了馬克思主義底影響了。就如列寧底兄亞歷山大，雖屬民意黨，也已在某點上容受馬克思主義了。在三月一日事件（暗殺亞歷山大三世的陰謀）未起以前，他同胡爾托夫有發行社會主義叢書的計劃，第一冊就豫定翻譯馬克思關於黑格兒哲學的論文。

图 5 1922 年 4 月 12 日《广东群报》连载《列宁传》

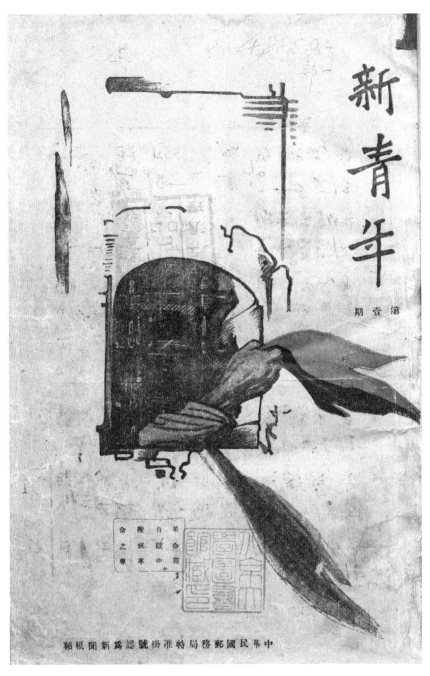

图 6 《新青年》季刊第一期封面

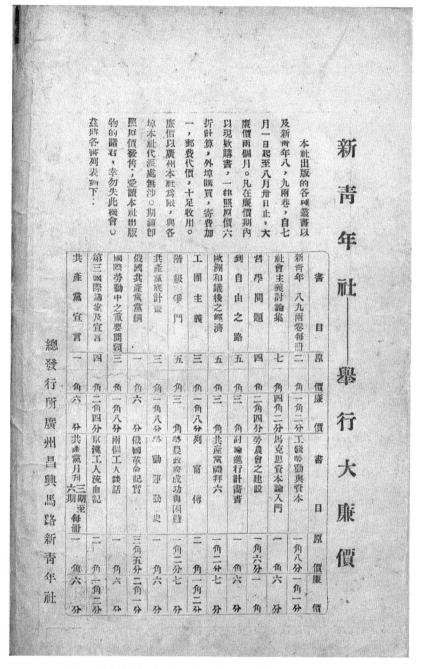

新青年社——舉行大廉價

本社出版的各種叢書以及新青年八、九兩卷，自七月一日起至八月卅日止，大廉價兩個月。凡在廉價期內以現欵購書，一律照原價六折計算，外埠膽買，寄費加一，郵費代價，十足收用。廉價以廣州本社爲限，與各埠本社代派處無涉。期滿即照原價發售，愛讀本社出版物的諸君，幸勿失此機會。茲將各書列表如下：

書目	原價	廉價	書目	原價	廉價
新青年 八九兩卷每冊	二角	一角二分	工錢勞動與資本	一角八分	一角一分
社會主義討論集	七角	四角二分	馬克思資本論入門	一角六分	一角
哲學問題	四角	二角四分	討論進行計畫書	一角	六分
到自由之路	五角	三角	共產黨禮拜六	一角二分七	七分
歐洲和議後之經濟	五角	三角	列甯傳	二角	一角二分
工團主義	三角	一角八分	俄國農府成功與困難	一角二分七	七分
階級爭鬥	五角	三角	勞動運動史	一角	六分
共產黨底計畫	三角	一角八分	俄國革命記實	三角五分二	二角一分
假國共產黨黨綱	一角	六分	兩個工人談話	一角八分	一角
國際勞動中之重要問題	三角	一角八分	京漢工人流血記	二角四分	一角六分二
第三國際議案及宣言	四角	二角四分	共產黨月刊 三期至六期每冊	一角六分	
共產黨宣言	一角	六分			

總發行所廣州昌興馬路新青年社

图 7 《新青年》季刊第一期刊登"新青年社举行大廉价"

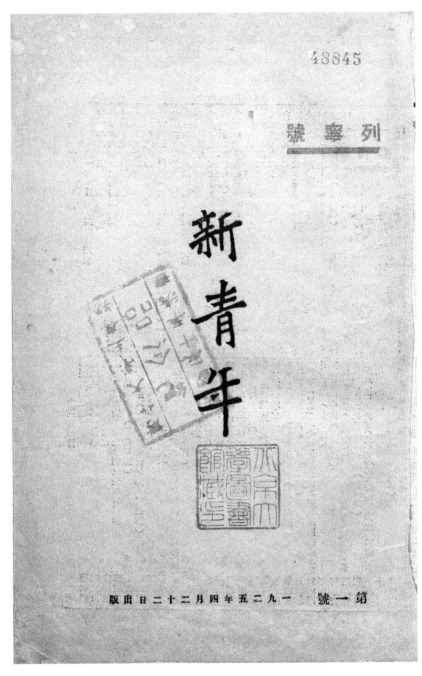

图 8 《新青年》第一号（列宁号）封面

◇◆◇ 新青年社書報目錄 ◇◆◇

新青年叢書

社會主義討論集	七角
哲學問題	四角
到自由之路	五角
歐洲和議後之經濟	五角
工團主義	三角
階級爭鬥	五角

康民尼斯特叢書

第三國際議案及宣言	三角
國際勞動運動中之重要時事問題	一角
俄國共產黨黨綱	
共產黨底計畫	一角

馬克思全書

共產黨宣言五版已出書	
資本論入門	
工錢勞動與資本	一角八分

列甯全書

雜誌

勞農政府之成功與困難	一角二分
共產黨禮拜六	一角二分
討論進行計畫	一角二分
勞農會之建設	一角六分
嚮導週報（週刊）	每份一分
新青年（月刊）	每冊二角
新青年季刊（四冊）	
新青年（八九卷全共十二冊）	

其他

前鋒（一、二、三）	每冊二角
勞動運動史	每冊一角
俄國革命記實	三角五分
兩個工人談話	一角
精神講話一班	
京漢路工人流血記	五分
嚮導彙刊第二集（第五十一期至第一百期）	一元五角

注意簡章

購書

一、本社書價，概無折扣。

一、外埠購書，須加寄費，滿一角加一分，滿一元加一角，餘類推。

一、如未經掛號因而遺失，恕不負責。如欲掛號則加掛號費五分，

一、匯免不通之處，可用中國郵票代價，九五折收用；惟汙損及揭不開的及二角以上或外國郵票，一概不收。

一、訂購雜誌，請開明卷數號數。

一、通信地址，每次均請詳細註明某省某縣某處，字尤須清楚，以免誤寄。

图 9　《新青年》第一号（列宁号）刊登“新青年社书报目录”

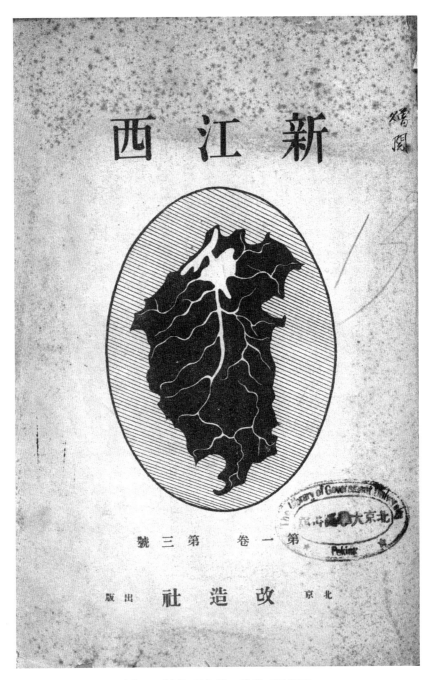

图 10 《新江西》第一卷第三号封面

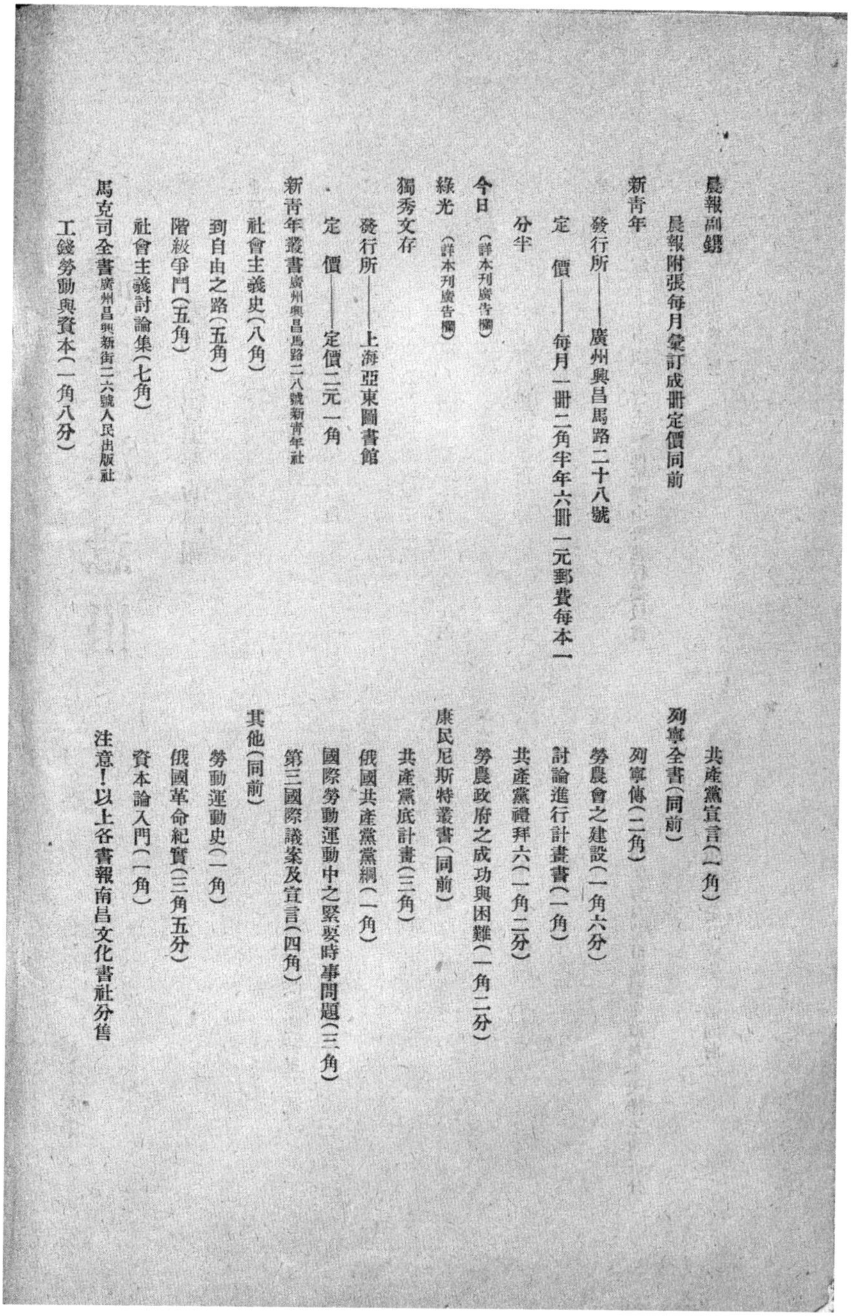

晨報副鐫
晨報附張每月彙訂成冊定價同前

新青年
發行所——廣州與昌馬路二十八號
定　價——每月一冊二角半年六冊一元鄴費每本一
分半

今日（詳本刊廣告欄）

綠光（詳本刊廣告欄）
・　定　價　定價三元一角

獨秀文存
發行所——上海亞東圖書館

新青年叢書廣州與昌馬路二八號新青年社
社會主義史（八角）
到自由之路（五角）
階級爭鬥（五角）
社會主義討論集（七角）

馬克司全書廣州昌興新街二六號人民出版社
工錢勞動與資本（一角八分）

共產黨宣言（一角）

列寗全書（同前）
列寗傳（二角）
勞農會之建設（一角六分）
討論進行計畫書（一角）
共產黨禮拜六（一角二分）
勞農政府之成功與困難（一角二分）
康民尼斯特叢書（同前）
共產黨底計畫（三角）
俄國共產黨黨綱（一角）
國際勞動運動中之緊要時事問題（三角）
第三國際議案及宣言（四角）

其他（同前）
勞動運動史（一角）
俄國革命紀實（三角五分）
資本論入門（一角）

注意！以上各書報南昌文化書社分售

图11 《新江西》第一卷第三号刊登 "本刊介绍重要的书报"

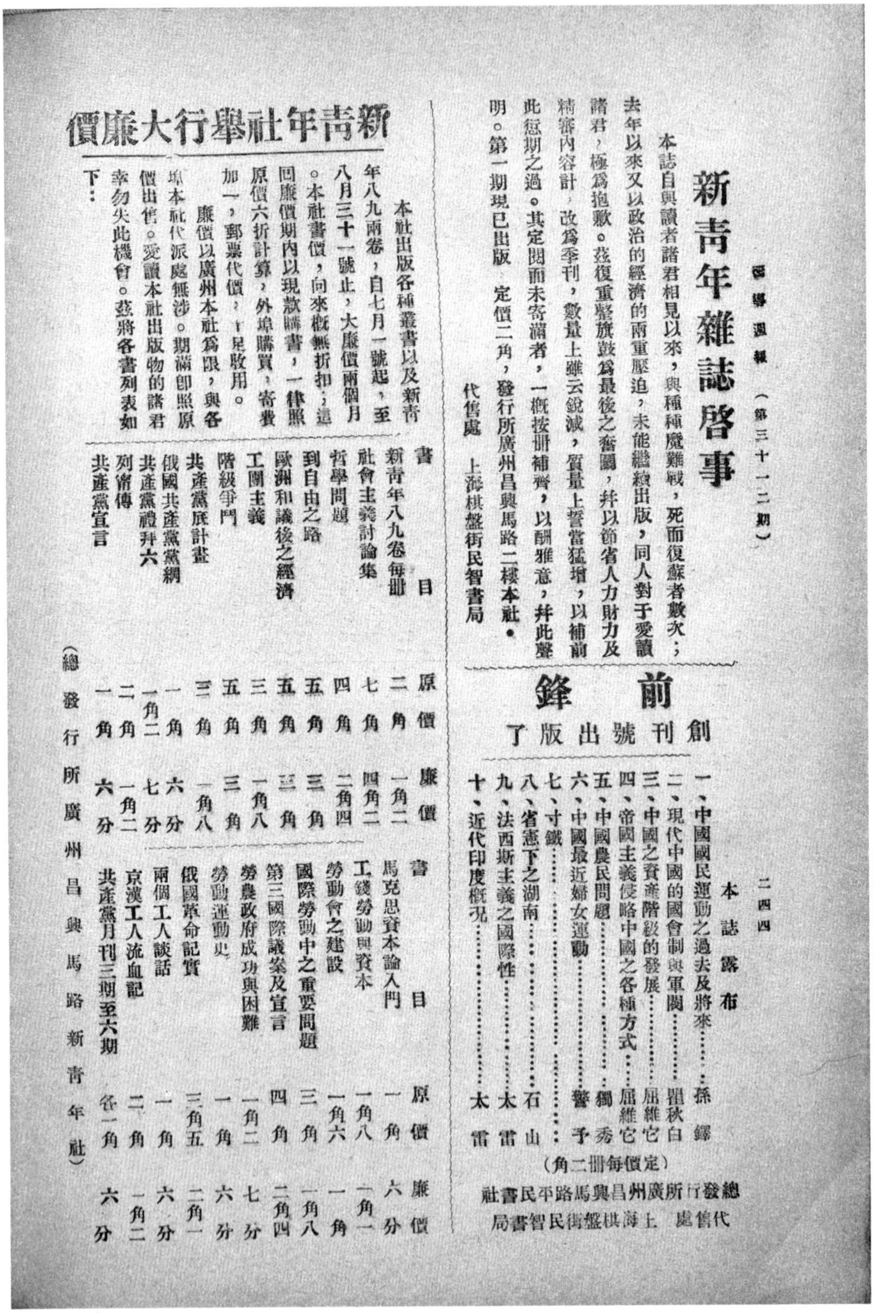

新青年社舉行大廉價

本社出版各種叢書以及新青年八九兩卷，自七月一號起，至八月三十一號止，大廉價兩個月。本社書價，向來概折扣。這回廉價期間內以現款購書，一律照回價六折計算，外埠購買，寄費加一。廉價以廣州本社為限，與各埠本社代派處無涉。揚滿即照原價出售。愛讀本社出版物的諸君，幸勿失此機會。茲將各書列表如下：

書目

書目	原價	廉價
哲學問題	二角	一角二
到自由之路	七角	四角二
歐洲和議後之經濟	五角	三角
工團主義	五角	三角
階級爭鬥	三角	二角
共產黨宣言	五角	三角
共產黨禮拜六	三角	一角八
俄國共產黨黨綱	一角	六分
共產黨展計畫	一角	七分
共產黨宣言	一角二	六分二
社會主義討論集		
新青年八九卷每冊		

書目	原價	廉價
馬克思資本論入門	一角	六分
工錢勞動與資本	一角六	一角
勞動會之建設	二角六	一角六
國際勞動中之重要問題	三角	二角
第三國際議案及宣言	四角	二角四
勞農政府成功與困難	一角二	七分
勞農運動史	一角	六分
俄國革命記實	三角五	二角一
兩個工人談話	一角五	一角
京漢工人流血記	一角	六分
共產黨為月刊三期至六期	各一角	六分

（總發行所廣州昌與馬路新青年社）

前鋒 創刊號出版了

本誌露布

一、中國國民運動之過去及將來……孫鐸
二、現代中國的國會制與軍閥
三、中國之資產階級的發展……瞿秋白
四、帝國主義侵略中國之各種方式……屈維它
五、中國農民問題……屈維它
六、中國最近婦女運動
七、寸鐵……予秀
八、省憲下之湖南……警
九、西斯主義之國際性……石雷
十、近代印度概況……太雷

（定價每冊二角）

總發行所上海棋盤街供民智書局　代售處廣州昌與馬路民平書社

新青年雜誌啓事

向導週報（第三十一二期）

本誌自與讀者諸君相見以來，與種種惡難戰，死而復蘇者數次；去年以來又與政治的經濟的兩重壓迫，未能繼續出版，同人對於愛讀諸君，極為抱歉。茲復重整旗鼓為最後之奮鬥，數量上雖云銳減，質量上誓當猛增，以補精審內容計，改為季刊。其定閱而未寄滿者，一概按冊補齊，以酬雅意，此慇期之過。第一期現已出版。定價二角，發行所廣州昌與馬路二樓本社，並此聲明。

代售處 上海棋盤街民智書局

图 12　《向导》第三十一、三十二期合刊中的"新青年社举行大廉价"

四、北京大学图书馆收藏情况

以上所列 26 种书目，北京大学收藏的实物非常丰富（图 13），如：

1. 《共产党宣言》1 册，社会主义研究社 1920 年 9 月再版，北大图书馆藏，相关内容参看本书《〈共产党宣言〉中译十二个版本》一节。

2. 《马格斯资本论入门》1 册，新文化书社，出版时间不详，封面及正文首页钤"郑佩笺印"，北大历史学系藏。

3. 《工钱劳动与资本》1 册（图 14），"马克思全书第二种"，人民出版社1921 年 12 月初版，封面及序文页钤"北京法政专门学校收藏"印，北大图书馆藏。"北京法政专门学校"是 1912 年在当时教育部的命令下，由京师法政学堂、法律学堂以及财政学堂三所学校合并而成，[12]后改称"国立北京法政大学"，1928 年又并入北平大学法学院。[13]在 1928 年至 1929 年 8 月间，北京大学也合并在北平大学内，该书及下文提到的同样钤有此印的几种书或即合并期间转入北大。

4. 《劳农会之建设》1 册（图 15），"列宁全书第一种"，人民出版社 1921 年12 月初版，封面及正文首页钤"北京法政专门学校收藏"印，北大图书馆藏。

5. 《共产党礼拜六》1 册（图 16），"列宁全书第三种"，人民出版社 1922年 1 月初版，封面及正文首页钤"北京法政专门学校收藏"印，北大图书馆藏。

6. 《劳农政府之成功与困难》1 册（图 17、图 18），"列宁全书第五种"，人民出版社 1922 年 2 月初版，封面及正文首页钤"北京法政专门学校收藏"印，北大图书馆藏。

7. 《共产党底计画》1 册（图 19），"康民尼斯特丛书第一种"，人民出版社1921 年 12 月初版，封面及正文首页钤"北京法政专门学校收藏"印，北大图书馆藏。

8. 《国际劳动运动中之重要时事问题》1 册（图 20），"康民尼斯特丛书第三种"，人民出版社 1922 年 1 月初版，封面及正文首页钤"北京法政专门学校收藏"印，北大图书馆藏。

9. 《第三国际议案及宣言》1 册（图 21），"康民尼斯特丛书第四种"，人民出版社 1922 年 4 月初版，封面及正文首页钤"北京法政专门学校收藏"印，北大图书馆藏。

10.《共产党》月刊（图 22），李达主编，北大图书馆藏 1920 年第一号 1 册、1920 年第 1—2 号合订本 1 册。其中 1920 年第 1—2 号合订本原为云南书商陈松年旧藏，在加装的封面上有"陈松年"白文方印和陈氏 1953 年 10 月 3 日的亲笔题记："瑞松阁老屋售去，楹书移出。在千余册旧杂志中，检获《共产党》两期，乃一九二○年刊，距今已三十二年，时我国创党不久，亦足贵也。爰加封面，以便宝存。一九五三、十、三，陈松年识。"陈氏收藏的两期《共产党》杂志，首页均钤有"曾在寿松堂陈家"印记。

11.《阶级争斗》（图 23），新青年社 1921 年 1 月初版。北大图书馆藏有此书两册，其中一册为燕京大学旧藏，目录页钤朱文方印，今不易辨识，似为"蒋愿尊"字样。

12.《劳动运动史》1 册，缺封面及版权页，北大历史学系藏。

人民出版社原拟的书目虽然并未全部出齐，但"亢慕义斋"成员李梅羹（李墨耕、墨耕）和北大人张西曼（张西望）等真实存在的翻译活动和出版实物，依然有力地说明了北大人在建党前后对于研究和传播马克思主义所做出的巨大贡献，而北京大学图书馆当年收藏的各种马克思主义原始文献又可能在其中发挥了不小的作用。

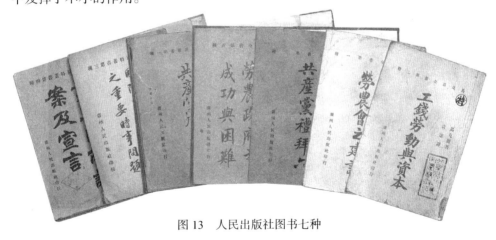

图 13　人民出版社图书七种

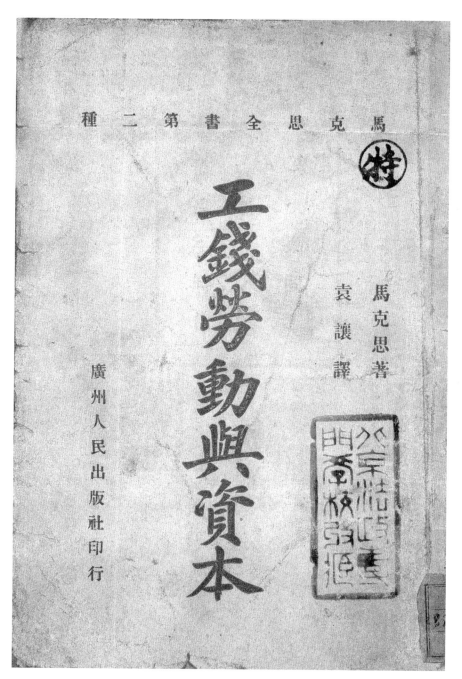

图 14　人民出版社 1921 年版《工钱劳动与资本》封面

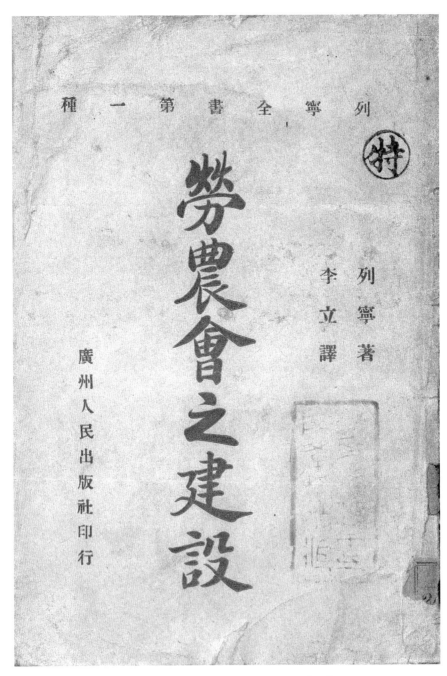

图 15　人民出版社 1921 年版《劳农会之建设》封面

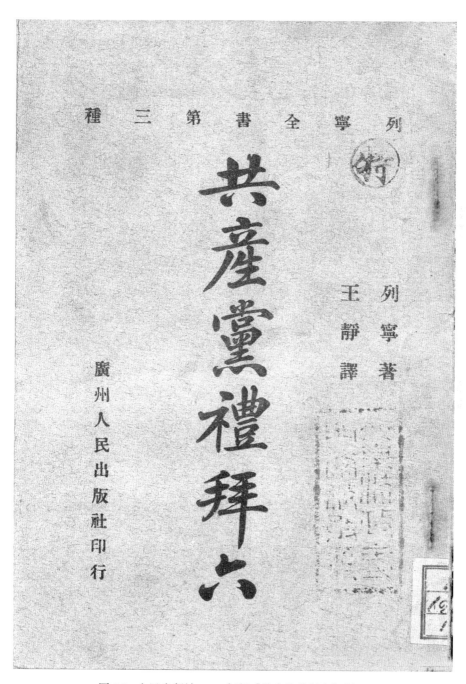

图 16　人民出版社 1922 年版《共产党礼拜六》封面

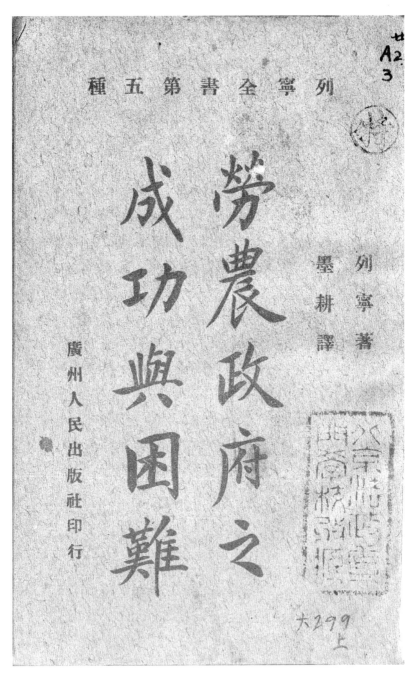

图17　人民出版社1922年版《劳农政府之成功与困难》封面

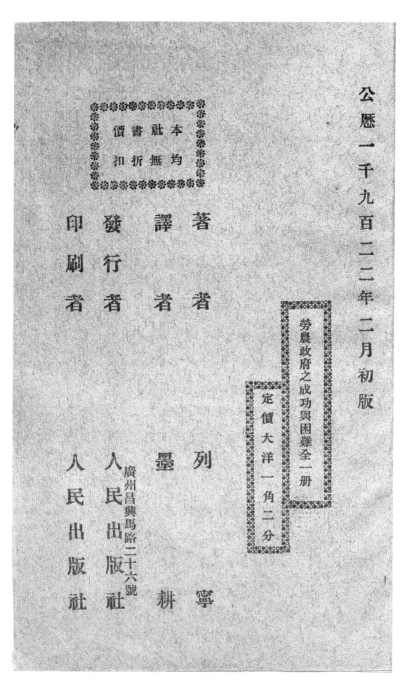

本社書價
均無折扣

著　著者　列寧
譯　著者　墨耕
發行者　人民出版社
　　　　廣州昌興馬路二十六號
印刷者　人民出版社

公曆一千九百二十二年二月初版

勞農政府之成功與困難全一冊

定價大洋一角二分

图 18　人民出版社 1922 年版《劳农政府之成功与困难》版权页

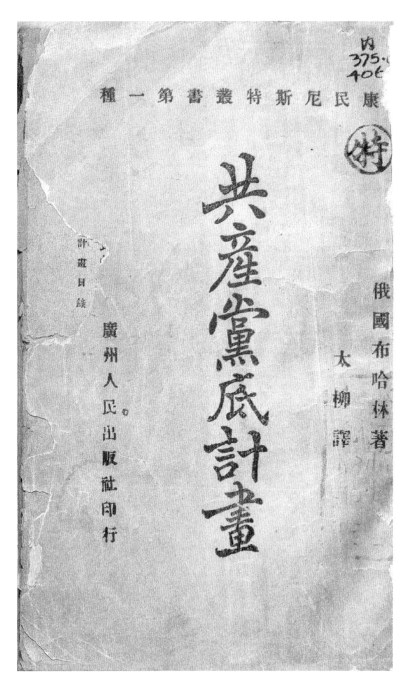

图 19　人民出版社 1921 年版《共产党底计画》封面

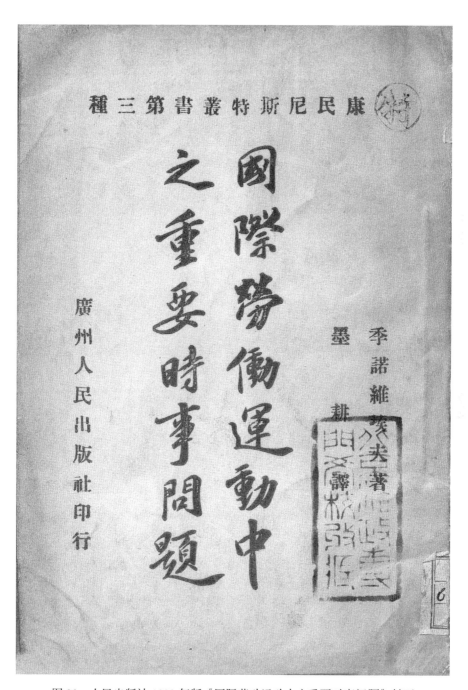

图20 人民出版社1922年版《国际劳动运动中之重要时事问题》封面

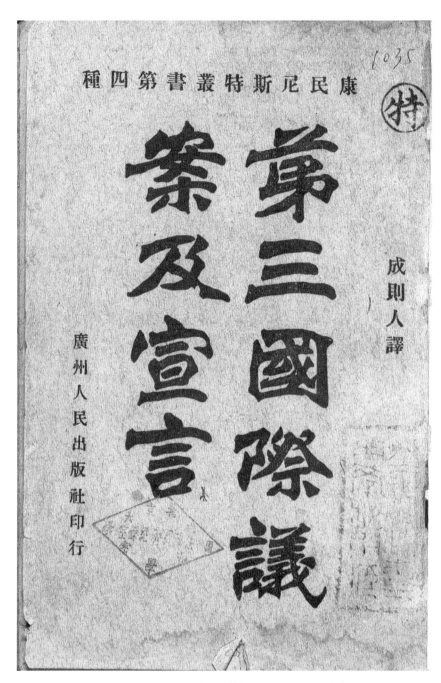

图21 人民出版社 1922 年版《第三国际议案及宣言》封面

THE
COMMUNIST

共　產　黨

每月一次　七日出版

實價一角　一九二〇年十一月七日　第一號

短言

經濟的改造自然占人類改造之主要地位。吾人生產方法除資本主義及社會主義外，別無他途。資本主義已經由發達而傾於崩壞了，在中國才開始發達，而他的性質上必然的罪惡也照他扮演出來了。代他而起的自然是社會主義的生產方法。俄羅斯正是這種方法最大的最新的試驗場。意大利的社會黨及英美共產黨，也都想繼俄而起開闢一個新的生產方法底試驗場。中國勞動者布滿了全地球，一日夜二十四小時中太陽都照着我們工作。我們無論在本土或他國都沒一個是獨立生產者，都是向資本家賣力。我們在外國的勞動者固然是他們資本家底奴隸，在本土的勞動者也都是本國資家底奴隸或是外國資本家直接的間接的奴隸。要想把我們的同胞從奴隸境遇中完全救出，非由生產勞動者全體結合起來，用革命的手段打倒本國外國一切資本階級，跟着俄國的共產黨一同試驗新的生產方法不可。什麼民主政治，什麼代議政治，都是些資本家為自己階級設立的，與勞動階級無關。什麼勞動者選議員到國會裏去提出保護勞動底法案，這種話是為資本家當走狗的議會派替資本家做說客來欺騙勞動者的。因為向老虎討肉吃，向強盜商量發還贓物，這都是不可能的事。我們要逃出奴隸的境遇，我們不可聽議會派底欺騙，我們只有用階級戰爭的手段，打倒一切資本階級從他們手搶奪來政權；並且用勞動專政的制度，擁護勞動者底政權，建設勞動者的國家以至於無國家，使資本階級永遠不至發生。無政府主義者諸君呀！你們本來也是反對資本主義反對私有財產制的，請你們不要將可寶貴的自由濫給資本階級。一切生產工具都歸生產勞動者所有，一切權都歸勞動者執掌，這是我們的信條；你們非甘心繼容那不肯從事生產勞動的資本家作惡，也應該是你們的信條。

图22　《共产党》月刊第一号

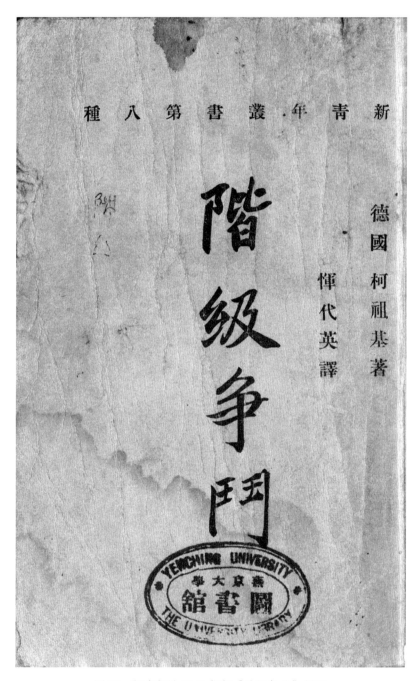

图 23　新青年社 1921 年版《阶级争斗》封面

参考文献

［1］张志华.人民出版社与建党初期的图书出版［J］.中国国家博物馆馆刊，2018（8）：115—128.

［2］知识出版社.一大回忆录［M］.北京：知识出版社，1980：20.

［3］罗章龙.回忆北京大学马克思学说研究会［J］.新文学史料，1979（3）：9—15.

［4］罗章龙.椿园载记［M］.北京：生活·读书·新知三联书店，1984：89.

［5］魏法谱.广州人民出版社相关史实再研究［J］.广州社会主义学院学报，2019（2）：94—98.

［6］中共一大会址纪念馆.中共首次亮相国际政治舞台：档案资料集［M］.上海：上海人民出版社，2016：386.

［7］侯俊智.建党初期人民出版社出版图书品种考［J］.印刷文化（中英文），2021（2）：83—89.

［8］张人亚革命事迹调研组编.张人亚传［M］.上海：学人出版社，2011：106.

［9］陆米强.建党时期人民出版社成立始末［M］//中共"一大"会址纪念馆，上海革命历史博物馆筹备处编.上海革命史资料与研究（第八辑），上海：上海古籍出版社，2008：419—424.

［10］人民出版社.出版新书［J］.新青年，1921，9（5）.

［11］邹新明，陈建龙.从北京大学图书馆《1919—1920年西文图书登录簿》看李大钊对马克思主义的引进与传播［J］.大学图书馆学报，2019，37（5）：5—11.

［12］章开沅.辛亥革命辞典［M］.武汉：武汉出版社，2011：277.

［13］唐铖，朱经农，高觉敷.教育大辞书［M］.上海：商务印书馆，1930：971.

影响青年毛泽东马克思主义信仰的三本书

邹新明

1936 年 6 月，美国记者埃德加·斯诺经西安前往陕北苏区访问，成为在红色区域进行采访的第一个西方记者。其间斯诺与毛泽东长谈，又到边区各地采访，收集资料。1937 年，斯诺写成 *Red Star Over China*（《红星照耀中国》）一书，1938 年中译本《西行漫记》在国内发行。根据斯诺记录，毛泽东在回忆接受马克思主义的过程时说："有三本书特别深地铭刻在我的心中，建立起我对马克思主义的信仰。……这三本书是《共产党宣言》……《阶级争斗》，考茨基著；《社会主义史》，柯卡普著。"

下面就这三种书中译本馆藏情况以及李大钊任图书馆主任期间引进的三种书的英文本与中译本的关系略作介绍。

北京大学图书馆藏有这三种书的较早版本，除了《共产党宣言》是当年的第二版，其他两种都是初版。

1.《共产党宣言》

本馆所藏为社会主义研究社 1920 年 9 月再版，具体情况详见本书《〈共产党宣言〉中译十二个版本》部分介绍。

2.《阶级争斗》

德国柯祖基（考茨基）著，恽代英译，上海新青年社 1921 年 1 月出版（图 1）。该书为"新青年丛书"第八种。

3.《社会主义史》

英国克卡朴（柯卡普）著，李季译，上海新青年社 1920 年 10 月出版（图 2）。该书为"新青年丛书"第一种。封面钤有"国立北京大学藏书"朱文方印。

根据北大图书馆《国立北京大学图书馆西文图书登录簿》（1919—1920）

（以下简称《登录簿》），在李大钊任图书馆主任期间，这三种书的英文版都有引进，具体情况如下：

Manifesto of Communist Party（《共产党宣言》）一书的登录号为 1622（图 3），登录日期为 1920 年 3 月 9 日。现有馆藏未发现实物。

Class Struggle（《阶级争斗》）一书的登录号为 1617，登录日期为 1920 年 3 月 9 日（图 4）。现有馆藏未发现实物。

History of Socialism（《社会主义史》）一书当时订购了两册，登录号分别为 1165 和 1491（图 5），登录日期分别为 1919 年 11 月 17 日、1920 年 1 月 28 日。现有馆藏未发现实物。

陈望道所译《共产党宣言》的底本，据陈望道本人回忆，是戴季陶给他的日译本。有一种说法：陈望道翻译时参照了从北大图书馆借的英文版，甚至说"英文本是陈独秀自北大图书馆取出提供的"。本书中译本初版于 1920 年 8 月，本馆西文登录簿中此书的登录日期为 1920 年 3 月 9 日，从时间上以及李大钊与陈独秀的关系来看，这种说法是有可能的。

关于《阶级争斗》的翻译底本，石川祯浩在《中国共产党成立史》一书中提到一个说法："据说 1920 年下半年，陈独秀曾经把考茨基《阶级争斗》（*Das Erfurter Programm*）的英文版寄给在武汉的恽代英，请其翻译。"本书中译本初版于 1921 年 1 月，本馆西文登录簿中此书的登录日期为 1920 年 3 月 9 日，从时间上以及李大钊与陈独秀的关系来看，这种说法也是有可能的。

至于《社会主义史》的翻译底本，可以从作者李季的经历做一些推断。李季 1918 年毕业于北京大学英文科，后曾在北大补习班任教，他翻译《社会主义史》的时候应该就在北京。从李季曾是北大学生，且个人购买英文底本不易等因素考虑，他翻译《社会主义史》的英文底本也有可能来自北京大学图书馆。而且他在翻译过程中也得到了北大校长蔡元培和北大教职员胡适、张申府等的帮助。李季在 1920 年 7 月为该书所作《自序》中说："当我翻译这书的时候，蒙蔡子民先生代译好些德法文书报名，胡适之先生指示疑难之处，张申府先生改正各专名词的译音……"蔡元培校长还于 1920 年 7 月 23 日亲自为本书作序。李季在 1920 年 7 月 1 日的自序中说此书在三个月内译完。此书的英文版本馆《登录簿》的登录日期分别为 1919 年 11 月 17 日、1920 年 1 月 28 日，从时间上看，也是可能的。

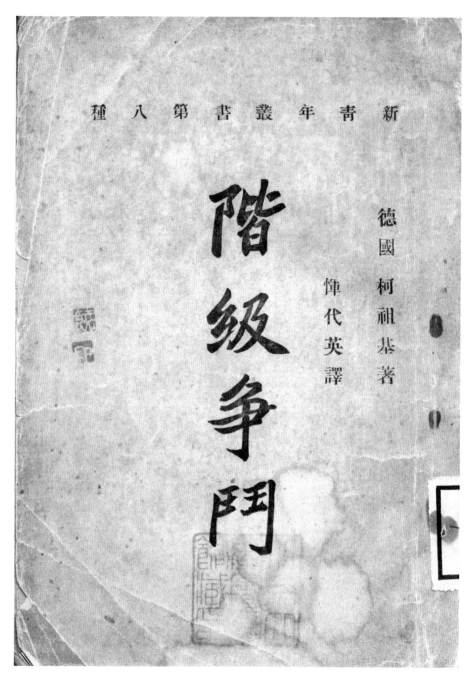

图1 上海新青年社 1921 年版《阶级争斗》封面

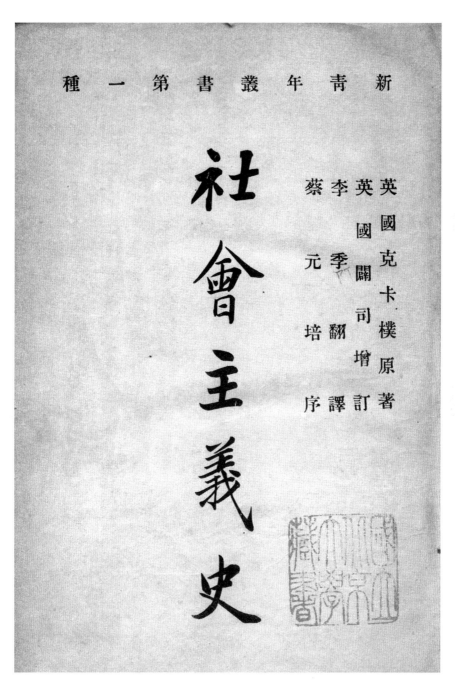

新青年叢書　第一種

社會主義史

英國克卡樸原著
英國闞司增訂
李季翻譯
蔡元培序

图2　上海青年社 1920 年版《社会主义史》封面

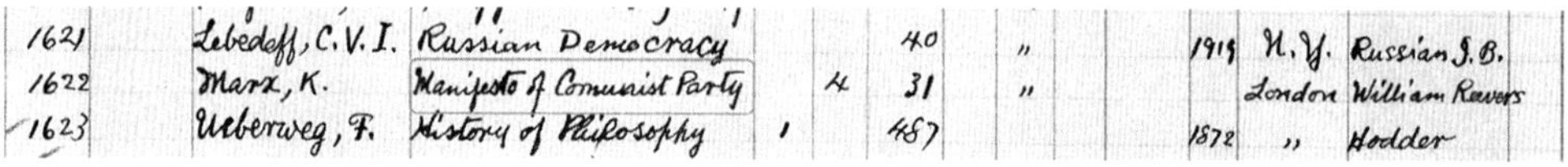

1621	Lebedeff, C.V.I.	Russian Democracy		40	"	1919	N.Y.	Russian S.B.
1622	Marx, K.	Manifesto of Comunist Party	4	31	"		London	William Reevvs
1623	Ueberweg, F.	History of Philosophy	1	487		1872	"	Hodder

图 3 　《登录簿》中关于英文版《共产党宣言》的记录

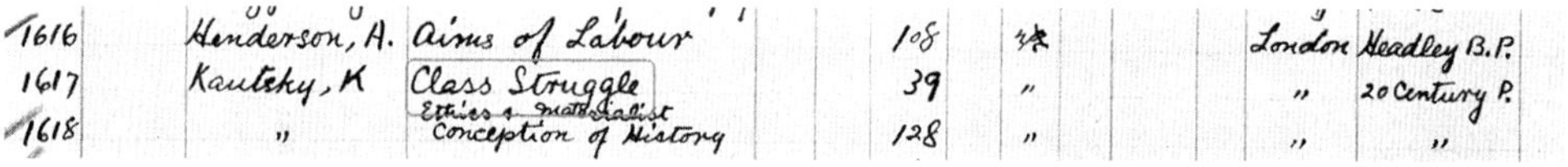

1616	Henderson, A.	Aims of Labour		108	本		London	Headley B.P.
1617	Kautsky, K	Class Struggle		39	"		"	20 Century P.
1618	"	Ethics + materialist Conception of History		128	"		"	"

图 4 　《登录簿》中关于英文版《阶级争斗》的记录

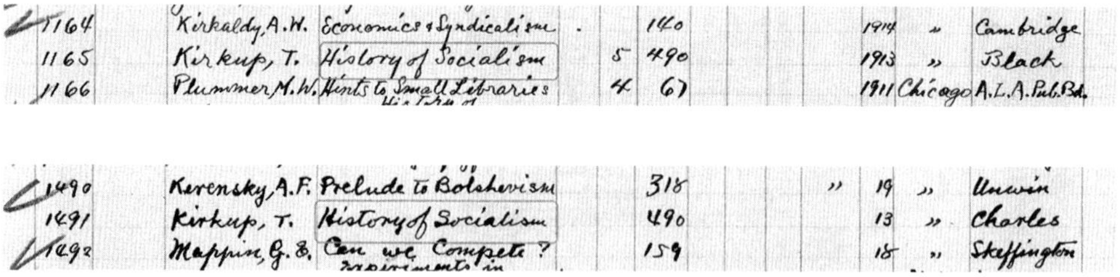

1164	Kirkaldy, A.W.	Economics + Syndicalism	.	140		1914	"	Cambridge
1165	Kirkup, T.	History of Socialism	5	490		1913	"	Black
1166	Plummer M.W.	Hints to Small Libraries	4	67		1911	Chicago	A.L.A. Pub.Bd.

1490	Kerensky, A.F.	Prelude to Bolshevism		318		"	19	"	Unwin
1491	Kirkup, T.	History of Socialism		490			13	"	Charles
1492	Mappin, G.B.	Can we Compete?		159			18	"	Skeffington

图 5 　《登录簿》中关于英文版《社会主义史》的记录

虽然我们现在没有确凿的证据证明影响青年毛泽东的三本书的英文底本出自李大钊主持下的北京大学图书馆，但是从时间和人际关系，以及当时此类外文图书订购不易、流传不广等因素考虑，这种可能性确实存在，而且是极有可能。

参考文献

［1］埃德加·斯诺.西行漫记［M］.董乐山.译.北京：新华出版社，1984：135.

［2］中共中央马克思恩格斯列宁斯大林著作编译局马恩室编.马克思恩格斯著作在中国的传播［M］.北京：人民出版社，1983：14.

［3］邓明以.陈望道传［M］.上海：复旦大学出版社，1995：38.

［4］石川祯浩.中国共产党成立史.袁广泉，译.北京：中国社会科学出版社，2006：44.

［5］李季.社会主义史序［M］//社会主义史，上海：新青年社，1920：2.

马克思、恩格斯、列宁著作

马克思、恩格斯著作早期译本

徐清白

诞生于 19 世纪中叶的马克思主义，创始人为卡尔·马克思（Karl Marx，1818—1883）和弗里德里希·恩格斯（Friedrich Engels，1820—1895）。马克思主义传入中国的早期著作，除介绍、转述性著作和摘译外，马克思、恩格斯原著的完整中译本在五四运动时期也开始酝酿出版。马恩著作的中文全译本以 1920 年 8 月陈望道翻译的《共产党宣言》在上海出版为开端，继而中国共产党于 1921 年秋启动人民出版社"马克思全书"15 种的出版计划，随后在 20 世纪 20 年代末、30 年代初的短短几年内，数十种马恩著作单行译本集中问世。这批早期译著的主题，已然广泛涉及马克思主义哲学、政治经济学、科学社会主义三大门类。但凡马恩重要著作，当时译界少有遗漏。

从首译《共产党宣言》的陈望道起，一批进步人士和早期党员如陈启修、郭沫若、潘冬舟、吴亮平、许德珩等，无论身在国内或客居异域，几乎同时热心投入了马恩著作的翻译大业。他们发挥外语特长，从德文、法文原著或者英文、俄文、日文等译著用心移译，不断扩充中译本品种，也修订完善前人翻译成果。其译作今日读来虽有不少文辞障碍，在当时却极大充实了社会主义精神食粮的仓库，对建党初期的理论准备工作助力良多。

为首批早期译作创造面世机会的出版社多位于京沪两地，即红军长征前马克思主义在中国传播的两大中心。上海的社会主义研究社、人民出版社（一说社址在广州）、昆仑书店、神州国光社、泰东图书局、江南书店，北京的东亚书局及重庆部分书店，等等，纷纷引进马恩经典著作、苏俄革命书籍和其他社会主义读物。其中，无论是有进步、革命背景的出版机构，还是商业性质的公司，客观上都为后来延安和其他解放区重启红色翻译出版事业提供了参考和借鉴，揭开了中国出版史的崭新篇章。另外也有中译本在境外出版，如中国香港，以及新加坡、日本等地。

马克思、恩格斯著作早期译本在北京大学图书馆现存纸质收藏中有充分体现，读者从中尽可窥得当年红色文献翻译出版勃兴之局面。下面分类加以介绍。

一、科学社会主义和综合类

1.《共产党宣言》

马克思、恩格斯用德文合著的纲领性政治文件《共产党宣言》（*Manifest der Kommunistischen Partei*），自 1848 年 2 月在伦敦发表以来，被誉为社会主义运动的"圣经"。陈望道（1891—1977）翻译的第一个中文全译本于 1920 年 8 月通过上海社会主义研究社作为"社会主义研究小丛书第一种"出版。社会主义研究社是陈独秀于 1920 年夏领导创立的马克思主义学习、研究、翻译、出版、宣传机构。据研究比对，陈氏所据底本主要为日文译本，同时有一种说法，他参考的英文译本来自北京大学图书馆。该译本初版 1000 册至今仅存十余册，手民误植封面题名为《共党产宣言》。北京大学图书馆收藏了陈望道首译本的 1920 年 9 月第二版（题名已订正）。陈望道译本流传很广，影响巨大，获得过毛泽东和鲁迅的充分肯定。至 1949 年，至少又有 8 种译本问世，图书馆主要收藏了其中的乔冠华译本等。相关内容可参阅本书《〈共产党宣言〉中译十二个版本》节的介绍。

2.《反杜林论》

《反杜林论》（*Anti-Dühring*）是恩格斯的代表作，写于 1878 年，是为驳斥德国哲学家杜林（Dühring）有关哲学、经济学和社会主义的错误观点而对马克思主义各方面作出的百科全书式总结，地位堪比马克思《资本论》。1930 年在上海几乎同时出版了两种中译本：昆仑书店的钱铁如（1892—1974）译本（图 1）和江南书店的吴黎平译本。前者在北京大学图书馆有题为《反杜林格论》的上册收藏，所据底本不详，且不见下册；后者系根据德文原本并参照俄日译本的全译本，初版无馆藏，但另有 1932 年 7 月通过李达主持的"笔耕堂书店"秘密印刷的重排版（图 2）。封面署名译者"吴理屏"，序言署名"吴黎平"，即革命家、马克思主义理论家和社会科学家吴亮平（1908—1986）。出版《反杜林论》译本的这几家书店，还为共产党人发行过很多书刊，是传播马克思主义的重要机构。

流行甚广的小册子《社会主义从空想到科学的发展》（*Socialisme utopique et socialisme scientifique*）主要抽取自《反杜林论》有关科学社会主义的章节，译为法文后于 1880 年连载发表。传入中国后很快出现多个节译本，但首个中文全译本直至 1925 年才由柯柏年（即李春蕃，1904—1985）在上海《民国日报》副刊《觉悟》上分 15 期连载刊出。北京大学图书馆收藏的最早译本则是黄思越和林超真的译本。

署名"黄思越"的译本，馆藏仅见 1929 年上海泰东图书局再版（前一年 7 月初版未收藏），题为《社会主义发展史纲》（图 3）。此本为译者在日本时根据堺利彦的日文译本译出，并参照英文译本补订。馆藏又见 1929 年 10 月上海沪滨书局初版的林超真（即郑超麟，1901—1998）译《宗教·哲学·社会主义》一书（图 4），系由拉法格（Lafargue）法文版译出的三篇恩格斯著作组成。第二篇题为《空想社会主义与科学社会主义》，是据《反杜林论》俄文译本校订；北大图书馆另收藏有此本 1934 年再版。

图 1　昆仑书店 1930 年版《反杜林格论》上册封面

图 2　笔耕堂书店 1932 年版《反杜林论》封面

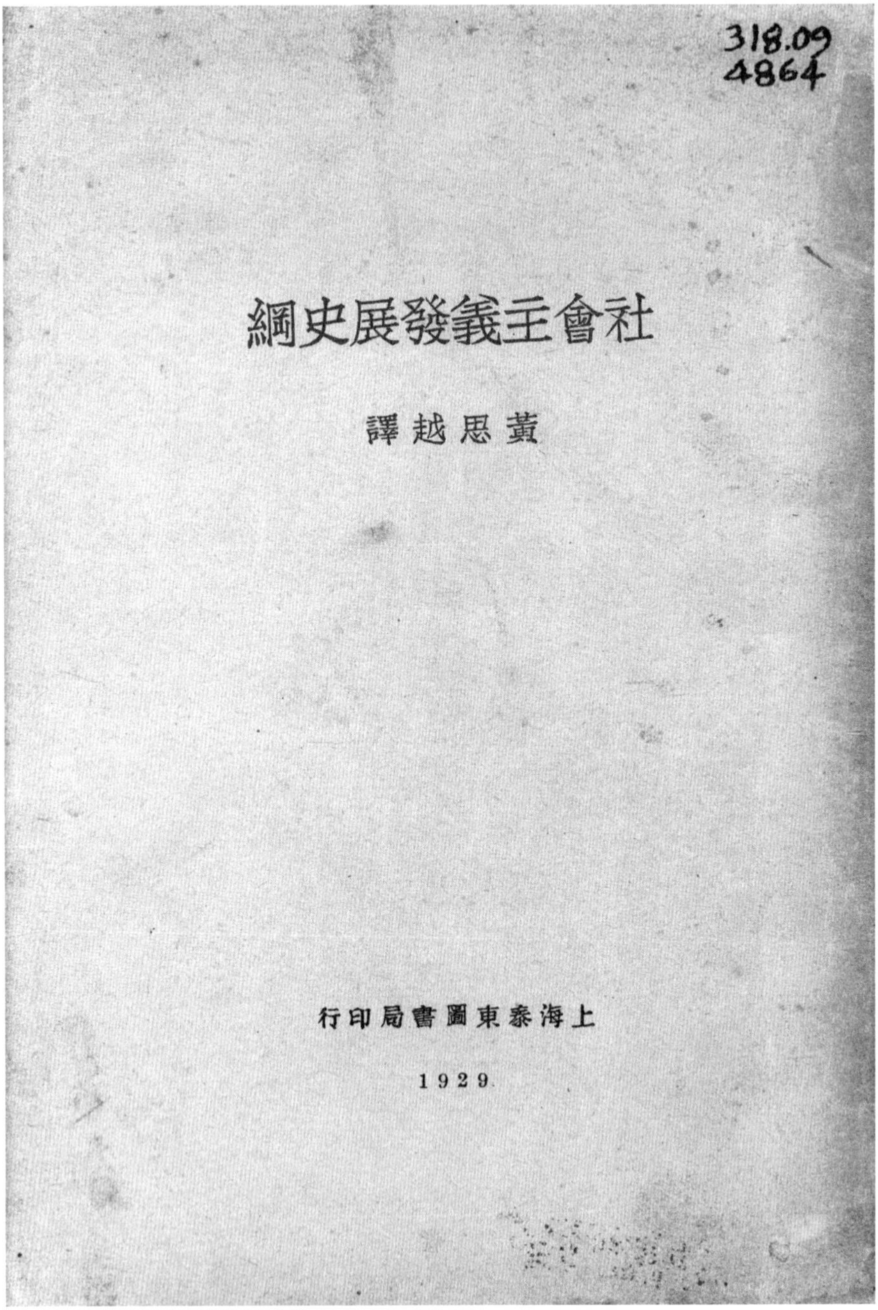

社會主義發展史綱

黃思越譯

上海泰東圖書局印行

1929

图 3　上海泰东图书局 1929 年版《社会主义发展史纲》封面

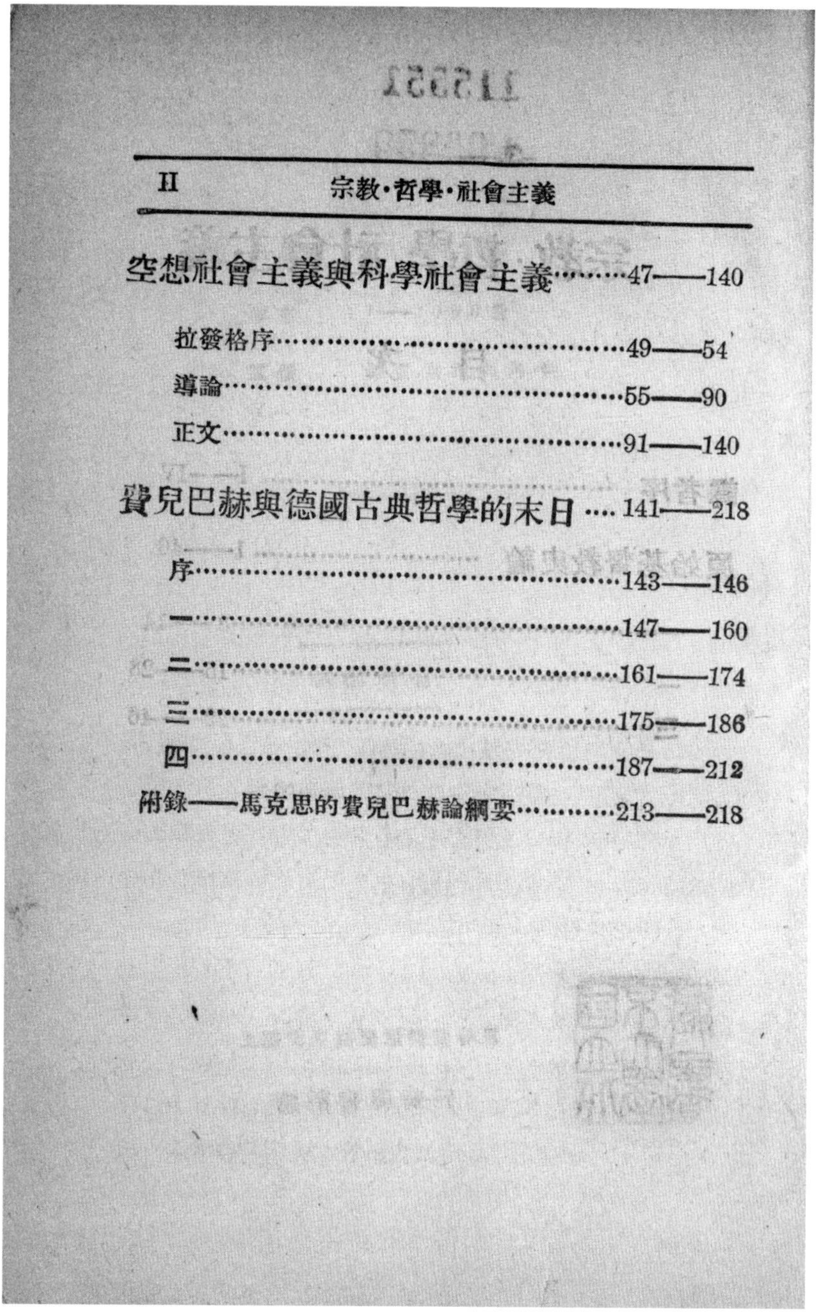

11535

Ⅱ　　　　　宗教·哲學·社會主義

图 4　上海沪滨书局 1929 年版《宗教·哲学·社会主义》目录页

二、政治经济学类

马克思的政治经济学著作蕴含着对唯物史观的深刻理解，与社会主义理论一同启发中国无产阶级以促成其觉醒。在青年马克思的著作中，除 1932 年方才发表的《1844 年经济学哲学手稿》外，《雇佣劳动与资本》和《哲学的贫困》最为有名。

1.《雇佣劳动与资本》

《雇佣劳动与资本》(*Lohnarbeit und Kapital*) 原为马克思在 1847 年的几次德语演讲内容，经整理后公开发表，1891 年出版单行本时恩格斯又作了修改和补充。该书简要阐述了资本主义制度剥削工人的经济原理，被看作二十年后《资本论》巨著的"缩编"，可读性较强。最早的中文全译本于 1921 年 12 月由人民出版社出版，根据德文单行本并参照英译本译出，题为《工钱劳动与资本》，译者署名"袁让"，属于"马克思全书"计划成果之一。北京大学图书馆在 2021 年整理未编图书时发现了这一珍稀译本。相关内容可参阅本书《人民出版社的马克思主义书刊》一文的介绍。

图书馆另藏有 1929 年上海泰东图书局出版的朱应祺、朱应会合译本（图 5），题为《工资劳动与资本》，根据河上肇的日文译本翻译。北大图书馆还收藏了二朱于同年翻译并在泰东图书局出版的马克思《工资价格及利润》，是另一种著作。

2.《哲学的贫困》

1847 年，马克思还撰写了《哲学的贫困》(*Misère de la philosophie*) 并发表，针对法国无政府主义经济学者蒲鲁东（Proudhon）所作《贫困的哲学》展开论战，确立了基于唯物史观的经济学立场。最早中译本为 1929 年 10 月由上海水沫书店出版的杜竹君（即汪泽楷，1894—1959）译本，根据法文原本译成，题为《哲学之贫困》。北京大学图书馆收藏了次年 10 月水沫书店的再版（图 6），属北大学生自治会"子民图书室"旧藏。

1932 年 7 月，北平东亚书局出版了原北大学生领袖许德珩（1890—1990）根据法文原本并参照英日译本翻译的《哲学之贫乏》（图 7）。许氏还参阅杜译本，订正了多处翻译舛误。图书馆也藏有这一许氏译本。两人都曾留法勤工俭学，为翻译马克思法文原著做出了重要贡献。

3.《政治经济学批判》

出版于 1859 年的《政治经济学批判》（*Zur Kritik der politischen Ökonomie*）也是马克思的政治经济学经典，后经作者概括写进了《资本论》第一卷第一篇，既是独立专著，也可看作《资本论》的"初篇"。1930 年 5 月，上海乐群书店出版了"刘曼"译本，根据英译本和宫川实的日译本并参照德文原本译成，题为《经济学批判》（图 8）。北京大学图书馆收藏了这一中文首译本。随后在 1931 年 12 月，上海神州国光社又出版了马克思主义史学家郭沫若（1892—1978）在流亡日本期间根据德文原本并参照两种日译本而作的中译本《政治经济学批判》（图 9）。此译本后来数次再版重印，流传较广。初版和次年重印本在北大图书馆都有收藏。此书 1949 年前仅有刘、郭两种完整中译本问世。

4.《资本论》

倾尽马克思大半生精力完成的不朽巨著《资本论》（*Das Kapital*），第一卷出版于 1867 年，第二、三两卷由恩格斯编辑整理并于马克思逝世后的 1885、1894 年出版。另有部分相关遗稿曾被恩格斯计划作为第四卷出版，最终由德国革命家考茨基（Kautsky）在 20 世纪初整理为《剩余价值学说史》（*Theorien über den Mehrwert*）三卷本另行出版。

由于全书卷帙浩繁、内容艰深，对译者学识及文笔要求甚高，所以《资本论》引进中国的愿景不得不分卷实现。第一卷的中译本最先完成于 20 世纪 30 年代，由两组共 4 位译者（陈启修、潘冬舟，以及王慎明、侯外庐）合作译成两套译本。北京大学图书馆有幸全部收藏。

首先是曾在北京大学教授马克思主义经济学、1925 年入党的陈启修（即陈豹隐，1886—1960），于流亡日本期间根据考茨基 1928 年修订的德文"国民版"并参照英法译本及河上肇、宫川实、高畠素之三种日文译本，完成了第一卷第一分册（即第一篇）译文，又将多种国外导读文章编译为"资本论旁释"附于原著之前，于 1930 年 3 月由上海的昆仑书店出版（图 10），蔡元培为之题写书名。

几年后，革命烈士潘冬舟（原名潘文郁，1906—1935）接续陈启修，于

1932 年 8 月和 1933 年 1 月通过北平东亚书局出版了第二分册（图 11，第二至三篇）和第三分册（第四篇）的译本，所据底本不详。潘氏计划中的第四分册（第五至七篇）未及译出，便已英勇就义，未能续完第一卷全译本。

在潘冬舟译两分册出版之间，1932 年 9 月由经济学家王慎明（即王思华，1904—1978）和马克思主义史学家侯外庐（1903—1987）合译的第一卷上册（前两篇及第三篇大部）以"国际学社"名义，由京华印刷厂在北平秘密印行。而后又署名"右铭""玉枢"，并以"世界名著译社"名义继续印行上中下册合订本（有部分误印作"中册"，其实都是合订全本），终成第一卷全部七篇的完整译本（图 12），此时已是 1936 年 6 月。王、侯译本主要根据恩格斯编辑的德文第四版，少量对照考茨基德文版，并参考英、法、日等多种译本完成。

此后还出现过个别不完整中译本。直至 1938 年 8 月，郭大力（1905—1976）、王亚南（1901—1969）二人合作，终于将《资本论》全部三卷译为中文，在上海读书出版社出版。北大图书馆收藏了该版译本 1948—1949 年在哈尔滨光华书店重印的"东北版"。

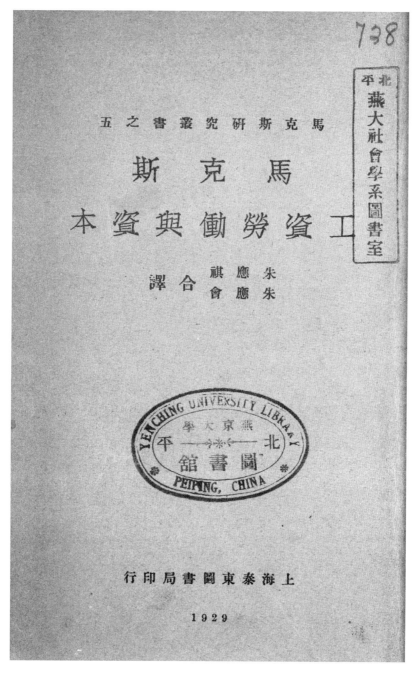

图 5　上海泰东图书局 1929 年版《工资劳动与资本》封面

图 6 水沫书店 1930 年再版《哲学之贫困》题名页

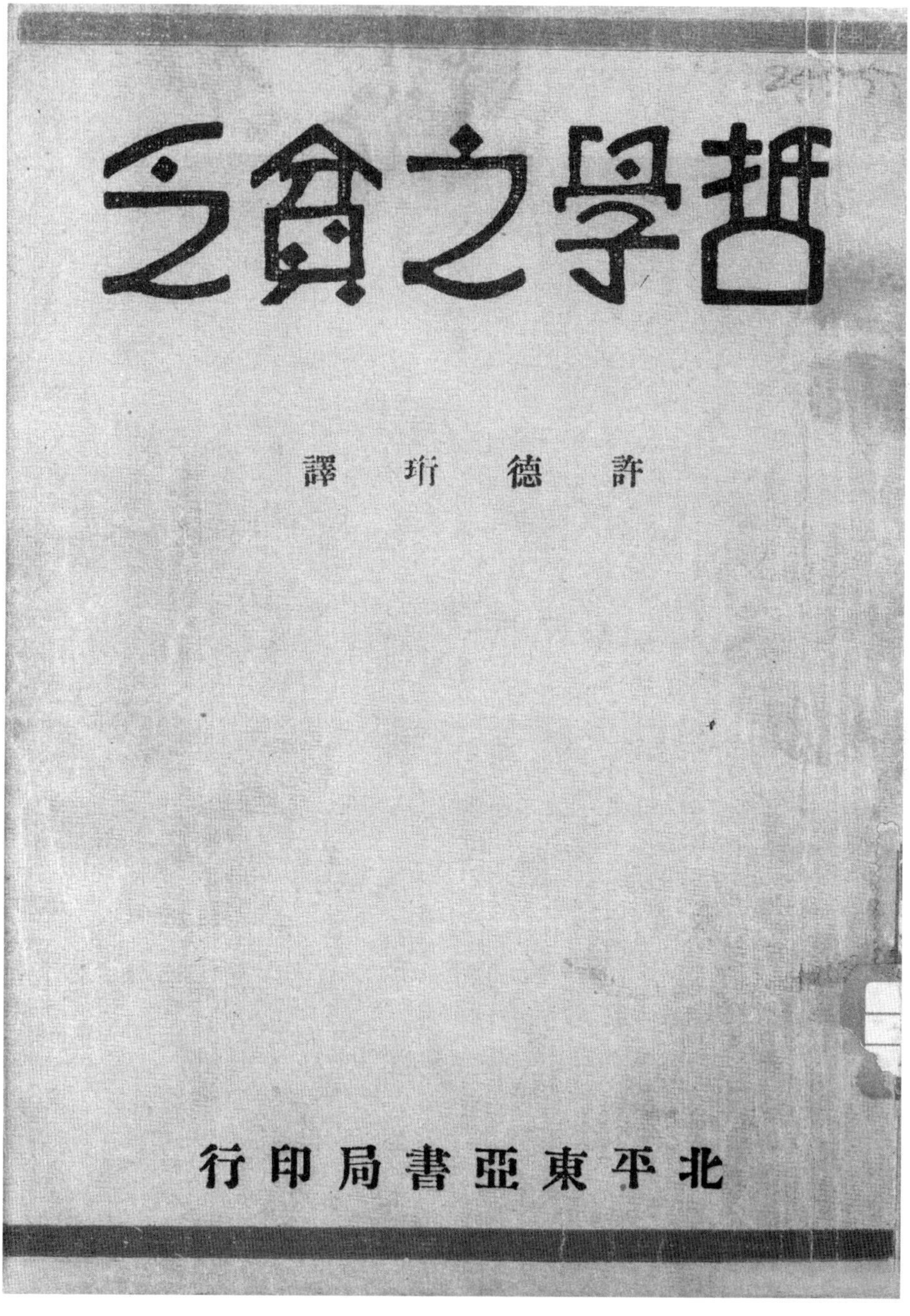

哲學之貧乏

許德珩 譯

北平東亞書局印行

图 7　北平东亚书局 1932 年版《哲学之贫乏》封面

图 8　上海乐群书店 1930 年版《经济学批判》封面

图 9 神州国光社 1931 年版《政治经济学批判》封面

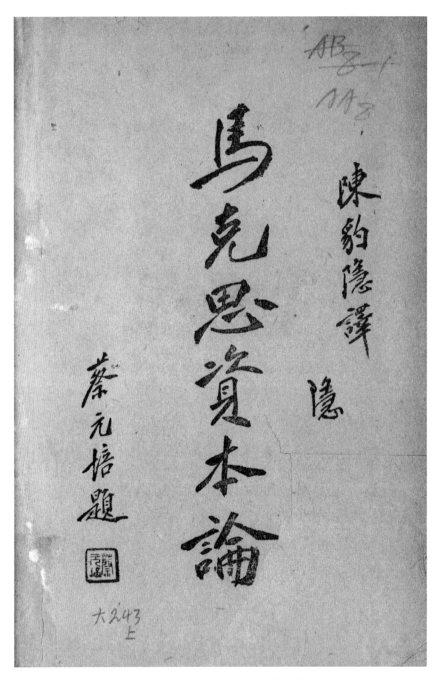

图 10　上海昆仑书店 1930 年版《资本论》封面

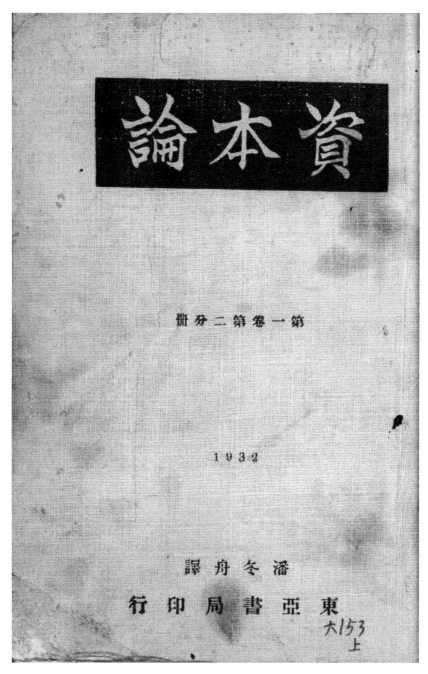

图 11　北平东亚图书局 1932 年版《资本论》封面

图 12 世界名著译社 1936 年版《资本论》题名页

三、哲学类

1.《路德维希·费尔巴哈和德国古典哲学的终结》

相比科学社会主义和政治经济学，系统论述辩证法和唯物史观的哲学专著译介得稍晚，如《路德维希·费尔巴哈和德国古典哲学的终结》（*Ludwig Feuerbach und der Ausgang der klassischen deutschen Philosophie*）一书，主体由恩格斯用德文写成的四篇大论文组成，在批判当时其他流行哲学派别的同时，梳理了马克思主义哲学的思想历程。1888 年首次出版时还附录其他文章，包括马克思早在 1845 年用德文撰写的《关于费尔巴哈的提纲》（"Thesen über Feuerbach"）。

前述馆藏林超真译《宗教·哲学·社会主义》（上海沪滨书局 1929 年 10 月版）也以《费儿巴赫与德国古典哲学的末日》为题收录该书主体及马克思提纲（主要根据拉法格法文译本），是为最早中译本。两个月后，上海南强书局在 12 月出版《费尔巴哈论》（图 13），由彭嘉生（即彭坚，又名彭康，1901—1968）根据董克尔（Duncker）编辑的德文原本并参照英日译本译出，还翻译了 5 种附录和董克尔序言，资料性较强。北大图书馆还收藏了一个较早的译本，书题《机械论的唯物论批判》，杨东莼、宁敦伍合译，上海昆仑书店 1932 年出版（图 14），底本亦为董克尔德文版，资料更多，还包含俄国马克思主义理论家普列汉诺夫（Плеханов）的注释。历史学家、教育家杨东莼（1900—1979）就读北京大学期间曾参与发起马克思学说研究会，解放前还与张栗原合译了摩尔根《古代社会》（1929—1930）等重要著作。

2.《自然辩证法》

《自然辩证法》（*Dialektik der Natur*）是恩格斯在稍早的 1873—1883 年间撰写（未完成）的重要哲学专著，补充了马克思主义对自然科学领域的哲学反思成果。作者生前未曾发表，直至 1925 年才以德文原文对照俄文译文的形式在苏联首次正式出版。不久便由上海的神州国光社于 1932 年 8 月出版了第一个中文译本（图 15），系翻译家杜畏之（即屠庆祺，1906—1992）根据德俄对照本译成，并在此后十多年间数次重印。北京大学图书馆收藏了杜译本的初版和 1946 年版。此书 1949 年前再无他人中译本出版。

图 13　上海南强书局 1929 年版《费尔巴哈论》封面

图 14　上海昆仑书店 1932 年版《机械论的唯物论批判》封面

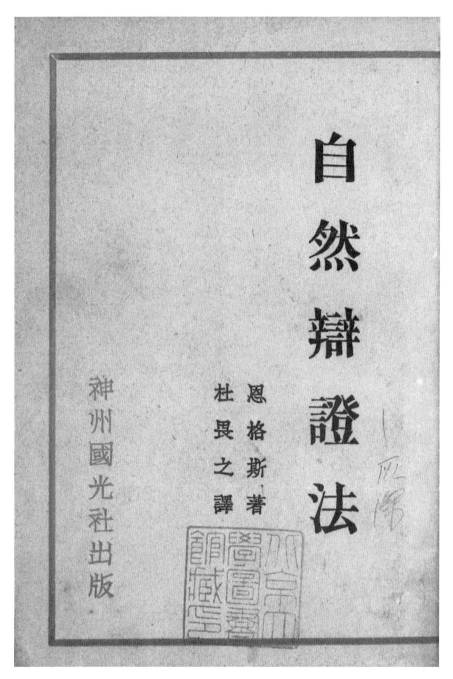

图 15　神州国光社 1932 年版《自然辩证法》封面

马克思列宁主义普及读物

孙雅馨

中国共产党自成立之日起，就把马克思主义作为自己的指导思想，始终重视并推进着马克思列宁主义经典著作的出版和传播。北京大学图书馆始终重视革命文献的珍藏及其在中国近现代史上的重要位置。回顾马克思列宁主义普及读物在中国的出版和传播及其在北京大学图书馆的馆藏情况，具有重要的意义。本章节按照时间顺序，从不同阶段着手梳理介绍自 20 世纪初到 20 世纪中叶马克思列宁主义在中国的传播及相关普及读物的出版，重点关注北京大学图书馆有关书籍的馆藏情况及其图像揭示。

一、第一阶段：20 世纪初至 1927 年前后

这一阶段包含五四运动、中国共产党成立等重要事件，时间节点延伸至第一次国共合作失败之际。

早在 19 世纪末，马克思和《共产党宣言》已通过大众媒体传入中国。目前学界认为，中文文献中最早提到马克思、恩格斯名字及《资本论》等内容的是李提摩太翻译的《大同学》。当时我国民众主要借助翻译过来的马克思主义文本开始逐渐了解到马克思、恩格斯及其理论，缺乏全面认知和基本领悟。在 1917 年十月革命胜利的鼓舞、工人阶级的成长与人民思想进一步解放的背景下，以李大钊为代表的一批先进知识分子很快接受并开始研究马克思主义革命思想，但对于马克思列宁主义有意识地学习和宣传，是在 1919 年五四运动前后。

一方面，1919 年 6 月之后，由于十月革命与五四运动的影响，马列主义开

始系统传入中国，传播路线主要有三条：一是从日本；二是从西欧，主要是法国，代表人物有周恩来、蔡和森等；三是自苏俄，代表性人物有张太雷、瞿秋白等。我国一大批知识分子从求索真理的意义上钻研马列主义，马克思、恩格斯、列宁等著作相继在中国翻译，很多普及读物应运而生。这些普及读物主要以翻译国外经典著作为主。这个时期的北京大学图书馆藏马列主义普及读物由商务印书馆、民智书局、北新书局等印行。以下列举几种有代表性的著作：

1.《社会主义初步》

新文化丛书之一。Thomas Kirkup 著，孙百刚译。中华书局 1923 年初版发行（图 1）。该书共有 15 章节，论述"古代经济之改革""现制度之勃兴""社会主义之起源""初期社会主义""1848 年之社会主义""1914 年以前各国社会主义之发达""新国际劳动者协会"等内容。

2.《社会主义浅说》

梅生编。本馆所藏有新文化书社 1923 年 4 月版与 1924 年 2 月版（图 2）。1924 年版封面有两条题记："游国恩教授转交北京大学图书馆""一个革命史资料，一九五九，八，一三，波多野太郎谨赠"。该书介绍了社会主义的定义和社会主义的理论。社会主义理论介绍部分，包括马克思主义、修正派社会主义、工团主义、无政府主义、基尔特社会主义、布尔什维主义等流派。

3.《资本制度浅说》

山川均著，施存统译，上海书店 1925 年 7 月第 4 版（图 3）。该书序言为施存统 1923 年 11 月 7 日俄国革命纪念日所作。该书共有十六章节，主要论述"资本主义的生产""经济组织的变迁""经济组织进化的法则""生产者和生产机关的分离""劳动力成了商品""资本制度的浪费""生产力和财产制度的冲突""社会的改造"等内容。

4.《无产阶级之哲学——唯物论》

哥列夫著，瞿秋白译注，新青年社 1927 年 3 月印行（图 4）。该书为田绍英赠送。内容上主要讨论"何为哲学""唯心论与唯物论""近代唯物论之发展""现代唯物论与科学""历史的唯物论""马克思主义之阶级论及国家论""唯物论与宗教及道德""唯物哲学与阶级斗争"等。

新文化叢書

社會主義初步

THOMAS KIRKUP 著

孫 百 剛 譯

一九二三年初版

中 華 書 局 發 行

图 1　中华书局 1923 年版《社会主义初步》封面

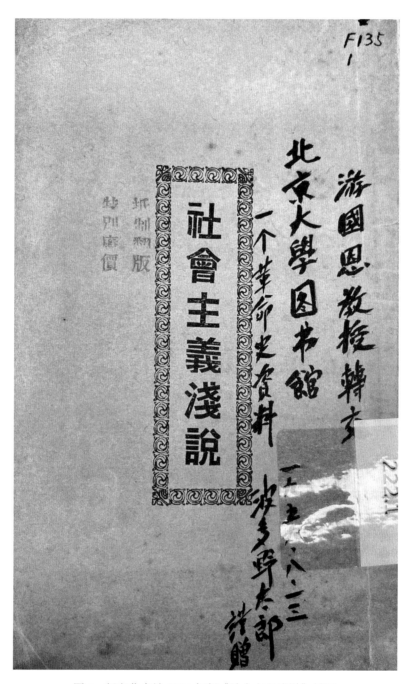

图 2　新文化书社 1924 年版《社会主义浅说》封面

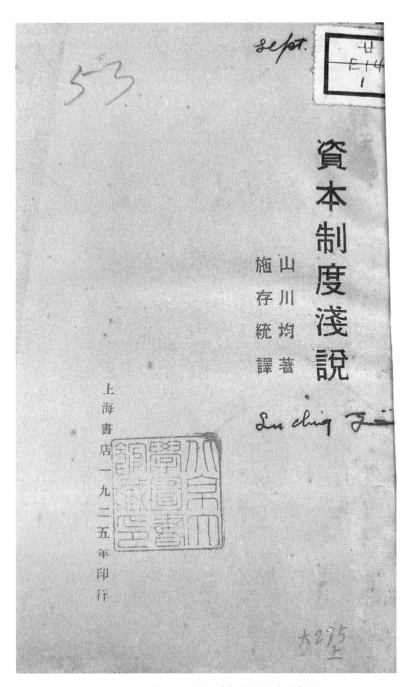

图 3　上海书店 1925 年版《资本制度浅说》封面

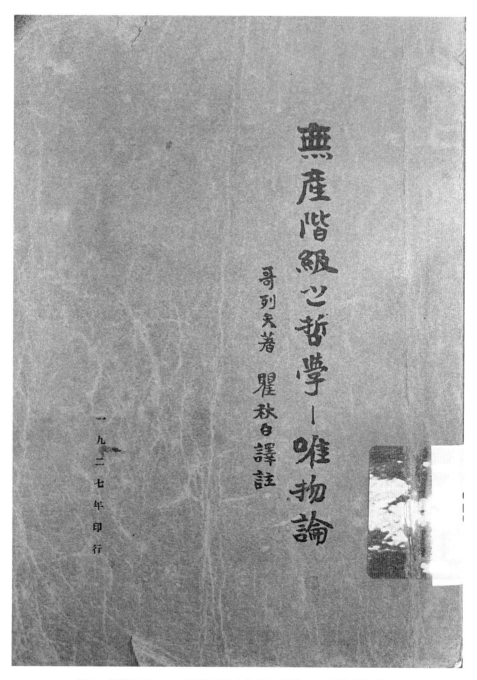

图 4　新青年社 1927 年版《无产阶级之哲学——唯物论》封面

另一方面，1920 年下半年起，李大钊、陈独秀、毛泽东等人先后在上海、北京、湖南等地建立了共产党早期组织。为了进一步扩大马列主义的影响，他们创办了革命刊物，介绍有关共产党的知识，探讨中国革命问题。共产党早期组织的建立使马克思主义经典著作在中国传播成为历史需要。

中国共产党成立后，1921 年 9 月，成立了第一个出版机构——人民出版社。出版社成立后，配合当时的工人运动，出版了几十种革命进步书籍。根据 1921 年 9 月发行的《新青年》第 9 卷第 5 号刊登的《人民出版社通告》，计划出版的马克思列宁主义书籍有若干种，其中"马克思全书"15 种、"列宁全书"14 种。此部分馆藏介绍请参阅本书《人民出版社的马克思主义书刊》一文。

二、第二阶段：1927 年至 1937 年

这一阶段即土地革命战争时期，延伸至抗日战争全面爆发。

大革命失败后，中国共产党和各级党组织被迫转入地下，继续进行革命斗争。在党的领导下，共产党人和进步文化工作者利用一切公开的和秘密的形式继续传播马克思主义，继续翻译出版马克思列宁主义经典著作。这个时期的马列主义普及读物出版者主要为中国共产党成立的出版机构或者地下组织，以及部分国民党统治下的书局或出版社。

1928—1929 年，中共先后成立无产阶级书店、华兴书局，用来翻译出版马克思主义经典著作和有关俄国革命的书籍。1931 年，中共地下党在保定、北平两地成立北方人民出版社，编排出版了一些中共早期出版社的书籍，还出版了《国家与革命》《俄国革命中之农业问题》《二月革命与十月革命》等著作。为避免被查封，所出图书的扉页或版权页上都会印上其他出版社的名字，如北国书社、新生书社、人民书店、新光书店等。

北京大学图书馆藏这一时期的马列主义普及读物具有代表性的有以下几种：

1.《伊里奇底辩证法》

德波林著，任白戈翻译。本馆所藏有 1930 年版（图 5）与 1935 年版，上海辛垦书店出版。1930 年版钤有"北京大学图书馆藏"章。列宁原名弗拉基米尔·伊里奇·乌里扬诺夫，本书的"伊里奇"即指列宁。该书目次分为"序

言——伊里奇辩证法底重要性""前篇——革命的辩证家伊里奇""后篇——伊里奇底辩证法之一斑"和"附录——关于辩证法底问题"。

2.《辨证法经典》

程始仁编译。上海亚东图书馆1930年4月出版（图6）。钤有"子民图书室"章。译者序言写于1930年2月。该书末有上海亚东图书馆的广告："我们已经感觉到现代青年的要求，已由一般的学术的涵养进而为社会科学的具体的探讨，这是全国文化阶段上一个必然地进步的现象。"因此，该出版社继续发行如《社会经济发展史》《法国革命史》《产业革命》等书籍。

3.《马克思主义底根本问题》

布哈林著，彭康译。上海江南书店1930年出版（图7）。题名页钤有"国立北京大学法学院法政经济纪录室"，该书"译者附记"中述"这翻译是根据M.Nachimson的德译本及参照恒藤恭的日译本而成的。各节的题目是德译本所没有，而是为读者便利起见恒藤恭自己所拟定的"。该书主要讲述了马克思主义哲学的基础研究、费尔巴哈的唯物论、近代自然科学家的唯物倾向、费尔巴哈的哲学与马克思、恩格斯的唯物史观之思想的关系、马克思主义与社会的目的论等内容。

4.《费尔巴哈、马克思、列宁底人生观》

译作。著者、译者不详，北平昆仑书店、福华书社1932年8月出版。著者序作于1927年7月。译者于1932年4月20日译完于布里村。本书是以马克思主义的发展过程中的史的发展为主要论题，而且特别论述了与唯物论的关系。主要内容为：社会主义与无神论、马克思主义无神论与其曲解、历史的唯物论与伦理的理想的问题。

5.《马克斯主义世界观》

卢舜昂著，旭光社1932年9月出版（图8）。该书副标题是"唯物辩证法"，主要内容为：唯物论、辩证法、唯物辩证法的发展过程。该书是在1928年9月20日写成的，1932年本书得以出版。作者表述，在作此书的时候有两方面的目的："一是整理著者自身的哲学的知识，第二是给广大的同志们作一本最易解最简明的无产阶级世界观入门书。"

6.《通俗辩证法讲话》

陈唯实著，上海新东方出版社1936年出版，社会科学丛书之一（图9），钤有"国立北平大学法商学院图书馆藏书章"。本书主要内容为：1.研究辩证法的先决问题；2.唯物辩证法的应用；3.论辩证法的变化定律；4.论辩证法的矛盾定律；5.论辩证法的突变定律；6.论辩证法的联系定律；7.中国古代哲学上的辩证法；8.西洋辩证法史的发展；9.黑格尔的辩证法学说；10.马克思的唯物辩证法；11.恩格斯的唯物辩证法；12.伊理奇的唯物辩证法。

图5　上海辛垦书店1930年版《伊里奇底辩证法》封面

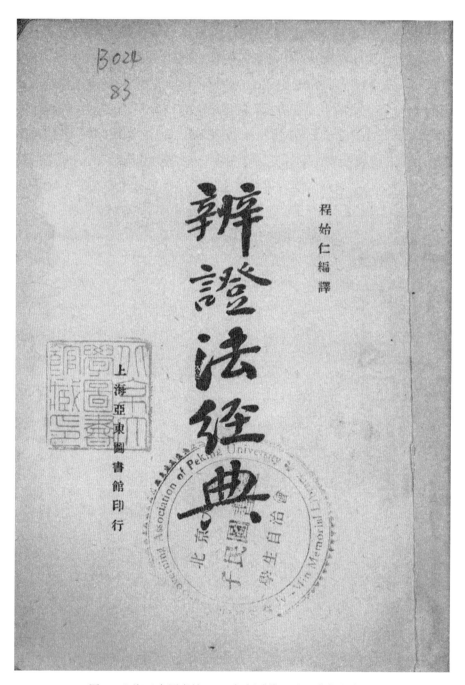

图 6　上海亚东图书馆 1930 年版《辨证法经典》题名页

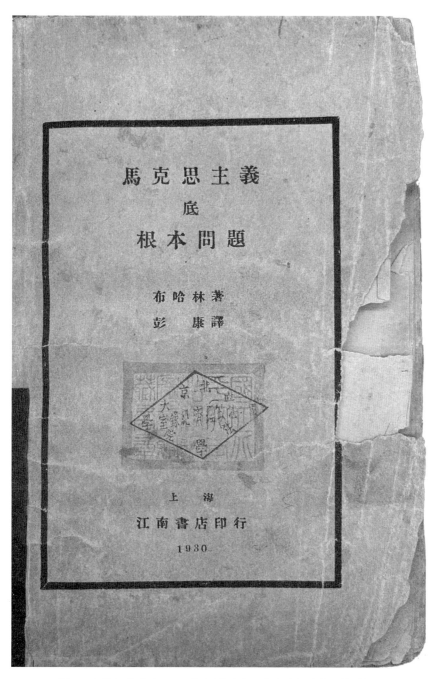

图 7　上海江南书店 1930 年版《马克思主义底根本问题》封面

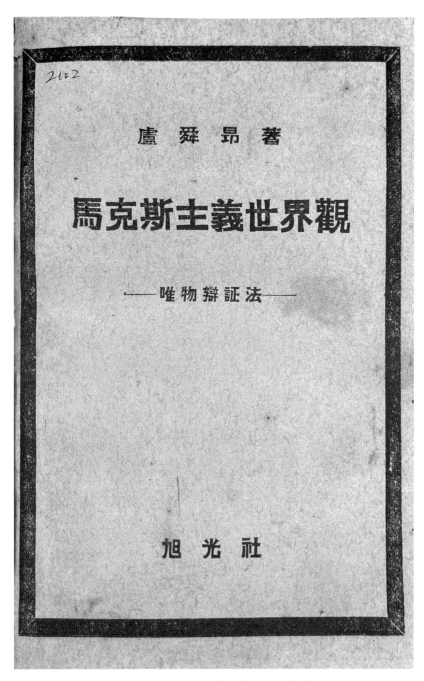

图 8　旭光社 1932 年版《马克斯主义世界观》封面

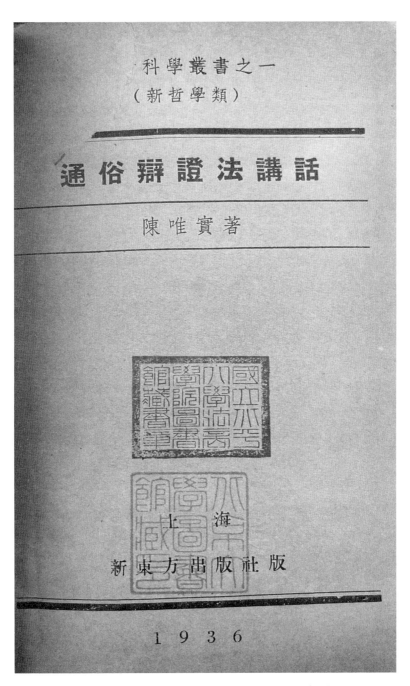

图 9　上海新东方出版社 1936 年版《通俗辩证法讲话》封面

三、第三阶段：1937 年至 1949 年

这一阶段主要包含全面抗战时期到解放战争时期，延伸至 1949 年 10 月前。

随着中国社会和中国革命的发展，马克思主义理论在中国取得了重大进展和显著成绩，亟待通过宣传普及被大众接受。延安时期，一大批知识分子汇聚延安，他们有强烈的社会使命感和责任感，并对共产党产生了较高的政治认同，加强了对马克思主义理论的学习和研究，是传播马克思主义的重要力量。在毛泽东和中共中央的领导下，他们以延安为中心掀起了学习、研究、翻译、出版和宣传马克思主义的热潮，促进了马克思主义在中国的传播，促进了马克思主义大众化发展，为马克思列宁主义的普及做出了重要贡献。

1938 年 5 月 5 日是马克思诞辰 120 周年纪念日，中共中央于当天在延安成立了马克思、列宁主义学院（简称"马列学院"），这所学院专门从事马列主义相关文献的学习、研究及编译工作。当时翻译的书籍主要来自苏联，有俄文、英文、德文、法文、日文等版本。编译部的主要任务是负责编译"马恩丛书""列宁选集"以及斯大林的著作。

不久，中共中央在延安建立了出版发行部，统一领导党的出版发行工作，开始用"解放社"的名称出版马列著作。解放社主要出版物有两大丛书，分别为"马恩丛书"和"抗日战争丛书"；两大选集，分别为"列宁选集"和"斯大林选集"。解放社在翻译、引进马克思、恩格斯、列宁著作和出版中共领导人的著述方面起到了积极作用。

北京大学图书馆藏这一时期的出版物具有代表性的有以下几种。

1.《共产主义常识 1：怎样认识历史和时代》

解放社出版，无出版年。钤有"通讯处图书室"章（图 10）。该书主要收录了列宁的《论国家》和斯大林的《十月革命底国际性质》。

2.《共产主义常识 2：什么是共产主义》

解放社出版，无出版年。钤有"晋察冀边区行政委员会图书馆秘书处""华北人民政府图书馆""政务院图书"等印章。该书主要内容有"无产者与共产党人""布尔塞维克党是怎样形成的"等。

3.《共产主义常识3：答复对共产主义的误解》

解放社出版，无出版年。钤有"晋察冀边区行政委员会图书馆秘书处""华北人民政府图书馆""政务院图书"等印章。主要篇目有"列宁论民主与平等论——领袖、政党、阶级、群众之间的关系""与第一次美国工人代表团的谈话（斯大林）""与英国作家威尔斯的谈话（斯大林）"等。

4.《共产主义常识4：革命者的修养》

解放社出版，无出版年。钤有"华北人民政府图书馆""政务院图书"章。内容有两部分，一为论共产主义青年团的任务，二为无产者阶级和无产者政党。

5.《论马恩列斯》

解放社编，本馆藏有解放社1941年版、东北书店1949年版和北京新华书店1949年9月版。1941年版钤有"燕京大学图书馆藏""军调部赠"印。新华书店版"出版者的话"由解放社编辑部写于1948年11月7日。该书内容为对马克思、恩格斯、列宁、斯大林的论述。

6.《辩证法唯物论》

这一时期北大图书馆藏同题名革命文献有三种：

第一种：李仲融编。本馆所藏有1939年版与1940年版（图11），石火出版社出版。1939年版为孑民图书室藏书。该书编者李仲融1939年6月6日在"前记"中讲述"本年四月二十一日，学院解散。二百余可爱之学生于挥泪别离时，环请发表著述，以志师生短时间相聚之欢，因而整理去冬所编哲学讲义之一部——辩证法诸基本法则——为第三章外，加写绪论及第一第二两章而成本书"。该书主要内容有本体论、认识论、方法论等。

第二种：编著者不详，丘引社1946年3月出版。该书钤有"哲学系编译资料室"章，有"周晓平"签名（图12）。据孙鲠在前言中记述，"去年承重庆友人寄给我们这一本书，是1944年9月间一个报社里出版的……我们读了一遍，觉得内容极好，并且可以补前面所讲的缺陷……现在准备把它急速印出来，以供学习辩证法的人阅读"。该书共有两个章节，为"唯心论与唯物论"和"辩证法唯物论"。

第三种：米丁著，沈志远译。本馆所藏有1946、1947、1948、1949年版，均为生活书店出版。其中 1946 年版译者署名为王剑秋（沈志远的笔名），钤有"燕京大学图书馆藏印"；1947 年版一册封面钤有"夏乐瑟夫人社会学书库藏书""燕京大学图书馆藏印"（图 13），一册题名页有"燕大友 阮铭"笔迹；1948 年版译者署名为王剑秋，为张志让先生赠书。该书共有六个章节，主要内容为"马列主义——普罗列塔利亚的世界观""唯物论和唯心论""辩证法唯物论""唯物辩证法之诸法则""哲学中两条阵线的斗争""辩证法唯物论发展中的列宁阶段"。

7.《论群众哲学》

米丁著，韶华译。上海光华出版社出版，本馆所藏有 1946 年初版、1947 年第 3 版和 1948 年、1949 年版。其中 1946 年和 1947 年版封面均钤有"燕京大学图书馆藏印"，为燕京大学图书馆旧藏（图 14）。本书内容有三篇，分别为：论群众哲学、辩证唯物论、历史唯物论。

8.《列宁斯大林论青年》

刘光编，天津知识书店 1949 年 6 月出版（图 15）。内容分为两部分，一为列宁论青年，二为斯大林论青年。本书为列宁、斯大林的讲话集。

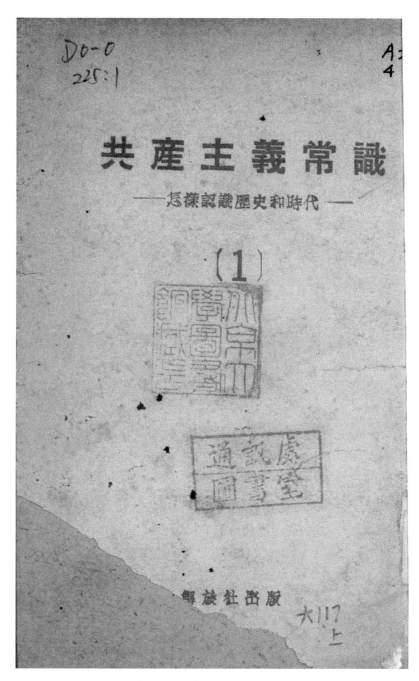

图 10　解放社版《共产主义常识 1：怎样认识历史和时代》封面

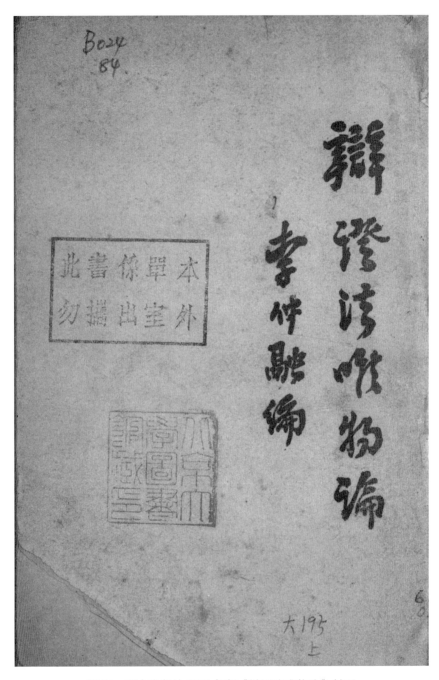

图 11　石火出版社 1940 年版《辩证法唯物论》封面

图 12　丘引出版社 1946 年版《辩证法唯物论》封面

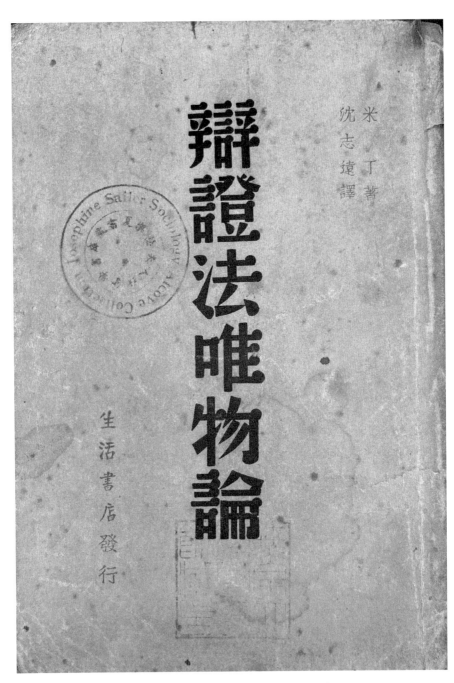

图 13　生活书店 1947 年版《辩证法唯物论》封面

图 14　上海光华出版社 1946 年版《论群众哲学》封面

图 15　天津知识书店 1949 年版《列宁斯大林论青年》封面

延安知识分子致力于将马克思主义用通俗化的语言表达，通过自主性研究，撰写了大量理论著作，内容涉及政治、哲学、历史学等各领域。这扩大了马克思主义的研究范围和视野，不仅提高了知识分子的马克思主义研究水平，而且为普通群众了解和学习马克思主义提供了新的材料和新的思想，宣传普及了马克思主义，推动了马克思主义的通俗化和大众化进程。

参考文献

［1］张小平．马克思主义在中国的早期传播论析［J］．观察与思考，2021（1）：28—35.

［2］中共中央马恩列斯著作编译局马恩室．马克思恩格斯著作在中国的传播［M］．北京：人民出版社，1983：298.

［3］叶再生．中国近代现代出版通史：第三卷［M］．北京：华文出版社，2002: 817-818.

列宁著作早期译本及列宁著作集

徐清白

无产阶级革命家、政治家列宁（Ле́нин，1870—1924），本名弗拉基米尔·伊里奇·乌里扬诺夫（Влади́мир Ильи́ч Улья́нов），毕生致力于在俄国革命实践中继承和发展马克思主义，成功建立全世界第一个社会主义国家，并留下大量著作阐述其革命思想和政治理论。随着"十月革命一声炮响"，列宁著作也进入中国，与马克思、恩格斯著作一同成为启发和指导无产阶级革命与民族解放事业的理论经典。除了陆续零散发表在报刊上的译文外，自 1921 年 12 月人民出版社开始出版"列宁全书"（先后实出 5 种）起，列宁的专题文集和较长篇幅著作的单行本亦有中译本集中面世，情形与马恩译著大体相仿，惟自俄文原本直接译出者较稀少。继而于三四十年代，中国共产党人在莫斯科积极参与苏联外国工人出版社（Изда́тельское това́рищество иностра́нных рабо́чих в СССР）的翻译工作，配合支持国内革命根据地、解放区出版了从俄文直接译出的《列宁选集》《列宁文选》等，校正并扩充了大量经典译文。北京大学图书馆收藏了多种列宁著作的早期中译单行本和文集，下面分别介绍。

一、列宁著作单行本和专题文集

1.《社会民主党在民主革命中的两种策略》

《社会民主党在民主革命中的两种策略》（*Две та́кактики социал-демокра́тия в демократи́ческий револю́ция*），通常简称《两种策略》，作于 1905 年俄国资产阶级革命期间。该书反映列宁早期政治理念，提出马克思主义与俄国实际相结合的"两种策略",即无产阶级政党在资产阶级民主革命中应联合"中间阶级"（农民）并争取革命的领导权。《两种策略》传入中国后，启发了中国共产党在20世纪30年代中后期成功实现第二次"国共合作"，并最终走上新民主主义革命道路。最早中译本为1929年8月"中外研究学会"（实为当年中共设在上海的华兴书局，专门发行革命刊物并翻译出版马列理论和革命书籍）出版的"陈文瑞"译本，书名《社会民主派在民主革命中的两个策略》，底本不详。北大图书馆收藏了该译本的初版和1932年3月再版（图1）。

2.《格拉纳特百科词典》"马克思"词条

列宁对马克思主义的继承当中有一重要贡献，就是为马克思撰写传记。1914年11月，列宁应邀完成了《格拉纳特百科词典》（*Энциклопедический словарь Гранат*）的"马克思"（Марксъ）词条，次年收入该书第7版第28卷公开出版。除传主生平事迹外，列宁用较大篇幅分述马克思的思想学说并附推荐阅读书目，相当于一部马克思主义概论。词条原稿中"阶级斗争""社会主义""无产阶级阶级斗争的策略"三节内容最初未予刊印，后来单独出版才得面世。第一个相对完整中译本为1929年6月上海泰东图书局出版的《科学的社会主义之梗概》（图2），译者"画室"即冯雪峰（1903—1976），主要根据的日译本与最初发表的百科词条一样有删节，但中译者从德译本补译了"实际政策"一节，即"无产阶级阶级斗争的策略"。北大图书馆收藏了这个译本。该书后来又出现多个译本，补全了被删的另两节，通称《卡尔·马克思》。

3.《帝国主义论》

《帝国主义是资本主义的最高阶段（通俗的论述）》（*Империализм, как высшая стадия капитализма. Популярный очерк*），通常简称《帝国主义论》，1916年作于瑞士苏黎世，第二年"十月革命"前夕在俄国首都彼得格勒（今圣彼得堡）出版。该书继承马克思政治经济学基本理论，对马恩身后、第一次世界大战前逐渐形成的资本主义瓜分世界的新态势——帝国主义阶段做出初步论述和总结，并反复警戒工人阶级，放弃机会主义幻想。列宁这部重要著作为俄国"十月革命"胜利奠定了理论基础，也为国民革命时期的中国指明了正确道路。该书早在1924年即由李春蕃从英译本摘译大部分连载发表，次年出版单行本《帝国主义浅说》，迅速产生广泛影响。中文全译本直到1929年6月才由上海启智书局出版（图 3），系刘野平根据美国出版的英译本并参照日译本译成，题为《资本主义最后阶段——帝国主义论》。过了不到一年，1930 年 1 月上海春潮书局又出版了章一元译本（图 4），题为《最后阶段的资本主义》，底本不详。这两个译本在北大图书馆都有收藏。此书 1949 年前还出现过好几个译本。

4.《论无产阶级在这次革命中的任务》及《四月提纲》

1917 年春天爆发的"二月革命"推翻封建沙皇统治后，出现资产阶级临时政府和无产阶级"工兵代表苏维埃"（苏维埃，俄语 Советы 的音译，意为"代表会议"或"会议"）同时执政的局面。4 月，列宁在彼得格勒"布尔什维克"（俄语 Большевики 的音译，原义为"多数派"）代表会议上做了《论无产阶级在这次革命中的任务》（О зада́чах пролетариа́та в да́нной револю́ции）重要报告，其中包含著名的革命文件《四月提纲》（Апре́прельские те́зисы），号召工农群众取代资产阶级，推动俄国革命进入"第二阶段"，即无产阶级领导的社会主义革命。报告内容随即发表在《真理报》（Пра́вда）上，完整中译文则最早收录于专题文集《二月革命至十月革命》，由上海扬子江书店于 1927 年 9 月出版，译者"陈文瑞"。北大图书馆收藏了上海华兴书局 1930 年 9 月初版（图 5）及次年 7 月再版的"陈文达"译本，文集收录前述报告题为《论目下革命中无产阶级的任务》（图 6），并其他作品合计多达 45 篇，展现出 1917 年两次革命之间列宁从思想到实践的发展与转变。

5.《国家与革命》

《国家与革命》（Госуда́рство и револю́ция），作于 1917 年列宁在芬兰避难时，第二年出版。如书名所示，列宁结合欧洲各国反对资产阶级统治的革命历史和马恩革命理论，反思、总结俄国的两场革命，尝试构建马克思主义国家理论，回答了无产阶级当时面临的下一步革命路线问题，即反对机会主义，坚持暴力革命，建立无产阶级政党领导的新国家。成书后不久，"十月革命"取得胜利，理论与实践紧密结合，强有力地启发了中国人民接受苏俄革命路线，也推动多种节译文章刊载发表，迅速扩大了马克思列宁主义的影响力。1927 年 8 月上海浦江书店出版"江一之"译《国家论》，为首个中文全译本。1929 年 7 月出版的"中外研究学会"译本（图 7），底本似为英译本，北大图书馆有收藏。多年后，1938 年 3 月又见"莫师古"新译本（图 8），译者笔名即莫斯科的谐音，实为据莫斯科苏联外国工人出版社出版的中译本在上海再行翻印，北大图书馆也有收藏。另外收藏了少量 20 世纪 40 年代各解放区出版印刷的译本。

6.《无产阶级革命和叛徒考茨基》

从《国家与革命》所确立的基本立场出发，避免照搬德国工人运动路线，1918 年 10 月，列宁针对考茨基《无产阶级专政》（*Diktatur des Proletariats*，1918）一书所持"中派"主张，写下了《无产阶级革命和叛徒考茨基》（*Проле-тáрская револю́ция и ренегáт Кáутский*）予以回击。该书最早中译本为 1929 年 8 月由上海"中外研究学会"出版的"胡瑞麟"译本，题为《革命与考茨基》，根据德译本译出。北大图书馆藏有初版及 1932 年第四版（图 9）。

7.《苏维埃政权的成就和困难》

1919 年春天，列宁在彼得格勒针对当时国内外重大问题发表讲话，经整理成为《苏维埃政权的成就和困难》（*Успéхи и трýдности Совéтской влáсти*），同年出版单行本。早在 1922 年 2 月，该书即由人民出版社出版，译者墨耕（即李梅羹，1901—1934），题为《劳农政府之成功与困难》，根据德译本译出，为"列宁全书"实际出版的 5 种著作之一。原作的"跋"起初因故未予刊印，1922 年方随《列宁全集》俄文初版首次面世，墨耕译本尚未及译出。译者在北京大学读书期间参加"五四"运动，参与发起马克思学说研究会，后成为北京共产党小组早期成员，也是建党初期重要的德文翻译家。北大图书馆藏有该译本，系馆藏列宁著作中译单行本当中出版最早的几种之一。

8.《共产主义运动中的"左派"幼稚病》

《共产主义运动中的"左派"幼稚病》（*Дéтская болéзнь "левизны́" в коммуни́зме*），作于 1920 年，同年在彼得格勒出版。列宁全面总结"布尔什维克"在俄国革命中的历史经验，重申了马克思主义必须与各国革命实践相结合的基本原则。该书为 20 世纪 30 年代中国共产党清算"左倾关门主义"错误路线、结合中国革命实际形成抗日统一战线思想提供了关键理论指导。1927 年上海浦江书店出版《左派幼稚病》，译者"吴凉"。1930 年 2 月，上海华兴书局发行"中国社会科学研究学会"出版的《左派幼稚病》（图 10），也为"吴凉"译本，似据英译本译出。1932 年 3 月"上海社会科学研究社"又出版该译本的"修订三版"，著者署"V. I. Ulianow"。北大图书馆收藏了后两个版本。此外还藏有根据苏联马克思—恩格斯—列宁学院（Институт Мáркса-Энгельса-Лéнина）编辑的俄文原版于 1936 年 6 月完成翻译的"莫师古"译《左派幼稚病》，以及 1949 年前多家出版社的多个译本。

图 1　中外研究学会 1932 年版《两个策略》封面

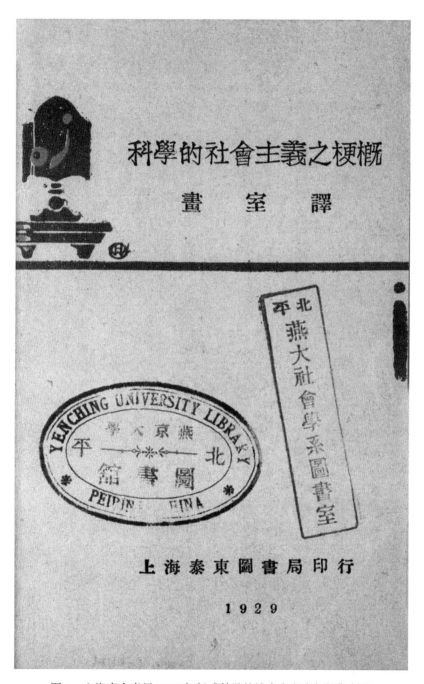

图 2　上海泰东书局 1929 年版《科学的社会主义之梗概》封面

图 3　上海启智书局 1929 年版《资本主义最后阶段——帝国主义论》封面

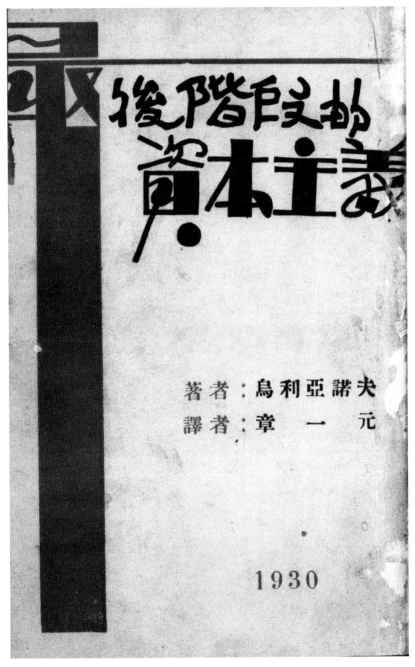

图 4　上海春潮书局 1930 年版《最后阶段的资本主义》封面

图 5　上海华兴书局 1930 年版《二月革命至十月革命》封面

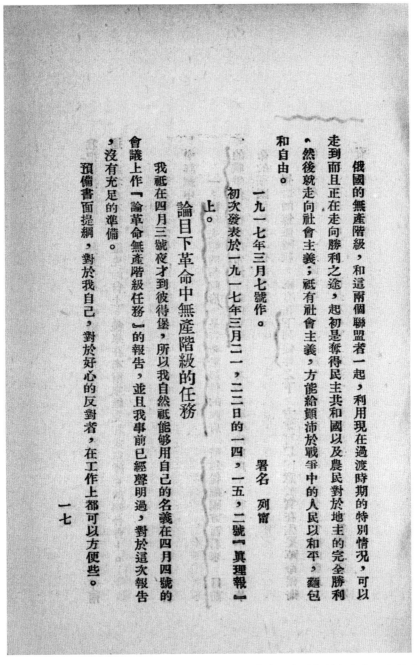

图 6 《二月革命至十月革命》收录《论目下革命中无产阶级的任务》正文首页

图 7　中外研究学会译本 1929 年版《国家与革命》封面

图 8　1938 年 "莫师古" 译《国家与革命》封面

图 9　中外研究学会 1929 年版《革命与考茨基》封面

图10 中国社会科学研究会1930年版《左派幼稚病》封面

二、列宁选集、文选

　　由于列宁有大量著作篇幅较短，不适合单独装订成册出版，俄国及苏联先后编印了多种汇编本，除数十卷规模的全集外，还有各种专题文集和不同篇幅的多卷本文集，以便党团员和工农群众通过列宁本人的基本著作掌握其思想学说。1931—1934 年间，苏联外国工人出版社吸收中国共产党人主持该机构中文翻译部工作，初步完成了部分卷册的《列宁选集》中译本。1937 年 7 月起，延安革命根据地的解放社陆续引进翻印了各卷苏联中译本，并继续自行组织编译更多卷册，以俄文原版为主体，少量英文版和德文版卷册为补充，在 1938—1946 年间陆续出版（图 11、图 12）。整个选集计划出版 20 卷，目前实际可见 16 卷（第 11 卷分上下册，合计 17 册），有 9 卷（10 册）在中国完成翻译，是为最早的一套较全的《列宁选集》中译本。北大图书馆有幸完整收藏了这套译本，兼及其他解放区重版、重印的零星卷册。此外还收藏了一册 1934 年苏联外国工人出版社从俄文原本编译的《列宁选集》（图 13），即后来延安解放社翻印的 16 卷本卷 7。

　　1949 年前还出现过一种比 16 卷本精简许多的《列宁文选》两卷本，收录列宁著作 119 篇。两卷本最初于 1947 年在莫斯科的外国文书籍出版局（Изда́тельство литерату́ры на иностра́нных язы́ках，原苏联外国工人出版社）出版并印刷，根据俄文原文编译。后来在解放区和上海有翻印。北大图书馆收藏有这套两卷本《列宁文选》译本，第一卷有 1947 年和 1949 年重印（图 14）的苏联印本，第二卷仅有 1949 年 7 月山西沁源太岳新华书店翻印本。两卷本另有一种拆散分装为 6 册的重印版，由北平的解放社在 1949 年内陆续出版，北大图书馆也有收藏。

图 11 延安解放社 1938—1946 年出版的《列宁选集》

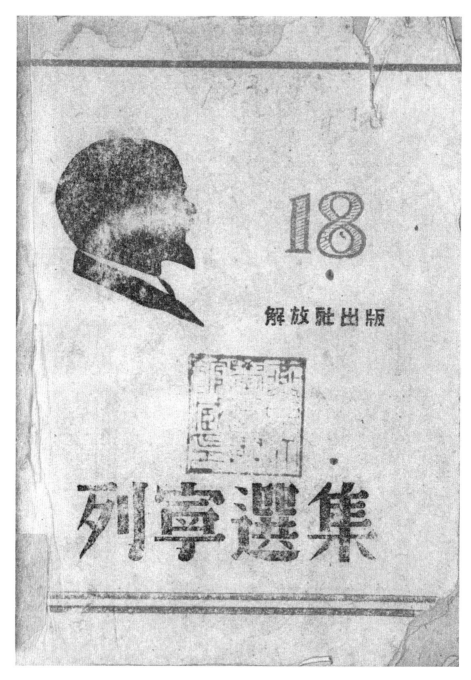

图 12　延安解放社版《列宁选集》第 18 卷封面

列　寧　選　集

（共二十卷）

SELECTED WORKS OF V. I. LENIN

由莫斯科馬克思恩格斯列寧學院俄文原版譯出

CO-OPERATIVE PUBLISHING SOCIETY OF FOREIGN WORKERS IN
THE U. S. S. R. (CHINESE SECTION) MOSCOW - LENINGRAD, 1934

图 13　苏联外国工人出版社 1934 年版《列宁选集》总题名页

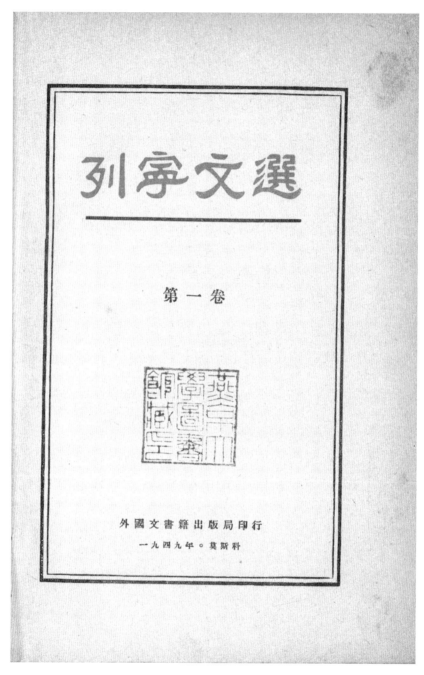

图 14　苏联外国文书籍出版局 1949 年版《列宁文选》第一卷题名页

毛泽东著作

1949 年前毛泽东著作单行本简述

常雯岚

　　毛泽东是马克思主义中国化的开拓者。1943 年 7 月，王稼祥在《中国共产党和中国民族解放道路》一文中，首先使用"毛泽东思想"这个概念，指出"毛泽东思想就是中国的马克思列宁主义"。1945 年中共七大正式确立了毛泽东思想为党的指导思想。在此前后，也正是毛泽东著作出版最为丰富的时期。随着毛泽东思想的提出，中共党内对毛泽东著作日渐浓郁的学习风气推动了毛泽东著作经典化的形成。

　　据《毛泽东著作版本编年纪事》的材料统计，从 1925 年 12 月 1 日至 1949 年 9 月 16 日（分别为 1949 年后《毛泽东选集》卷 1 首篇、卷 4 末篇日期）间，毛泽东撰写或参与撰写的文章、电文、讲话、批语、题词、诗词等著作多达 2900 余篇（如计入 1925 年 12 月以前的文章，共计约 3100 篇）。这一数字虽因重复计算同文异题的文献、著录文献以公开发表为主、未必完全出自毛泽东之手等因素而不甚准确，但可认为基本反映了毛泽东著作的概貌。

　　在新民主主义革命时期，毛泽东著作的出版活动为毛泽东思想的形成与传播做出了重要贡献。毛泽东著作出版数量与日俱增，对毛泽东著作的阅读也从党内扩展到党外，成为民众了解毛泽东思想和认识新生政权的重要途径。单行本最初多是根据报刊先期发表的文章刊印的，但也有少部分是最初就以单行本方式印发。本篇主要就北京大学图书馆所藏的 1949 年之前的毛泽东著作单行本做一粗略整理。

　　抗日战争爆发后，各抗日根据地大量出版毛泽东著作，对于宣传中国的革命文化、增强民众的革命认同、巩固党的革命政权发挥了重要作用。1945 年中共七大正式确立毛泽东思想的指导地位后，毛泽东著作单行本的出版数量急剧增加。1949 年前后，天津、北平、南京、上海等过去出版业最为发达的几个城市陆续解放，带来了日益旺盛的出版需求和前所未有的出版能力，毛泽东著作出版种册数由此达到历史的高峰。

目前所见最早的毛泽东著作单行本为《中国社会各阶级的分析》。该文原载国民革命军第二军司令部 1925 年 12 月 1 日《革命》半月刊第四期，1927 年 4 月 1 日汕头书店再版印行（初版已无从查考）。同时期汉口长江书店在 1927 年 4 月将毛泽东的《湖南农民革命》（即《湖南农民运动考察报告》）出版刊印，瞿秋白于 1927 年 4 月 11 月特为此书作序。

黄江军根据《毛泽东著作版本编年纪事》的材料统计，1949 年 10 月以前有 41 种毛泽东著作单行本问世（41 种著作共 926 个单行本，此外确知为 1949 年 10 月以前出版但不明确具体日期的单行本计 242 个），其中有 17 种著作单行本数量超过 10 个。这些著作是 1949 年 10 月以前毛泽东著作中最为重要、影响最广的部分（表 1）。

表 1　1949 年 10 月之前出版最多的毛泽东著作单行本

题　名	初版年代	发行版次
《新民主主义论》	1940	244
《论联合政府》	1945	193
《中国革命和中国共产党》	1939	164
《目前形势和我们的任务》	1947	88
《在延安文艺座谈会上的讲话》	1942	63
《论人民民主专政》	1949	58
《湖南农民运动考察报告》	1927	57
《论持久战》	1938	47
《中国共产党在民族战争中的地位》	1938	37
《中国革命战争的战略问题》	1936	33
《在晋绥干部会议上的讲话》	1948	25
《全世界革命力量团结起来，反对帝国主义的侵略》	1948	20

题　名	初版年代	发行版次
《关于纠正党内的错误思想》	1929	19
《改造我们的学习》	1941	19
《抗日游击战争的战略问题》	1938	13
《将革命进行到底》	1948	13
《〈共产党人〉发刊词》	1939	11

注：表中数据来源为蒋建农等《毛泽东著作版本编年纪事》，第 1671—1876 页。

这些著作单行本，部分是由正规出版机构出版发行，如新华书店及各地分店、东北书店、大连大众书店、香港新民主出版社、汉口新华日报馆、延安解放社、上海每日译报社、大连新中国书局、冀鲁豫边区文化出版社、人民出版社（1949 年前）等；有些则是受条件所限，由一些非正规的出版单位出版发行，如党的各级机构、各根据地宣传部、中共华东中央局秘书处、中央西北局、华北大学等。这些著作单行本中多数被很多出版机构反复出版，或被统一出版机构多次发行。

1949 年 10 月之前的毛泽东著作单行本的印刷方式、装帧规格都不尽相同。多为铅印本，此外还有油印本、石刻本等；除平装外，还有精装、线装，以及少量极珍贵的伪装本；开本多数为 32 开，少量 64 开和单张剪报等形式。各单行本的书名多与现行名称一致，少量书名有细微差别，例如《在延安文艺座谈会上的讲话》，1949 年前的各地单行本曾用过《文艺问题》《毛泽东主席在延安文艺座谈会上的讲话》《论文艺问题》《党的文艺政策》等书名。

北京大学图书馆革命文献收藏传统悠久、品类众多。经统计，馆藏毛泽东著作单行本 30 余种，157 个版本，共计 331 册。其中《新民主主义论》《中国革命与中国共产党》《论联合政府》《论持久战》《改造我们的学习》这几种著作单行本馆藏版本都在 10 种以上。以下为北大图书馆藏新中国成立之前毛泽东著作单行本的代表性版本：

1.《在延安文艺座谈会上的讲话》

1942 年 5 月 2 日至 23 日，毛泽东亲自主持召开了由文艺工作者、中央各部门负责人共 100 多人参加的延安文艺座谈会，此文是在座谈会上的讲话。

版本一

解放日报社 1943 年发行，42 页，32 开。书名为《毛泽东同志在延安文艺座谈会上的讲话》（图 1）。本书无版权页，封面花边红框印红色书名，封二印"十月十九日，是鲁迅先生逝世七周年纪念。我们特发表毛泽东同志 1942 年 5 月在延安文艺座谈会上的讲话，以纪念这位中国文化革命的最伟大最英勇的旗手。——解放日报社编存，1943 年"。由此可推知此书为纪念鲁迅逝世七周年而发行。封面有"陈骅 1949.2.17"签名。

版本二

1949 年 6 月解放社出版发行，46 页，32 开本。题名页钤印"中国共产党北平市委员会暑期学校党员训练班"章（图 2）。

版本三

书名题为《毛泽东论文艺政策》（图 3）。出版信息不详，29 页，32 开。此版纸张颇为粗糙，《毛泽东著作版本编年纪事》中著录为雪莲纸本。封面下部印"实践选辑丛书之四"，旁边有手签"慕琳"。慕琳其人，疑为 1941 年成立的西北文艺工作团最初的五人小组中的一人，时任西北文艺工作团党支部书记。

版本四

书名题为《毛泽东同志在文艺座谈会上的讲话》，1947 年 9 月东安东北书店印行。印数 10000 册，32 页，32 开。此书扉页有"刘素琴写给吉林省立一中一年二期三班的寄语"字样。刘素琴其人，疑为 1923 年出生于辽宁的一名小学教师。引言页钤"北京大学工会业余学校"印。

版本五

1943 年 10 月延安解放社印行。19 页，32 开。此书封面题名《文艺问题》，纸张较为粗糙。《毛泽东著作版本编年纪事》一书中未查到此版本。

版本六

新智识书店出版。出版年代不详，29 页，32 开。封面题名《新文艺运动的方向》（图 4）。此版在《毛泽东著作版本编年纪事》一书中误作"新智书店"出版。

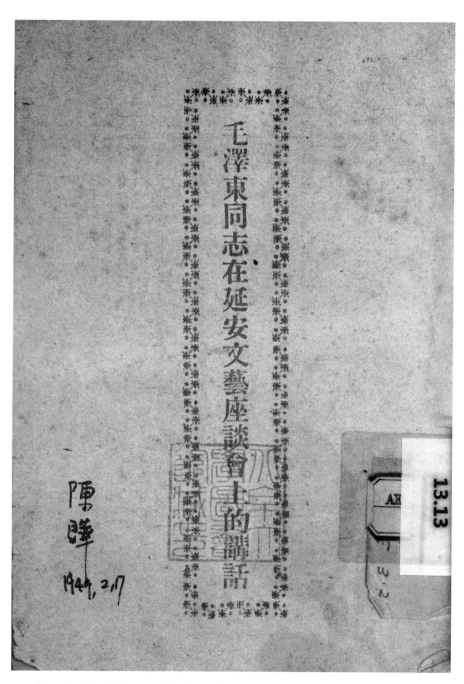

图 1　解放日报社 1943 年版《毛泽东同志在延安文艺座谈会上的讲话》封面

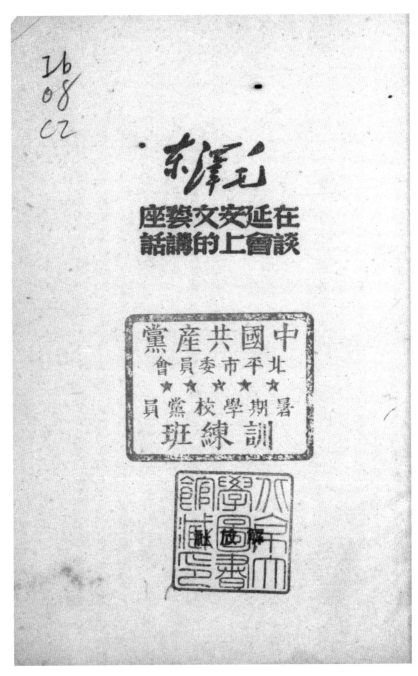

图 2　解放社 1949 年版《毛泽东在延安文艺座谈会上的讲话》题名页

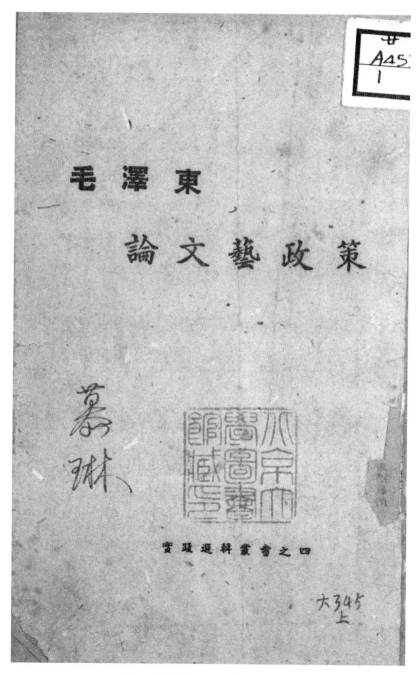

图 3 《毛泽东论文艺政策》封面

图 4　新智识书店《新文艺运动的方向》封面

2.《中国革命战争的战略问题》

此文原为毛泽东 1936 年 12 月在中国抗日红军大学的讲演稿。

版本一

1945 年山东新华书店再版（图 5）。61 页，32 开本。封面有"守轩"签字，应是购买者签名。封面有毛泽东头像。

版本二

1947 年 12 月香港正报社图书部再版发行，70 页，32 开。纸张、印刷都较为精良，封面右下角印有战略形势图。册内插五幅战略形势图，图中多处地名汉字顺序不统一，或从左至右，或从右至左。封面钤"北京饭店招待处图书室"印。

版本三

1949 年 7 月苏北新华书店出版发行。印数 5000 册，65 页，32 开。册内插五幅战略形势图，图中地名已经全部调整为从左至右。

版本四

1949 年 4 月华东新华书店再版。印数 10000 册，81 页，32 开。本书有著者写的前言，册内插有五幅战略形势图。封面有毛泽东头像，钤"中共中研宣传部宣传干部训练班图书室"和"新闻总署办公厅人事处"印。

图 5 山东新华书店 1945 年版《中国革命战争的战略问题》封面

3.《论查田运动》

查田运动是土地革命战争时期为巩固革命根据地在苏区进行的土地革命斗争，毛泽东直接领导了这一运动。此书最早版本为1947年11月中共晋察冀中央局编印本，馆藏中目前未找到此版收藏。

北大图书馆藏本为1948年2月版，冀东新华书店翻印（图6）。29页，32开，附正误表。刘少奇为本书作序。此书类似线装书装订形式，印页对折，版心向外，书脑部分装订成册，扉页印"孑民图书室"印。此书收录《查田运动是广大区域内的中心重大任务》《在八县查田运动大会上的报告》《查田运动的初步总结》三篇文章。

4.《中国共产党红军第四军第九次代表大会决议案》

毛泽东为红军第四军第九次代表大会所写的决议。这次代表大会1929年12月在福建省上杭县古田村召开，形成的决议又称"古田会议决议"。

北大图书馆馆藏华东新华书店1948年9月初版。印数8000册，48页，32开，报纸本。封面印有毛泽东头像，钤"华北人民政府交际处文化娱乐室"印。

5.《〈共产党人〉发刊词》

1939年10月，毛泽东发表《〈共产党人〉发刊词》，指出统一战线、武装斗争、党的建设是中国共产党在中国革命中战胜敌人的三个法宝。

北大图书馆藏1949年华北人民革命大学教务处印版。14页，32开。为"孑民图书室"旧藏。

6.《中国革命与中国共产党》

本书为毛泽东在1939年12月撰写，是毛泽东在中共六届六中全会上提出"马克思主义中国化"这一命题后，撰写的重要理论著作之一。

版本一

1949年5月第4版，华中新华书店印行。印数10000册，26页，32开。封面印木雕版毛泽东像。此本封面和内封均有蓝色钢笔写"马启平"字。马启平，疑为北大工学院电机工程学系1953届校友，是当时投笔从戎参加抗美援朝的北大学子之一。

版本二

1948 年 11 月三版，太岳新华书店印行（图 7）。印数 5000 册，42 页，32 开本。此书封面题"张必果送"及"张文峰记"，封底钢笔写"张文峰"与"张鸿斌"。

版本三

1949 年 5 月出版（图 8），新华书店出版，新中国书局发售。印数 50000 册。此本封面有毛泽东像。扉页题"洪一龙"。洪一龙，经查应为 1947 年燕大新闻系学生，1924 年 7 月出生于宁波江北洪塘镇，是中国现代广告的奠基人之一，2016 年 2 月在北京逝世。洪老先生在 1973 年至 1978 年间任北京大学图书馆副馆长。

版本四

辽东建国书社出版，书上未载出版时间。因辽东建国书社成立于 1945 年 12 月，1947 年 5 月改称辽东书店，所以推测本书大致出版于解放战争期间。馆藏两册，封面字体不同。均为 30 页，32 开。一册封面题"安东省柳河中学校杜永福"，另一册封面题"东北工人政治大学第十中队第一组刘勤周"。此版在《毛泽东著作版本编年纪事》一书中未见收录。

版本五

1945 年 5 月平版，解放社出版印行。发行量 5000 册，30 页，32 开。此版在《毛泽东著作版本编年纪事》一书中未见收录。

图 6 　冀东新华书店 1948 年翻印《论查田运动》封面

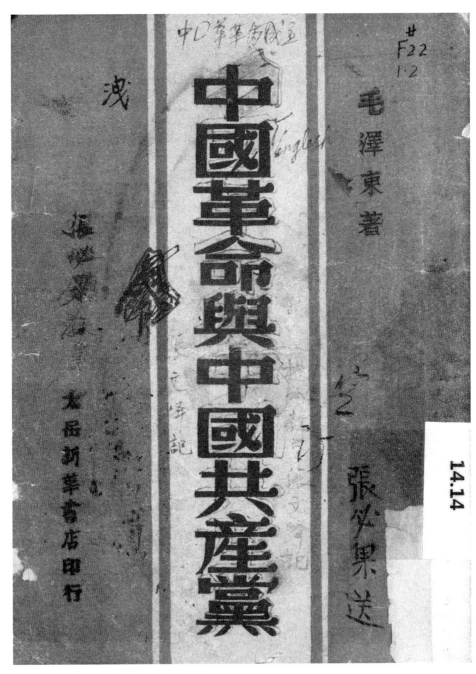

图 7　太岳新华书店 1948 年版《中国革命与中国共产党》封面

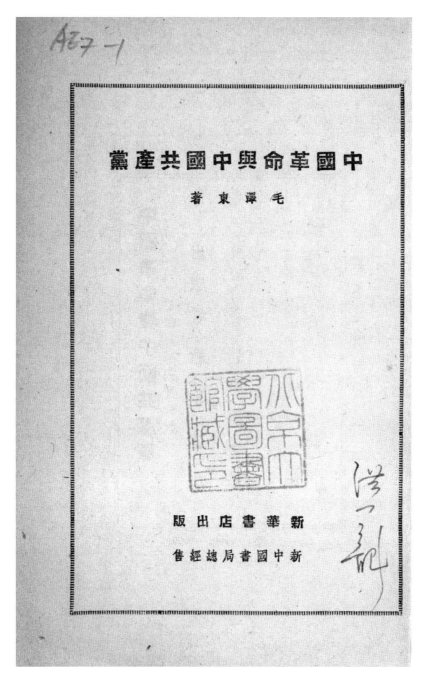

图 8　新华书店 1949 年版《中国革命与中国共产党》题名页

7.《论持久战》

此为毛泽东在 1938 年 5 月 26 日至 6 月 3 日在延安抗日战争研究会上所作的讲演报告。原载于 1938 年 7 月 1 日《解放》第四十三、四十四期合刊。

版本一

1938 年 7 月 25 日初版（图 9、图 10），《新华日报》馆印行。82 页，32 开。新群丛书之十五，属于《论持久战》的较早版本。

版本二

1939 年 1 月 1 日订正本，新华日报馆印行。89 页，32 开。此本最后有编者注"此书是最后校正本，与'解放'报发表的，有某些小的字句上的不同。——著者，一九三八年七月九日"。此本与版本一为同一源流，是版本一的订正本。

版本三

1942 年 2 月大众印书馆翻印。61 页，32 开。此版在《毛泽东著作版本编年纪事》一书中未见收录。

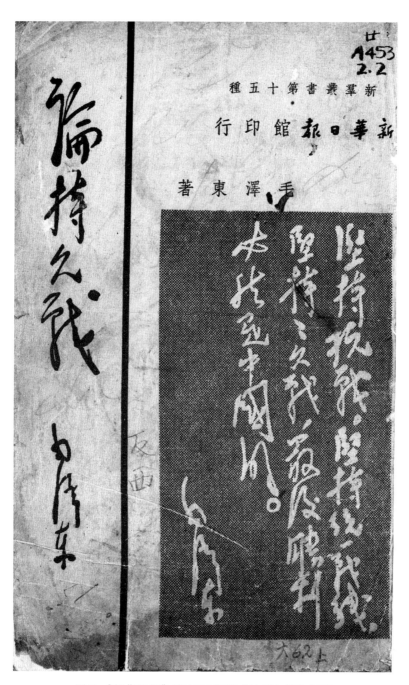

图 9 《新华日报》馆 1938 年版《论持久战》封面

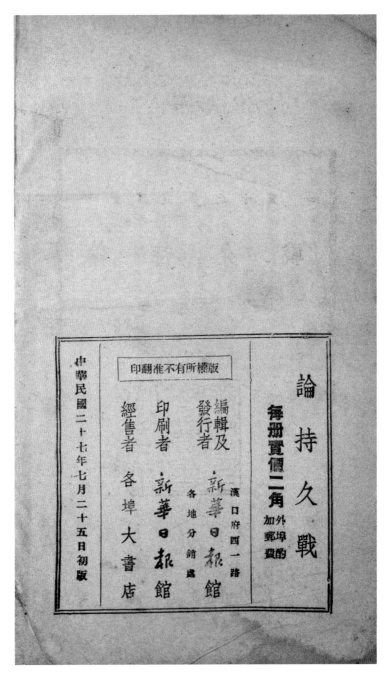

图 10 《新华日报》馆 1938 年版《论持久战》版权页

8.《新民主主义论》

此书内容为 1940 年 1 月 9 日毛泽东在陕甘宁边区文化协会第一次代表大会上的讲演，原题为《新民主主义的政治与新民主主义的文化》。原载 1940 年 2 月 15 日延安《中国文化》创刊号，同年 2 月 20 日发表于《解放》第九十八、九十九期合刊，题名改为《新民主主义论》。

版本一

1940 年 3 月，解放社出版（图 11），新华书店发行。46 页，32 开。此书封面缺失，版权页上钤"美人芳草"印。

版本二

1945 年 4 月太岳新华书店印行。36 面，32 开，折页本。纸质偏粗糙，较软，印刷质量不高，字体较为模糊。

版本三

1945 年 7 月，美国三藩市（旧金山）合作出版社印行（图 12、图 13）。56 页，16 开。此书为《合作丛书》第一种，第二种是董必武著《中国解放区实录》，第三种是毛泽东著《论联合政府》。序言页钤印"胡余锦明先生赠书"，此书是其 2012 年 4 月赠予北大。胡余锦明是我国社会学研究学者余天休之女。

版本四

1946 年人民出版社印行。32 页，32 开。"子民图书室"藏书，此书到馆时间约为 1948 年 9 月。

版本五

伪装本（图 14、图 15、图 16）。此书仿线装书，折页，25 面，32 开。版式板框均与古籍无异。封面印"《文史通义》——上海广益书局印行"，内页印"甲申年重梓"，黑口，上黑鱼尾，每页书口上印"文史通义"，中印"内篇之三"及页码，下印"上海广益书局印行"。板框均为活字版样式，扉页有题记，至正文才是"新民主主义论"。封底模糊印有毛泽东侧面半身像。此本颇为难得。据何平所编的《毛泽东大辞典》著录："1943 年至 1944 年，晋察冀解放区（晋察冀抗日敌后根据地）以《文史通义》的伪装书名出版了毛泽东的《论持久战》《论新阶段》和《新民主主义论》三个单行本。"国家图书馆收藏有一册。

版本六

1948 年 12 月华北新华书店印行。发行量 15000 册，61 页，32 开，使用再生纸。封面印毛泽东像，有红笔签名 "李岚 1949 年 2 月 12 日"。

版本七

1949 年 2 月北平版。36 页，32 开。此版在《毛泽东著作版本编年纪事》一书中著录为 1949 年 3 月。

版本八

1949 年 9 月西北新华书店印行（图 17）。61 页，32 开。封面有钢笔书写的 "郝克明购于西安"。郝克明，疑为原国家教委教育发展研究中心研究院研究人员，陕西省人，1952 年毕业于北京大学。

版本九

出版信息不详。31 页，32 开。封面书名下印 "解放军是解决人民生活上一切痛苦的生力军"。

版本十

出版信息不详。21 页，32 开。封面印有毛泽东头像。封面题名《新民主主义——政治 经济 文化》。篇目有 "旧三民主义与新三民主义" "新民主主义的政治" "新民主主义的经济" "新民主主义的文化"。

版本十一

版本年代书内未载。44 页，32 开。封面印 "南京市各界欢迎人民解放军庆祝南京解放大会宣传部印"（图 18），右下部有钢笔签名 "王鸿樟"。王鸿樟其人，1930 年 2 月生于江苏南京，1953 年毕业于北京大学物理系。南京 1949 年 4 月 23 日解放，综合此书信息，推测此本应该发行于 1949 年春。

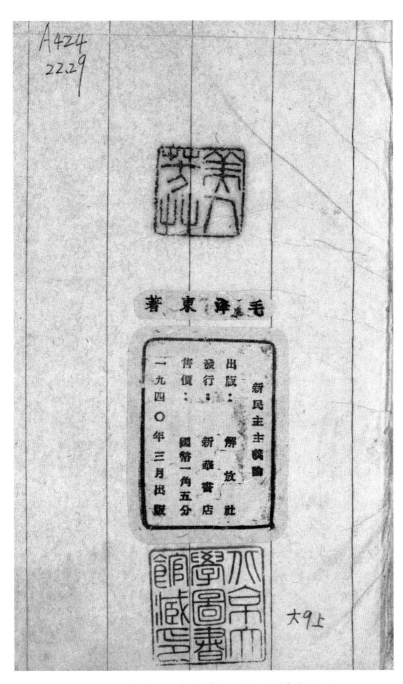

图 11　解放社 1940 年版《新民主主义论》版权页

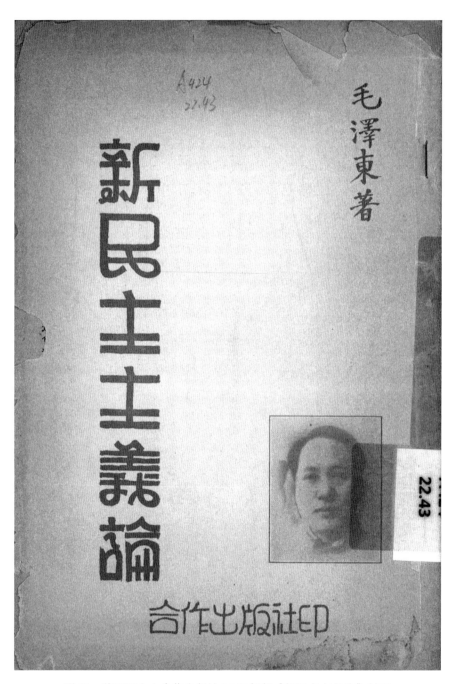

图 12　美国旧金山合作出版社 1945 年版《新民主主义论》封面

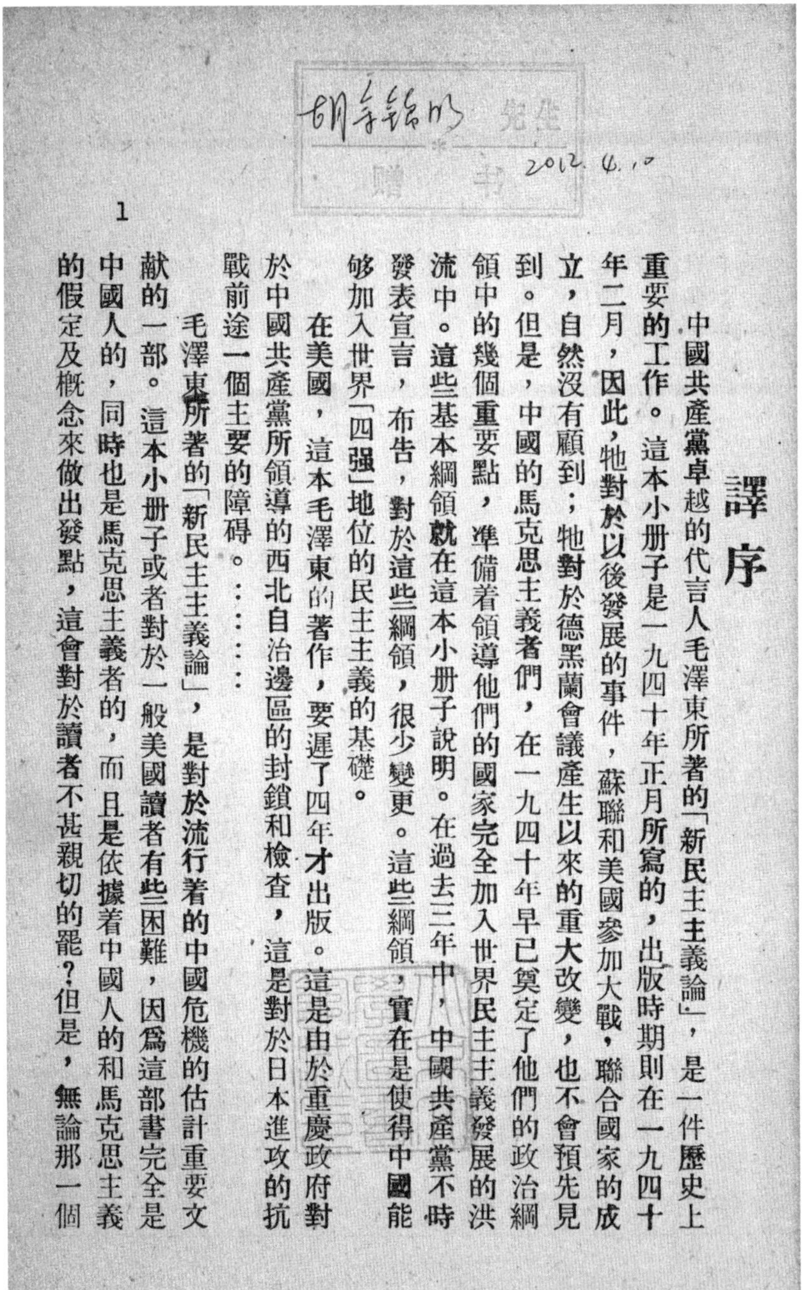

譯　序

中國共產黨卓越的代言人毛澤東所著的「新民主主義論」，是一件歷史上重要的工作。這本小冊子是一九四十年正月所寫的，出版時期則在一九四十年二月，因此，牠對於以後發展的事件，蘇聯和美國參加大戰，聯合國家的成立，自然沒有顧到；牠對於德黑蘭會議產生以來的重大改變，也不會預先見到。但是，中國的馬克思主義者們，在一九四十年早已奠定了他們的政治綱領中的幾個重要點，準備着領導他們的國家完全加入世界民主主義發展的洪流中。這些基本綱領就在這本小冊子說明。在過去三年中，中國共產黨不時發表宣言，布告，對於這些綱領，很少變更。這些綱領，實在是使得中國能够加入世界「四強」地位的民主主義的基礎。

在美國，這本毛澤東的著作，要遲了四年才出版。這是由於重慶政府對於中國共產黨所領導的西北自治邊區的封鎖和檢查，這是對於日本進攻的抗戰前途一個主要的障碍。

毛澤東所著的「新民主主義論」，是對於流行着的中國危機的估計重要文獻的一部。這本小冊子或者對於一般美國讀者有些困難，因爲這部書完全是中國人的，同時也是馬克思主義者的，而且是依據着中國人的和馬克思主義的假定及概念來做出發點，這會對於讀者不甚親切的罷？但是，無論那一個

1

图 13　美国旧金山合作出版社 1945 年版《新民主主义论》译序

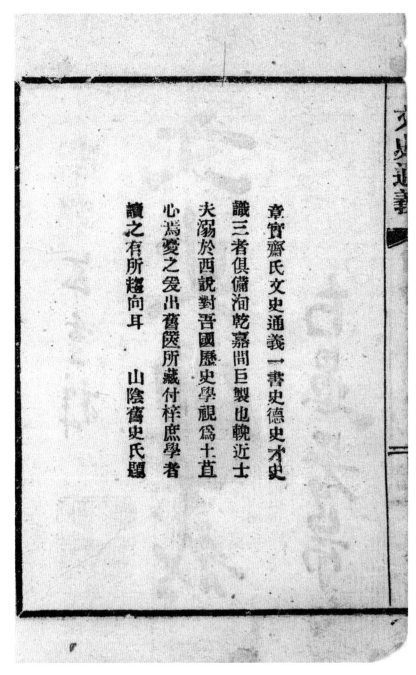

章實齋氏文史通義一書史德史才史
識三者俱備洵乾嘉間巨製也輓近士
夫溺於西說對吾國歷史學視為土苴
心為變之愛出舊篋所藏付梓庶學者
讀之有所趨向耳　　山陰舊史氏題

图14　伪装本《新民主主义论》扉页中关于《文史通义》的评价

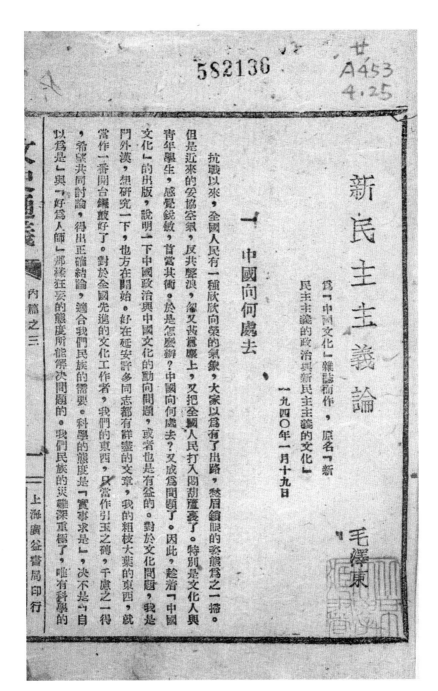

图 15　伪装本《新民主主义论》正文首页

图 16　伪装本《新民主主义论》封底

图 17 西北新华书店 1949 年 9 月版《新民主主义论》封面

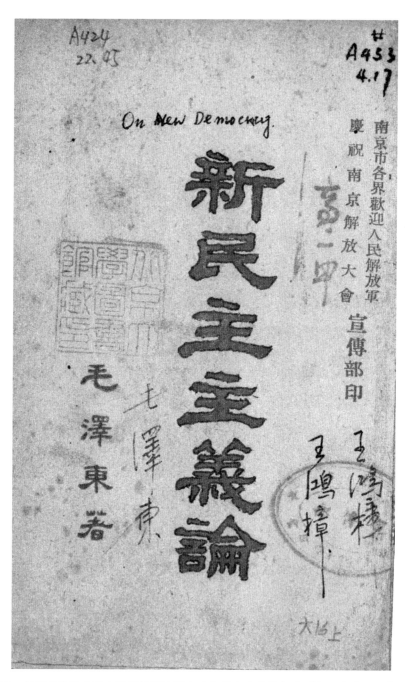

图 18　南京市各界欢迎人民解放军庆祝南京解放大会宣传部印《新民主主义论》封面

9.《论联合政府》

此书内容为毛泽东 1945 年 4 月 24 日在中国共产党第七次全国代表大会上所作的政治报告。

版本一

联政出版社 1945 年 5 月印行（图 19）。98 页，32 开。此版属于《论联合政府》的较早版本，纸质粗糙。封面钤"郝有年印"。

版本二

新华书店 1945 年 6 月再版。61 页，32 开，纸质粗糙，发行量 1000 册。此版初版于 1945 年 5 月，发行 12550 册。扉页印毛泽东木版画半身像。内封有"张彦明"钢笔签名。

版本三

山东新华书店 1946 年 4 月印行。70 页，32 开。封面印木雕版毛泽东头像。扉页钤"太行军教团"印。

版本四

佳木斯东北书店 1948 年 10 月再版印行（图 20）。发行量 20000 册，92 页，32 开。此书封面有"李恩元"钢笔签名。李恩元疑为北大工学院毕业生，1950 年左右毕业后留工学院工作，1952 年随院系合并调至清华，后任北京联合大学校长。

版本五

苏南新华书店 1949 年 5 月出版发行（图 21）。61 页，32 开，印数 6000 册。此本在《毛泽东著作版本编年纪事》一书中未见收录。从页数和其他版本分析，1949 年 4、5 月间，各地的许多新华书店都印行了《论联合政府》，此本当为其中一种。此本封面正中印有小幅的毛泽东像，内封有钢笔字签名"赠给中元。邱宏达，7.11.1950"以及"邱宏达购于苏中。6.9.1949"。

版本六

中外出版社印行，出版年代不详。30 页，32 开。题名为《论联合政府具体纲领》，封面钤"国立北京大学学生自治会福利银行"印。此书仅收录部分章节，即《中国共产党的政策》篇章中的"废止一党专政，建立联合政府"到"外交"。另有附录两篇，《将革命进行到底》和《中共中央毛主席关于时局的声明》。最后落款时间为 1949 年 1 月 14 日。附录后有勘误表。综合全书信息，此书发行时间应在 1949 年。

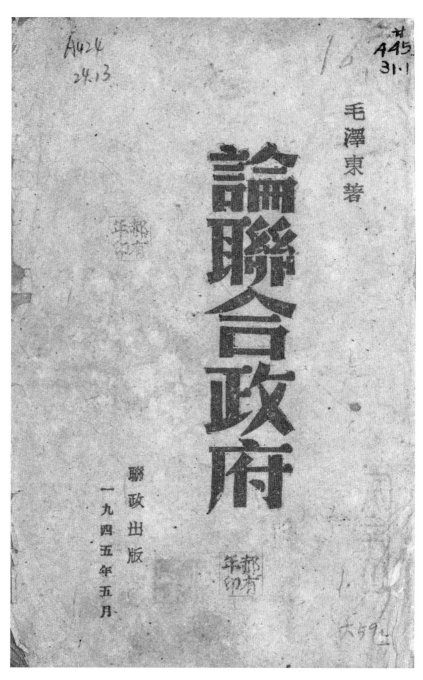

图 19 联合出版社 1945 年版《论联合政府》封面

图 20　佳木斯东北书店 1948 年版《论联合政府》封面

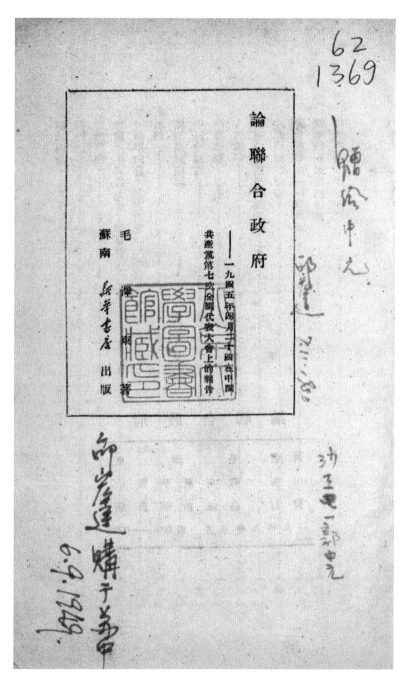

图 21 苏南新华书店 1949 年版《论联合政府》题名页

10.《论新阶段》

1938 年 9 月 29 日中共六届六中全会扩大会议在延安正式开幕，同年 10 月 12 日至 14 日，毛泽东向会议作了题为《论新阶段——抗日民族战争与抗日民族统一战线发展的新阶段》的政治报告，简称《论新阶段》。

版本一

新华日报馆 1938 年 12 月印行。104 页，32 开，"新华丛书"第二十二种。封面印毛泽东照片头像。

版本二

延安解放社 1938 年 12 月初版，延安新华书店发行。128 页，32 开。正文首页左上部钤"军调部赠"印。属于《论新阶段》的早期版本。

版本三

新公论出版社 1939 年 1 月初版（图 22）。122 页，32 开。封面使用战争场面的照片，在毛泽东单行本中稀见。

版本四

辽东建国书社 1945 年 11 月印行。93 页，32 开，"建国丛书"之四。内页目录前有编者"民国三十四年（1945）十一月"说明，最后说"为了庆祝八年抗战胜利与东北的解放，谨以此书献给新解放的东北同胞"。

11.《基础战术》

此为毛泽东在延安抗日军政大学的讲演稿。

北大图书馆藏 1938 年 3 月初版，汉口自强出版社刊行（图 23）。100 页，32 开，发行量 5000 册。扉页右下部贴有贵州省立图书馆登录号贴纸。此书曾作为抗日军政大学的讲义，著录讲述者为毛泽东，在毛泽东著作单行本中颇为少见。

12.《目前形势和我们的任务》

此为毛泽东在中共中央 1947 年 12 月 25 日至 28 于陕北米脂县杨家沟召集的会议（简称十二月会议）上的书面报告。

版本一

辽南日报社 1948 年 1 月 1 日印行。23 页，32 开。封面题名《目前形势和我们的任务——一九四七年十二月二十五日在中共中央会议上的报告》。此书印行时间与报告时间仅差几天，应该不能算是严格的单行本，更偏重于学习读物。

封面印红色毛泽东头像。

版本二

华北新华书店 1948 年 8 月再版（图 24）。18 页，32 开，发行量 3000 册。正文前有正误表。封面及正文首页钤"师中学生会学艺部生活图书室"印。

图 22　新公论出版社 1939 年版《论新阶段》封面

图 23　汉口自强出版社 1938 年版《基础战术》封面

图 24　华北新华书店 1948 年版《目前形势和我们的任务》封面

13.《全世界革命力量团结起来反对帝国主义的侵略》

此为 1948 年 11 月纪念十月革命胜利 31 周年，毛泽东给《争取持久和平，争取人民民主！》（欧洲共产党和工人党情报局的机关刊物）所写的文章，发表于该刊 1948 年第 21 期。1948 年 11 月 7 日《人民日报》发表全文。

版本一

胜利报社 1948 年 11 月印行。7 页，32 开。正文首页钤"北京大学工会业余学校"印。附录"孙中山致苏联的遗书"。

版本二

东北书店 1948 年 11 月初印。8 页，32 开，发行量 30000 册。内页贴燕京大学图书馆藏书票，属于燕大民国书旧藏。

这两个版本封面都很朴素，发行时效极强。

14.《毛泽东在晋绥干部会议上的讲话》

此为毛泽东 1948 年 4 月 1 日在山西兴县蔡家崖村晋绥干部会议上的讲话。

北大图书馆藏辽东书店 1948 年 5 月印行本。12 页，32 开，发行量 3000 册。本书题名"毛主席在晋绥干部会上的讲话"。封面有钢笔字"东北解放，辽北省西安市省立中学中四二级刘绪环赠送，1949 年 4 月 16 日"。扉页印毛泽东全身像。

15.《将革命进行到底》

此为毛泽东 1948 年 12 月 30 日为新华社写的 1949 年新年献词。

版本一

新华书店 1949 年 5 月初版（图 25）。18 页，32 开本，印数 100000 册。文后有刊误表。封面和目次页钤"曹子丹印"。曹子丹，疑为我国著名法学家，1929 年出生于湖南永兴，1950 年至 1952 年就读北京大学。

版本二

香港正报出版社 1949 年 1 月印行。51 页，32 开，发行量 2000 册。此版在《毛泽东著作版本编年纪事》一书中未见收录。此本正文后又附录四篇，分别是：王江著《一九四八广东政治形式》，罗纯著《华南人民武装当前行动纲领》《华南人民武装保护工商业利益实施办法》《中国人民解放军粤赣湘边、闽粤赣边、桂滇黔边纵队成立宣言》。

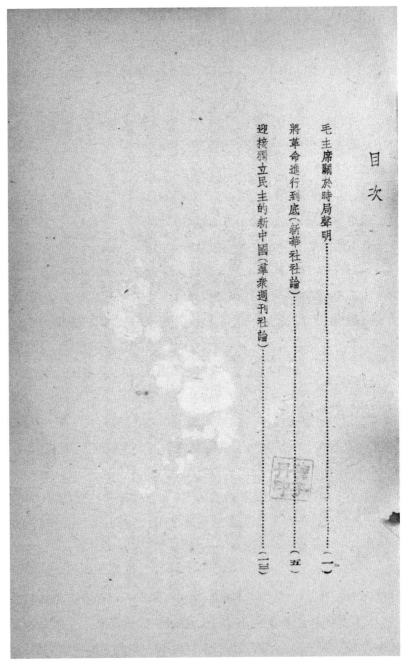

图 25　新华书店 1949 年版《将革命进行到底》目录页

16.《论人民民主专政》

此为毛泽东在 1949 年 6 月 30 日为纪念中国共产党成立 28 周年撰写的文章。

北大图书馆藏华中新华书店 1949 年 7 月印行本。19 页，32 开，发行量 1000 册。扉页有签名不易辨识，疑为"马明香"。

以上是北京大学图书馆藏 1949 年前毛泽东著作单行本的概况介绍。从中可以看出，本馆相关收藏在数量和品种上都具有一定的规模。从文献流传看，既有"子民图书室""华北人民政府交际处"等学生或政府机构旧藏，也有不少原属北大校友的藏书，体现出北大图书馆前辈辛勤搜求的努力，以及馆藏革命文献汇聚众流的收藏特征。

参考文献

［1］黄江军.中共执政以前毛泽东著作的经典化［J］.中共党史研究，2017，（06）：84—96.

［2］刘跃进.毛泽东著作版本导论［M］.北京：北京燕山出版社，1999.

［3］汪致钰.建国前毛泽东同志著作的出版概况［J］.毛泽东邓小平理论研究，1984（3）：43.

［4］蒋建农，边彦军，刘敏等.毛泽东著作版本编年纪事［M］.长沙：湖南人民出版社，2003.

［5］李捷主编.毛泽东著作辞典［M］.浙江人民出版社，2011.

［6］龚育之.毛泽东著作编辑出版的若干问题［J］.毛泽东思想研究，1984（3）：1—6.

［7］雍桂良.毛泽东同志著作的出版与传播［J］.图书馆学通讯，1983（4）：33—37；66.

［8］中共中央文献研究室编.毛泽东年谱（1893—1949）：中卷［M］.北京：中央文献出版社，2013.

《毛泽东选集》的早期版本简述

常雯岚

毛泽东思想是在以毛泽东为代表的中国共产党人，将马克思列宁主义基本原理和中国具体实际相结合，在长期革命实践的过程中逐步形成和发展起来的对中国革命有重大指导意义的思想产物。其以独创性的理论丰富和发展了马克思列宁主义，可以说是马克思列宁主义的中国化。作为毛泽东思想主要载体的《毛泽东选集》是宣传毛泽东思想、塑造毛泽东形象的重要渠道，毛泽东思想也在《毛泽东选集》的出版过程中逐渐被人们推崇为经典。

毛泽东思想的发展成熟主要是在土地革命战争后期和全面抗战时期。1941年张如心在《论布尔什维克的教育家》一文中首次使用"毛泽东同志的思想"这个提法，1945年党的七大在党章中正式明确地把毛泽东思想确立为中国共产党的指导思想和全党一切工作的指针。

《毛泽东选集》是毛泽东思想的重要载体和集中体现，历史上曾出现各种不同的版本，本文主要就北大图书馆藏1949年之前《毛泽东选集》出版情况做简要梳理。

中共党史专家龚育之在《毛泽东思想研究》季刊1984年第三期上刊登的《关于〈毛泽东选集〉的版本等问题同施拉姆教授的谈话》一文中，将1949年前《毛泽东选集》主要版本划分为五个系统，后续研究者对版本系统的看法有所调整，但仍以此分类为基础。

一、晋察冀版

1. 最早的五卷本

1944 年晋察冀日报社编印、晋察冀新华书店发行的五卷本《毛泽东选集》是公认最早的《毛泽东选集》版本，由邓拓和胡锡奎先后主持选编和出版工作。此版版权页上标注的出版日期为 1944 年 5 月，但第二卷中选编有《与中外记者团谈话》一文，该文于 1944 年 6 月 13 日在《解放日报》上首次刊登。因此，研究者认为晋察冀版的实际出版时间应为 1944 年 6 月或 7 月。

此套选集内有毛泽东肖像，共收录毛泽东 1937 年 5 月至 1944 年 6 月的著作 29 篇（含"大革命时期"和"土地革命时期"的两篇附录），约 46 万字。有五卷分册平装本和五卷合订精装本两种，各印 2500 册，均为 32 开本。第一卷将《湖南农民运动考察报告》第一、二章作为附录收入，第三卷将《中国共产党红军第四军第九次代表大会决议案》作为附录收入。该版有"编者的话"，详细阐述了编辑这部选集的目的和意义，对毛泽东及毛泽东思想作了充分肯定。这部《毛选》在两个月时间内就销售一空，因此，1945 年 3 月，晋察冀日报社在原五卷本基础上又增加了《一九四五年的任务》和《两三年内完全学会经济工作》两篇文章进行再版，仍为五卷，分平装与精装，各 2000 册。

北大图书馆收藏有 1944 年晋察冀日报社初版《毛泽东选集》的卷二和卷三（图 1、图 2）。卷二 132 页，第三页毛泽东像右下角钤"政务院图书"印（图 3），最末页左下角亦有此印。卷三 175 页，正文后附正误表。

2. 增订六卷本和续编本

1947 年 3 月，晋察冀中央局又出版发行增订的六卷本《毛泽东选集》，增收 9 篇著作，共计 38 篇，分精装和平装本，各发行 2000 册。此版在卷次编排方面做了调整，将原第一卷的《湖南农民运动考察报告》和第五卷的《农村调查序言》抽出，与新增的《兴国调查》《长岗乡调查》《才溪乡调查》合编为第一卷，原来的第一至五卷依次递延为第二至六卷，其余新增著作编入后五卷中。

同年 12 月，晋察冀中央局又把毛泽东在土地革命战争时期和抗战初期的几篇重要文章汇编，出版了《毛泽东选集》续编本，收录了《〈共产党人〉发刊词》《井冈山前委对中央的报告》《给林彪同志的信》《湘赣边界各县党的第二次代表大会决议案》《中国革命战争的战略问题》和增补的《湖南农民运动考察报告》6 篇文章。其中《给林彪同志的信》由于林彪不同意在信中公开他的名字，认为这样会引起不了解内情的人种种无谓的猜测，导致续编最终没有公开发行。

北大图书馆藏有 1947 年 3 月晋察冀中央局出版发行的增订六卷本《毛泽东选集》的卷四和卷六（图 4）。卷四 172 页，封面钤"热西联合中学校图 xx"印和"围场中学校图书室"印。围场中学在今河北省张家口市，1947 年春围场解放，1948 年 4 月围场中学改名为"热西联合中学校"，同年 10 月与丰滦中学合并，改名为冀热察存瑞中学。卷六 122 页，扉页右下钤"政务院图书"印。

3. 翻印本

同时期，大连大众书店，新华书店冀中支店、冀东支店，太岳新华书店等机构分别根据晋察冀版翻印或重印了《毛泽东选集》。

1946 年 4 月，大连大众书店出版了《毛泽东选集》五卷，32 开。收录毛泽东著作 31 篇，近 50 万字，印刷 2200 册。这套《毛泽东选集》是在"晋察冀版"1944 年初版五卷本的基础上稍加增删而成，由时任大连大众书店党支部书记兼总编辑柳青主持编辑。此翻印本对晋察冀版"编者的话"略有删节，卷一增加了《论联合政府》，卷二增加了《答路透社记者十二项问题》，卷五增加了《〈共产党人〉发刊词》，卷四减少了《两三年内完全学会经济工作》。此套《毛泽东选集》于 1946 年 6 月、8 月，1947 年 2 月、11 月先后再版、重印和三版。

另外还有一些相对有代表性的翻印本，如胶东新华书店 1946 年 7 月、1947 年 3 月翻印的大众书店版，冀东新华书店 1947 年 6 月翻印的晋察冀版 1947 年 3 月的增订本，太岳新华书店 1947 年 10 月翻印的晋察冀版 1947 年 3 月的增订本。

北大图书馆藏有太岳新华书店 1947 年 10 月翻印晋察冀版 1947 年 3 月的增订本（图 5）。六卷合为一册，卷一 147 页，卷二 169 页，卷三 123 页，卷四 152 页，卷五 185 页，卷六 100 页。题名页钤"太岳区第四专署"印。

图1　晋察冀日报社 1944 年初版《毛泽东选集》卷二封面

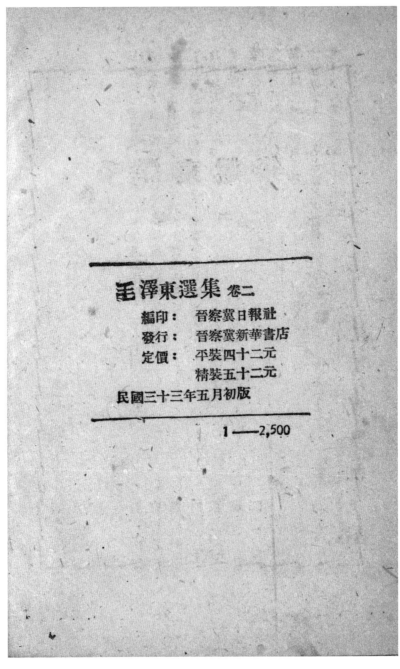

图 2　晋察冀日报社 1944 年初版《毛泽东选集》卷二版权页

图 3　晋察冀日报社 1944 年初版《毛泽东选集》内毛泽东像

图 4　晋察冀中央局 1947 年六卷本《毛泽东选集》卷四封面

图 5　太岳新华书店 1947 年 10 月翻印本《毛泽东选集》卷一题名页

二、苏中版

1945 年 7 月，时任苏中区党委宣传部部长俞铭璜主持编选，并由苏中出版社出版发行，32 开，平装，封面有木刻肖像。此版原计划出版四卷，时值抗战胜利，苏中出版社的机构、人事变动，印刷材料严重不足，已编辑好的稿件未收集齐全，所以实际上只出版了卷一，印量为 2000 册。封面采用套红印刷，从右至左横排书名，中印毛泽东肖像一幅，右下角标有卷数"1"字样，左下角横排"苏中出版社出版"7 个字。"苏中版"辑录了朱德、周恩来等 18 人有关毛泽东思想的论述，总题为"论毛泽东思想"用以代序，这也是此版区别于其他版本的主要特征之一。该版收录毛泽东 1937 年至 1939 年著作 11 篇，内容大多涉及抗日民族统一战线问题。之后，1946 年 4 月华中新华书店、1946 年 7 月胶东新华书店先后翻印苏中出版社版《毛泽东选集》1 卷本。就目前所知，北京大学图书馆未收藏此版。

三、山东版和渤海版

此两版题名为《毛泽东文选》。

山东版书上并无出版时间，一般认为是在 1947 年由山东新华书店出版。32 开，平装，封面有毛泽东肖像。收录《中国革命和中国共产党》《新民主主义论》《论联合政府》《目前形势和我们的任务》四篇全面论述革命纲领的重要著作及附录四篇。但是据魏玉山在《关于建国前版〈毛泽东选集〉的几个问题》一文中的研究可知，这个版本收有毛泽东于 1947 年 12 月 25 日在中共中央会议上的报告《目前形势和我们的任务》。一般来说，很难在 1947 年的最后五天编入并出版发行，因此，此版本最早很可能是由山东书店在 1948 年初出版发行。

渤海版是在 1948 年 8 月由渤海新华书店出版。32 开，平装，封面也有毛泽东肖像。比山东版多收录一篇《在晋绥干部会议上的讲话》。北大图书馆藏有此版《毛泽东选集》，由渤海新华书店 1948 年 8 月印行（图 6），217 页，封面钤"华东渤海军区政治部图书馆"。

图 6　渤海新华书店 1948 年版《毛泽东选集》封面

四、东北版

1948 年东北战局稳定后，中共中央东北局开始酝酿筹划出版一部《毛泽东选集》，此版由时任东北局宣传部长的凯丰主持编辑，1948 年 5 月由东北书店出版发行。六卷精装本，大 32 开。内有毛泽东肖像两幅，收录毛泽东各个时期的著作 50 篇，约 84 万字，初版发行 20000 册。此本是民主革命时期发行量最大的一部，也是装帧最好的一部《毛泽东选集》。

东北版《毛泽东选集》将毛泽东 1947 年 12 月发表的《目前形势和我们的任务》一文放在卷首前言的位置，以此篇文章来代前言并表明出版这部《毛泽东选集》的目的，同时，删除了《给林彪同志的信》一文。当时东北战区相对稳定，出版条件已大为改善，因此这一版《毛泽东选集》装帧精致，颜色较多，封面装帧多用布面，极少数用丝绸封面，甚至羊皮封面，在编排、印刷等方面要求严格且有创新，是新中国成立前印刷质量好、装帧精美、独具特色的版本，流传广泛。北京大学图书馆藏有此版《毛泽东选集》。

北京大学图书馆藏有此版《毛泽东选集》。东北书店 1948 年 5 月初版发行（图 7），999 页，发行量 20000 册。扉页上印红字"在毛泽东旗帜下前进！"内页粘贴毛泽东半身像照片。2017 年 10 月，曾任北京市市委书记、北京市政协主席的刘导生先生的亲属，将有刘导生亲笔签名的 1948 年东北书店版《毛泽东选集》赠送给北京大学图书馆，丰富了相关收藏。

图 7　东北书店 1948 年版《毛泽东选集》题名页

五、晋冀鲁豫版

1948年春，晋冀鲁豫解放区呈现相对稳定局面，为了更好地贯彻落实七大会议精神，中共晋冀鲁豫中央局决定出版一部《毛泽东选集》。在中央局宣传部副部长张磐石的主持下，晋冀鲁豫中央局编辑出版了只在党内发行的上、下两册《毛泽东选集》。此版共收入61篇文章，约95万字，印量2000册。

此版《毛泽东选集》收录的著作文件有相当一部分选自《六大以来》的党内文件，其中不少未经公开发表，经中央局批准，此版仅作为党内文件印发给高中级干部学习使用。因此，此版扉页印有"干部必读党内文件"八个字，限内部发行，没有公开出版。

此版《毛泽东选集》为16开，有紫红色布面和深蓝色布面精装两种，封面烫金"毛泽东选集"五个字，同时中间凹凸镌刻毛泽东侧面头像，下印"中共晋冀鲁豫中央局编印"。此版按"大革命时期""内战时期""抗战以来"三部分编辑，每部分按时间顺序编排，是1949年前收录毛著篇目最多、内容最丰富、编排最完善、开本最大的一部《毛泽东选集》。就目前所知，北京大学图书馆未收藏此版。

六、其他版

1. 香港新民主出版社出版

1946年至1949年香港新民主出版社陆续以单行本形式分册出版了一套《毛泽东选集》，即在《毛泽东选集》这个总称之下，分别出版每篇著作的单行本。此套《毛选》封面设计统一，每册封面上方均印有"毛泽东选集"五个字，每一篇著作的篇名则竖印于封面的中间，篇名正中还印有五角星图案，各册分别采用不同颜色的彩色光纸以示区别。自1946年算起，至1949年，新民主出版社先后收入《毛泽东选集》中出版的毛泽东著作有17种。由于香港所处的特殊地理位置和环境条件，这套《毛泽东选集》的发行遍布海内外，不仅覆盖了包括解放区与国统区在内的整个中国的大江南北，更是进一步影响到了世界其他国家和地区。北大图书馆藏此版中的《论持久战》

《论联合政府》《论文艺问题》《论新阶段》《目前形势和我们的任务》《生产组织与农村调查》六部，每册开本一致，内页装帧和次序稍有不同。北大馆藏此版各本情况如下：

《论持久战》，香港新民主出版社 1948 年 1 月出版（图 8、图 9、图 10），78 页。封面和目录页钤"北京饭店招待处图书室"印，题名页及末页钤"政务院图书"印，第二页有毛泽东照片。

《论联合政府》，香港新民主出版社 1948 年 12 月四版，94 页。扉页及末页钤"政务院图书"印，第二页有毛泽东照片。

《论文艺问题》，香港新民主出版社 1948 年 5 月再版（图 11），28 页。扉页及末页钤"政务院图书"印，第二页有毛泽东照片。

《论新阶段》，香港新民主出版社 1948 年 4 月出版，93 页。第二页有毛泽东照片。

《目前形势和我们的任务》，香港新民主出版社 1948 年 1 月出版，28 页。附录两篇，为《辛亥革命三十六周年纪念日中国人民解放军宣言》和《中共中央委员会公布：中国土地法大纲及其决议》。

《生产组织和农村调查》，香港新民主出版社 1946 年 5 月初版，62 页。附录萧渔的《如何进行农村调查》。

同时，在整理过程中发现一册新民主出版社印行、北大文化服务社总经销、北平初版发售的《新民主主义论》单行本。此本内封装裱和香港新民主出版社本相似，但目录页及版权页均不同，经对比，此本应为香港新民主出版社《毛选》版本的翻印本（图 12、图 13）。此本 1949 年 2 月北平初版，封面有"新民主出版社"的印章，内页有"子民图书室"印章。

2. 俄文版

1948 年李立三领导东北局俄文编译组翻译出版。就目前所知，北京大学图书馆未收藏此版。

北京大学图书馆所藏 1949 年前《毛泽东选集》虽然种类不够齐全，但在收藏方面具一定的特色。首先是拥有最早的晋察冀版两册，极为珍贵。此外，馆藏东北版不仅具有一定的数量规模，且有新近捐赠入藏。

图 8　香港新民主出版社 1948 年版《论持久战》封面

图 9　香港新民主出版社 1948 年版《论持久战》题名页

图 10　香港新民主出版社 1948 年版《论持久战》内毛泽东像

图 11　香港新民主出版社 1948 年版《论文艺问题》封面

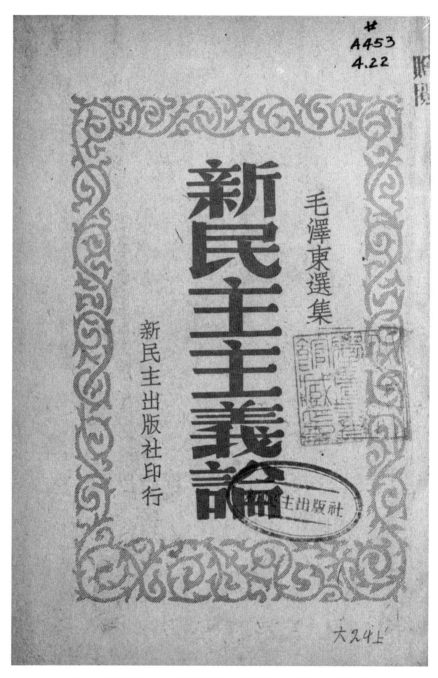

图 12　香港新民主出版社翻印本《新民主主义论》题名页

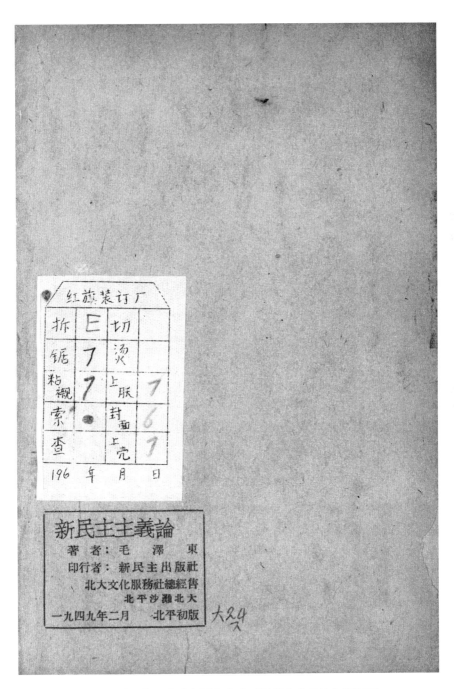

图 13　香港新民主出版社翻印本《新民主主义论》版权页

参考文献

［1］魏玉山.新中国成立前《毛泽东选集》出版概述［J］.《新闻出版交流》，1996（06）：33—35.

［2］邹新明.建国前毛选概况及 1940 年东北书店版毛选主要特色.

［3］张书惠."红色收藏"精品：毛选早期版本简介［J］.收藏，2021（07）：44—49.

［4］李捷主编.毛泽东著作辞典［M］.浙江人民出版社，2011 年.

［5］刘跃进.毛泽东著作版本导论［M］.北京燕山出版社，1999 年.

［6］刘国新.建国前《毛泽东选集》版本研究［J］.图书馆，2010（6）：134—135；143.

［7］蒋建农.创建新中国的政策与策略准备——新中国成立前夕毛泽东相关著作版本研究［J］.湘潭大学学报（哲学社会科学版），2019（4）：1—7.

马克思、恩格斯、列宁、毛泽东传略

马恩列传略早期版本

孙雅馨

本文介绍的马恩列传略早期版本是指 1919 年到 1949 年间出版发行的关于马克思、恩格斯、列宁的生平、传记、事迹的书籍，其中涉及的出版机构众多，有解放社、光明书局、新华书店等。下面分别对馆藏相关版本加以介绍。

一、马克思传略早期版本

1905 年，朱执信在《民报》第二号上用"蛰伸"的笔名发表了《德意志革命家小传》，介绍了马克思、恩格斯的生平和主要著作，是较早关于马恩生平的文字论述。1919 年 9 月，李大钊主编《新青年》第六卷第五号，发表了 7 篇文章，专门评述马克思生平及其学说，成为"马克思主义专号"。李大钊也在此号上发表了《我的马克思主义观（上）》。这期专号中的文章还有顾孟馀的《马克思学说》、刘秉麟《马克思传略》等，对马克思的生平、家庭、著作进行了当时最为详尽的介绍。此专号介绍开风气之先，开创了中国期刊史上以马克思研究为主旨的先例。之后关于马克思及其思想的介绍如雨后春笋之势发展起来，北京大学图书馆所藏相关书籍主要有以下几种。

1.《恩格斯马克思合传》

李阿萨诺夫原著，李一氓译，上海江南书店 1929 年印行（图 1、图 2）。钤有"国立北平大学法商学院图书馆藏书章""国立北京大学藏书"印（图 3）。该书扉页有签字"鳅购于新西门"，并钤有"张莼秋印"。本书的序言介绍："本书是李阿萨诺夫的演讲稿，原名'马克思与恩格斯'，是一种合传的形式，实在照传记体的体制说来，这不是一部传记的书。"此书为北大图书馆所藏较早的关于马克思、恩格斯的合传书籍，内容主要包括"英国之产业革命、法国大革命及其对德国之影响""科学社会主义与哲学之关系""共产主义同盟之设立""马克思之战略的改变"等。

2.《马克思与恩格斯》

又题名为《马克思与恩格斯合传》，里亚札诺夫著，刘侃元译，春秋书店 1933 年出版。除正文九章，还包括"马克思恩格斯传记发展史考（译者代序）""原著者里亚札诺夫"等背景资料。

3.《马克思传及其学说》

Max Beer 著，易桢翻译，（上海）社会科学研究会 1930 年 5 月出版。该书钤有"燕京大学图书馆"章，扉页有印刷字体"纪念英勇的亡友韶九"。主要内容包括：马克思的父母与朋友，马克思主义形成的时代背景，马克思主义体系等。

4.《马克思（斯）传》

梅林著，罗稷南译。此书北京大学图书馆藏有 1945、1948、1949 年版，均为骆驼书店出版。1945 年为初版；1949 年 2 月三版（哈尔滨）钤有"国立清华大学历史学系"章。原著者弗兰茨·梅林为德国共产党的创始人之一，马克思主义的理论家、历史学家、文学评论家，主要著作有《马克思传》《德国社会民主党史》等。列宁对梅林的评价很高，指出梅林不仅是一个愿意当马克思主义者的人，而且是一个善于当马克思主义者的人。

5.《卡尔·马克斯（思）：人·思想家·革命者》

恩格斯等著，何封等翻译，新中国书局 1949 年 4 月发行长春四版（图4）。馆藏五册，其中一册封底钤有"国立北京大学文科研究所新哲学研究室"章，一册钤有"国立北京大学文学院中国语文学系"章，主要内容为"马克思安葬演说词""1848 年的革命与无产阶级""忆马克思""星期日在荒原上的遨游"等。

图 1　上海江南书店 1929 年版《恩格斯马克思合传》封面

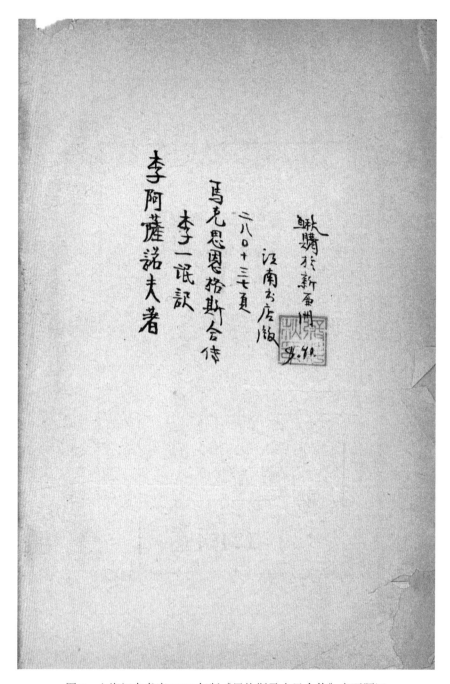

图 2　上海江南书店 1929 年版《恩格斯马克思合传》扉页题记

图 3　上海江南书店 1929 年版《恩格斯马克思合传》扉页印章

图 4　新中国书局 1949 年版《卡尔·马克斯（思）：人·思想家·革命者》题名页

6.《回忆马克思》

拉法格等著，山东新华书店 1949 年 5 月再版，钤有"北大西语系图书室"章。拉法格是马克思和恩格斯的学生，著名法国和国际工人运动活动家，第一国际总委员会委员。拉法格在马克思的影响下成为马克思主义者，1868 年同马克思的次女劳拉·马克思结婚，曾领导波尔多无产阶级保卫公社的斗争，创建法国工人党。

7.《马克思》

作者艾明之，该书为新中国百科小丛书之一，上海书报联合发行所发行，1949 年 7 月沪初版。钤有"北大团委会"章。作者原名黄志塈，1925 年出生于上海，作家，曾创作中篇小说《上海廿四小时》，描绘沦陷区人民的苦难生活。1948 年，艾明之到香港生活书店编辑部工作，创作出通俗传记读物《马克思》《列宁》《孙中山》等，解放后曾担任上海市政协委员。

8.《马克思的生平》

拉法格、李卜克内西著，赵冬垠译，沈志远校订。本馆藏有新中出版社 1947 年版和新中国书局 1949 年版（图 5）。1949 年版封面有"光华丛刊之一七"字样。题名页钤有"国立北京大学藏书"章。著者之一李卜克内西是德国社会民主党和第二国际左翼领袖之一，德国共产党创始人之一。

9.《马克思传》

李季著。李季的《马克思传》写作和版本流传比较复杂，根据作者 1926 年 12 月自序，本书最初计划分上下两编，"上编为马克思的传记，兼述其重要著作的大要；下编则专对于他的学说作一种有统系的纪述，并且加以批评"。本书在介绍马克思生平著作时分为少年、壮年、中年、晚年四个阶段。另据作者 1949 年 6 月 20 日所作《重版序言》，"本书原名《马克思——其生平其著作及其学说》，当中册交平凡书局付排时，被改称《马克思传》。已出三册均着重于马氏的生平及其著作，至于学说虽到处散见，占去篇幅甚多……然有系统的描写，尚待完成"。据此，本书只是完成了作者最初计划的上编，对于马克思学说的"有统系的纪述"没有完成。又据《再版序言》，"本书上中下三册先后出版于一九二六、一九三〇年和一九三二年"。据北大图书馆藏平凡书局版《马克思传》，其上册初版于 1929 年 12 月，蔡元培的序作于同年 11 月，封面有蔡元培题签《马克思传》，书内目录页前有手写体"李季著《马克思：其生平其著作及其学说》"。因此，我们推测，李季在《再版序言》中说的上册出版于1926年，或者记忆有误，或者最初上册于1926年由其他社以《马克思：其生平其著作及其学说》为正式书名单独出版，1929年又交由平凡书局以《马克思传》为书名出版，并陆续出版中、下册。

从现存几种版本看，李季的《马克思传》上册包括少年、壮年时期，中册为中年时期，下册为晚年时期。蔡元培在本书序中说："李季君前在德国，专研马克思，所草《马克思传》，汇前人所作，而辨其异同，正其讹舛，庶有以见马克思之真相。"可谓评价公允。

北京大学图书馆藏民国时期李季《马克思传》主要有平凡书局本和神州国光社本。

平凡书局本

本馆藏有上册两册，中册一册，缺下册。

上册中，一册封面有蔡元培题签（图6），书内手写体书名页钤有"国立北平大学法商学院图书馆藏书章"蓝色方印（图7），"国立北京大学藏书"朱文方印，扉页有"鳅购于崐峞，de Pekin，27th，3，1930，Price:$ 1.44"题记（图8），并钤有"张莼秋印"朱文方印，说明此书原为私藏，后入藏本馆。书末版权页注明1929年12月1日初版。另一册封面缺损，但可确认书名为印刷体，非蔡元培题签，书末无版权页，封底注明1929年12月出版。

中册书内手写体书名页所钤盖印章与上册中一种相同，应为同一套书，书末版权页注明1930年4月初版。

神州国光社本

本馆藏有1933年版上、中各一册，上册为1933年4月初版，中册为1933年10月再版。其中上册缺封面、封底，中册保存完整，封面为蔡元培题签，钤有"燕京大学图书馆"蓝色椭圆印。

本馆另藏有神州国光社再版中、下各一册，初版年代不详，应在1933年之后、1949年之前。封面为印刷体书名，有马克思头像（图9）。书内题名页均钤有"北京大学藏书"朱文方印（图10）。

此外，本馆还藏有神州国光社1949年重印本上册，缺封面、封底和目录页前插图，《著者自序》首页钤有"北京大学图书馆藏"朱文长方章。

图 5　新中国书局 1949 年版《马克思的生平》封面

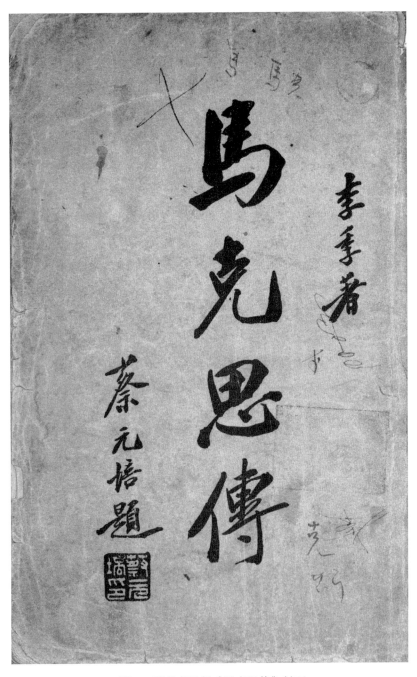

图 6　平凡书局版《马克思传》封面

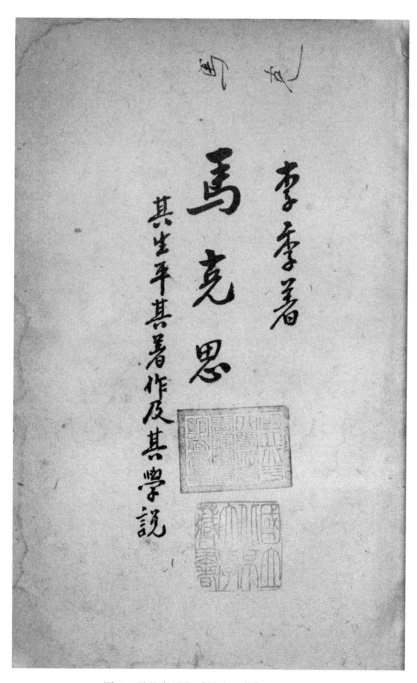

图 7　平凡书局版《马克思传》扉页印章

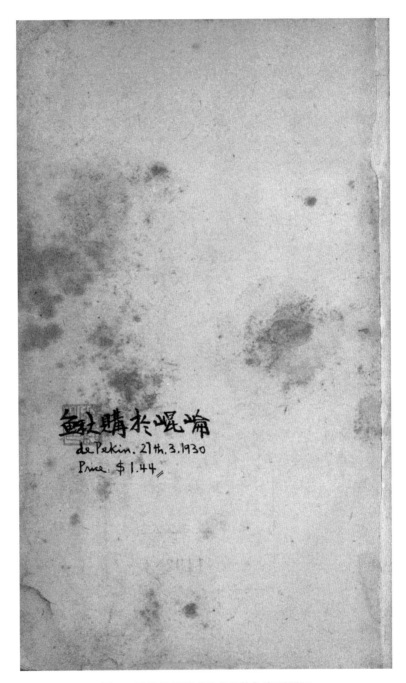

图 8　平凡书局版《马克思传》扉页题记

图 9　神州国光社版《马克思传》封面

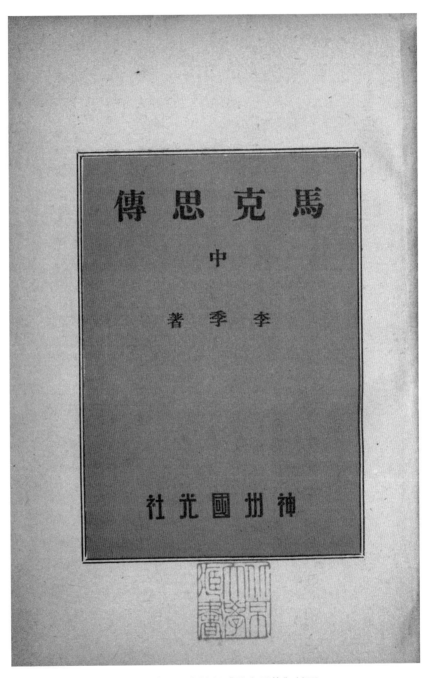

图 10　神州国光社版《马克思传》封面

二、恩格斯传略早期版本

1895 年 8 月 5 日，伟大的革命导师恩格斯与世长辞，列宁撰写《弗里德里希·恩格斯》，全面介绍了恩格斯的生平和活动，科学地评价了恩格斯为无产阶级解放事业在理论和实践方面做出的巨大成就。

北京大学图书馆所藏恩格斯早期传略较少。《恩格斯传》的较早编译者是郭大力，编译过程颇费周折。1939 年，他将柏林大学教授古斯达夫·梅尔 1936 年在伦敦出版的《恩格斯传》编译为中文，并寄给了出版社，但是译稿在寄往上海途中遗失了。1940 年，他又全部重新翻译一遍，不幸的是，第二次译稿再次遗失。1947 年，郭大力应聘到厦门大学讲授政治经济学，教学之余，他第三次编译了《恩格斯传》，并终于出版面世。北京大学图书馆现藏该书早期版本两种，一种为读书出版社 1947 年版（图 11），钤有"燕京大学图书馆藏印""夏乐瑟夫人社会学书库藏书"印；另一种为光华书店 1949 年版，钤有"国立清华大学外国语文学系"章（图 12）。该书主要内容包括："家族和幼年""青年德意志运动和少年黑格尔派""和马克思的友谊""德国革命""社会民主党的统一""第一次欧战前夜的情形"等。

此外，北京大学图书馆还藏有《恩格斯及其事业》，曼努意斯基著，王唯真译，于 1938 年 3 月出版，出版社不详，扉页钤有"同清平印"朱文方印。该书主要内容有"恩格斯及其在创造科学社会主义上所起的作用""无产阶级底领袖与无产阶级策略底能手""我们继续着恩格斯底事业"等。

图 11　读书出版社 1947 年版《恩格斯传》封面

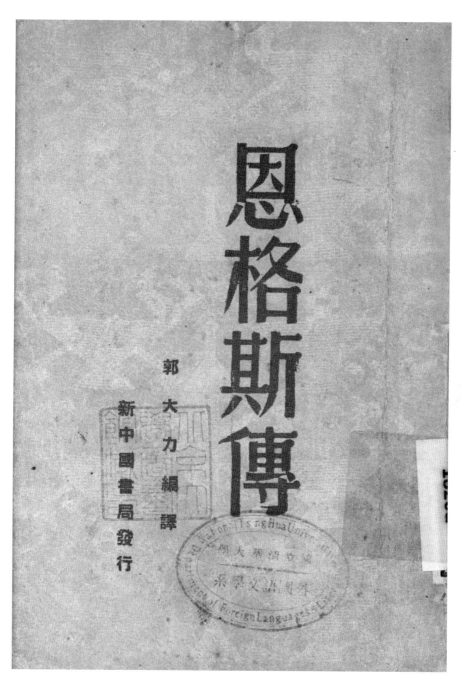

图 12　光华书店 1949 年 2 月版《恩格斯传》封面

三、列宁传略早期版本

1921 年 7 月 1 日出版的《新青年》第九卷第三号上，刊登了李大钊撰写的《俄罗斯革命的过去及现在》一文。文章的第四部分"劳农政府的组织及其中心任务"，介绍了列宁、斯大林、捷尔任斯基等 14 位十月革命领导人、苏维埃政府人民委员会委员（部长）的生平。其中列宁的介绍最长，有四千余字，包括其生平主要事迹及著述，可以看作较早的列宁传略。

北大图书馆藏列宁传略图书大多为解放区出版，分别为以下几种：

1.《列宁生平事业简史》

苏联共产党（布尔什维克）中央附设马恩列学院编，分别有以下几种版本：1943 年莫斯科外国文书籍出版局版，1949 年东北书店、香港新民主出版社、新华书店版。其中，1943 年版为孑民图书室藏书，1949 年东北书店版其中一册钤有"中国共产党北平市委员会暑期学校党员训练班"章，1949 年新民主出版社版其中一册钤有"北京市文物管理处藏书"章，1949 年新华书店版其中一册钤有"燕京大学政治经济学教学指导研究室"章。

2.《关于列宁的传说》

属"大众文库故事"丛书，山东新华书店 1946 年 11 月印行，钤有"政务院图书""晋冀鲁豫边区政府交际处"章。主要内容有"列宁的正义""伊里奇快醒了""太阳的故事""乡下老关于列宁的故事"等。

3.《六年随从列宁》

斯·基尔原著。本书副标题为"列宁底汽车夫之回忆"，新华书店晋察冀分店 1946 年 1 月印行（图 13、图 14），钤有"军调部赠"章。本书内容主要为"第一次会面""凶恶的行刺""列宁爱护自然物的情形""永别"等。

4.《和列宁相处的日子》

高尔基著，成时译，平明出版社 1949 年 12 月出版（图 15、图 16），为"新译文丛刊"的一种。本书扉页注明"本书根据纽约国际出版公司刊行的英文译本译出。原书名 *Days With Lenin*。"本书主要内容有"第一次会见""和德国社会民主党人在一块儿""列宁发言了""列宁在意大利""对同志们的态度"等。

5.《列宁的童年》

月列琴尼科夫著，金人翻译，大众书店印行。封面钤有"北大新文艺社"章（图17）。该书主要内容为"前面的几句话""到辛比尔斯克去""高库石金诺""游泳""玛莎姨母""兄弟姊妹""第一次流放"等。该书正文中有黑白配图。

6.《列宁传》

雅洛斯拉夫斯基著，解放社1939年6月出版，钤有"军调部赠"章。本书主要内容包括"青少年时代""组织政党""领导国内革命""组织共产国际""实行新经济政策""生活和工作情况""去世"等。

7.《乌里亚诺夫》

雷丁著，上海群力书店1934年2月4日发行。扉页钤有"子民图书室"章（图18）。该书贴有图书登录卡，为民国二十四年（1935）一月收登，登录号为0308，来源为佩文斋（图19）。列宁原名弗拉基米尔·伊里奇·乌里扬诺夫，本书名"乌里亚诺夫"即乌里扬诺夫的另一种音译，即是列宁。本书主要内容包括列宁从读书时代，到早期革命、夺取政权，以及生病去世的生平事迹。该书附有重要信件和列宁大事年表。

8.《列宁》

高尔基著。该书本馆较有特色的有三册。第一册为曹葆华翻译，新华书店发行，1946年2月新华书店晋察冀分店翻印，钤有"燕京大学图书馆藏书"章，内容只有一篇《列宁》，竖排版本。第二册为东北中苏友好协会于1945年11月7日出版，无译者姓名，封面钤有"国立北京大学学生自治会福利银行"蓝色印章（图20）。该本内容只有一篇《乌拉米基尔·依里奇·列宁》，该篇写于1930年6月。该书为横排版本。第三册为新华书店1949年9月初版，译者曹葆华，钤有"国立北京大学文科研究所新哲学研究室"章（图21、图22）。该本为竖排版本。

图 13　新华书店晋察冀分店 1946 年版《六年随从列宁》封面

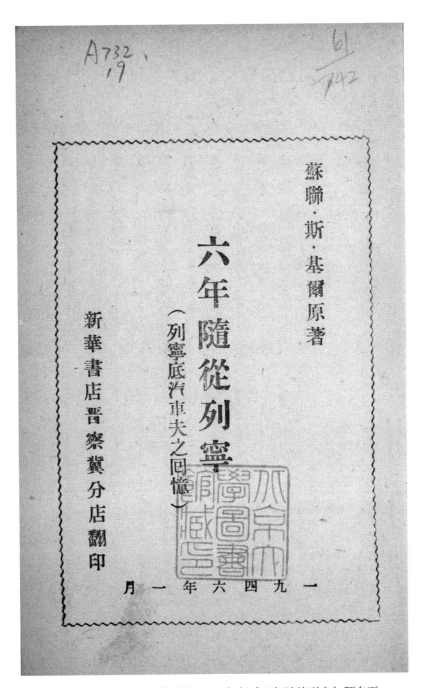

苏联·斯·基爾原著

六年隨從列寧

（列寧底汽車夫之回憶）

新華書店晋察冀分店翻印

一九四六年一月

图 14　新华书店晋察冀分店 1946 年版《六年随从列宁》题名页

图15 平明出版社 1949 年版《和列宁相处的日子》封面

图 16 　平明出版社 1949 年版《和列宁相处的日子》题名页

图 17　大众书店版《列宁的童年》封面

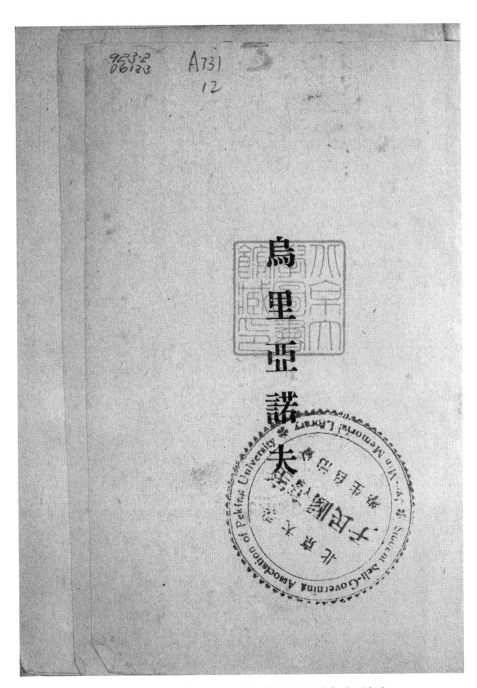

图 18 上海群力书店 1934 年版《乌里亚诺夫》扉页印章

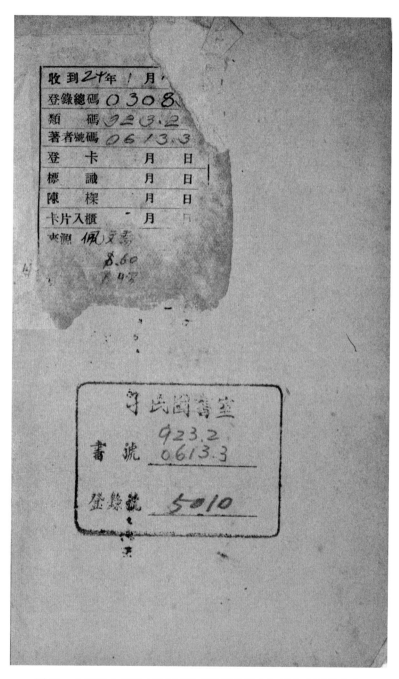

图 19 上海群力书店 1934 年版《乌里亚诺夫》封底内页登录章

图 20 东北中苏友好协会 1945 年 11 月版中译本《列宁》封面

图 21　新华书店 1949 年 9 月版《列宁》封面

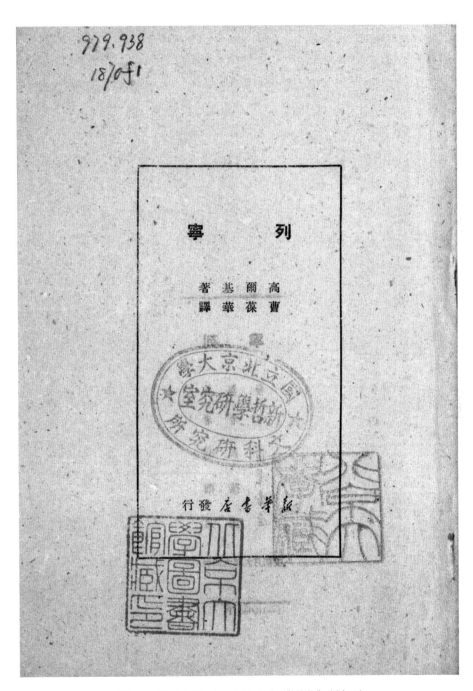

图 22　新华书店 1949 年 9 月版《列宁》题名页

参考文献

［1］刘明翰主编.外国史学名著评介 全五卷 第2卷［M］.济南：山东教育出版社，2019.08.

［2］洪韵珊等主编.马克思主义简明辞典［M］.四川省社会科学院，1987.06.

［3］王进国，车有道主编.国际共运人物研究［M］.开封：河南大学出版社，1989.05.

［4］上海市作家协会编.上海作家辞典［M］.上海：百家出版社，1994.

［5］徐州师范学院《中国现代作家传略》编辑组编.中国现代作家传略 第1辑［M］.徐州师范学院《中国现代作家传略》编辑组，1978.10.

［6］姜海波著.《资本论通信集》郭大力译本考［M］.沈阳：辽宁人民出版社，2021.01.

毛泽东传略早期版本

孙雅馨

对毛泽东生平的记述与研究自 20 世纪 30 年代初已有记录，本篇主要介绍北京大学图书馆藏早期毛泽东传略的若干图书，内容上主要记述毛泽东青少年时期、毛泽东印象、对毛泽东的回忆等，主要包括论文集、传记、回忆录、故事集等，分别为《毛泽东印象》《毛泽东故事》《毛泽东同志传略》《毛泽东传》等著述。本文所指"早期"毛泽东传略，基本时间为 1949 年前。本文介绍北京大学图书馆藏有关毛泽东早期传略有代表性的版本，各种版本之间或题名或内容有一定相似性，笔者试图以作者为中心进行分类，主要包含以下五类。

一、据埃德加·斯诺采访记录翻译的《毛泽东传》《毛泽东自传》

1936 年，埃德加·斯诺进入陕甘宁边区，与毛泽东、彭德怀等中共领导人进行了长时间的对话，搜集了领导人的生平及长征、抗日等第一手资料。10 月末斯诺结束了 4 个月的访问回到北平，投入到《红星照耀中国》的写作中。在该书出版之前，1937 年 3 月，国内最早公开发表的对毛泽东生平记述的中文图书，即当时北平的东方快报社出版的题为《外国记者中国西北印象记》的小册子，其主要内容来源是斯诺有关毛泽东等人和陕北革命根据地的报道。该书由北平爱国青年王福时、李华春等人翻译，是斯诺关于毛泽东生平著述的第一个中译本。

1937 年 10 月，《红星照耀中国》一书由伦敦戈兰茨公司正式出版，其中第四篇为"一个共产党员的来历"。在此之前，斯诺以《毛泽东自传》为篇名将第四篇最早在 Asia 杂志 1937 年第七至十期上分四次发表。《毛泽东自传》采用第一人称，根据毛泽东口述整理，并经过毛泽东审阅和修改。《毛泽东自传》中译本最早由汪衡翻译，自 1937 年 8 月开始在复旦大学《文摘》杂志连载。此后单行本图书在国内面世，20 世纪 30、40 年代，在解放区和国统区广泛流传着四五十种不同译本的《毛泽东自传》，影响着后来投身革命者。

《毛泽东自传》的中文本，除了《西行漫记》的中译本以外，又有多种中文单行本，如：张宗汉译，延安文明书局 1937 年印行本；张洛甫（闻天）译，陕西延安书店 1937 年印行本；汪衡译，上海文摘社 1937 年印行本；翰青、黄峰合译，上海新生图书公司 1938 年 1 月第 3 版；丁洛译，上海三友图书公司 1946 年印行本；欧阳明德译，救亡图书出版社 1937 年 11 月印行本；韩白浪译，时代史料保存社 1938 年 1 月版；等等。

北京大学图书馆藏《毛泽东传》，64 开。一种为东北书店出版，一种为辽东书店出版（图 1）。两本由埃德加·斯诺著（原书封皮著者名译为"史诺"），汪衡翻译，原书"出版说明"载："斯诺 1936 年第一次访问延安，这篇文章便是他访问毛泽东，记录毛泽东的谈话，原文曾载斯诺著的《西行漫记》中。"由辽东书店出版的《毛泽东传》钤有"国立北京大学藏书"（图 2）、"北京大学工会业余学校"章。本书包括四个章节，分别为"一颗红星的幼年""在动乱中成长起来""揭开红史的第一页""英勇忠诚和超人的忍耐力"。此《毛泽东传》实际上是《毛泽东自传》的简译本。

上述《毛泽东传》《毛泽东自传》篇幅不大，但有着丰富的内容，它提供了许多有关毛泽东生平以及红军和共产党战斗历程的珍贵史料，系统、全面地披露了毛泽东少年时代至土地革命战争时期的历史。

图 1 辽东书店版《毛泽东传》封面

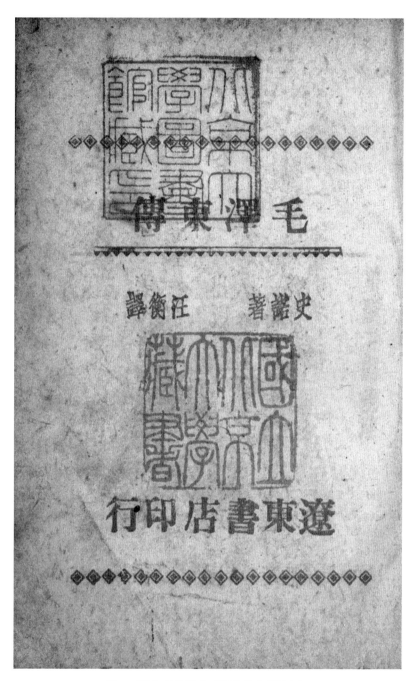

图 2　辽东书店版《毛泽东传》题名页

二、据爱泼斯坦等采访记录编辑的《毛泽东印象》等

1945 年 8 月后，中国共产党领袖毛泽东从延安飞抵重庆，就防止内战和抗战胜利后中国的前途等问题与蒋介石进行会谈，由此引起全国人民和各国人士的关注。许多人急于想知道毛泽东的生平事迹。《毛泽东印象》一书的编者从记者和作家们发表的有关毛泽东的访问记和印象记中选择编辑成集，作为毛泽东的简要传记。其中有毛泽东到重庆后记者写的专访，有当时两家报纸刊出的有关特写，也有爱泼斯坦等人在延安采访毛泽东的记录，还有毛泽东在青少年时的老同学萧三和同乡写的有关毛泽东早期革命活动以及关心人民群众的品德等印象记。

1933—1934 年间，爱泼斯坦专程赴北平拜访了长他 10 岁的燕京大学教授埃德加·斯诺，并为斯诺的著作《远东前线》撰写了书评。1936 年夏天，斯诺写出《红星照耀中国》。10 月赴北京会晤斯诺时，爱泼斯坦有幸成为最早读到《红星照耀中国》书稿并看到照片的读者之一。1944 年 6 月，爱泼斯坦作为美国《时代》杂志、《纽约时报》和联合劳动新闻社的记者参加中外记者西北参观团，前往延安和晋绥解放区采访，受到了毛泽东的接见。这次会见使爱泼斯坦感受到毛泽东的伟大。1945 年 9 月 2 日，纽约《下午报》发表了爱泼斯坦采访毛泽东印象记，题目是《这就是毛泽东——中国共产党的领袖》。该文又发表在 1945 年 10 月 10 日的《解放日报》。北京大学图书馆藏的以上图书版本主要有以下几种。

1.《毛泽东印象》

爱泼斯坦等著，齐文编，人民出版社 1946 年 1 月再版（图 3、图 4），为"人民丛刊"之一。本书主要包括爱泼斯坦、福尔曼、斯坦因、赵超构、孔昭恺等人的采访，并附有《大公报》《新华日报》等的通讯报道，以及萧三等人关于毛泽东事迹的文字。

2.《毛泽东印象记》(三种)

第一种为华北新华书店 1948 年 3 月出版（图 5）。主要收录萧三的《毛泽东同志略传》，爱泼斯坦、斯诺、斯坦因、斯特朗等人的采访记录。该书钤有"政务院图书""石家庄交际处文化娱乐室"章（图 6）。

　　第二种为东北书店1947年版和1948年版（图7、图8），许之桢编译。1948年版钤有"北大博物馆"章（图9），内容增加了"重庆之行特辑"（图10、图11）。

　　此外，北京大学图书馆还藏有一本无封皮手写书名的《毛泽东同志略传》，目录与许之桢编译的《毛泽东印象记》相同，编后记缺失，无出版时间和出版发行者。笔者认为这本书也为《毛泽东印象记》的一种，只是其中篇目的单行本，因此也归入此书版本种类中。

图3　人民出版社1946年版《毛泽东印象》封面

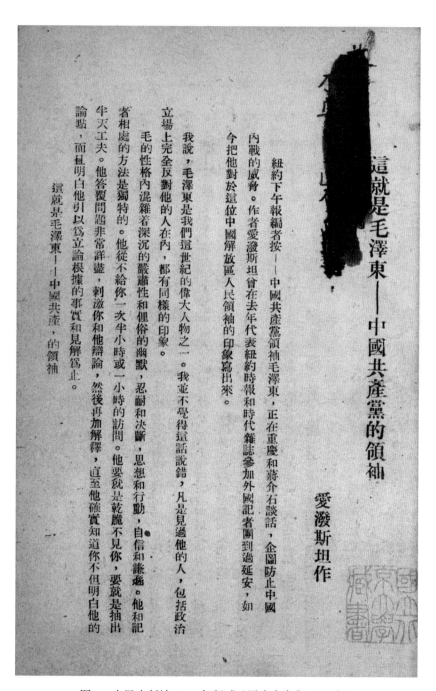

這就是毛澤東——中國共產黨的領袖

愛潑斯坦作

紐約下午報編者按——中國共產黨領袖毛澤東，正在重慶和蔣介石談話，企圖防止中國內戰的威脅。作者愛潑斯坦曾在去年代表紐約時報和時代雜誌參加外國記者團到過延安，如今把他對於這位中國解放區人民領袖的印象寫出來。

我說，毛澤東是我們這世紀的偉大人物之一。我並不覺得這話說錯，凡是見過他的人，包括政治立場上完全反對他的人在內，都有同樣的印象。

毛的性格內混雜着深沉的嚴肅性和俚俗的幽默，忍耐和決斷，思想和行動，自信和謙遜。他和記者相處的方法是獨特的。他從不給你一次半小時或一小時的訪問。他要就是乾脆不見你，要就是抽出半天工夫。他答覆問題非常詳盡，刺激你和他辯論，然後再加解釋，直至他確實知道你不但明白他的論點，而且明白他引以爲立論根據的事實和見解寫止。

這就是毛澤東！——中國共產，的領袖

图4　人民出版社1946年版《毛泽东印象》正文首页

图 5　华北新华书店 1948 年版《毛泽东印象记》封面

图 6　华北新华书店 1948 年版《毛泽东印象记》题名页

图 7　东北书店 1948 年版《毛泽东印象记》封面

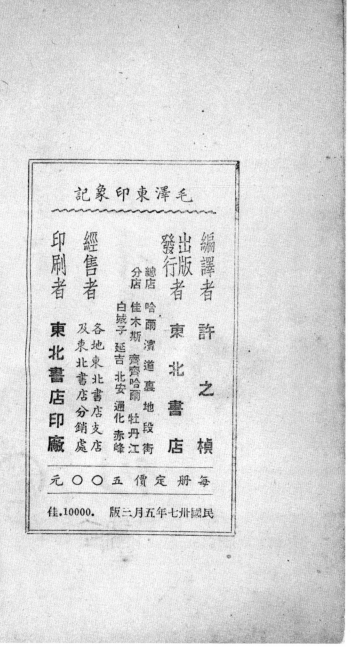

图 8　东北书店 1948 年版《毛泽东印象记》版权页

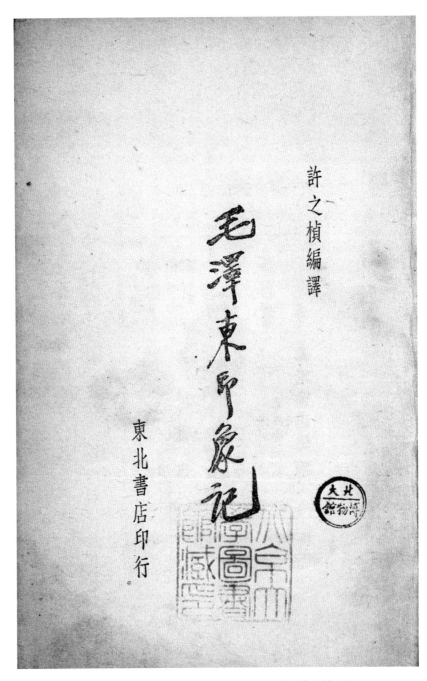

图 9　东北书店 1948 年版《毛泽东印象记》题名页

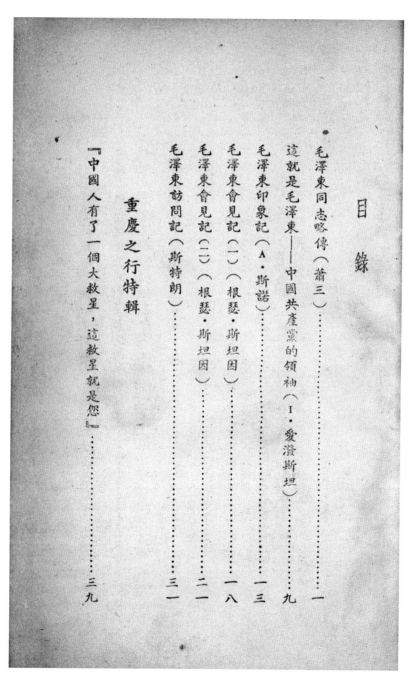

图10　东北书店1948年版《毛泽东印象记》目录一

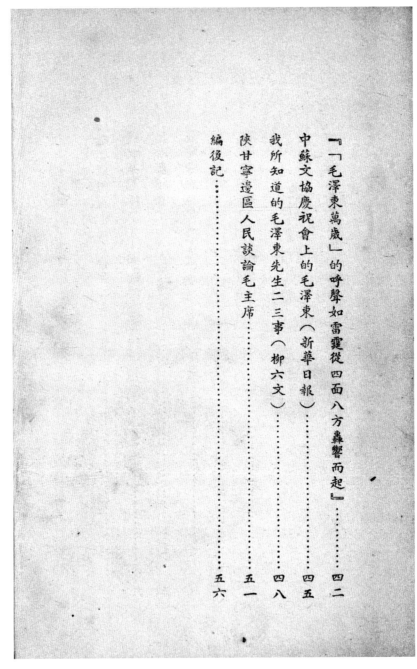

图 11　东北书店 1948 年版《毛泽东印象记》目录二

三、萧三编著《毛泽东同志的青少年时代》等

1941 年 12 月 14 日，萧三在《解放日报》上发表了《毛泽东同志的少年时代》一文。这是他 20 世纪 40 年代研究毛泽东生平的最早文字。1944 年 7 月 1 日和 2 日，萧三在《解放日报》上发表《毛泽东同志的初期革命活动》，后又由《群众》第九卷第 16、17 期等转载。1946 年萧三在张家口出版的月刊《北方文化》第一号发表《毛泽东同志传略》。

1947 年山东新华书店发行《毛泽东同志儿童时代、青年时代与初期革命活动》，实际上是将《毛泽东同志传略》《毛泽东同志的儿童时代》《毛泽东同志的青年时代》《毛泽东同志的初期革命活动》四篇文章集合而成，称为"初稿本"。这个集子的出版并没有征得萧三的同意，也没有经过萧三的审阅，于是萧三在 1949 年 8 月发表《毛泽东同志的青少年时代》修订本。"初稿本"和"修订本"代表了萧三研究毛泽东生平的最初成果。

北大图书馆藏萧三所著毛泽东传略主要有以下三种。

1.《毛泽东同志的青少年时代》

萧三选编（图 12、图 13），新华书店 1949 年 8 月出版（图 14），钤有"国立北京大学藏书""北平国立北京大学博物馆"章。主要内容为：第一章帝国主义与封建主义双重压迫下的少年，第二章卷入辛亥革命运动的漩涡，第三章他是怎样刻苦自修的，第四章"组织起来"的第一页（社会活动的初步经验），第五章站在新文化运动——新民主主义运动的前哨。

2.《毛泽东的青年时代》

萧三著，本馆所藏较有特色者有三册，一册为东北书店印行（图 15），题名《毛泽东的青年时代》，出版年代不详，无总目录，第一篇为"农家子"，钤有"国立北京大学藏书""北京大学业余学校"章。该书扉页有原藏书人题记："要学习毛泽东同志的思想及作风，森一中一年二期十班金玉传。"（图 16）另一册为东北书店 1948 年 4 月出版（图 17），钤有"政务院图书"章（图 18）。该书另有一册有"王世铮"签名。

3.《毛泽东同志的初期革命活动》

光明书店刊行 1946 年 9 月出版。

四、晋冀鲁豫军区政治部编写的《毛泽东故事》等

1947 年 8 月，中国人民解放军在粉碎国民党军队重点进攻后，晋冀鲁豫野战军千里挺进大别山，揭开了战略反攻的序幕。在此形势转化之际，为纪念建军二十周年，晋冀鲁豫军区政治部编写了《毛泽东故事》这本故事集。书中收录了"从小就好讲道理"等 13 个小故事。每篇故事后还附有编者的简要评语。其中"三湾改编""一个伤兵的愿望""精兵简政"等故事曾广为流传。该书文字简洁，故事生动。北大图书馆暂未藏该版本《毛泽东故事》，但相似题名的图书较多，内容上有一定差异，代表性的有以下几种：

1.《毛泽东的故事》

北京大学孑民图书室藏书，华明捐赠，新华书店出版，无出版发行年。

2.《毛泽东的故事》

增订本，山东新华书店出版，若望著，无出版发行年。

3.《毛泽东故事选》

萧三等著，新华书店晋察冀分店 1945 年 11 月印行（图 19），钤有"政务院图书"章（图 20）。

4.《毛泽东故事》

萧三等著，东北书店出版，无出版日期。燕京大学图书馆旧藏，钤有"军调部赠"章。

5.《毛泽东的故事》

无作者信息，东北书店 1948 年版。钤有"燕京大学图书馆藏""夏乐瑟夫人社会学书库藏书"章。

图 12 新华书店 1949 年版《毛泽东同志的青少年时代》题名页

图 13　新华书店 1949 年版《毛泽东同志的青少年时代》所附毛泽东像

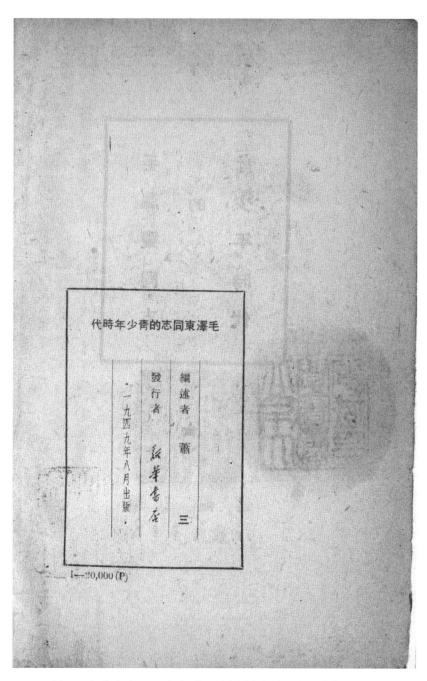

图 14　新华书店 1949 年版《毛泽东同志的青少年时代》版权页

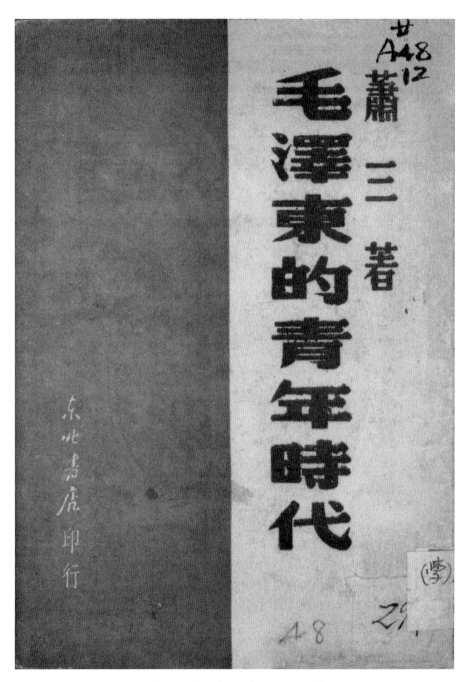

图 15　东北书店版《毛泽东的青年时代》封面

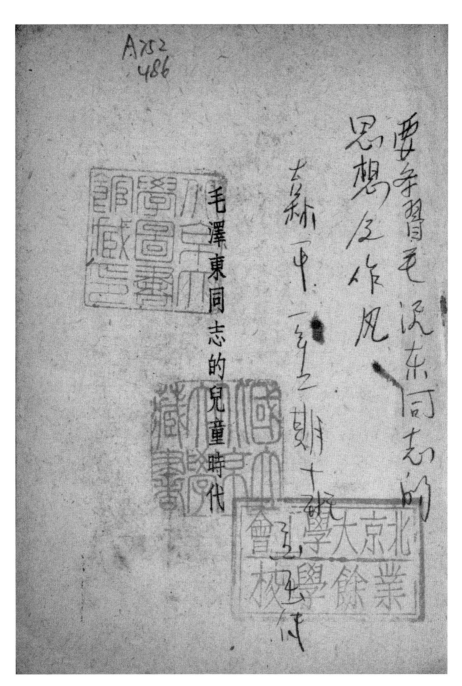

图 16 东北书店版《毛泽东的青年时代》之"毛泽东同志的儿童时代"扉页题记

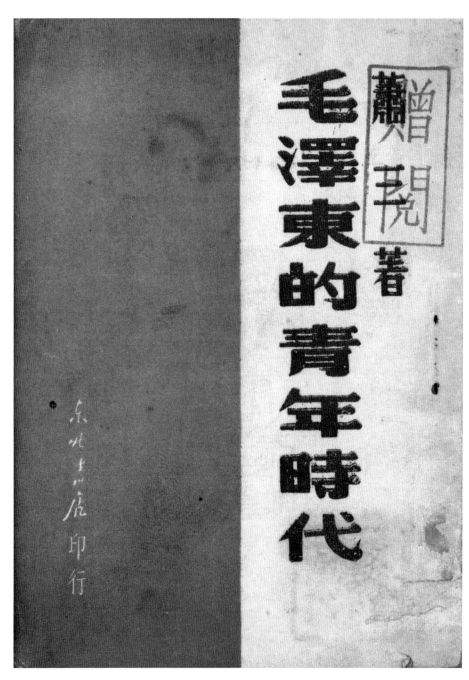

图 17　东北书店 1948 年版《毛泽东的青年时代》封面

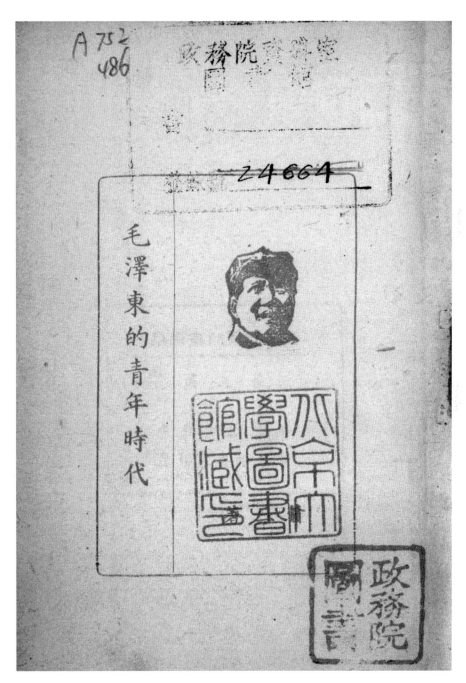

图 18　东北书店 1948 年版《毛泽东的青年时代》题名页

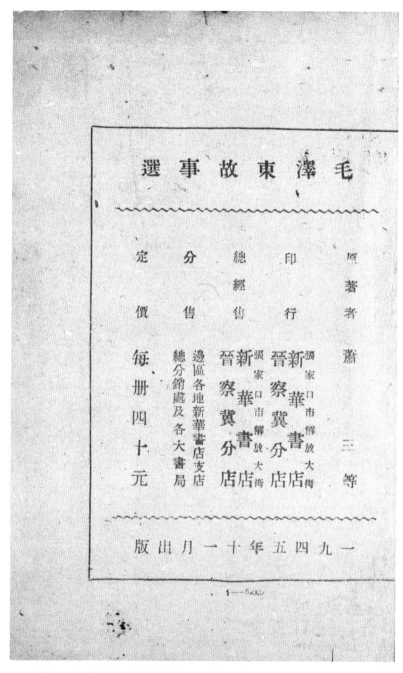

图 19　新华书店晋察冀分店 1945 年版《毛泽东故事选》版权页

图 20　新华书店晋察冀分店 1945 年版《毛泽东故事选》封面

五、张如心著《毛泽东的人生观与作风》等

1945 年年底，张如心从延安调到了张家口市，被任命为华北联合大学的教务长兼《北方文化》杂志的主编。同年，在党的七大会议上，毛泽东思想已经被正式确立为党的指导思想。为更好地宣传毛泽东思想，他在华北联合大学工作期间，更全面地研究总结了毛泽东的人生观、科学方法观、科学预见和作风，并向学生、青年做过几次相关内容的演讲。这些演讲的底稿曾陆续发表于《北方文化》第一卷一期至四期上，后来又被山东和冀南各书店翻印成册。1947 年6 月，华北联合大学教务处又将上述底稿经著者再次修改，并经核校审订，作为该校思想教育丛书之一印制成册。作者后来把这些演讲材料进一步修改，并摘录了朱德、刘少奇、王稼祥等同志对毛泽东思想的论述，于 1948 年 6 月结集出版了名为《毛泽东的人生观与作风》一书，作为思想教育丛书，主要内容包括毛泽东的人生观、毛泽东的科学方法、毛泽东的科学预见、毛泽东的作风。

北京大学图书馆藏《毛泽东的人生观与作风》较有特色的有两本。其中一本为新华书店 1949 年 7 月出版（图 21），扉页有"购于汴新华书店　郭启宣，四，十一，一九五〇"题记（图 22）。另一本为 1949 年 9 月出版，钤有"燕京大学图书馆藏书"章（图 23）。

图 21　新华书店 1949 年 7 月版《毛泽东的人生观与作风》封面

图22　新华书店1949年7月版《毛泽东的人生观与作风》扉页

图 23　新华书店 1949 年 9 月版《毛泽东的人生观与作风》封面

参考文献

［1］张静如主编.毛泽东研究全书［M］.长春：长春出版社，1997.

［2］周一平著.毛泽东生平研究七十年［M］.太原：山西人民出版社，1993.09.

［3］中共中央党史研究室，中央档案馆编.中共党史资料第80辑［M］.北京：中共党史出版社，2001.

［4］李文林，杜文才，柯敏主编.毛泽东研究著作提要［M］.中国和世界出版公司，1993.06.

［5］刘力群编.纪念埃德加·斯诺［M］.北京：新华出版社，1984.08.

［6］韩荣璋主编.毛泽东生平思想研究索引［M］.武汉：武汉出版社，1994.06.

其他革命文献

解放战争时期土地改革文献

程援探

我国自古以农立国，土地向来是农民生存立足之本。中国共产党在长期战争和革命实践中深刻认识到封建土地私有制是导致中华民族贫穷与落后的根源，因此承担起领导人民变革土地制度的历史使命，根据客观情况进行了土地改革理论的探索和创新，带领农民进行艰苦卓绝的土地改革实践，最终实现了耕者有其田的目标。

解放战争时期，为适应国内革命战争的需要和广大农民群众对土地的需求，中国共产党随着客观形势和时局的变化而不断调整土地政策，出台了《中国土地法大纲》指导土地改革。各解放区在此基础上又根据各地区的实际情况制定了补充细则，解决了广大农民的土地问题，调动了农民的生产积极性，奠定了坚实的群众基础，为解放战争的胜利奠定了物质基础，为共产党建立全国政权奠定了经济和政治基础。中共解放区的土地改革是中国共产党人消灭封建土地制度，推动社会变革的伟大探索。尽管由于毫无经验可循而在改革过程中出现了波折，但中国共产党在毛泽东领导下，及时发现错误，调整路线，总结经验，最终走向土地改革的胜利。

北京大学图书馆收藏的土地改革相关文献 40 多件，多为铅印平装土纸本，双面印刷，竖版繁体。文献主要包括两个方面的内容：一方面是解放战争时期中国共产党颁布的决议、法令、重要讲话、手册等纲领性文献，例如《中国土地法大纲》《土地改革中的几个问题》《平分土地文献》《平分土地手册》等；另一方面主要是土地改革经验介绍和总结相关文献，例如《东北局关于平分土地运动的基本总结》《土改整党典型经验》《土改整党经验介绍》《土地改革与整党》等。

以下将分纲领性文献和经验总结文献两个部分，对部分土地改革相关文献作重点介绍。

一、纲领性文献

1.《中国土地法大纲》

1947 年 7 月中共中央工作委员会召开全国土地会议，9 月通过了《中国土地法大纲》，10 月 10 日由中共中央正式公布施行。《中国土地法大纲》的颁布是中国社会发展进程中的一个标志性事件，具有极强的现实意义和深远的历史意义。一方面，该文件是抗日战争胜利后，中国共产党公开颁布的第一个关于土地制度改革的纲领性文件，在当时对土地改革运动的全面开展发挥了重要作用。《中国土地法大纲》的颁布和贯彻，彻底动摇了帝国主义、封建主义和官僚资本主义势力的反动统治基础，对于加速和推进人民解放战争的胜利进程发挥了无可替代的重要作用。另一方面，它明确提出"废除封建性及半封建性剥削的土地制度，实行耕者有其田的土地制度"，敲响了封建土地制度的丧钟，是社会发展的一大进步。北京大学图书馆所藏的《中国土地法大纲》版本较多，在很多文献中都有涉及：

版本一

《中国土地法大纲》，华北新华书店印行本（图 1）。1947 年 12 月初版，印数 10000 册；1948 年 1 月再版，印数 5000 册。本书共收录两篇重要文献，分别是《中国共产党中央委员会关于公布中国土地法大纲的决议》（下称"决议"）和《中国土地法大纲》全文，附录《晋冀鲁豫边区政府颁布施行中国土地法大纲补充办法（草案）》和《晋冀鲁豫边区政府为切实执行土地法的布告》。

版本二

中共中央委员会公布《关于公布中国土地法大纲的决议及中国土地法大纲》，吉林省委宣传部印行本（图 2），1947 年 10 月 15 日出版。目录页钤有"北京大学工会业余学校"朱文长方印，应属"北京大学工会业余学校"旧藏。

版本三

《关于公布中国土地法大纲的决议及中国土地法大纲》，吉林省教育厅印行本（图3），松江印刷局1948年3月18日出版。

《决议》中指出：中国的土地制度极不合理。地主富农占有大量土地，剥削农民。而占人口绝大多数的雇农、贫农、中农及其他人民，却只占有少量的土地。这种情况"是我们民族被侵略、被压迫、穷困及落后的根源，是我们国家民主化、工业化、独立、统一及富强的基本障碍"。因此，必须消灭封建性及半封建性剥削土地的制度，实行耕者有其田的制度。《中国土地法大纲》应运而生。

《中国土地法大纲》全文共有十六条，主要明确了两件事：一是平分土地，"彻底废除封建性及半封建性剥削的土地制度，规定实行耕者有其田的土地制度，废除一切地主的土地所有权"。乡村中的一切土地"按乡村全部人口，不分男女老幼，统一平均分配，在土地数量上抽多补少，质量上抽肥补瘦，使全乡村人民均获得同等的土地"。二是农民代表大会成为土地改革的合法执行机关，"乡村农民大会及其选出的委员会，乡村无地少地的农民所组织的贫农团大会及其选出的委员会，区、县、省等级农民代表大会及其选出的委员会为改革土地制度的合法执行机关"。《大纲》颁布后，各解放区人民政府根据本地区实际情况又颁布了补充条例。

2.《组织一个彻底消灭封建平分土地的运动》（图4）

吉林军区政治部印行本，出版年份不详。封面印有"干部学习材料之三"字样。全文共分为四个部分：

（1）一年多以来土改基本情况的估计；

（2）方针任务。总结中指出，今后我们的方针任务就是要组织一个系统的彻底的以雇贫农为基础的平分土地的广泛群众运动，就是要组织一个彻底消灭封建的大革命，重新彻底平分土地，彻底实现《土地法大纲》；

（3）组织指导运动。掌握彻底的土地革命思想，掌握《中国土地法大纲》的政策，掌握雇贫农路线，彻底整顿队伍，转变工作方式；

（4）大会方向：到贫雇农中去，向贫雇农请教。

在《中国土地法大纲》出台后，各地以"消灭封建，平分土地"为口号如火如荼地展开运动。这份文献就是指导当地开展平分土地运动的文件。

3.《平分土地文献》

晋察冀日报社编，晋察冀新华书局印行本（图5），出版年份不详。

抗日战争胜利后，解放区广大农民群众不满足于减租减息，迫切要求得到土地。而少部分地主富农占有了绝大多数土地。在此背景下，中共中央提出了平分土地政策。1947 年 10 月 10 日中共中央颁布的《中国土地法大纲》规定了普遍的彻底的平分土地的方针。各解放区在贯彻中央平分土地方针和执行《中国土地法大纲》的过程中，平均主义思想表现得更加明显。该政策使绝对的平均主义思想泛滥，严重侵犯了中农利益，造成了一系列不良后果。因此，党中央从 1947 年 12 月起开始逐步纠正"左"倾错误。《平分土地文献》即收录了这一时期发布的关于平分土地政策的相关决议、纲领、布告、讲话等重要文献，是研究土地改革过程中平分土地政策的珍贵史料。

该书共收录了 10 篇文献：第一篇《中国共产党中央委员会关于公布中国土地法大纲的决议》，第二篇《中国土地法大纲》，第三篇《聂荣臻同志在晋察冀边区土地会议上的开幕词》，第四篇《平分土地与整顿队伍（彭真同志在边区土地会议上的报告和结论述要）》，第五篇《聂荣臻同志在边区农会临时代表会上的讲话》，第六篇《把农民队伍组织好（彭真同志在边区农会临时代表会上的讲话摘要）》，第七篇《晋察冀边区临时农会告农民书》，第八篇《晋察冀边区行政委员会布告（战民社字第五十号）》，第九篇《晋察冀边区行政委员会中国共产党晋察冀中央局联合布告》，第十篇《中国人民解放军晋察冀军区给解放战士分地的文告》。

这几篇文献主要是晋察冀边区政府对《中国土地法大纲》的解释以及为说明如何执行《大纲》而发表的文书。它指出平分土地是全国土地会议所决定的新方针、新任务。《大纲》代表了现在中国全体农民的要求，是全体农民的斗争纲领和行动指南。彻底平分土地方针的实现，就是消灭封建性及半封建性的土地制度，就是最后消灭地主这一个阶级、消灭封建残余。而即将到来的土地改革的高潮则是边区革命群众为实现此方针而与地主阶级的决战。

4.《平分土地文献》

东北书店 1948 年 1 月印行本（图 6），东北日报社编。扉页钤有"北京大学学生自治会子民图书室"朱文圆印（图 7），应为子民图书室旧藏。

本书共收录 9 篇文献：第一篇《关于公布中国土地法大纲的决议》，第二篇《中国土地法大纲》，第三篇《中国人民解放军宣言》，第四篇《中国人民解放军口号》，第五篇《中国共产党东北中央局告农民书》，第六篇《东北行政委员会布告》，第七篇《东北解放区实行土地法大纲补充办法》，第八篇《学习晋绥日报的自我批评》，第九篇《晋绥农委员会告农民书》。其中，《学习晋绥日报的自我批评》一文值得我们关注。"它是解放战争时期首先公开提出平分土地方针的一份文件。该社论提出我们处于历史上空前规模的内战时刻，蒋介石反动集团已经是人民公敌，在这种情况下，我党的土地政策改变到彻底平分田地，乃是绝对必要的。"[1] 该社论强调了普遍的彻底的平分土地，而对保护中农利益并无提及。

5.《平分土地手册》（图 8）

华北新华书店 1948 年 1 月印行本。

该《手册》共收录 8 篇文献，分别是《中国土地法大纲》《晋冀鲁豫边区政府颁布施行中国土地法大纲补充办法》《晋冀鲁豫边区政府为切实执行土地法的布告》《晋冀鲁豫军区命令全军坚决执行土地法大纲》《中国共产党晋冀鲁豫中央局告全体党员书》《晋冀鲁豫边区农会筹备委员会告农民书》《晋冀鲁豫边区政府公布破坏土地改革治罪暂行条例》《晋冀鲁豫边区政府公布惩治贪污条例》。

本《手册》系统介绍了《中国土地法大纲》的内容以及晋冀鲁豫边区政府、军区和农会筹备委员会发布的《土地法大纲》的补充办法、布告和条例等，号召群众将《土地法大纲》作为土地改革指南是各级党政机关军民机关团体进行自学和向群众进行宣传、解答疑难问题的重要文献资料。

6.《土地改革中的几个问题》

任弼时著。任弼时（1904—1950），杰出的无产阶级革命家、政治家，中国共产党与中国工农红军主要领导者之一。解放战争期间担任中共中央政治局委员，是中共五大书记之一。

《中国土地法大纲》对于土地改革运动的全面展开发挥了关键性作用，但是这个文件本身并不完善，存在侵犯中农利益的规定，特别是在其贯彻过程中出现了片面强调依靠贫雇农的方针等错误问题。1947 年 10 月，毛泽东和中共中央觉察了这方面的问题，并在 12 月召开的杨家沟会议上开始纠正偏差。以毛泽东、任弼时、习仲勋等为代表的中国共产党人，在全面纠正"左"倾错误的同时，系统地丰富完善了中共土地革命理论，对土地改革总路线的最终确立有着重要意义。其中，任弼时同志在调研的基础上，抓住关键问题，为纠正"左"倾偏向做出重要努力，其主张与同时期党中央其他领导人在土改方面的指示和论述互为补充，相辅相成，在实践中逐步形成了党的土地改革总路线和统一政策。《土地改革中的几个问题》是这一时期的重要文献。

该文是 1948 年 1 月 12 日，任弼时在西北野战军前委扩大会议上发表的讲话。他分析土地改革中发生"左"倾错误的原因，提出纠正的原则和方法。讲话中具体说明了划分农村阶级的正确标准和农村的主要阶级成分的最标准的情形；全面阐述巩固地团结中农的问题，以作为《中国土地法大纲》的补充；指出对知识分子即脑力劳动者要采取争取团结教育的政策，使他们充分发挥自己的知识和技能；并指出对工商业不要采取冒险政策，就是地主富农经营的工商业，也不应当没收；还指出对开明绅士也要采取保护政策，以利于团结百分之九十以上的人民。

中央当即把这个讲话作为指导文件转发全党，并迅即在报纸上公开发表。任弼时的有关思想主张对于纠正土改偏差，顺利完成这一时期的土改任务，起到了至关重要的作用。

本馆所藏《土地改革中的几个问题》版本较多，包括中国人民解放军东北军区政治部印行本（图 9）、内蒙书店印行本（图 10）、冀南新华书店印行本（图 11）、渤海区党委印行本（图 12）、华北新华书店印行本、东北书店印行本等，出版年份在 1948 年到 1949 年之间。在短时期内出现如此众多的版本，可见该文献之重要。

7.《中共中央关于在老区半老区进行土地改革工作与整党工作的指示》（图13）

东北书店 1948 年 3 月印行本。

1948 年 2 月 22 日，中共中央下发了《关于在老区半老区进行土地改革工作与整党工作的指示》，规定不同地区实行不同的土改政策。中共在该《指示》中强调：根据各地最近数月的报告来看，在所有老区半老区中大致应分为三类地区，根据这三类地区的不同情况采取不同方针。

该《指示》表明，地区不同，实施土地改革的范围和条件不同，实行平分土地的方法、步骤与阶段也不同。它修正了《中国土地法大纲》中统一平均分配的原则，强调了具体情况具体分析，不同地区区别对待，促进了土改运动更加健康地向前发展。

8.《中共中央关于土地改革中各社会阶级的划分及其待遇的规定（草案）》

晋冀鲁豫边区政府工业厅政治部 1948 年 4 月 1 日翻印本。封面铃有"中央人民政府重工业图书馆"蓝色印章（图 14），似原为"中央人民政府重工业图书馆"所藏。

为了纠正党内广泛存在的关于在观察及划分阶级问题上的非马克思主义思想及补足在土改中缺乏对各阶级阶层人们的具体明确政策的缺点，毛泽东主持制定了《中共中央关于土地改革中各社会阶级的划分及其待遇的规定》。然鉴于当时农村土改工作的复杂情况，这一草案最终仅作为内部参考文件下发。

全书共分为 25 个章节。前 5 个章节分别对中国的社会经济形态、中国目前的阶级关系和人民民主革命、划分阶级的标准、通过阶级成分的方法、家庭成分和本人成分作了详细介绍。其后的各个章节则对地主、富农、中农、贫农等社会各阶级及其待遇进行具体阐释。正确的阶级划分是土地改革的基础和重要环节，该文件有助于厘清各社会阶级的划分标准，以细化和匡正《中国土地法大纲》的不足，避免划错阶级现象的出现，对土地改革的顺利开展具有指导意义。

9.《城市·乡村土地房屋改革法》（图 15）

民生出版社印行本，出版年份不详。全书共 28 页。

本书共分为三部分：一、城市土地房屋问题。二、《中国土地法大纲》。三、乡村土地问题。第一部分主要讨论了以下几个问题：解决城市土地问题的根源，哪些土地房屋可以接收，如何保护工商业的土地房屋，城市土地房屋的分配问题，城市土地房屋经营买卖与出租。第二部分是《中国土地法大纲》全文。第三部分则讨论了以下问题：废除封建剥削，实行耕者有其田，按照人口彻底平均分配土地，保护工商业者的财产及合法经营，对待农村中各个阶级的政策，群众路线问题。本书涉及城市土地房屋问题和乡村土地问题的具体方面，是对《中国土地法大纲》的进一步补充和说明。

图 1　华北新华书店印行本《中国土地法大纲》封面

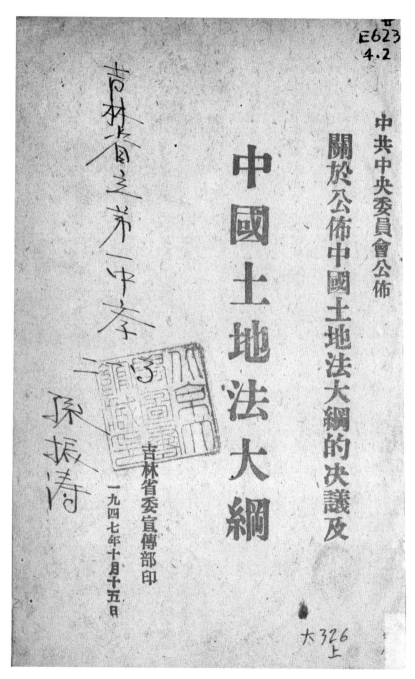

图 2　吉林省委宣传部 1947 年 10 月印行本《中国土地法大纲》封面

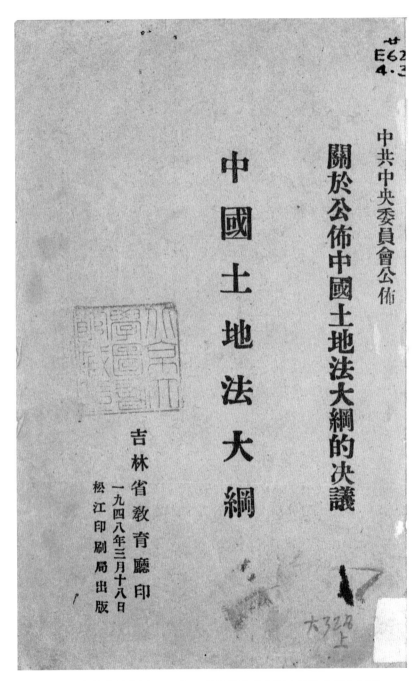

图 3　吉林省教育厅 1948 年 3 月印行本《中国土地法大纲》封面

图 4　吉林军区政治部印行本《组织一个彻底消灭封建平分土地的运动》封面

图 5 晋察冀新华书局印行本《平分土地文献》封面

图 6　东北书店印行本《平分土地文献》封面

图 7　东北书店印行本《平分土地文献》扉页及钤印

图 8　华北新华书店印行本《平分土地手册》封面

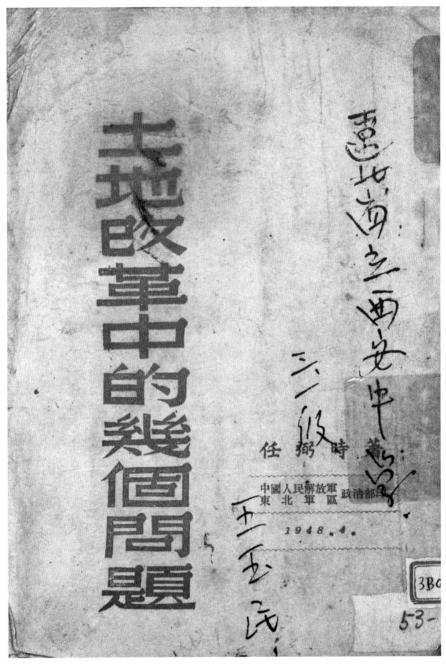

图 9　中国人民解放军东北军区政治部 1948 年 4 月印行本《土地改革中的几个问题》封面

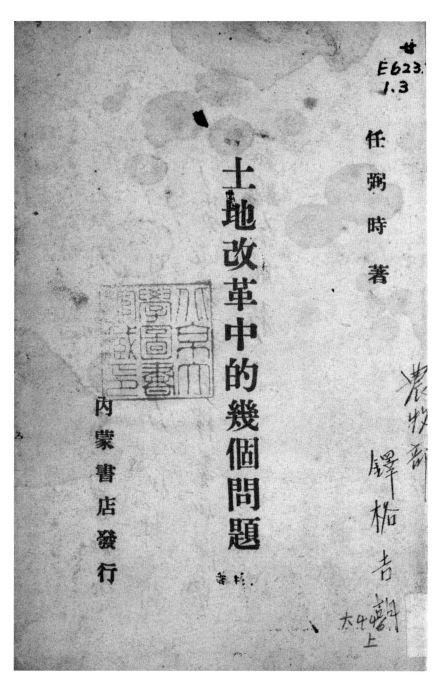

图 10 内蒙书店印行本《土地改革中的几个问题》封面

图 11　冀南新华书店印行本《土地改革中的几个问题》封面

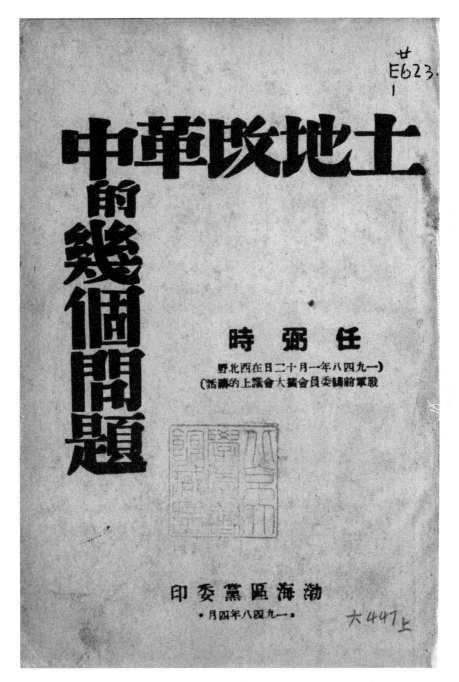

图 12　渤海区党委 1948 年 4 月印行本《土地改革中的几个问题》封面

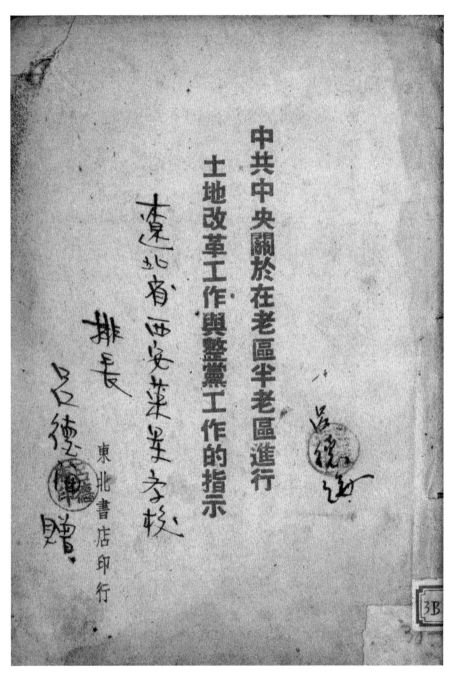

图 13　东北书店印行本《中共中央关于在老区半老区进行土地改革工作
与整党工作的指示》封面

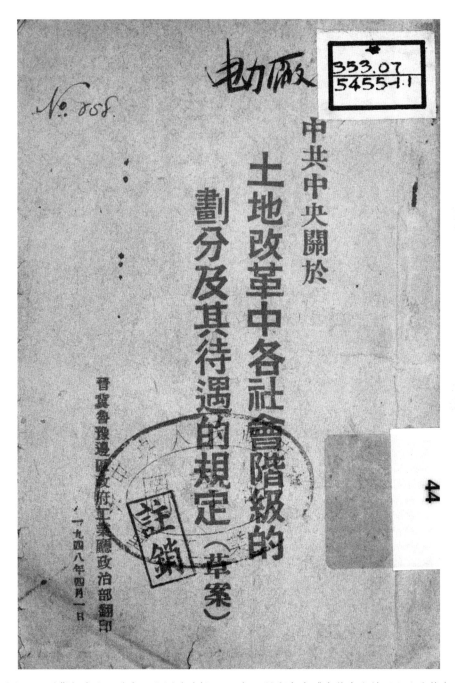

图 14　晋冀鲁豫边区政府工业厅政治部 1948 年 4 月翻印本《中共中央关于土地改革中
各社会阶级的划分及其待遇的规定（草案）》封面及钤印

图 15 《城市·乡村土地房屋改革法》封面

二、土改经验总结相关文献

在土改纠正"左"倾偏差的过程中，一些地区如晋绥解放区和陕甘宁边区最先开始行动，积累了一些典型经验，并大力向群众宣讲，使这些宝贵经验得到推广。利用典型经验教育基层党员群众，也为其他地区的土改运动提供了重要参考。因此，这一时期出现了不少关于土改经验介绍的文献。其中，陕甘宁边区的绥德县义合区黄家川分地的经验、晋察冀平山老区整党与发动群众相结合的经验和山西崞县土地改革的经验是土改纠"左"时期的三个典型案例，在很多文献中都有涉及。以下对本馆所藏相关文献作重点介绍。

1.《山西崞县是怎样进行土地改革的》

谭政文著。本馆所藏有两个版本：

版本一

东北日报1948年印行本。正文首页钤有"北京大学工会业余学校"朱文长方印（图16），应为北京大学工会业余学校旧藏。

版本二

东北书店牡丹江分店1948年3月印行本。封面钤有"北京饭店招待处图书室"朱文椭圆印（图17），应为北京饭店招待处图书室旧藏。正文首页除北京大学图书馆藏书章，还钤有"政务院图书"朱文方印，似原为中央人民政府政务院所藏图书。

本书是山西崞县的一篇通讯的单行本，按语是毛泽东所作批示。批示指出，那里已经完成了平分土地的准备，对于错误划分的阶级成分已决定改正，对于不给地主以必要的生活出路、不将地主富农加以区别、侵犯中农利益等项错误观点作了批判。这种叙述典型经验的小册子，比领导机关发出的决议和指示文件要生动丰富得多，能够使缺乏经验的同志学到实际操作的办法，能够有力地击破党内存在的无马列主义的命令主义和尾巴主义。领导同志们应当注意收集和传播经过选择的典型的经验，使自己领导的群众运动按着正确的路线向前发展。

全书共分为四个部分。第一，解决关于错定成分的问题。这一部分记述了关于改正成分问题的讨论是如何进行的，会议具体发展过程是怎样的，指出错定成分的原因主要是由于部分干部思想不明确。第二，关于平分土地问题，内容包括土地分配中的人口统计及其他问题，土地分配中可能引起的纠纷，对中农土地的抽补问题，联合分配问题，丈地与评等级（评产量），平分土地必须成为群众运动等。第三，整顿组织（改造政权）。健全与巩固组织问题。第四，会议的领导方法与缺点。指出会议采取了群众路线的领导方法，坚持"从群众中来，到群众中去"的领导方针；缺点则是内容过多，农民可能记不住。

山西崞县的这篇通讯，对于错定成分问题、平分土地问题、整顿组织与整党问题都作了讨论，并给出了部分解决方案，是土改纠"左"的典型经验。此外，它与党中央下发的决议、指示等文件相比，更加生动丰富。因此，得到毛主席重视，他亲自为该文作按语并要求党内干部学习经验。

2.《土改整党经验介绍》

冀东新华书店印行本，出版年份不详，是一本小册子。该书题名页和目录页钤有"北京大学学生自治会孑民图书室"蓝色圆印（图18），应为孑民图书室旧藏。

除山西崞县土地改革经验外，陕甘宁边区的绥德县义合区黄家川分地的经验和晋察冀平山老区整党与发动群众相结合的经验也是这一时期土改整党的典型经验。本书的两篇文章就分别介绍了这两个地区的经验。

第一篇《陕甘宁边区的绥德县义合区黄家川分地的经验》指出：黄家川地区发动群众调查，深入登记土地，勇敢与地主斗争，解除了中农顾虑；按产量为标准，以抽补为原则，满足了贫农雇农的要求，团结了中农，基本令大家都满意。第二篇《晋察冀平山老区整党与发动群众相结合的经验》则介绍了晋察冀平山老解放区土改中所创造的整党与发动群众相结合的范例。

3.《土改整党典型经验》（图19）

中国出版社印行本，1948年4月初版，刘少奇等著。

本书共收录了八篇文章，分别为《山西崞县是怎样进行土地改革的》《绥德黄家川的土地改革》《平山土改整党范例》《中共中央关于在老区与半老区进行土地改革工作与整党工作的指示》《中共晋冀鲁豫中央局关于土改整党与民主运动的指示》《中共晋冀鲁豫中央局告全体党员书》《平分土地运动中的几个问题》《土地改革中的几个问题》。这本小册子收录的是部分地区土改的典型经验、中共关于土地改革的指示，以及土改过程中值得关注的问题，对土改运动的顺利开展具有较强的指导作用。

4.《土地改革中的几个问题和三个典型经验》

中共嫩江省委 1948 年 4 月翻印本。该书题名页钤有"涂吉荣"朱文方印（图 20），似原为私人收藏，后入藏本馆。目录页钤有"北京大学工会业余学校"朱文长方印（图 21），应属北京大学工会业余学校旧藏。

该书共收录了五篇文章，分别是《中共中央关于在老区半老区进行土地改革工作与整党工作的指示》《土地改革中的几个问题》《山西崞县是怎样进行土地改革的》《平山土改中整党的经验》《绥德黄家川村怎样进行调整土地的》。

中共嫩江省委在本书开头的"省委通知"中指出："兹将最近党中央所发表的指示，任弼时同志土地改革中的几个问题的报告，和毛主席所指定的几篇土改、整党的经验编印小册子印发，各级党委及一切农村工作者，必须仔细阅读并组织讨论研究，掌握这些文件的精神并学习工作方法，并联系当地区村工作的实际情况，进行全面深入检查，以纠正偏向改正错误，并将检查的结果及所得经验报告省委。"因此，该书述及的一系列土改和整党经验，也是党中央精神的传达，是各地开展相关工作的重要学习材料。

5.《土改复查的新经验》（图 22）

渤海新华书店 1947 年 8 月 15 日印行本，土改丛书之一。

编者在该书的说明中写道："这本小册子，完全是其他地区土改复查的经验，一般都适合于新的精神，可作为我区目前土改复查的参考。"本书将所选的材料，简略分了七部分：

第一部分的内容主要是划分阶级，定成分。关于划分阶级，在开始发动群众时，要"根子插的正"，打击的对象准，以及后来分配果实，做到公平合理。第二部分主要是说明土改必须依靠贫农。第三部分是处理村干问题，一般都是适合于中心地区和老地区，新地区对于这个精神当然也适于某些干部，某些村庄甚至也可作为处理村干的基本精神。第四部分主要是说明"穷人无顽固"，"落后人""落后村"必须发动起来。第五部分主要是关于分配斗争果实的问题。第六部分是纠正干部地主富农思想的一个具体问题——退还贱卖的斗争果实。第七部分是收复区土改问题。

在土地改革的过程中，对于一些问题的认识是随着工作的开展逐渐完善和提高的。这本小册子是部分地区土改复查的经验，其所传达的精神对其他地区有一定的借鉴作用。同时编者也指出，各地区应当体会接受这些经验，而不能机械地认识或照搬。

6.《东北局关于平分土地运动的基本总结》（图23）

东北日报1948年3月28日印行本。正文首页钤有"北京大学工会业余学校"朱文长方印，当属北京大学工会业余学校旧藏。

本书是对东北解放区的基本地区平分土地运动的总结，指出这次运动范围空前广大，斗争空前热烈而深刻，内容十分丰富，封建制度经此最后一击被彻底摧毁。本次运动取得了很大成绩，但同时也存在着严重的缺点和错误，因此要很好地进行总结，以吸取经验教训，教育干部，改善今后的工作。全文共分为以下五个部分：

一、成绩是主要的。肯定了运动在经济上和政治上彻底消灭了封建制度。

二、几种"左"的偏向。侵犯中农利益，侵犯工商业者的财产及其合法营业，对待地主和对待富农没有区别。

三、偏向的根源。1.对当时东北实际情况没有作过周密的具体分析，对过去的群众工作没有很好地讨论总结。2.只强调了满足贫雇农要求的一面，而没有足够地强调另一方面，即团结中农、不侵犯中农利益和不侵犯城市工商业的一方面。3.在划分阶级上有疏忽与错误。

四、坚决纠正偏向。1.要打通干部思想，进行具体政策教育。2.要依靠贫农雇农，通过群众自己的觉悟认识来纠正。3.要与当前的生产运动密切结合。4.要有步骤，有轻重缓急。

五、今后任务。1.全力发展生产，支援战争。2.积极建设群众性的强大的党。3.农村群众组织与政权问题。4.今后在各种不同地区的政策。

9.《中国土地改革问题》

孟南著。本馆所藏有两个版本：新潮社1948年印行本（图24）、香港新民主出版社1949年印行本（图25）。

在中共的土地改革运动开展期间，学科领域不同、政治立场各异的一些学者也开始关注和探讨这场声势浩大的土地改革运动，并出版了相关著作。本书属于土改研究的早期著作之一。作者是受中国共产党影响的知识分子，他在本书中着眼于解决土地问题的政策解读，解释了《土地法大纲》的基本内容和相关问题，论证了土地改革对民主革命的正义性和合法性。

全书共有 11 个部分，分别讨论了《中国土地法大纲》的基本内容和特点，土地改革与民族工商业问题，土地改革与华侨资本问题，有关《中国土地法大纲》的诸问题，土地改革后的分散与集中，平分土地与平均主义，土地改革原则的问题与策略问题，城市土地问题，中国土地够不够分配问题。作者的观点是土地够分配，人类能够"创造"土地以及问题的关键在社会制度。正文后附录有《中共中央关于公布土地法大纲的决议》和《中国土地法大纲》两篇文献。

中国共产党领导的土地改革是一场复杂而又激烈的斗争，产生了巨大深远的历史影响。解放区的农民获得了土地，农村的阶级关系发生了深刻变化，封建制度被消灭。在这场史无前例的革命运动中，由于无经验可循，不可避免地会产生若干偏差和错误。党的土改政策也是在复杂的斗争中不断纠正偏差，不断总结提高，经过实践的检验不断丰富完善。土地改革文献是北京大学图书馆馆藏革命文献的重要组成部分，涵盖了解放战争时期土地改革的许多重要资料，是研究中国近现代史和中共党史的珍贵资料。篇幅所限，本文仅选取了若干重要文献加以介绍。

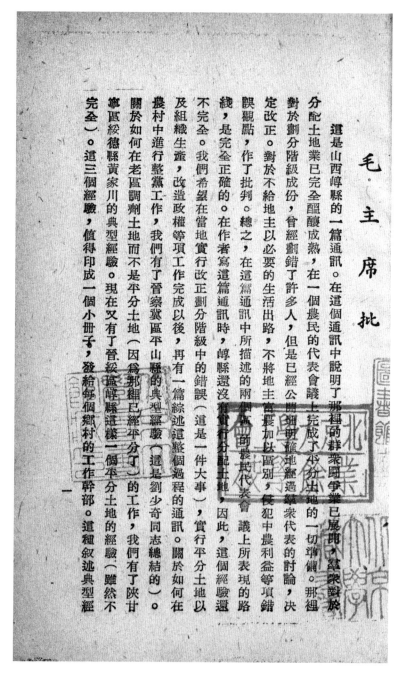

毛主席批

这是山西崞县的一篇通讯。在这个通讯中说明了那里的群众团争业已展开，群众对于分配土地业已完全酝酿成熟，在一个农民的代表会议上完成了分配出地的一切准备。那里对于划分阶级成份，曾经划错了许多人，但是已经公开加以区别，侵犯中农利益等项错误地经过群众代表会议上所表现的路线，作了批判。总之，在这篇通讯中所描述的两个区的农民代表会议上所表现的路线，是完全正确的。在作者写这篇通讯时，崞县还没有实行分配土地，因此，这个经验还不完全。我们希望在当地实行改正划分阶级中的错误（这是一件大事），实行平分土地以及组织生产，改造政权等项工作完成以后，再有一篇综述这整个过程的通讯。关于如何在农村中进行整党工作，我们有了晋察冀区平山县的典型经验（这是刘少奇同志总结的）。关于如何在老区调剂土地而不是平分土地（因为那裡已经平分了）的工作，我们有了陕甘宁区绥德县黄家川的典型经验。现在又有了晋绥区崞县这样一个本分土地的经验（虽然不完全）。这三个经验，值得印成一个小册子，发给每个乡村的工作干部。这种叙述典型经

一

图16　东北日报印行本《山西崞县是怎样进行土地改革的》正文首页

图 17　东北书店牡丹江分店印行本《山西崞县是怎样进行土地改革的》封面

图 18　冀东新华书店印行本《土改整党经验介绍》封面及钤印

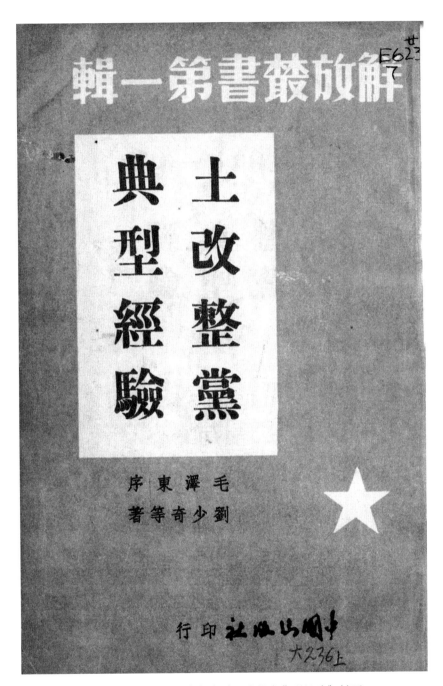

图 19　中国出版社印行本《土改整党典型经验》封面

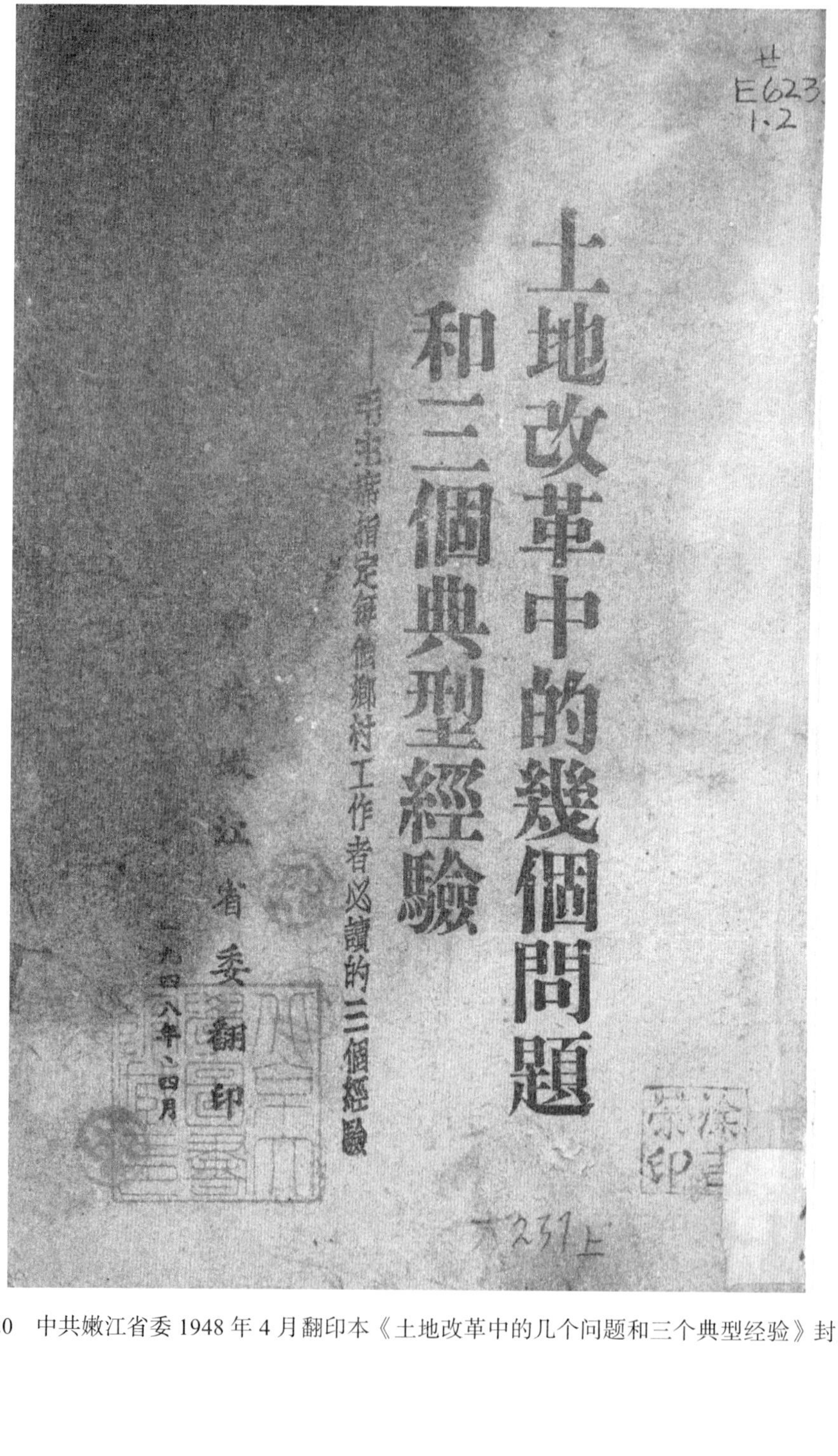

图 20　中共嫩江省委 1948 年 4 月翻印本《土地改革中的几个问题和三个典型经验》封面

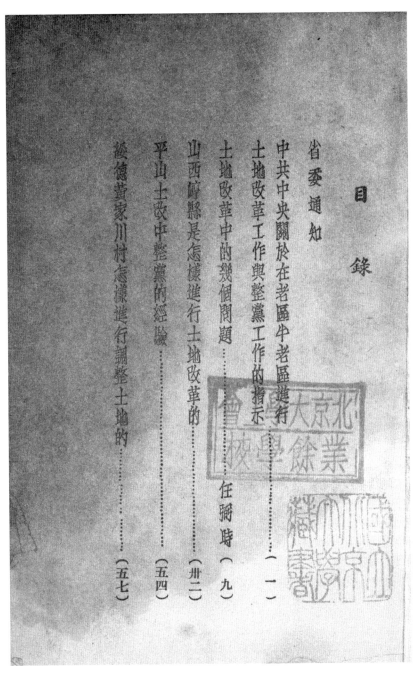

目　錄

图 21 《土地改革中的几个问题和三个典型经验》目录页及钤印

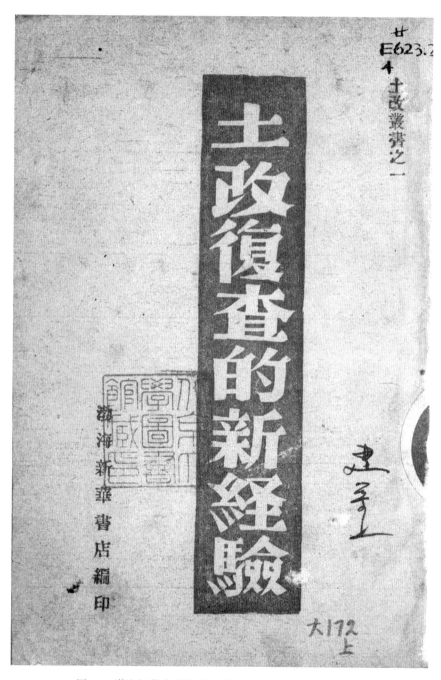

图 22　渤海新华书店编印本《土改复查的新经验》封面

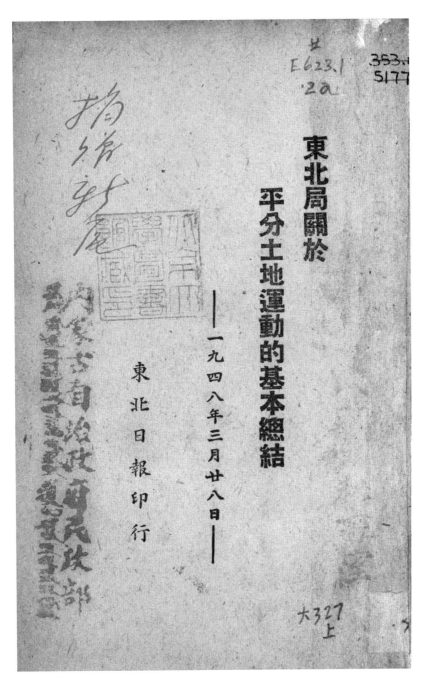

图 23　东北日报印行本《东北局关于平分土地运动的基本总结》封面

图 24　新潮社印行本《中国土地改革问题》封面

图 25　香港新民主出版社印行本《中国土地改革问题》封面

参考文献

［1］王钦民.解放战争时期平分土地政策剖析［J］.近代史研究,1983（3）:56.

［2］蒋建农.毛泽东与土地改革总路线的确立及其历史启示［J］.毛泽东思想研究,2020（2）:15.

抗日根据地和解放区出版的报刊

张丽静

民国时期是中国社会发展史上一个跌宕起伏、恢弘壮丽的历史时期，虽然短暂，但中国社会在这一历史时期无论是在政治、军事，还是在经济、文化等方面都发生了巨大变革，并且与当今社会有着密不可分的联系。"抗日根据地和解放区"是 1937—1949 年这一历史时期一个特定名词，有其特殊的历史意义，主要指推翻了反动统治、建立人民政权的地区，特指全面抗战和解放战争时期中国共产党领导的军队从敌伪统治和国民党反动统治下解放出来的地区。抗日根据地和解放区出版的文献皆是服从战争形势的需要，作为近现代社会重要的信息载体，从不同侧面和视角记载和反映了时代变革和社会生活的方方面面，为历史研究提供了大量的、详细的、珍贵的第一手资料。[1]

一、北大图书馆藏抗日根据地和解放区出版的报纸概述

抗日根据地和解放区报纸是 1949 年 10 月以前在中国共产党建立政权地区出版的报纸。报纸作为近现代社会重要的信息载体，与历史息息相关。民国报纸可谓中国近现代史的资料宝库，也是中华民族的文化遗产。抗日根据地和解放区报纸更有其特殊的历史意义和价值，以其独特的形式全面反映了当时社会在政治、军事、文化、人民生活等方面发生的巨大变革。这些报纸是一部内容浩瀚、真实详尽和鲜活生动的历史长卷，有其重要的史料价值。这份珍贵的革命遗产历经沧桑，得以长期保存至今，实为不易。[1]

北京大学图书馆收藏的晚清民国报纸共有 600 余种，其中馆藏抗日根据地

和解放区报纸 88 种。国家图书馆杨宝青曾有《民国时期解放区报纸的历史价值及馆藏介绍——以国家图书馆馆藏为例》一文，经与该文介绍情况比对，国家图书馆的相关收藏，北大图书馆大部分都有原本或影印本，部分报纸还可以在一定程度上补充国家图书馆收藏的缺期，可见北大图书馆藏抗日根据地和解放区报纸种类和藏量还是较丰富的。

全面抗战和解放战争时期，抗日根据地和解放区的不同地区按战时需要创办不同报纸，北京大学图书馆藏此类报纸刊载的内容真实记载了全面抗战时期的陕甘宁边区、华北敌后抗日根据地、华中敌后抗日根据地，以及解放战争时期的东北局、中原局、华东局等解放区的重大历史事件和中国共产党的重要会议与资料，详细报道了全面抗战、解放战争时期抗日根据地和解放区军民艰苦奋战、英勇杀敌的战况，描述了人民群众拥军、爱党的动人故事，并真实地描绘了抗日根据地和解放区人民在经济、教育、文化、生活等方面的历史画面。这些报纸的红色宣传为民众正确认识中国共产党、人民解放军做出了重大贡献，实现了报纸教育群众、组织群众、发动群众、武装群众的作用。[1]

在全面抗战时期（1937—1945），抗日报纸在各大根据地如雨后春笋般迅速创办起来。这一时期各根据地创办的抗日报纸，北大图书馆藏主要包括以下几种：（1）在中共中央所在地、全国抗日根据地中心的陕甘宁边区创办的《新中华报》（图 1）、《解放日报》（图 2）等；（2）八路军在华北地区创建的华北敌后抗日根据地，包括晋冀鲁豫、晋察冀、晋绥和山东四大分区，其创办的报纸有《新华日报（华北版）》（图 3）、《新华日报（太行版）》（图 4）、《大众日报》（图 5）等；（3）新四军在华中地区建立的华中敌后抗日根据地创办的《抗敌报》（图 6）等。

据 1989 年 12 月 2 日发行的《新闻出版报》记载，当时在敌后的每个战区和边区内，至少都有一种铅印或油印的报纸。北大图书馆藏除以上抗日根据地创办报纸外，还包括陕甘宁边区在延安出版的《群众日报》（图 7），晋察冀的《晋察冀日报》（图 8），冀中的《冀中导报》（图 9），冀南的《冀南日报》（图 10），太岳根据地《太岳日报》（图 11），山东的《渤海日报》（图 12），华中的《七七日报》（图 13）、《江淮日报》（图 14）等。这些报纸都是四开大小，有的是日报，有的是双日报，发行量都在万份以上。从内容上看，这些报纸的报道十分真实，因为大多作者撰写的就是本人的亲身经历，阅读起来有一种亲切、朴实的感觉。[2]

解放战争时期（1945—1949），随着人民解放战争的迅猛发展，解放区不断扩大，许多原来分散的解放区连成一片，形成西北、华北、东北、中原、华东五大解放区。解放区的报纸出版出现新的发展势头。新出版的报纸主要有《东北日报》（图15）、《新华日报（华中版）》（图16），晋冀鲁豫《人民日报》（图17）、《晋绥日报》（图18）等。

图 1 《新中华报》1939 年 3 月 7 日头版

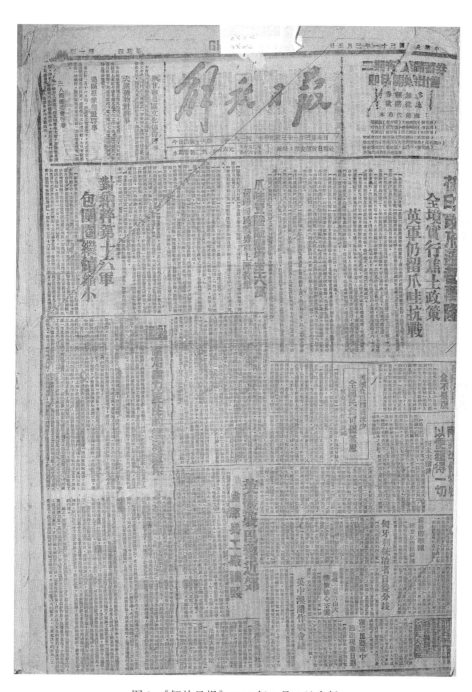

图 2 《解放日报》1942 年 3 月 5 日头版

图 3 《新华日报（华北版）》1940 年 5 月 1 日头版

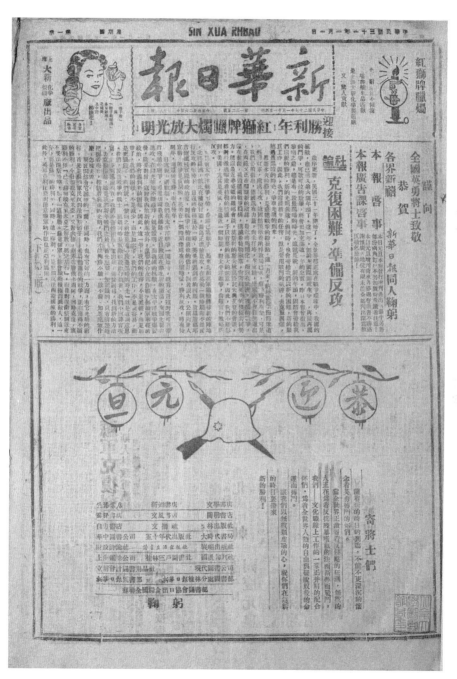

图 4 《新华日报（太行版）》1942 年 1 月 1 日头版

图 5 《大众日报》1939 年 1 月 1 日头版

图 6 《抗敌报》1938 年 1 月 23 日头版

图 7 《群众日报》1948 年 4 月 1 日头版

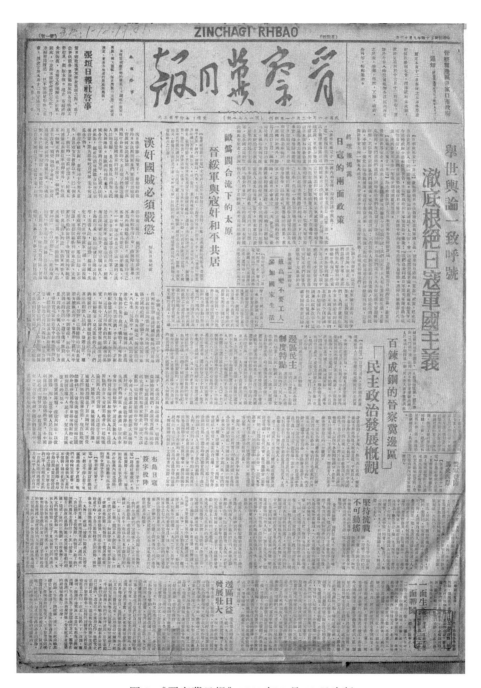

图 8 《晋察冀日报》1945 年 9 月 30 日头版

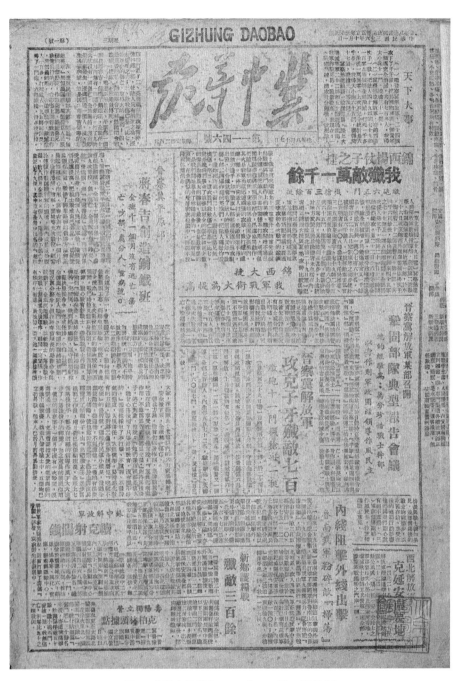

图 9 《冀中导报》1947 年 10 月 1 日头版

图 10 《冀南日报》1948 年 7 月 1 日头版

图11 《太岳日报》1949年4月1日头版

图 12 《渤海日报》1947 年 1 月 10 日头版

图 13　《七七日报》1946 年 4 月 2 日头版

图 14 《江淮日报》1949 年 1 月 1 日头版

图 15　《东北日报》1947 年 1 月 1 日头版

图 16 《新华日报（华中版）》1949 年 3 月 20 日头版

图 17 《人民日报》1946 年 5 月 15 日头版

图 18 《晋绥日报》1947 年 5 月 2 日头版

二、北大图书馆藏抗日根据地和解放区出版的几种主要报纸

1.《解放日报》

《解放日报》1941年5月16日在延安创刊，由《新中华报》和《今日新闻》合并而成，是共产党中央委员会机关报，也是党在革命根据地出版的第一个大型日报，是新民主主义革命时期贡献最大、影响最大的革命报纸，1942年9月起兼中共中央西北局机关报。该报在中共中央和毛泽东的直接领导下，工作不断改革进步，在全面抗战和解放战争中发挥了重大作用。该报第一任社长是博古，历任总编是杨松、陆定一、余光生，出版至1947年3月27日停刊。[3]

《解放日报》主要内容是宣传党的总路线，有根据地要闻版、陕甘宁边区版、国际版、副刊专论社论等版面，重视社论写作的质量，在毛泽东"全党办报"思想的指导下，加强了报纸的党性、群众性、战斗性及组织性。毛泽东经常为该报撰稿和改稿，他的很多重要著作都曾在该报发表。在1942年，《解放日报》作了一系列改革，工作有了显著改进，积累了宝贵经验，为树立党报优良工作传统做出了贡献，且为马列主义与中国革命实践相结合的中国无产阶级新闻理论做出了重要贡献。[4]

北京大学图书馆藏《解放日报》为老北大旧藏，有原件和影印合订本（图19）。其中原件馆藏年份包括1942年3月、5月、6月，1943年2—7月、10月，1944年1—10月、12月，1945年1月、2月、4—12月，1946年1月，1946年3月—1947年2月；影印合订本比较全，收录报纸时间为1941年5月—1947年3月，每年都有三个复本。

2.《人民日报》

中共晋冀鲁豫中央局机关报《人民日报》1946年5月15日创刊，为四开四版，社址在邯郸市，报社社长兼总编辑为张磐石，创刊号头版有刘伯承题词："力争和平民主团结，反对内战独裁分裂，乃人民呼声"。第二版有邓小平题词："为人民服务。"创刊号发行量很大。1948年6月15日，由《晋察冀日报》和晋冀鲁豫《人民日报》合并而成为中共华北局机关报《人民日报》，毛泽东同志第二次为该报题写了报头。1949年3月15日，《人民日报》社址迁入北平。

同年 8 月 1 日，中共中央决定将《人民日报》转为中国共产党中央委员会机关报，并延续了 1948 年 6 月 15 日创刊以来的期号。[5]

在解放战争时期，以《人民日报》为代表的解放区党报在中国报业发展史上占有非常重要的地位，产生了深远的影响，具有鲜明的时代特征，对鼓舞军民斗志，恢复和发展生产，发动群众踊跃报名参军、大力支持前线，发挥了出色的宣传作用。[6]

北京大学图书馆藏《人民日报》为老北大旧藏，收藏年份为 1946 年 5 月—1948 年 6 月，其中 1946 年 5 月—1947 年 6 月有复本（图 20）。另外还藏有其他同名报纸，如《人民日报（武安）》（1946—1948 年合订本残报，1948 年 1—3 月）、《人民日报（石家庄）》（1948 年 8 月—1949 年 3 月）、《人民日报（旅大）》（1949 年 7—9 月）和《人民日报（北平）》（1949 年 8 月）。

3.《新华日报》

《新华日报》是在全面抗战爆发，国共第二次合作背景下创立的，是全面抗战时期至解放战争时期中国共产党在国民党统治区公开出版的唯一机关报。随着全国抗战形势的发展，中国共产党以《新华日报》的名义或者直接由新华日报社先后在部分抗日根据地出版了所在地区的党的机关报，并注明以出版者所在地区为称谓的版别。《新华日报》在历史上自成报系并有了多种版别称谓，曾出版过五个版本，先后有汉口版、重庆版，太岳版、太行版、华北山西版、华中版。在北京大学图书馆收藏的抗日根据地和解放区报纸当中，《新华日报（重庆版）》是收藏年代最早的原版报纸，源于燕京大学旧藏。

汉口版

《新华日报》于 1938 年 1 月 11 日正式在武汉汉口创刊，社长为潘梓年，报纸大力宣传中共中央有关抗日民族统一战线和"团结抗战、持久抗战"的战略方针以及毛泽东等提出的游击战争理论，及时报道了中国军队的抗战战绩，产生了巨大的影响，发行量很高，坚定了党性，坚持宣传党的正确路线，培养了大批新闻和技术干部，为发展敌后抗日根据地的新闻事业做出了重要贡献。[7] 1938 年 10 月 25 日汉口沦陷后，随着抗战战局的变化，《新华日报》报社随八路军办事处迁往重庆。

北京大学图书馆收藏《新华日报（汉口版）》有两套，一套为 1938 年 5 月至 11 月（图 21、图 22），一套 1938 年 1 月至 11 月影印本。

重庆版

《新华日报（重庆版）》隶属于中央南方局，周恩来兼任该报董事长，由南方局副书记董必武等直接领导。1941 年 1 月皖南事变发生后，周恩来在《新华日报》题词"千古奇冤，江南一叶，同室操戈，相煎何急"，揭露并抗议国民党当局破坏抗战的罪行，引起舆论震动。1947 年 2 月 28 日，《新华日报（重庆版）》被国民党查封，终刊，《新华日报（重庆版）》在国统区共出版九年时间，共出版 3231 期，在国民党政治、经济、文化中心占领了舆论制高点，成为中国共产党推进抗日民族统一战线的有力工具和沟通外部世界的重要窗口[8]。

北京大学图书馆藏《新华日报（重庆版）》比较全，既有原本又有影印本。其中原件馆藏为 1940 年 11 月—1942 年 12 月（图 23、图 24），1943 年 4 月、6—12 月，1944 年 1—2 月、6—9 月，1945 年 2—7 月、10—12 月，1945 年 8 月—1947 年 2 月；影印本收藏较全，馆藏为 1938 年 11 月—1947 年 2 月。

华北版　太行版

《新华日报（华北版）》，1939 年 1 月 1 日创刊，为中共中央北方局机关报，1943 年 9 月 30 日终刊，共刊行了四年零九个月，出版了 846 期，被誉为华北敌后战旗。由于中共太行分局合并北方局，中共晋冀豫区党委改为中共太行区党委，1943 年 10 月 1 日，《新华日报（华北版）》改版为《新华日报（太行版）》，为中共太行区党委机关报，是当时中国共产党领导的具有重大影响的报纸之一，史纪言任社长兼总编辑。[9] 太行版为对开四版，隔日出版，1945 年 9 月改为日刊，报道太行区战斗成果、民众参军、大生产运动等消息。1949 年 8 月 19 日终刊。

北京大学图书馆收藏《新华日报（华北版）》有 1940 年 5 月、7 月（图 25、图 26），1941 年 3—7 月、9 月，1942 年 9 月；《新华日报（太行版）》有 1944 年 5—10 月，1946 年 4—5 月、12 月（图 27、图 28），1947 年 10—12 月，1948 年 2 月、5—7 月，1948 年 9—12 月，1949 年 1—4 月、8 月。

太岳版

《新华日报（太岳版）》是中共北方局太岳区党委机关报，1944 年 4 月 1 日由《太岳日报》改名而来，1949 年 4 月 1 日报名又改回《太岳日报》，并于

1949 年 8 月 23 日停刊。

北京大学图书馆收藏有 1945 年 1—3 月（图 29、图 30），1946 年 9—10 月、12 月，1947 年 10 月，1948 年 3 月、5—12 月，1949 年 1—3 月。

华中版

1945 年 10 月 25 日，中共华中分局成立；12 月 9 日，《新华日报（华中版）》在苏北淮阴创刊，为中共华中分局机关报。1946 年 12 月 23 日，中共华中分局并入中共华东局；12 月 26 日，《新华日报（华中版）》停刊。1947 年 11 月 10 日，中共华中工作委员会成立；1948 年 1 月 1 日，《新华日报（华中版）》复刊，为中共华中工委机关报，1949 年 4 月 30 日停刊。[10]

北京大学图书馆藏有 1949 年 2—4 月（图 31、图 32）。

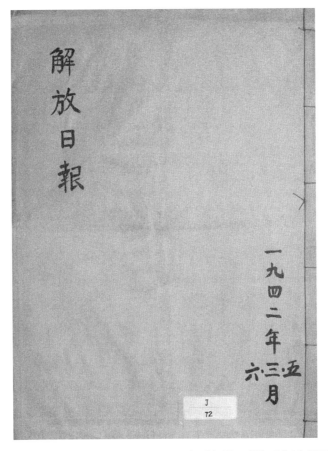

图 19　北京大学图书馆藏原版 1942 年《解放日报》合订本封面

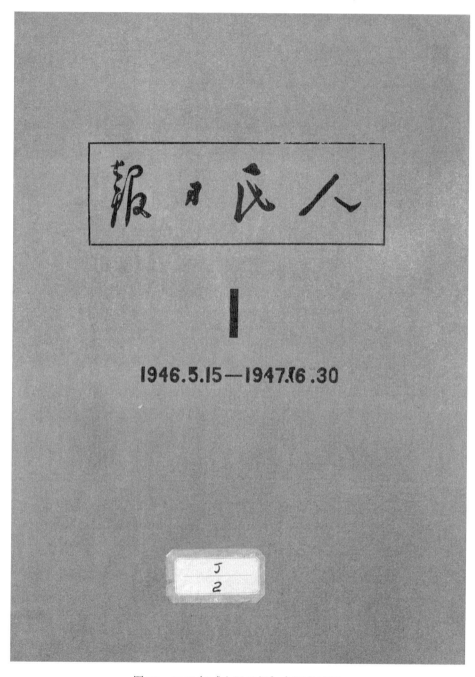

图 20　1946 年《人民日报》合订本封面

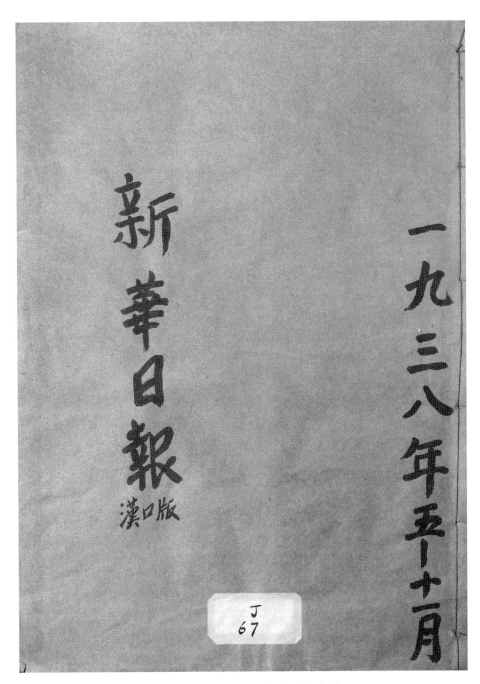

图 21 《新华日报（汉口版）》合订本封面

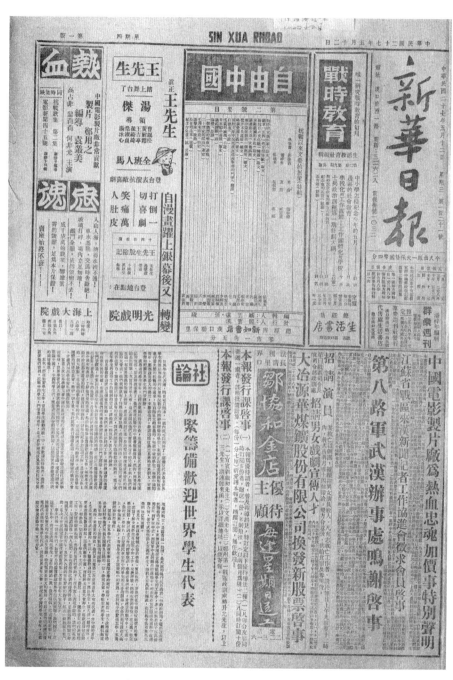

图 22 《新华日报（汉口版）》1938 年 5 月 20 日头版

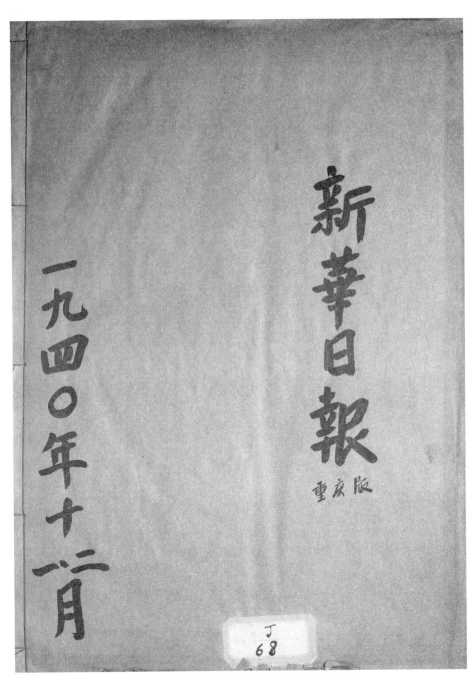

图 23 《新华日报（重庆版）》合订本封面

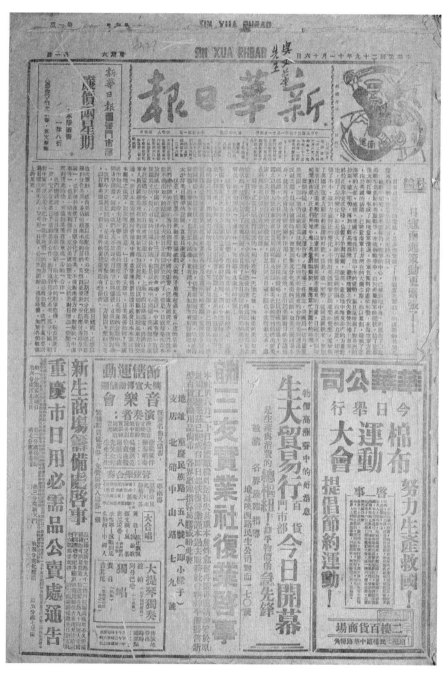

图 24 《新华日报（重庆版）》1940 年 11 月 16 日头版

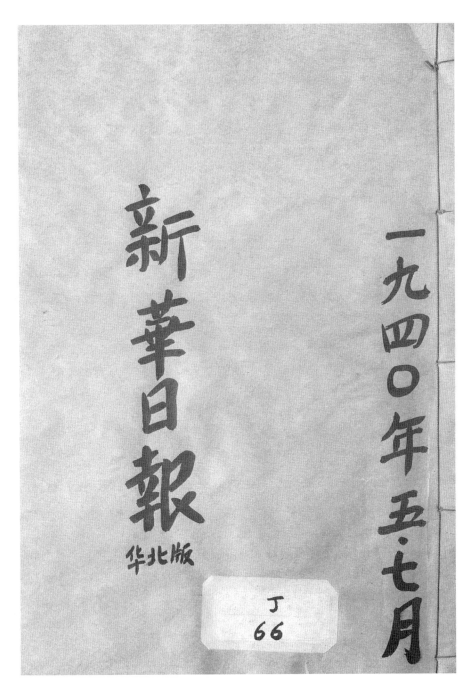

图 25 《新华日报（华北版）》合订本封面

图 26 《新华日报（华北版）》1940 年 5 月 1 日头版

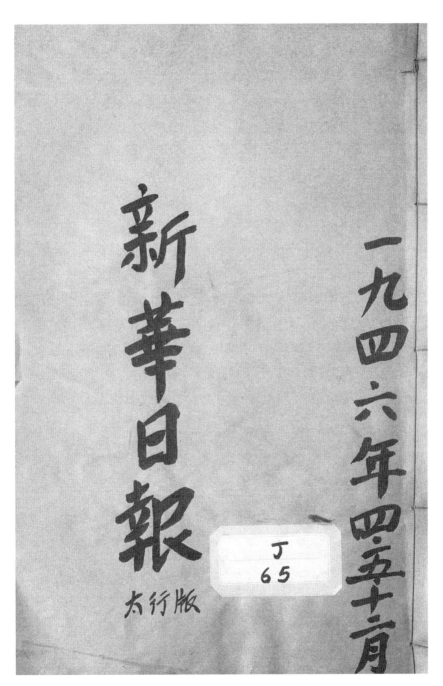

图 27 《新华日报（太行版）》合订本封面

图 28 《新华日报（太行版）》1946 年 4 月 1 日头版

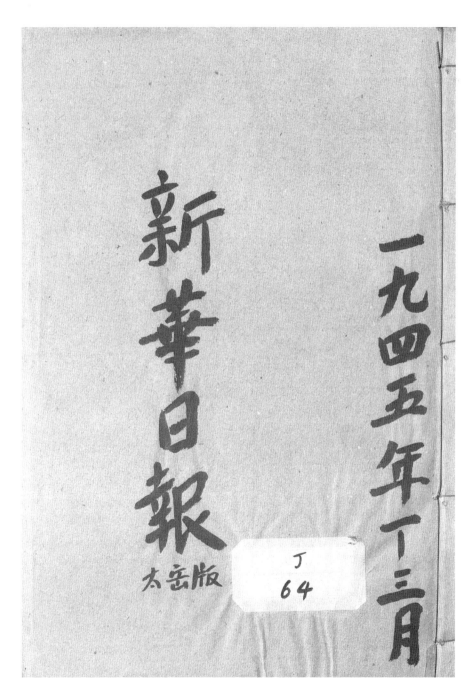

图 29 《新华日报（太岳版）》合订本封面

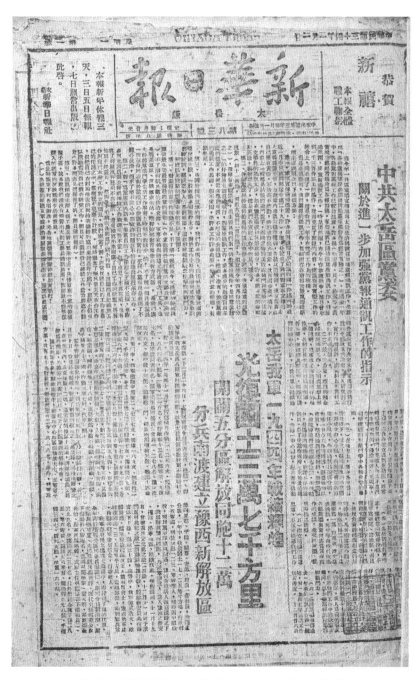

图30 《新华日报（太岳版）》1945年1月1日头版

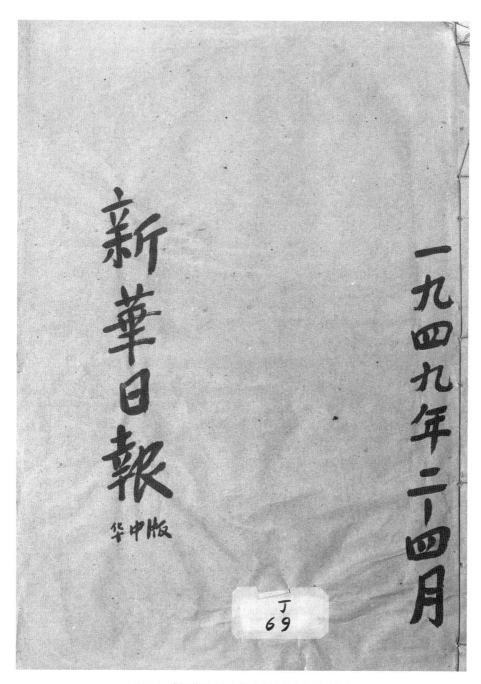

图 31 《新华日报（华中版）》合订本封面

图 32 《新华日报（华中版）》1949 年 3 月 20 日头版

三、北大图书馆藏抗日根据地和解放区出版的期刊概述

抗日根据地和解放区出版的期刊是指全面抗战和解放战争时期，各根据地、解放区新闻机构在极其艰苦的条件下为宣传马列主义毛泽东思想，宣传党的各项政策，记录战争史实，在抗日根据地和解放区出版发行的各种刊物。此类期刊充分反映了抗日根据地和解放区政治、经济、文化、制度和人民精神生活的特点，是全面抗战和解放战争时期的重要文献。这些文献最初的印刷数量本来就不多，又经历了战火的洗礼，能够得以流传的就更少，而能保存到现在的文献更是称得上珍贵，有的已成为孤本。随着时间的推移，这些铭刻着历史足迹的刊物价值越来越重要，图书馆界普遍将抗日根据地和解放区出版的革命文献以"新善本"特藏。[11]

抗日战争全面爆发后，为唤醒民众投入抗击日本帝国主义侵略的斗争，抗日根据地各级党组织都非常重视新闻出版工作，在各根据地陆续创办了大批刊物，利用期刊作为宣传、组织群众的有力武器，起到了很好的动员人民群众投身革命的作用，其中以党中央所在地延安创办的期刊最多。[12]但由于全面抗战时期抗日根据地条件艰苦，期刊的创办十分艰难。特别是1942年，日本帝国主义对抗日根据地疯狂扫荡，为了节省人力、物力，减轻人民负担，报刊施行精简，部分停办，这一时期新创办的期刊不多。1943年，抗日根据地军民顽强抗敌，逐步度过困难时期，期刊的创办逐年增多，对组织发动群众抗战到底，夺取最后的胜利，起了很大的宣传作用。

解放战争爆发后，解放区期刊逐渐成熟起来。办刊经验、办刊条件、办刊规模都有所提高，形成了这一时期的办刊体系。虽然远远不如现在期刊的质量，但就解放区而言，其宣传目的已完全达到。[13]解放区期刊的发展与革命战争形势变化密切相关，为适应形势发展所需，此时期刊具有明显的战时特点：办刊宗旨明确，有较强的针对性和指导性，刊载文章密切联系实际，通俗易懂，刊期、开本不固定，主要宣传共产党的政治主张和方针政策，报道各条战线的消息。这些期刊推动了解放战争的胜利进程，成为全体军民喜爱的精神食粮。[14]

北京大学图书馆藏珍稀民国期刊共1万多种，2万多册合订本。馆藏大多源

于燕京大学旧藏，也有北京大学及孑民图书室旧藏。其中抗日根据地和解放区出版的期刊为 118 种，其中有 40 余种为馆藏传统意义上的善本。通过检索《全国中文期刊联合目录（1833—1949 年）》、国家图书馆和上海图书馆馆藏目录及其所建民国期刊数据库，查得北大图书馆还藏有一些孤本，主要包括山西省长治市政府教育科出版的《文教工作》、晋察冀文摘社出版的《文摘》、中国人民解放军中原军区野战军政治部出版的《中原画刊》、晋察冀边区行政委员会教育处出版的《边区教育》等期刊。抗日根据地和解放区期刊主要是在各大根据地和解放区创办出版发行，馆藏收录范围远远小于红色刊物和进步刊物。这些刊物主要集中在晋察冀、冀鲁豫、陕甘宁边区，延安、胶东、东北解放区，华东华北军区等抗日根据地和解放区，由军区政治部、解放区各地新华书店、文教委、中苏友好协会、出版社等出版发行。抗日根据地和解放区刊物真实记录了全面抗战和解放战争时期解放区政治、经济、教育、文化、战争、生活等各个方面情况，为研究抗日根据地和解放区相关历史提供了珍贵的文献参考。

1.《文教工作》

山西省长治市政府 1947 年创办的文教刊物，旨在交流社会教育和学校教育的经验。仅见第一期，是"六六"教师节会议后出的"六六专辑"，内容包括长治教育工作一年来的回顾，有关落后青年、顽皮儿童及校外的教育问题等。北京大学图书馆藏有 1947 年第一期（图 33）。

2.《文摘》

晋察冀解放区创办的文摘性刊物（图 34），1948 年 2 月 16 日由晋察冀文摘社编辑出版。以摘编反映苏联政治、经济、军事、文化等方面情况的内容为主，同时介绍以英美为首的西方国家政治、经济情况，揭露国民党统治区的腐败黑暗。摘编文章的主要撰稿人有许德珩、吴大琨等。北京大学图书馆藏有两套，1948 年第一至五期，第四期起由华北文摘社编。

3.《中原画刊》

中国人民解放军中原军区野战军政治部编辑出版，旨在宣传中国人民解放军中原军区野战军在解放战争中的战绩。内容有战况报道（如襄樊大捷经过）、随军见闻、人民拥军支前的情况、军需运输及战俘的教育处理等。字迹清晰，图文并茂。创办时间不详，刊期不详。北京大学图书馆藏有 1948 年第二期、四期（图35、图36），其中第四期为前线版。期刊封面钤有"燕京大学"馆藏章，并有"赠给燕京大学，文管会"手写体文字。

4.《边区教育》

晋察冀边区行政委员会教育处1940年编辑出版的教育刊物，半月刊。现仅见第二卷第十二、十三、十四期合刊（图37），内容为研讨教育问题。北京大学图书馆藏有1940年第二卷第十二至十四期合刊。

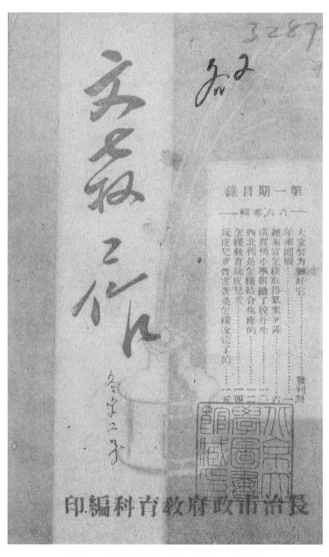

图33 《文教工作》1947年第一期封面

图 34 《文摘》创刊号封面

五分鐘突破襄陽城　　　艾炎

　　十五日晚八時三十分鐘所有給敵人以突然打擊的砲火，從城東西兩面同時開放傾瀉下來，敵人的碉堡一個個的在崩潰，城牆張開了一個缺口，我九〇三連有名老英雄李發科，率領着他的突擊排，衝破了敵人阻攔火力砍斷了鐵絲網，排除了種種障礙，到達城牆脚下。當第一架梯子被打壞時，李發科便譚到地下，用肩搭人梯送上登城第一名英雄岳友青、馮秀林，完成了五分鐘突破的任務。

图 35　《中原画刊》1948 年第二期封面

图 36　《中原画刊》1948 年第四期封面

图 37 《边区教育》1940 年第二卷第十二至十四期合刊封面

四、北大图书馆藏抗日根据地和解放区出版几种主要期刊

1937—1945 年，抗日根据地因条件极端困难，为减轻负担，报刊施行精简，部分停办，新办期刊不多。这一时期的刊物主要包括：

1.《共产党人》

中共中央主办的党内刊物，1939 年 10 月创刊（图 38）。内容以党的建设为中心，其任务是"帮助建设一个全国范围的，广大群众性的，思想上、政治上、组织上完全巩固的，布尔什维克化的中国共产党"。主要刊登党的建设方面的重要决策、党的工作总结和社会科学方面的学习大纲等。主要撰稿人有毛泽东、刘少奇等。毛泽东亲自题写发刊词，1941 年 8 月停刊，共出 19 期。北京大学图书馆藏有两套影印本，为 1939—1941 年第一至十九期。

2.《中国文化》

陕甘宁边区第一个大型的理论与实际相结合的综合性期刊，1940 年创刊，主要刊登研究中国思想文化方面的学术论著。创刊号上发表了毛泽东有关新民主主义的论述（图 39）。该刊对于边区文化的发展起到了不小的作用，对于研究陕甘宁边区的学术文化具有很高价值。[15] 北京大学图书馆藏有四套影印本，为 1940—1941 年第一至三卷第一至六期，但缺少 1941 年第四至六期。

3.《八路军军政杂志》

由毛泽东、王稼祥等组成编委会，1939 年创刊，是自有中国工农红军以来首次出现的人民军队系统研究评介军事政治工作的大型期刊[16]（图 40），主要刊登研究军事、政治、供给、卫生各部门工作的论文、经验总结，有关战争、部队生活、战区民众参战及后方民众动员之通讯等。北京大学图书馆藏有两套，一套原件，一套影印本，均为 1939 年第一至二期。

4.《晋察冀画报》

敌后抗日根据地唯一的大型画报，1942 年创办（图 41）。该刊以照片为主，反映边区各抗日根据地及大后方各种斗争和建设情况。刊物也登载漫画、木刻等美术作品，还有通讯、报告、诗歌、小说、散文等文艺作品。北京大学图书馆藏有 1944—1945 年第五至十期，1947 年第十一、十三期。

5.《华北文艺》

晋冀鲁豫根据地 1941 年创办。办刊目的是宣传抗战，感召更多的人来参加抗日斗争，加快战争的胜利步伐。北京大学图书馆藏 1941 年第一卷第三期（图 42）。期刊封面钤有"北京大学学生自治会孑民图书室"蓝色圆印。

6.《山东文化》

山东根据地 1943 年创办。本刊内容为时事政治评论、政治文化思想问题理论问题的专论、文化工作问题的研究、新科学的介绍、文化运动、工农兵的生活与斗争的报导、地方及学校或团体的通讯、青年问题以及文艺创作。[17]北京大学图书馆藏 1944—1945 年第二卷第二至三期、五期，第三卷第一期。1944 年第二卷第二期封面钤有"北京大学院系联合会孑民图书室"蓝色圆印（图 43）。

7.《新华文摘》

抗日战胜利后，解放区人民面临着新的历史任务，必须加强各类学习，各解放区相继创办了指导学习的期刊，1945 年 11 月山东解放区的《新华文摘》即是其中一种，为以时事政治为主的资料性期刊，内容有民主人士的专论、苏联各报文章、世界各国进步报刊译文、各地通讯、半月时事等。北京大学图书馆藏 1946 年第一卷第十至十一期（图 44），1948 年第三卷第三至四期、六至七期、九期（图 45）及 1949 年第四卷第二至三期。

8.《新群众》

解放区期刊的受众群体是工农兵及革命干部。最能概括为新群众服务这一特点的期刊为晋察冀解放区的不定期文化刊物《新群众》，1945 年 12 月创办，内容包括时事、政治、军事、经济、文化及文艺创作等。本刊发挥了团结、教育人民群众的功能，启发人民群众为自己利益而斗争。[18]北京大学图书馆藏 1946 年第一卷第二期、四至五期（图 46）。期刊封面钤有"中国共产党浑源县执行委员会宣传部"印章。

1946—1949 年 9 月是解放区期刊出版最繁荣时期，这一时期刊物主要有以下几种：

9.《北方文化》

晋察冀解放区 1946 年 3 月创办的综合型文化半月刊（图 47），成仿吾、张如心主编，内容主要是反映解放区政治、文教等方面情况的文章、时评，歌颂解放区斗争生活、宣传土地改革和边区文艺运动的文学作品，是华北解放区影响较大的期刊，刊载作品水准较高，对于解放区的民主改革和建设起了推动作用[18]。北京大学图书馆藏 1946 年 3 月至 1946 年 8 月期间出版第一卷第一至六期、第二卷第一至五期（图 48、图 49）。不同卷期封面钤有"北京大学院系联合会孑民图书室"蓝色圆印、"读书与生活社"印章。

10.《文艺杂志》

1946 年 3 月晋绥解放区创刊的综合文艺刊物（图 50），太行文联出版，体现了解放区期刊大众化、通俗化的特点。该刊大量登载写真人真事的文艺作品，搜集保存太行军民在抗日战争中可歌可泣的斗争故事等。北京大学图书馆藏 1946 年第一卷第一期、五至六期，第二卷第一至四期。第二卷第四期封面钤有"北京大学院系联合会孑民图书室"蓝色圆印。

11.《知识》

1946 年 6 月由东北杂志社创办的半月刊（图 51），设有时评、作家作品、短评、思想修养讲话、学习指导等栏目，以辅导青年学习，提高他们的思想文化水平为主旨。该刊对于推动东北解放区干部的学习也起到了积极作用。[18]北京大学图书馆藏 1946—1949 年第一至十一卷第一至六期，1949 年第十二卷第一至二期。

12.《北方杂志》

1946 年 6 月由晋冀鲁豫边区文联创办（图 52）。该刊论著、评述与文艺作品并重，后期文艺类篇幅减少，论著与评述涉及政治、经济、军事、教育等领域，侧重对时局评述，刊载内容大都为反映解放区军民斗争生活（图 53）。北京大学图书馆藏 1946—1948 年第一至三卷第一至六期，1948 年第四卷第一至四期。第二、四、六期封面钤有"北京大学院系联合会孑民图书室"蓝色圆印。

13.《东北文化》

1946 年 10 月创办的文化性综合半月刊，旨在协助东北文化界从思想政治上启发东北知识青年、知识分子及文化工作者，提高自觉性，鼓舞革命热忱，对东北解放区思想建设和文化建设起了积极作用。[18]北京大学图书馆藏 1946 年第一卷第一至二期、四期、六期（图 54）。第二、四期封面钤有"北京大学院系联合会子民图书室"蓝色圆印（图55）。

14.《文学战线》

解放区文学期刊在抗日根据地基础上得到新的发展，深受读者欢迎。《文学战线》，月刊，1948年7月创刊（图56），重视发表作品，重视文艺批评，以人民解放战争为题材的作品较多，并辟有工人创作栏目，是研究解放战争时期革命文学的重要史料。北京大学图书馆藏1948年第一卷第一至六期、第二卷第一至五期（图57），其中第一卷第四期封面钤有"燕京大学学生会学艺部"印章，第二卷封面钤有"北京大学学生自治会子民图书室"红色圆印及"北大子民图书室收讫"红色椭圆印章。

15.《文艺月报》

1948年10月创刊（图58），主要发表青年们的文艺创作和介绍前辈们的作品及理论等，以反映解放区人民的斗争生活为主[18]。北京大学图书馆藏1948—1949年第一至四期。

解放区有些期刊流传至今仍具有很强的影响力，为新中国期刊的创办积累了丰富经验。

据对北大图书馆藏期刊统计，解放区刊物创办存在的普遍现象是不同解放区不同地点会创办相同刊名的期刊，如《教育通讯》8种，分别在陕甘宁边区（北大馆藏1949—1950第三卷第一至三期、五至六期。图59）、晋冀豫解放区（北大馆藏1947年第一期、四期、八至九期。图60）、冀鲁豫解放区黎城县（北大馆藏1947年第十二至十四期。图61）、解放区河北涉县（北大馆藏年份不详第二至三期。图62）、冀鲁豫解放区左权县（北大馆藏1947年第一至二期。图63）、晋察冀边区张家口（北大馆藏1946年第一至二期。图64）、解放区太行三专署（北大馆藏1947年第三期、五至七期。图65）、解放区山西平顺县（北大馆藏1947年第四期。图66）八个地方出版发行，可见当时期刊出版的一个特点，同时也可知当时社会的关注焦点。

《解放》是北京大学图书馆藏最早的抗日根据地和解放区出版的原版期刊，故在这里单独加以介绍。

作为抗日战争中中国共产党公开出版的政治理论刊物，《解放》为抗日战争的胜利做出了不可磨灭的贡献。1937 年 4 月在延安创刊，由延安解放社编辑，延安新华书店出版，周刊、不定期出版，共出 134 期。1941 年 8 月，为了集中力量办好中央机关报《解放日报》，《解放》周刊停办。本刊曾在上海、西安建立翻印所，使之能够在国民党统治区和沦陷区发行。[19] 原版从第十八期（图 67）起，所用刊名为毛泽东题写。《解放》是北京大学图书馆收藏最早的抗日根据地和解放区出版的原版刊物。藏有 1937—1940 年第一至九期、十二期、十六至二十四期、二十六至四十二期、四十五至五十期、五十三期、五十七期、六十至六十四期、六十六至七十一期、七十四至八十五期、九十至九十四期、九十六至一百一十九期，共 94 期。本馆另藏有卷期齐全的影印合订本。

《解放》为中国共产党在抗日战争时期为争取民族解放出版的综合性政治刊物，内容主要是大力宣传中国共产党的政策，揭露日本帝国主义的侵略罪行，介绍国际共产主义运动的发展，评论当时社会的时事政局，报道抗日运动的动态，也刊有专载来件、文艺作品等内容。还组织翻译和刊登了许多马列原著的相关内容，介绍理论学习的方法，成为宣传和普及马列主义的重要阵地，为提高全党的理论水平做出了不懈的努力。刊物是在党中央和毛泽东等中央领导的亲自指导和支持下创办的。对于每个时期的宣传要点，毛泽东都亲自过问，重要的社论、评论和文章都亲自审阅。[19]

《解放》所设栏目有国内时事杂论、来件特载、社论、时事短评、论著、通讯、文艺等。

《解放》刊载了大量名人文章，从《解放》第一卷第二期（图 68）、第七十一期（图 69）目录可见所刊载毛泽东、周恩来、朱德、邓小平等党的领导人的文章，如周恩来要求国民党当局准许东北抗联和其他东北抗日团体和人士参加国民大会，在《我们对修改国民大会法规的意见》中提出东北四省选举的想法；《解放》刊载有毛泽东多篇论著，如《中国抗日民族统一战线在目前阶段的任务》《论反对日本帝国主义进攻的方针办法与前途》《国共两党统一战线成立后中国革命的迫切任务》等 29 篇文章，全面分析了当前形势，提出了中国共产党在抗日民族统一战线中的任务。其他党的领导人如邓小平的《艰苦奋斗中的冀南》、朱德的《论西班牙战争》、贺龙的《一二〇师抗战两年来的总结》、左权的《论坚持华北抗战》等文，从不同侧面反映了八路军、新四军以及抗日游击队的发展壮大，记载了抗日战争中我军的战略战术的创新和成功实践，极大地提高了广大群众对抗战胜利的信心。还刊有斯大林和季米特洛夫的讲话和论著，以及丁玲应秦邦宪之约为周刊作《一颗没有出膛的枪弹》等文艺作品。[20]

特辑有十月革命二十二周年纪念特辑、关于苏联外交政策评论摘辑、中国共产党陕甘宁边区第二次代表大会文件会辑。

图38 《共产党人》创刊号封面

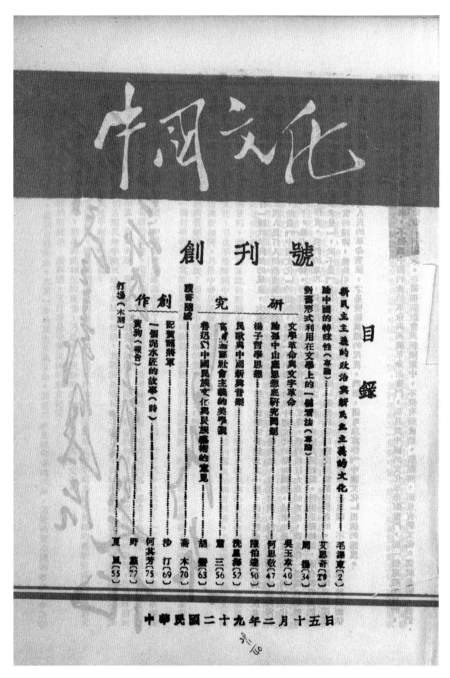

图 39 《中国文化》创刊号封面

图 40 《八路军军政杂志》创刊号封面

图 41 《晋察冀画报》1944 年 8 月第六期封面

图 42 《华北文艺》1941 年第一卷第三期封面

图 43 《山东文化》1944 年第二卷第二期封面

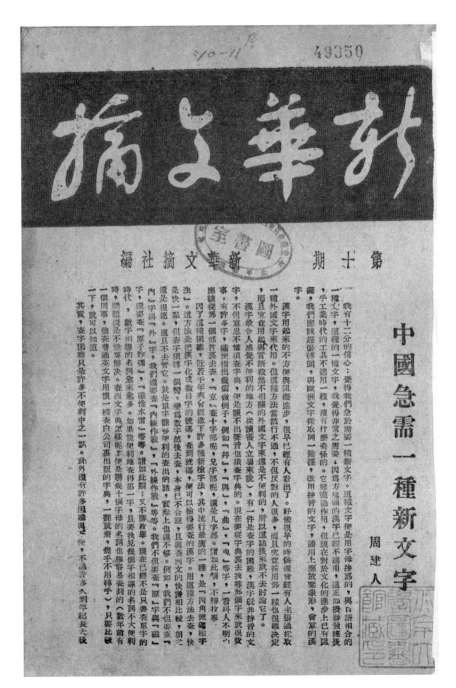

图 44 《新华文摘》1946 年第二卷第十期封面

图 45　《新华文摘》1948 年第三卷第六期封面

图 46 《新群众》1946 年第一卷第二期封面

图 47 《北方文化》创刊号封面

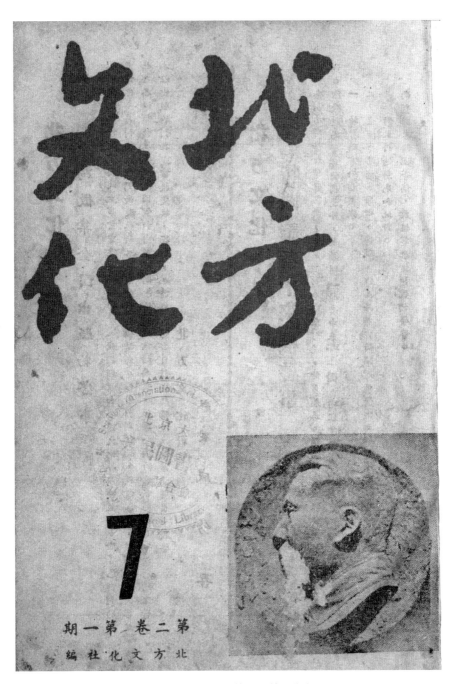

图 48 《北方文化》第二卷第一期封面

图 49　《北方文化》第二卷第五期封面

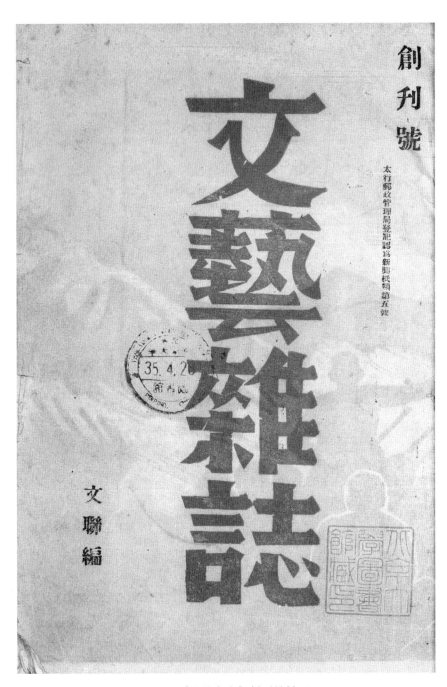

图 50 《文艺杂志》创刊号封面

图 51 《知识》第一期封面

图 52 《北方杂志》创刊号封面

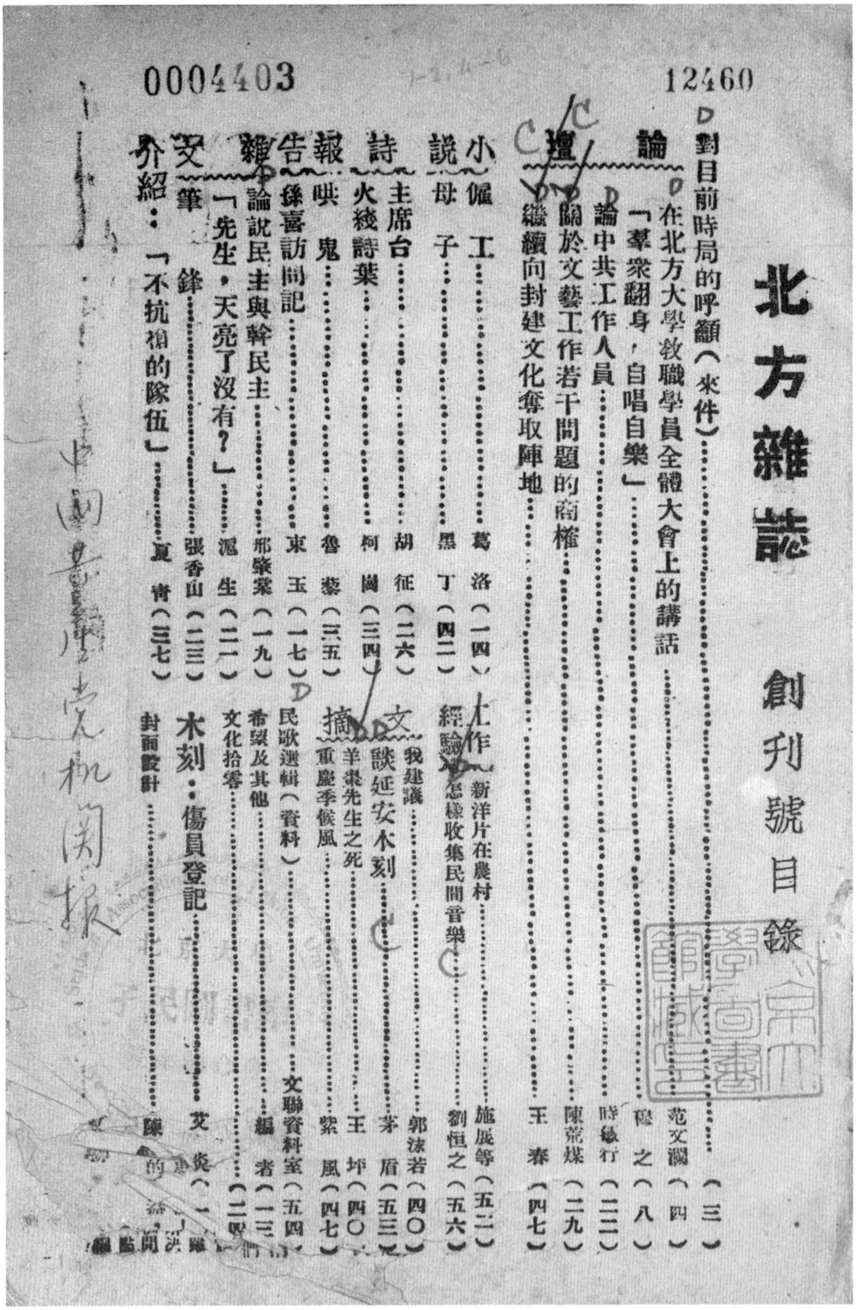

0004403　　12460

北方雜誌　創刊號目錄

图 53 《北方杂志》目录页

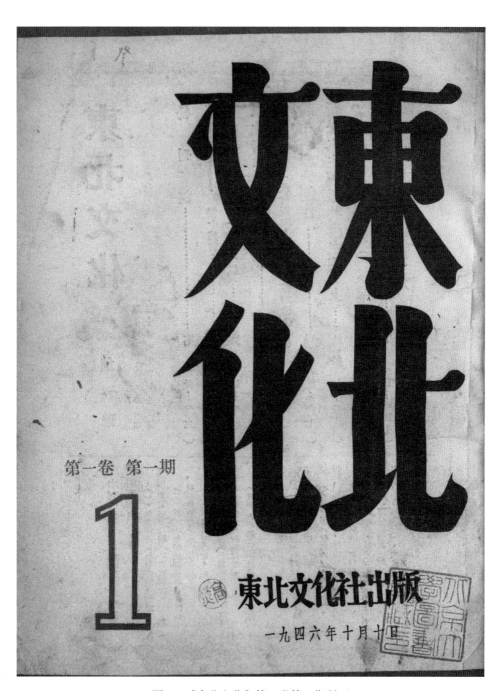

图 54 《东北文化》第一卷第一期封面

图 55 《东北文化》第一卷第二期封面

图 56 《文学战线》创刊号封面

图 57 《文学战线》第二卷第一期封面

图 58 《文艺月报》创刊号封面

图 59　陕甘宁边区《教育通讯》封面

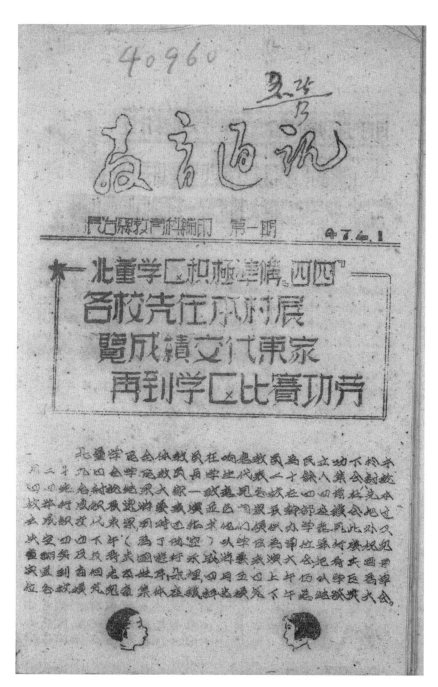

图 60　解放区长治县《教育通讯》封面

图 61 解放区黎城县《教育通讯》封面

图 62　解放区涉县《教育通讯》封面

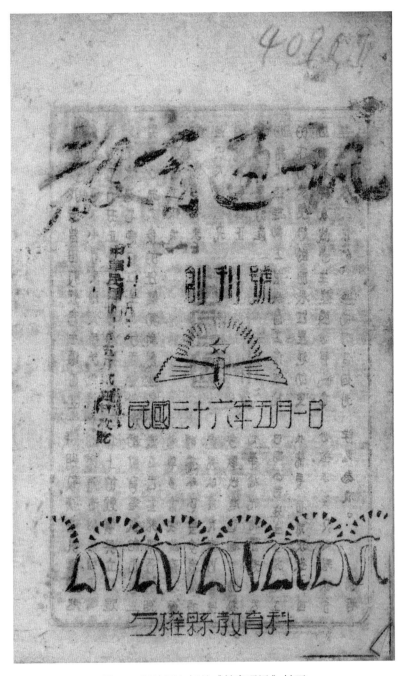

图 63 解放区左权县《教育通讯》封面

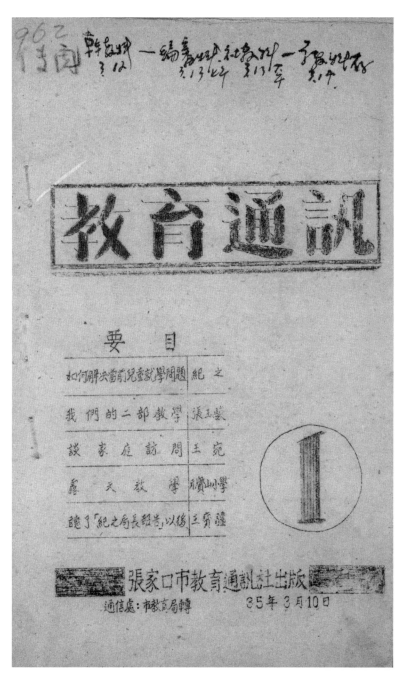

图 64 解放区张家口市《教育通讯》封面

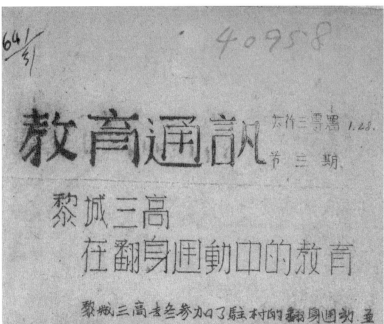

图 65 解放区太行三专署《教育通讯》封面

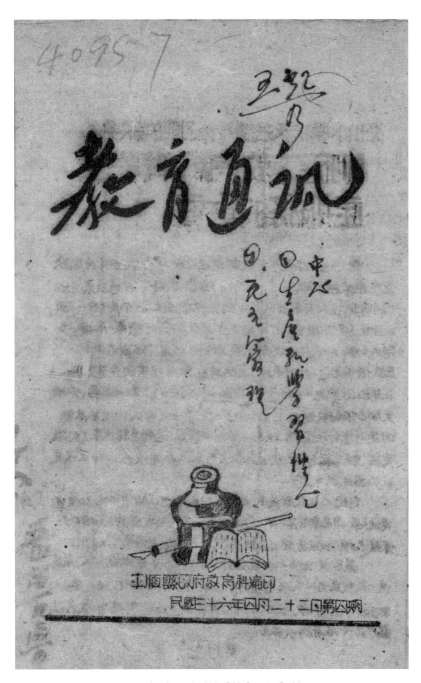

图 66　解放区平顺县《教育通讯》封面

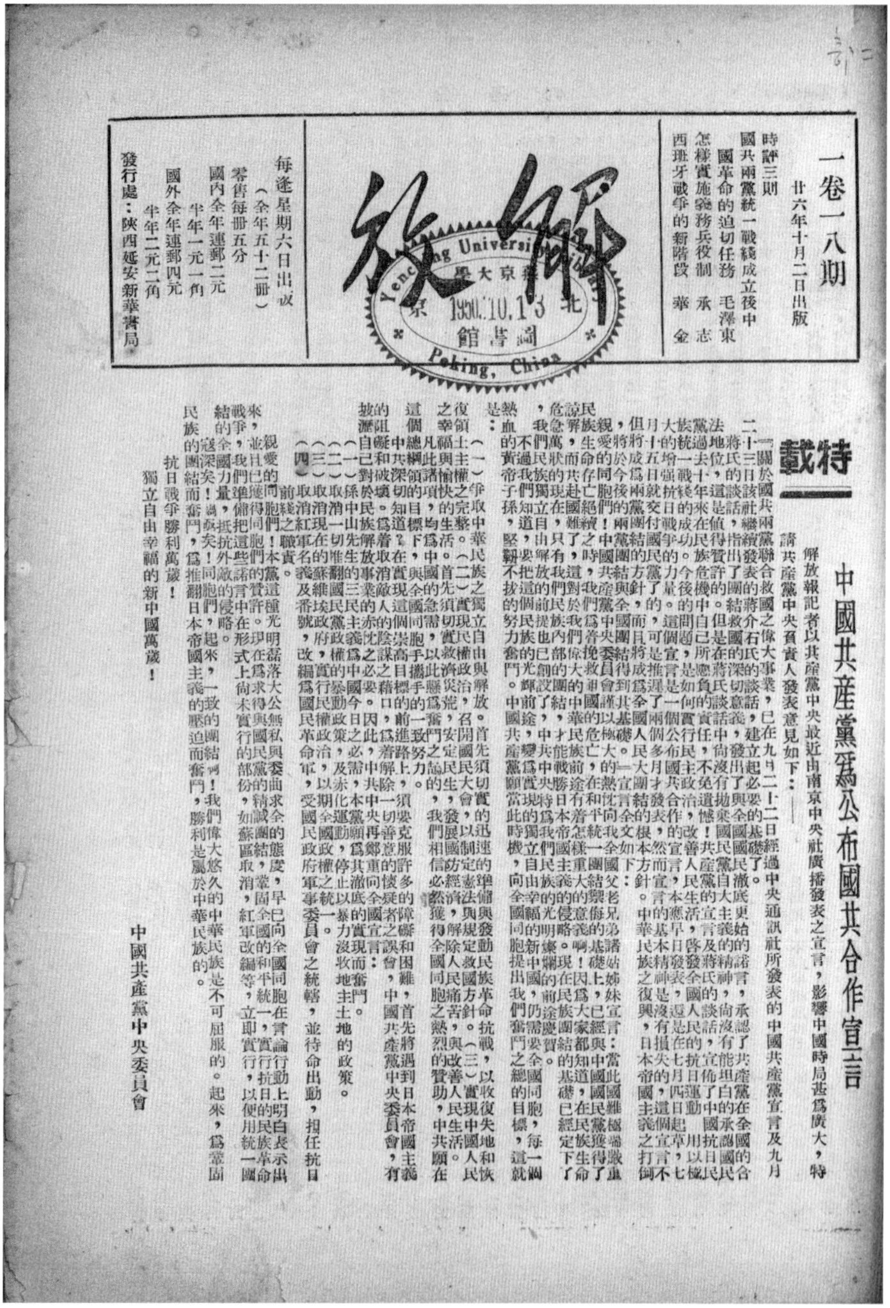

一卷一八期

廿六日十月二日出版

時評三則
國共兩黨統一戰綫成立後中
國革命的迫切任務 毛澤東
怎樣實施戰務兵役制 承志
西班牙戰爭的新階段 華金

每逢星期六日出版
（全年五十二冊）
零售每冊五分
國內全年運郵二元
半年一元一角
國外全年運郵四元
半年二元二角

發行處：陝西延安新華書局

特載

中國共產黨爲公布國共合作宣言

图 67　毛泽东题写刊名的《解放》第一卷第十八期

图 68 《解放》第一卷第二期目录

图 69 《解放》第一卷第七十一期目录

参考文献

[1] 杨宝青 . 民国时期解放区报纸的历史价值及馆藏介绍——以国家图书馆馆藏为例 [J] . 新西部，2013（5—6）：115.

［2］魏国峰．边区、敌后的报纸．新闻出版报，1989-12-02（1）．

［3］庄福龄，徐琳．马克思主义哲学史辞典［M］．北京：北京出版社，1992：818．

［4］刘圣清，中国新闻纪录大全［M］．广州：广州出版社，1998：144—145．

［5］杨东红，郑慧雯，高婷婷．《人民日报》在邯郸创刊前后［J］．邯郸职业技术学院学报.2003（3）：5—7．

［6］《热源》编撰组．热源［M］，北京：中国青年出版社，2009：62—64．

［7］刘江船．建国前中国共产党新闻管理思想研究［M］．长春：吉林大学出版社，2006：219—220．

［8］杨冬权．抗战史上的今天［M］．上海：上海远东出版社，2017：17—19．

［9］宁波市政协文史委员会编．宁波帮与中国近现代报刊业［M］．宁波：宁波出版社，2017：161．

［10］马齐彬．中国共产党创业三十年 1919—1949［M］．北京：中共党史出版社，1991：378．

［11］刘桂芳．天津图书馆藏解放区出版革命文献述略［J］．图书馆工作与研究，2011（7）：79．

［12］张伯海．期刊工作手册 第 1 册 期刊业务知识［M］．天津：天津人民出版社，1992：29．

［13］聂家昱，高波．期刊版本研究［M］．北京：中国科学技术出版社，2003：46．

［14］《民国山东通志》编辑委员会编．民国山东通志第 5 册［M］．山东文献杂志社，2002：2705．

［15］全国报刊索引．中国文化［DB/OL］．［2022-07-06］．https://www.cnbksy.com/．

［16］张伯海．中国期刊［M］．兰州：甘肃人民出版社，1998：420．

［17］全国报刊索引．山东文化［DB/OL］．［2022-07-05］．https://www.cnbksy.com/．

［18］周葱秀，涂明．中国近现代文化期刊史［M］．山西：山西教育出版社，1999：517—519，522—523，525．

［10］全国报刊索引．解放［DB/OL］．［2022-07-04］．https://www.cnbksy.com/．

［20］袁文伟．陕西抗战记忆丛书 抗战中的陕西民众［M］．西安：太白文艺出版社，2018：172—173．

工人运动文献

栾伟平

北京大学图书馆藏革命文献中，工人运动文献虽然数量较少，但也具有一定特色。主要包括与"二七惨案""五卅运动""省港大罢工"有关的工人运动纪实文献；中共中央机关报《向导周报》与工人运动有关文献；工人运动史研究及史料汇编文献。

一、工人运动大事件纪实文献

北大图书馆收藏的工人运动纪实书籍文献虽然数量不多，但内容涵盖了工人运动史上的若干重要事件，按照时间顺序叙述如下：

（一）有关"二七惨案"的纪实文献

1.《京汉工人流血记》

北京工人周刊社1923年出版。该书由组织京汉铁路工人大罢工的主要领导人之一文虎（罗章龙）编著，另一主要领导人君宇（高君宇）作后序。该书内分《京汉工人的狂飙运动》（图1）、《二月一日军阀进攻》《如火如荼的京汉铁路各站鏖战情景》《惨杀以后》《六路及京沪武汉工团援助纪略》《北京市民空前大游行》等十章。该书由罢工运动的领导者和亲历者详尽记载"二七大罢工"斗争史实，弥足珍贵。北大藏本缺封面和高君宇后序。

1981年，该书改名《京汉铁路工人流血记》，由河南人民出版社出版。书后附罗章龙的文章《回忆二七大罢工》。

2.《二七工仇》

湖北全省工团联合会、京汉路总工会驻沪办事处 1923 年编印。封面的长方形红色印章（图 2），表明这是 1937 年北平沦陷时，北大学生没有来得及带走的遗存物，可见该书的传播范围到了高校中。正文第 1 页盖有湖北工团联合会、京汉铁路总工会联合办事处的印章（图 3）。书前载施洋等死难烈士照片，书中描述了"二七惨案"的经过以及各界反应。

3.《二七二周纪念册》

全国铁路总工会 1925 年编印。封面是一位工人拿着铁锤向一根巨大锁链砸去的图像（图 4）。

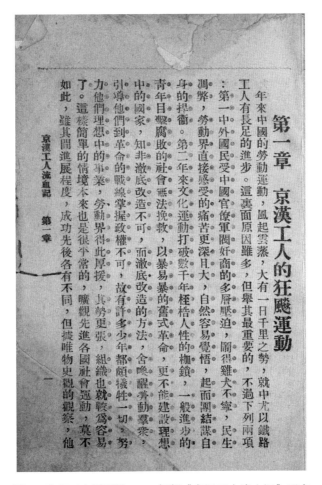

图 1　北京工人周刊社 1923 年版《京汉工人流血记》正文

图 2　湖北全省工团联合会、京汉路总工会驻沪办事处 1923 年编印
《二七工仇》封面及印章

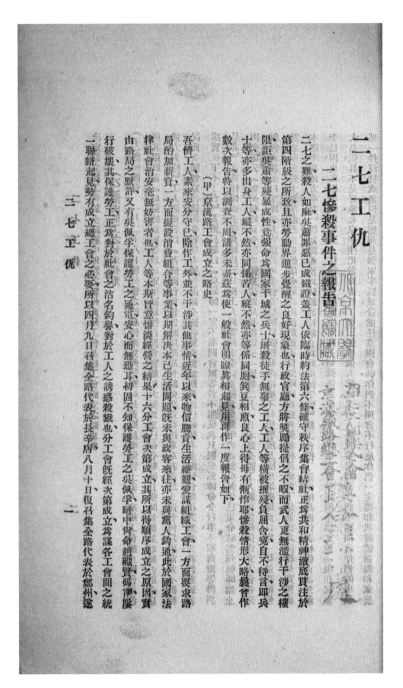

二七工仇

二七惨杀事件之报告

二七之惨杀人如麻吴萧罪恶已成铁证盖工人依临时约法第六条确守秩序集会结社正为共和精神澈底贯注於

第四阶级之所致且亦劳动界进步觉醒之良好现象也行政官厅方将奖励提倡之不暇而武人更无滥行干涉之权

限距吴萧等残戕之竟强命为国家干城之兵士屠杀徒手无辜之工人工人等横被摧残负屈含冤自不待言即兵

士等亦多出身工人纵不然亦等係同胞箕豆相煎良心上得毋有惭怍耶惨杀情形大略曾作

数次报告特以调查不周诸多未尽兹为使一般社会明瞭真相起見用作一度报告如下

（甲）京汉路工会成立之略史

吾侪工人素来安分守已除作工外并不干涉其他事情近年以来物价腾贵生活艰难谋组织工会一方面要求路

局酌加薪资一方面拟设消费组合等事业以期解决本己生活問題既未與政客杂往亦未與為人鈎通此於国家法

律社会治安毫无妨害者也工人等本斯旨意懷澹經營之结果十六分工会次第成立其所以得順序成立為謀各工会間之統

由路局之默許又有吴佩孚保護勞工之通電安心而无恐耳初固不知保護勞工之吴佩孚嗣中俞命趙继業馮聘廎

行破壞其保護勞工之戲剧于正名鈎譽對於社會之沽名鈎譽對於工人之誘惑殺戮也分工会既經次第成立為謀各工会間之統

一聯絡起見勢有成立總工会之必要所以四月九日召集全路代表於長辛店八月十日復召集全路代表於鄭州途

二七工仇

一

图 3 《二七工仇》正文第 1 页及印章

图 4　全国铁路总工会 1925 年编印《二七二周纪念册》封面

（二）有关"五卅运动"的纪实文献

北大图书馆所藏有关"五卅运动"的书籍，内容有对于该运动的概述的，如：

1.《五卅惨案》

储祎著，上海大众书局1934年版，"中国近百年史少年丛书"之一（图5）。

2.《五卅外交史》

孔另境著，永祥印书馆1946年版（图6），青年知识文库第2辑第8种。全书分8节，主要记述惨案发生后上海交涉署的交涉、北京外交部的三次抗议、上海谈判的经过、北京的催开会议、司法重查的实行、五卅交涉的最后一幕等内容。

相关文献有对"五卅运动"中某一具体事件进行介绍的图书，如：

3.《汉口惨杀案》

高尔松、高尔柏编，青年政治宣传会1925年9月出版（图7）。全书共分三编：《沪案发生以后的武汉》《汉口大屠杀的经过》《惨案发生后的武汉》。

4.《沙面惨杀案》

高尔柏、高尔松编，青年政治宣传会1925年10月出版（图8）。1925年6月21日，香港沙面工人大罢工，6月23日举行大规模的示威游行，死伤数十人。此书分9节，记录了"沙面惨杀案"发生前的形势、事件的经过、事件发生后民众的愤激、外交交涉、政府及军政要员的反应、国外舆论等情况。

5.其他有关"五卅运动"的纪实文献

此类文献主要是以对该运动的概述性文献为主。

《五卅痛史》，晨报编辑处、清华学生会编，晨报出版部1925年版。全书分6编，记述"五卅惨案"的经过、外交交涉及当时的舆论。书中记录事件大致自5月30日起，至6月29日止。

《五卅痛史》，陈叔谅编，上海国际问题研究会1927年版。全书分8节，记述"五卅惨案"的原因、经过，并对"五卅运动"的成绩作了评述。

《五卅惨案实录》，刘怀仁等编辑，上海学生联合会1925年版；《五卅纪念特刊》，南方大学学生会出版部1925年版；《五卅纪念》，国立广东大学秘书处出版部1926年编印；《五卅后之上海学生》，上海学生联合会1926年编印。

图 5 上海大众书局 1934 年版《五卅惨案》封面

图 6　永祥印书局 1946 年版《五卅外交史》封面

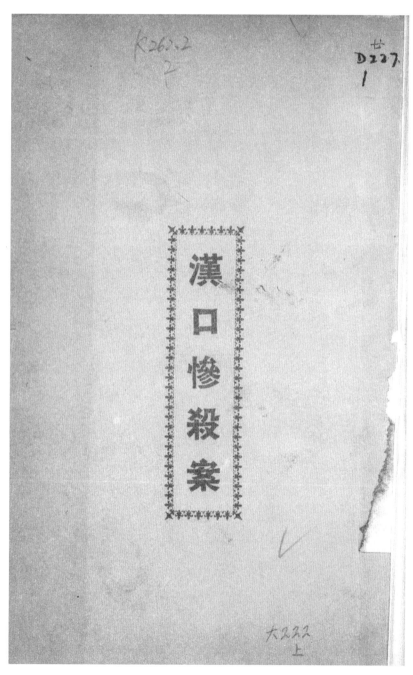

图 7　青年政治宣传会 1925 年版《汉口惨杀案》封面

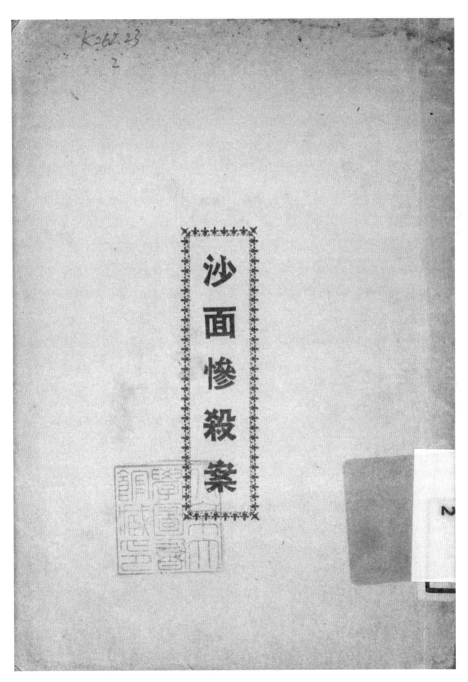

图 8　青年政治宣传会 1925 年版《沙面惨杀案》封面

（三）有关"省港大罢工"的纪实文献

1.《省港罢工中之中英谈判》

邓中夏著，中华全国总工会省港罢工委员会宣传部 1926 年初版（图 9）。书前有邓中夏序。书中内容包括《罢工成为过去事件吗？》（图 10）、《解决罢工交涉中的先决问题》《中英谈判的我见》《香港能推卸责任乎？》《今日大会的意义》《中英谈判经过报告》《中英谈判总评》，附录有《中英谈判前往来公函》《外交部宣传局关于中英谈判之报告》《七月廿一日农工商学各界示威大会详情及宣言》。

2.《省港罢工概观》

邓中夏著，中华全国总工会省港罢工委员会宣传部 1926 年初版，广州古籍书店 1960 年油印本（图 11）。

书前有邓中夏写于 1926 年 8 月 16 日的《自序》，提到还有编辑《省港罢工记》的计划，共分 22 章，但没有时间写完。内容主要有《一年来省港罢工的经过》《省港罢工的胜利》两部分，附录《欢迎英帝国主义进攻中国的十万大兵》《英帝国主义之危机》《中英谈判后致全国同胞书》《中英谈判后致海外华侨书》《广东各界维护省港罢工宣言及决策案》。

《一年来省港罢工的经过》（图 12）提及"省港罢工是中国五卅运动长期潮流中之最后砥柱"，"省港罢工不是什么增加工资、减少时间、改良待遇之经济斗争，而是为争民族生存与国家体面之政治斗争。这便是它特殊的严重的意义"。

据《省港罢工概观》书前的《刊物绍介》，省港罢工委员会宣传部除了出版《省港罢工中之中英谈判》《省港罢工概观》外，还出版了《工会论》《工人之路日刊》《中国民族运动与劳动阶级》，此三种文献北大图书馆均没有收藏。

《省港罢工概观》《省港罢工中之中英谈判》这两种书由省港大罢工的领导人邓中夏叙述其亲身经历，是珍贵的历史资料。

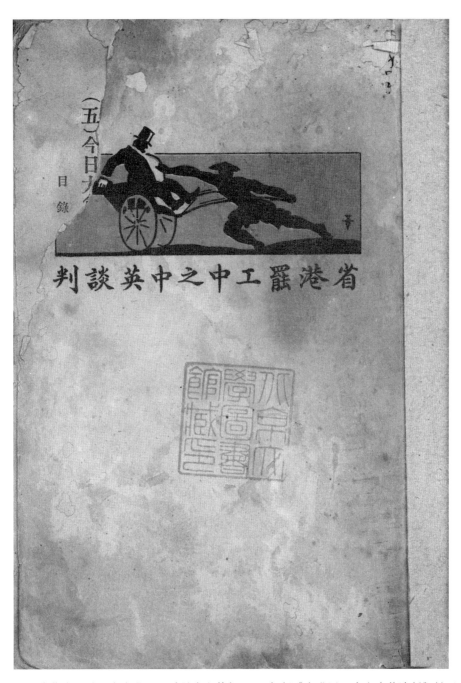

图 9　中华全国总工会省港罢工委员会宣传部 1926 年版《省港罢工中之中英谈判》封面

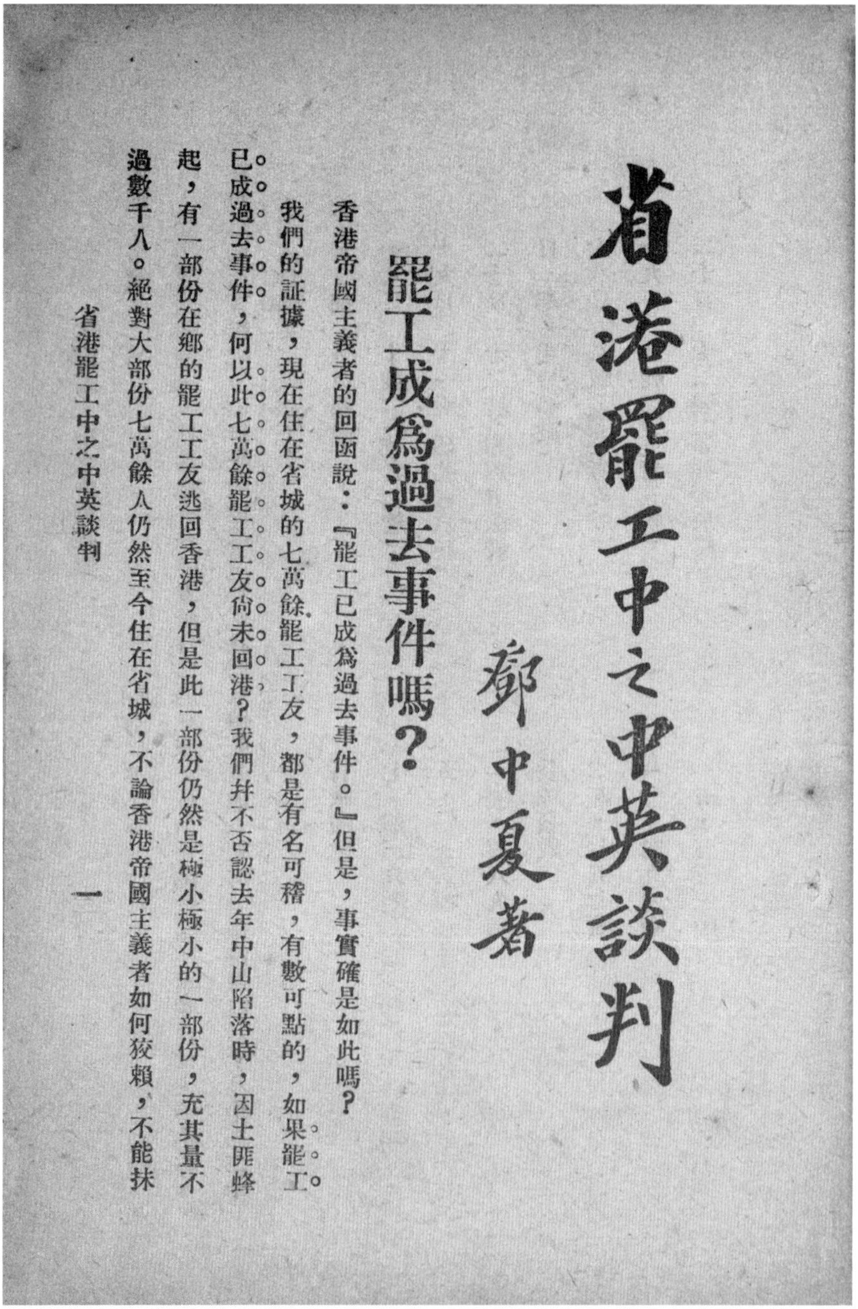

省港罷工中之中英談判

鄧中夏著

罷工成爲過去事件嗎？

香港帝國主義者的回函說：『罷工已成爲過去事件。』但是，事實確是如此嗎？

我們的証據，現在住在省城的七萬餘罷工工友，都是有名可稽，有數可點的，如果罷工已成過去事件，何以此七萬餘罷工工友尚未回港？我們幷不否認去年中山陷落時，因土匪蜂起，有一部份在鄉的罷工工友逃回香港，但是此一部份仍然是極小極小的一部份，充其量不過數千八。絕對大部份七萬餘人仍然至今住在省城，不論香港帝國主義者如何狡賴，不能抹

省港罷工中之中英談判

一

图 10 《省港罢工中之中英谈判》正文

图 11　广州古籍书店 1960 年油印本《省港罢工概观》封面

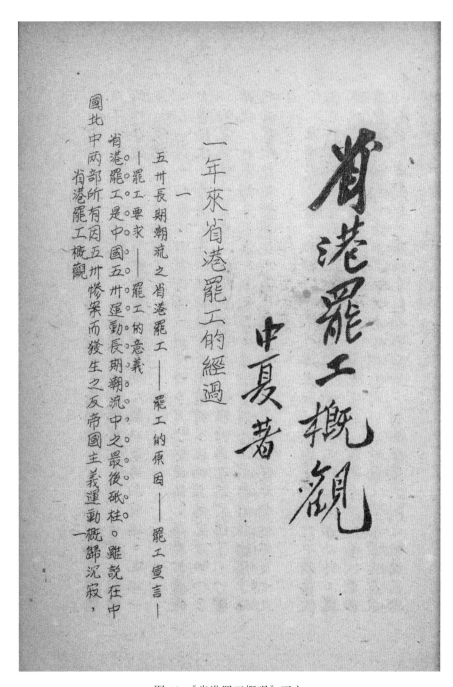

省港罷工概觀

中夏著

一年來省港罷工的經過

一

五卅長期潮流之省港罷工——罷工的原因——罷工宣言——罷工要求——罷工的意義——

省港罷工是中國五卅運動長期潮流中之最後砥柱。雖說在中國北中兩部所有因五卅慘案而發生之反帝國主義運動概歸沉寂，省港罷工概觀

图 12　《省港罢工概观》正文

（四）《向导周报》及《向导周报》社出版物

1.《向导周报》

《向导周报》是中共中央第一份政治机关报，于 1922 年 9 月 13 日在上海创刊，1927 年 7 月停刊，共出版 201 期。主编先后有蔡和森、彭述之，瞿秋白。陈独秀时任中共中央总书记，是《向导周报》的主要撰稿人。1922—1927 年，正是工人运动风起云涌的时代。《向导周报》刊登的文章，代表了共产党对于工人运动的政策和意见，对于工人运动起到了声援和指导作用。

（1）《向导周报》与"二七惨案"

1923 年"二七惨案"发生后，2 月 27 日出版的《向导周报》第二十期几乎成了"二七惨案"专辑（图 13），头版刊登了《中国共产党为吴佩孚惨杀京汉路工告工人阶级与国民》。中国劳动组合书记部的报告《二七大屠杀的经过》占了这一期的二分之一以上的篇幅。该文控诉了军阀的罪行，号召"农工商各界人民急速联合起来，打倒我们的仇人军阀和帮助他们为恶的帝国主义！""工人的自由团结万岁！"[1]

（2）《向导周报》与"五卅运动"

"五卅惨案"发生后，1925 年 6 月 6 日，《向导周报》第一百十七期，刊登了中国共产党中央执行委员会发布的《中国共产党为反抗帝国主义野蛮残暴的大屠杀告全国民众》（图 14）。该文号召"全国工人们，农人们！一切被压迫的民众们！""起来，起来！打倒野蛮残暴的帝国主义！各阶级联合战线万岁！中国民族解放万岁！"

1925 年 6 月 20 日，《向导周报》第一百十八期刊载了陈独秀的《此次争斗的性质和我们应取的方法》（图 15）。该文提出："五卅运动"的性质"乃是全中国人民为民族的生存和自由反抗一切帝国主义之争斗，决不是那一个地方那一部分人对于某一事件某一国家之争斗；换言之，此次争斗应该是整个的不是局部的，争斗的方法不可依赖法律，亦不可依赖现政府，只有依赖国民自己的团结力。"

2.《中国共产党五年来之政治主张》

《中国共产党五年来之政治主张》（图 16），中国共产党中央执行委员会编，向导周报社 1926 年 5 月 1 日初版，同年 10 月 10 日再版。该书收录的文章基本于 1921—1926 年间发表于《向导周报》。其中数篇文章与工人运动相关，如：关于"二七惨案"的文章有《为吴佩孚惨杀京汉铁路工告工人阶级与国民》《祝全国铁路工会代表大会》，关于"五卅运动"的文章有《为反抗帝国主义野蛮残暴的大屠杀告全国民众》《告五卅运动中为民族自由奋斗的民众》《五卅二周月纪念告上海工人学生兵士商人》《为南京青岛的屠杀告工人学生和兵士》《为坚持罢工告工人兵士学生》《五卅周年纪念告全国民众》，关于"省港大罢工"的文章有《致粤港罢工工人书》。书中的某些文章与当初刊载于《向导周报》上的篇名略有变化，例如《告五卅运动中为民族自由奋斗的民众》在《向导周报》第 121 期上的原名为《中国共产党中国共产主义青年团宣言——告此次为民族自由奋斗的民众》，《为坚持罢工告工人兵士学生》在《向导周报》第 125 期上的原名为《中国共产党中国共产主义青年团告工人兵士学生》。

The Guide Weekly.

（中華郵務管理局特准
掛號認為新聞紙類）

一九二三年二月二八日

分售處

濟南 太原 上海 上海 武昌
杭州 南京 沙長 原亞 上海 大東
成都 南京 文昌 公民 智書局
古今圖書館 天華書局 化書社 華出版部 東亞圖書館 出版部

定價

零售每份銅元四枚
全年大洋一元二角
半年大洋六角
郵費全年三角半年一角
三角郵費在內

導響

週報

第二十期

每星期三出版 發行通訊處 北京大學第一院 上海白克路三號
發賣 武昌閱馬路一號

中國共產黨為吳佩孚慘殺京漢路工告

工人階級與國民

工人們，窮人們，全國被軍閥和外力壓迫的同胞們！二月七日長辛店和漢口的大慘殺，你們已經耳聞目見，或身歷其境了，這場野蠻殘酷的大慘殺，就是前此倡言「保護勞工」的軍閥吳佩孚幹的指使的！這個虛僞險詐的武力魔王，「保護勞工」的假面具戴不到幾個月，現在已在全國工人之前，暴露其鮮血淋漓通兒慘殺的真面目！

中國共產黨早已告知全國勞工階級：惟有共產黨是真正保護勞工為勞工階級利益而奮鬥的黨，黨為保護勞工目前利益及完成其組織力戰鬥力起見，在一定限度內，並不反對那些開明一點進步的種派和勢力採用這種假仁假義的「保護勞工」政策；雖然明知他們採用這種政策是要毅然決然

此外一切標榜保護勞工的種派和勢力，都不過是為他們自身的利益或他們階級的利益而施行的一種政策；但在勞工階級的勢力還未組織成熟及未建設勞工階級的國家以前，共產黨棄此努力成就本階級的用意，雖然明知他們採用這種政策的虛僞，但代表勞工階級利益的組織，準備並訓練本階級的戰鬥力；有時並須幫助這樣一支較開明較進步的勢力，打倒其他較黑暗較反動的勢力。在這個原則之下，所以中國共產黨前此無須公然戳穿吳佩孚「保護勞工」的假面具，只望京漢各鐵路工人極力進行工會的組織，一步一步成就勞工階級的勢力與使命。

一切舊勢力，與新興的敵對階級鬥爭而達到勞工階級革命尊政的目的。

可是京漢路總工會要告成立了，這個戴着『保護勞工』假面具的軍閥─吳佩孚便害怕起來了

威埠工人電弔
我們死的者

茲錄其電文如下：

海參威工團總會接得中國鐵路工人被殺消息，於其開全體大會時，特議決致電京漢工人表示同情，並不反對那

「中國共產黨特為京漢鐵路工人：海參威工團總會敬以其熱忱於中國勇於奮鬥的鐵路工人，並表同情欣慰被殺同志之家族，特鄭重宣言中國軍閥之罪惡；彼等竟任意屠殺我工人，屠殺中華民族利益之真正保障者！」

一五七

图 14 《向导周报》第一百十七期首版

The Guide Weekly

導嚮

分售處

西 平 杭 大 雲 蕪 南 寶 黃 咸 宣 韶
安 陽 州 原 昌 南 州 南 慶 豐 寧 郡 興

廣 新 知 青 晉 唯 宜 婁 捕
州 行 新 年 華 書 一 送 亞
書 書 青 書 書 書 天 報 女
店 社 社 店 社 局 報 流 貝
      館 會 局 通 樂 報
            局 處 部

分售處

鳳 上 濟 開 寗 汕 蘇 武 淡 長 嘉
州 海 南 封 波 頭 湖 昌 沙 興

丁 卜 圍 光 智 民 上 羽 革 汕 時 市 文
書 書 書 書 書 書 海 商 命 頭 科 民 化
館 社 社 店 局 局 身 報 週 民 學 書 書
                     報 刊 報 會 局 店

獨嚮週報（第一百十八期）

報週 ◀第一百十八期▶

一九二五年六月二十日

——零售每份銅元四枚——

訂閱：國內一元寄足五十期・國外一元寄足三十期・郵費在內・代款概作九五折
代派：每份大洋二分・十份至三百五折・三百份以外四折・寄費在內・十期清算一次

發行通信處 杭州馬坡巷法政學校安存真轉致王和

此次爭鬥的性質和我們應取的方法　獨秀

五月卅日上海大馬路之屠殺，曲在英捕橫暴而不由於學生市民之暴動，已由本月十一日會審公堂第三次研訊被捕者所宣布之判詞完全證明了。

此次屠殺之最近直接原因，乃由於上海的學生市民對於日本紗廠槍殺中國工人而抗議，為租界英捕所屠殺。

同時，日本派遣軍艦在青島強迫中國軍警，使其屠殺中國工人八名，傷者十餘。上海青島同時的大屠殺，激起全中國各階級各黨派的國民公憤，能工能市能課集會示威，遍及全國。在這全國國民公憤中蟻然有和平急進之分，而憤恨外人殺辱同胞，并且憶起歷來的不平待遇，却已成了全國共同的心理，體軍閥銀行家亦為此心理所征服。

蘇俄政府及人民對於此次屠殺事件及中國國民奮起，極表同情。代表全世界革命工人的第三「際已起來號召全世界工人援助中國工」及中國民族運動。英國的工人及自由主義的學者已起來向他們的本國政府抗議此次上海屠殺事件。英日法美意的海軍在上海登岸駐紮，占領學校，搜行行人。英日法美意的公使圍始終堅持上海西捕開槍殺人是應該的。

漢口英領事召各國海軍登陸，英國義勇隊槍殺中國工人市民八人，傷四十餘。蕭耀南趙恒惕為合軍警嚴阻學生游行演講，并宣布戒嚴，以『戒嚴正法』『格殺勿論』威嚇市民。

段政府下令各省保護外僑。

依據上列各項事實，便可看出此次爭鬥中所表現出來的一種兒暴現象，此種現象之真正理由乃由一切帝國主義者對於中國民族醒覺與反抗之示威。因此我們應該明白：此次爭鬥若僅以懲兇賠償了事就算完全是錯誤的，因為殺人之罪不僅在英兵與英捕，而在帝國主義的國家之高壓政策，如工部局歷來橫暴及此次海陸軍示威，都是國家行為而非私人行為。第二應該明白：此次爭鬥若主張縮小戰線對英日或專對英國是錯誤的；因為罪魁禍首雖然是帝國主義之王的英國，而派兵遣艦向中國人示威，并堅

一〇八七

圖 15 《向导周报》第一百十八期首版

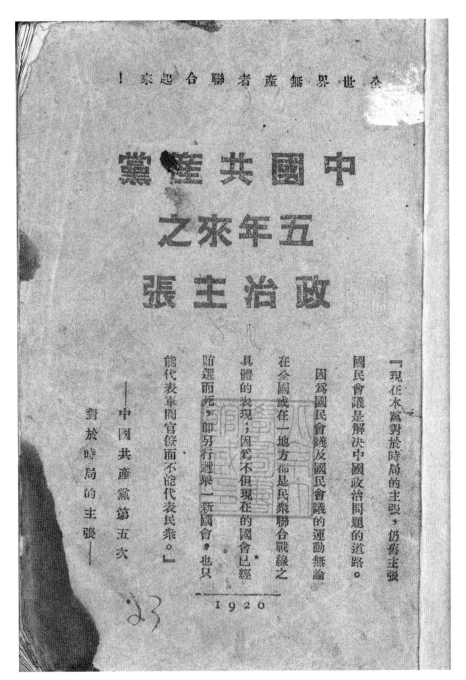

图 16　向导周报社 1926 年版《中国共产党五年来之政治主张》封面

二、工运史研究及史料汇编文献

随着工人运动的开展，对工人运动史的研究、工人运动史的编撰和工人运动史料的整理与汇集也在进行中。

（一）工人运动史研究文献

北大图书馆收藏的文献中，对工人运动史的研究大多从社会史和经济史等方面来进行，并且大多围绕罢工主题进行。

1.《今日中国劳工问题》

骆传华著，上海青年协会 1933 年 7 月版（图 17）。该书内容主要有中国劳工运动的起源与发展、中国重要工会的研究、国民党的劳工政策、共产党与中国劳工运动、中国劳动法的过去与现在、工厂法的实施问题、劳资争议与劳工工作条件问题、中国几种特殊的劳工状况、中国劳工教育、中国的失业和无业问题、中国劳工的福利、中国与国际劳工组织的关系。

也有书籍从青年工人角度讨论，如：

2.《青年工人问题》

中国青年社编，上海书店 1925 年版。该书提出保护青年工人（童工）运动："中国共产主义青年团，代表中国无产阶级青年反对上海工部局欺骗工人的保护童工建议案，并希望上海十七万童工从速联合起来，向资本家提出目前最低限度的要求：禁止使用十三岁以下的童工；十六岁以下的童工，每天至多工作八小时；每星期至少须三十六小时以上的休息；厂主应出钱开办平民学校，准童工入校读书。"

3. 其他工人运动史研究文献

《近八年来国内罢工的分析》，陈达著，清华学校 1926 年版；《中国罢工史》，贺岳僧著，世界书局 1927 年版；《上海特别市罢工停业统计》（1929 年、1930 年），上海市政府社会局编，上海商务印书馆 1930 年、1931 年版；《近十五年来上海之罢工停业》，上海市政府社会局编，上海中华书局 1933 年版；《中国劳工问题》，何德明著，上海商务印书馆 1937 年版，"万有文库"第二集七百种；等等。

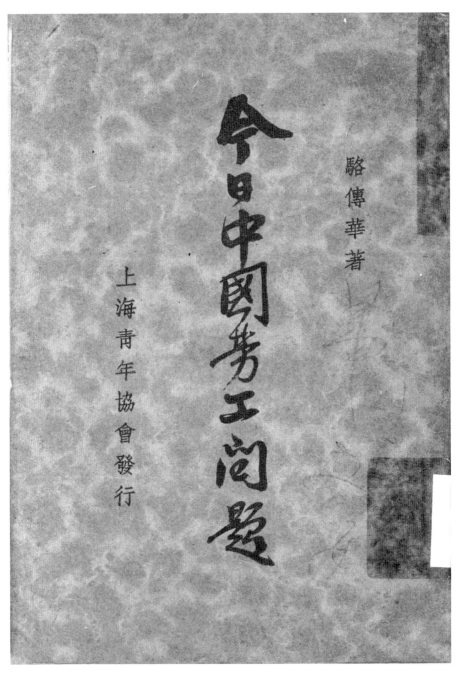

图 17 上海青年协会 1933 年版《今日中国劳工问题》封面

（二）工人运动史纂著文献

1.《中国职工运动简史》

工人运动史方面，此书之影响可能最大。邓中夏著，由苏联中央出版局于1930年初版，1942年5月解放社再版。之后，出现了多种翻印本。1944年新华书店、1947年东北书店、1948年太岳新华书店，1949年新华书店（图18）、冀中新华书店、山东新华书店、中原新华书店、天津知识书店（图19）等均据解放社本重印。北京大学图书馆收藏有4种版本，即1949年新华书店、冀中新华书店、山东新华书店、知识书店重印本。

知识书店1949年版《中国职工运动简史》书前有解放社的《再版声明》、邓中夏1930年6月19日写于莫斯科的《著者申明》。该书主要叙述中国革命职工运动的初期发展（1919—1926）。分《原始的职工运动》《职工运动黎明期》《中国第一次罢工的高潮》《香港海员大罢工》《第一次全国劳动大会及劳动立法运动》《开滦五矿大罢工》《京汉路大罢工——二七惨案》《职工运动消沉期》《职工运动复兴期》《上海日本纱厂大罢工》《五卅运动》《第二次全国劳动大会》《中华全国总工会的成立》《省港大罢工》十三章。后附《邓中夏同志传略》。

北大图书馆收藏的关于工人运动史的文献还有：

2.《上海工人运动史》

王秀水编，1932年出版。该书叙述自1925年的"五卅运动"至1931年为止的上海市工人运动史。书中共六章：《中国工业的发展》《五卅运动的前夜》《五卅运动》《一九二五—二七年的国民革命与上海工人》《一九二八年工人运动的复兴》《一九二九年以来上海工人运动概况》。

3.《三十年来的上海工运》

上海总工会文教部编，劳动出版社1951年出版（图20）。

图 18　新华书店 1949 年版《中国职工运动简史》封面

图19　知识书店1949年版《中国职工运动简史》封面

图 20　劳动出版社 1951 年版《三十年来的上海工运》封面

（三）工人运动史料汇编文献

北大图书馆收藏的关于工人运动史料汇编书籍有：

1.《中国职工运动文献》

赵一波编，上海十年出版社 1941 年版（图 21）。据《编者的话》，书中资料大多自《中国劳动年鉴》搜集而来，而且尽量保持原貌。全书共分三部分：《行会时期的规约》《一九二五至二七大革命时期的职工运动》《中国大革命失败后的职工运动》。附录《中国劳动组合书记部之劳动立法原则及大纲》。

2. 其他工运史料汇编文献

《职工运动文献》（一至四册），东北书店 1948—1949 年版；《职工运动文献》，晋绥新华书店 1949 年版；《工运文献二》，北平职工报社 1949 年编印；《中国职工运动文献》，中华全国总工会编，工人出版社 1949 年版。

甚至还有对于国外工人运动的介绍与史料整理，如：

《亚洲澳洲各国工运介绍》，中华全国总工会编，北京工人出版社 1949 年版；《世界工会联合会第二次代表大会文献》（图 22），中华全国总工会编，北京工人出版社 1949 年版。

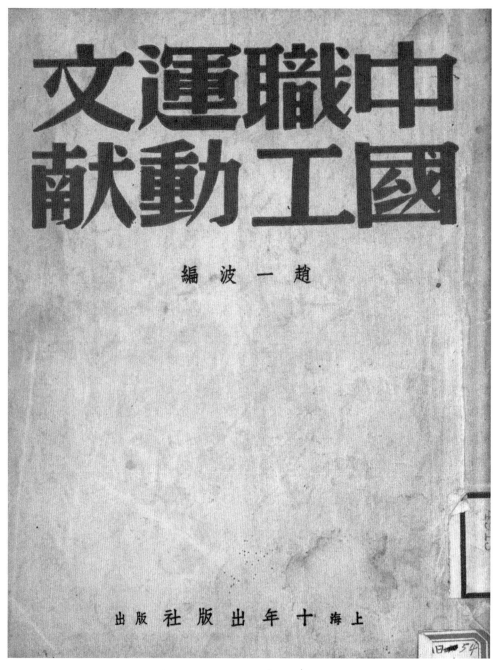

图 21 上海十年出版社 1941 年版《中国职工运动文献》封面

图 22　工人出版社 1949 年版《世界工会联合会第二次代表大会文献》封面

三、北大图书馆藏工人运动文献版本概述

北大图书馆收藏的工人运动文献中，有部分文献存在同名书（或书名相似的书）多个版本的情况，如：

1.《关于中国职工运动当前任务的决议》

版本一

封面缺失，无出版日期和出版机构名称，只有一篇文章：《关于中国职工运动当前任务的决议——一九四八年八月中国第六次全国劳动大会通过》。

版本二

东北书店 1948 年版（图 23），只有两篇文章，即：《关于中国职工运动当前任务的决议——一九四八年八月中国第六次全国劳动大会通过》，1948 年 9 月中华全国总工会执行委员会颁布的《关于职工运动当前任务决议案中几个问题的说明》。

版本三

冀东新华书店 1948 年版（图 24），其中包含三篇文献：《关于中国职工运动当前任务的决议——一九四八年八月中国第六次全国劳动大会通过》《关于职工运动当前任务决议案中几个问题的说明》《中华全国总工会章程》。

2.《中国职工运动的当前任务》

解放社编，北京新华书店 1949 年版（图 25）。

该书包括十篇文献：《坚持职工运动的正确路线，反对"左"倾冒险主义》（新华社社论，一九四八年二月七日），《关于中国职工运动的当前任务》（陈云在第六次全国劳动大会上报告的摘要，一九四八年八月三—四日），《关于国民党统治区的职工运动》（朱学范在第六次全国劳动大会上报告的摘要，一九四八年八月十一—十一日），《关于中华全国总工会章程》（李立三在第六次全国劳动大会上报告的摘要，一九四八年八月十三日），《对中国第六次全国劳动大会讨论中国职工运动当前任务问题的总结》（李立三，一九四八年八月二十一日），《关于中国职工运动当前任务的决议》（中国第六次全国劳动大会通过，一九四八年八月），《关于职工运动当前任务决议案中的几个问题的说明》（中华全国总工会

执行委员会，一九四八年九月），《中华全国总工会章程》（中国第六次全国劳动大会通过），《正确执行劳资两利方针》（新华社短评，一九四八年九月二十一日），《东北公营企业战时暂行劳动保险条例》（东北行政委员会，一九四八年十二月二十七日）。

此书以上十篇文献与《关于中国职工运动当前任务的决议》一书中的文献有重叠处。造成这种版本差异情况的原因是：作为中国共产党对于工人运动政策的指导性文件，各出版机构对其辗转翻印，翻印中又增加了同类文献，有的文献因此存在若干不同版本，出现书名相同（相似）但内容却有差异的情况。

综上，北京大学图书馆所藏的工人运动文献主要集中在工人运动重大事件以及工人运动史的编纂、工人运动史料的汇集方面。北大图书馆保存的文献也体现了中国共产党对于工人运动的领导和声援。而在版本方面，某些文献存在同一名称但文献内容有差异的情况。

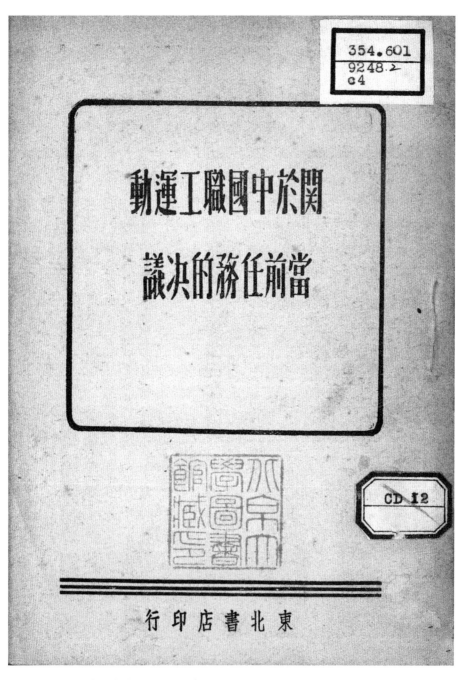

图 23　东北书店 1948 年版《关于中国职工运动当前任务的决议》封面

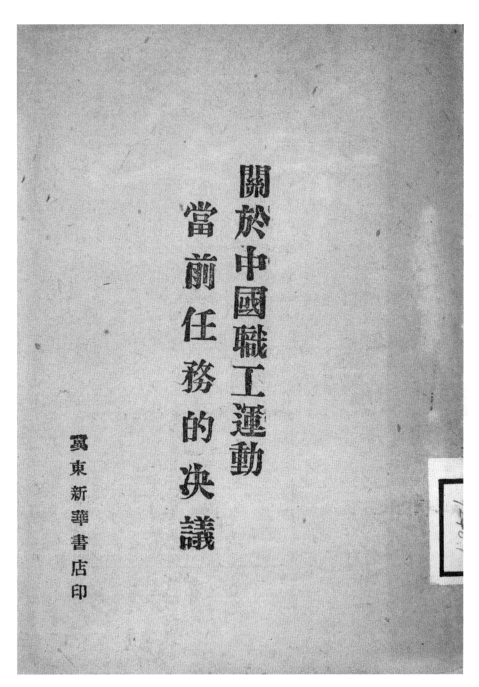

图 24　冀东新华书店 1948 年版《关于中国职工运动当前任务的决议》封面

图 25　新华书店 1949 年版《中国职工运动的当前任务》封面

参考文献

[1] 蔡铭泽 .《向导周报》研究 [M] . 福州：福建人民出版社，2004.

学生运动文献

栾伟平

学生运动文献在北京大学图书馆藏革命文献中所占比例不大，但由于北京大学学生在历次学生运动中的突出作用，本馆此类文献的收藏具有一定的特点。大致来说，主要包括"五四运动""三一八惨案""一二·九运动""反饥饿、反内战、反迫害运动"等学生运动重大事件有关的纪实研究文献，以及学生运动与学联史料。

一、学生运动大事件纪实研究文献

北京大学图书馆收藏的学生运动文献虽然数量算不上多，但内容覆盖了多个方面。按照时间顺序，叙述如下：

（一）有关"五四运动"的书籍

因为五四运动策源于北京大学，所以北京大学图书馆收藏的与五四运动相关的书籍大多与北京大学相关。

1.《五四》

蔡晓舟、杨量工（亮功）编，北京同文印书局1919年版（图1、图2）。

该书是现存最早的五四运动史料。两位编者都是安徽人，而且有亲戚关系。蔡晓舟时任北京大学职员，著有《国语的组织法》，蔡元培先生作序。另一编者杨亮功是蔡晓舟的表弟，1915年入北京大学预科，1916年入北大中文系，1920年毕业，后历任天津女子师范教员、安徽省立一中校长、中国公学副校长、安徽大学校长等职。

蔡晓舟在《五四》一书的序言中说："我北京学生'五四'一役，涵有二义：一为国家争主权，一为平民争人格。前者所以使外人知吾民有血性，而杀其觊觎之心。后者所以使公仆知吾国有主人，而正其僭窃之罪。虽然，是二义不可徒立也。非具有牺牲万有之精神，莫启其端；非得前仆后继之实力，莫刈厥果。'五四'特启端耳。安可无明确记载，白其旨趣于人人。此敝同人所以不揣谫陋，而有《五四》之书也。"该书前三章叙述五四运动之经过，第四、第五章叙述当时的舆论与文电，可以看出当时各界对于运动之评价，以及运动之影响。《五四》是第一部记录五四运动的书，且由当时人写自己亲身经历，弥足珍贵。

2.《五四在北大》

北大壁报联合会委托风雨社编辑并发行，北大风雨社 1947 年版（图 3）。《五四在北大》一书反映了 1947 年北京大学纪念五四运动的盛况。序言《我们的呼号》，落款是"北大、清华、燕京、中法、师院五十余壁报社"，把纪念五四与反内战、反迫害联系到一起，提到"抗战胜利，痛苦迫害仍然继续，民族危机没有消除，人民仍没有翻身……内战正在疯狂地进行"，"青年们，有自由灵魂的青年们，有五四灵魂血统的青年们，在黑暗里，我们相信火在燃烧，在夜空下，我们要指出极星"。

3.《北大五四周》

由北大周报社于 1948 年 5 月出版（图 4），带有增刊性质。该书是油印本，保存不易，能流传至今相当难得。该书内容非常丰富（图 5），有《五四与文艺》(闻家驷先生讲)、《记五三文艺晚会》《纪念大会特写》《五四运动会速记》《大聚餐》《记民主科学晚会》《王铁崖先生讲词》《工学院"五四"前夕座谈会》《我们的警号——记歌联"千人大合唱"》等，可见五四纪念周的活动形式活泼多样，包括纪念大会、运动会、文艺晚会、演讲、座谈会、大合唱等，可见北大当年纪念五四活动的盛况。

4. 其他"五四运动"相关文献

五四不停地被纪念、被重写，为后世提供思想和精神资源。北京大学出版的与五四运动相关的出版物还有：《北京大学五四十四周年纪念特刊》，北大五四纪念会 1933 年版；《五四事件特刊》，北平五四纪念日受伤同学后援会 1937 年编印；《五四特刊》，北京大学文艺社暨新诗社 1947 年联合编辑发行；《科学五四》，北大理学院系联会 1948 年印行。

除了北京大学外，其他高校也有类似《北大五四周》的出版物，如南京市大中学生联合纪念五四二九周年大会于 1948 年编辑出版的《南京的五四周》。

除了学界外，社会上也出版了很多纪念、研究、评价五四的著作，甚至还有剧本，如：《五四运动之史的评价》，陈端志著，上海生活书店 1935 年版；《五四运动》，李何林编，上海大成出版公司 1948 年版；《五四》（独幕剧），朱星著，上海中国文化服务社 1948 年版；《五四运动》，天津市民主青年联合会筹备会编选，天津读者书店 1949 年版；《五四卅周年纪念专辑》，五四卅周年纪念专辑编委会编，北京新华书店 1949 年版。

此外，解放区也出版有五四相关书籍，如：《五四运动与知识青年》（图6），章炼烽编著，东北书店 1947 年印行。该书内容包括三部分：《五四运动的史实》《毛泽东论五四》《纪念五四与知识分子的道路》。书前扉页刊登有毛泽东语录："知识分子如果不与工农民众相结合，则将一事无成。"在《纪念五四与知识分子的道路》一文中，节录了 1947 年《东北日报》的五四社论，提倡"广大的知识青年，挺身奋起，到军队中去，到工厂中去，到农村中去，同工农兵做朋友，向工农兵学习实际斗争的丰富知识，一心一意的做他们的小学生和勤务"。

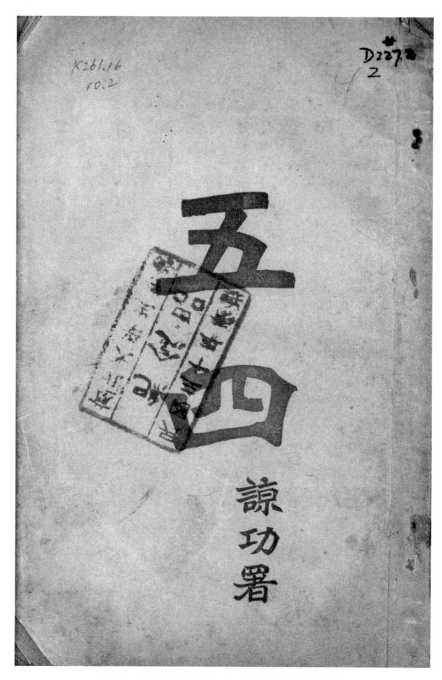

图 1　北京同文印书局 1919 年版《五四》封面

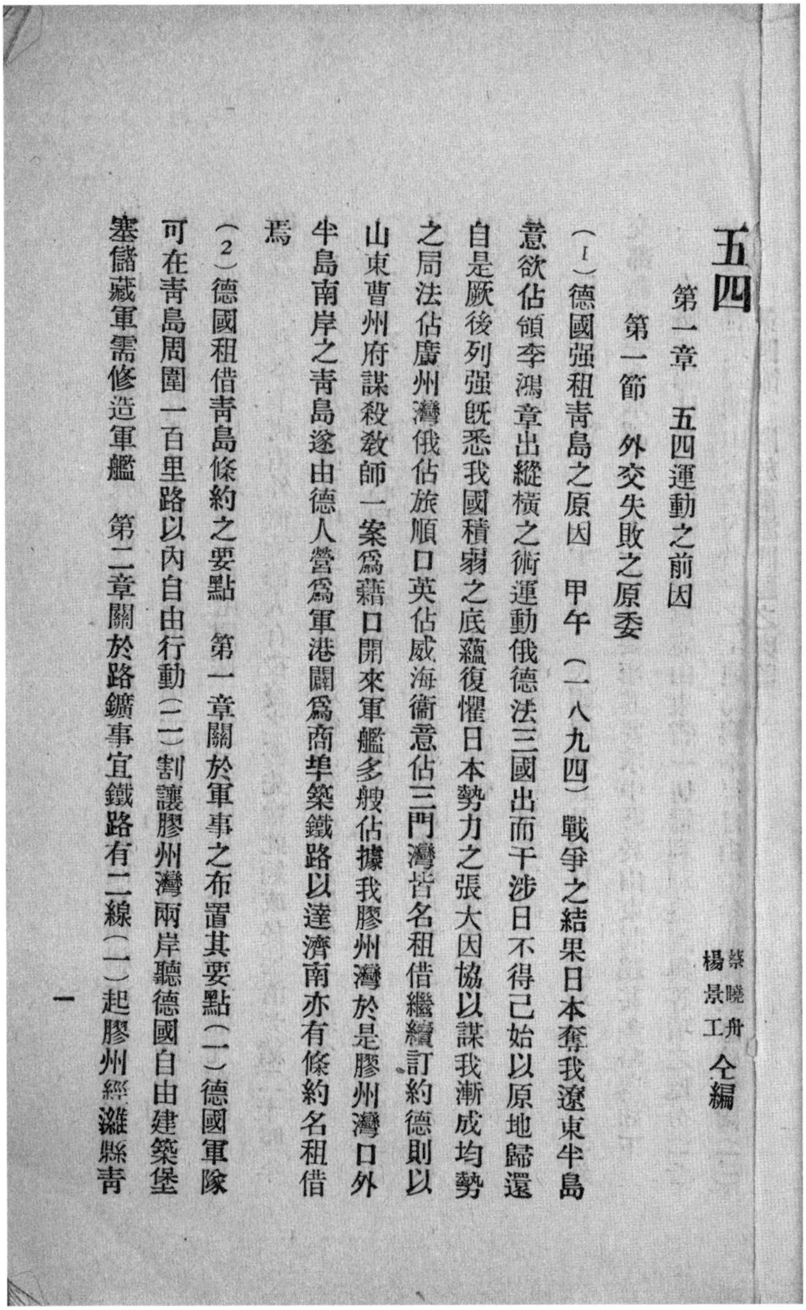

五四

第一章　五四運動之前因

第一節　外交失敗之原委

（1）德國强租青島之原因　甲午（二八九四）戰爭之結果日本奪我遼東半島意欲佔領李鴻章出縱橫之術運動俄德法三國出而干涉日不得已始以原地歸還自是厥後列強旣悉我國積弱之底藴復懼日本勢力之張大因協以謀我漸成均勢之局法佔廣州灣俄佔旅順口英佔威衛意佔三門灣皆名租借繼續訂約德則以山東曹州府謀殺敎師一案爲藉口開來軍艦多艘佔據我膠州灣於是膠州灣口外半島南岸之青島遂由德人營爲軍港闢爲商埠築鐵路以達濟南亦有條約名租借焉

（2）德國租借青島條約之要點　第一章關於軍事之布置其要點（一）德國軍隊可在青島周圍一百里路以內自由行動（二）割讓膠州灣兩岸聽德國自由建築堡塞儲藏軍需修造軍艦　第二章關於路礦事宜鐵路有二線（一）起膠州經濰縣青

一

图 2　《五四》正文首页

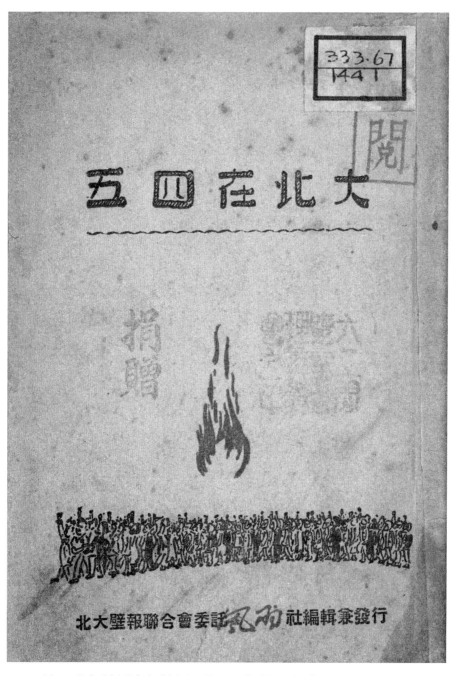

图 3　北大壁报联合会委托风雨社 1947 年编辑发行《五四在北大》封面

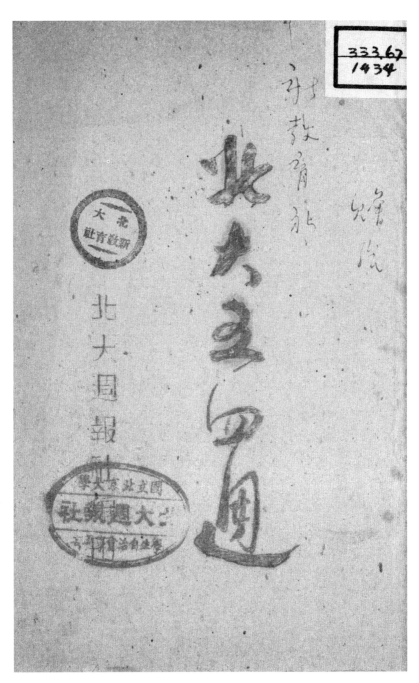

图 4　北大周报社 1948 年编印《北大五四周》封面

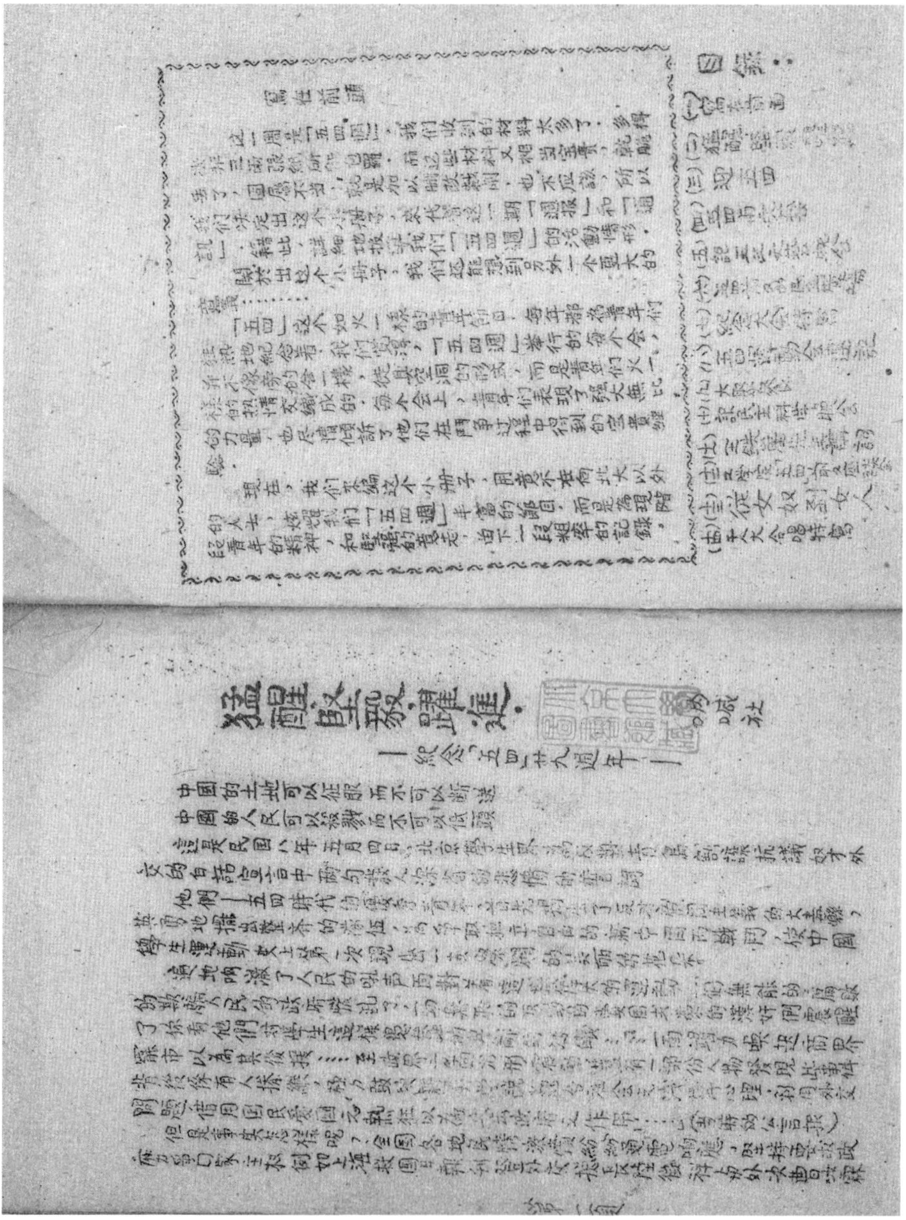

图 5 《北大五四周》内文

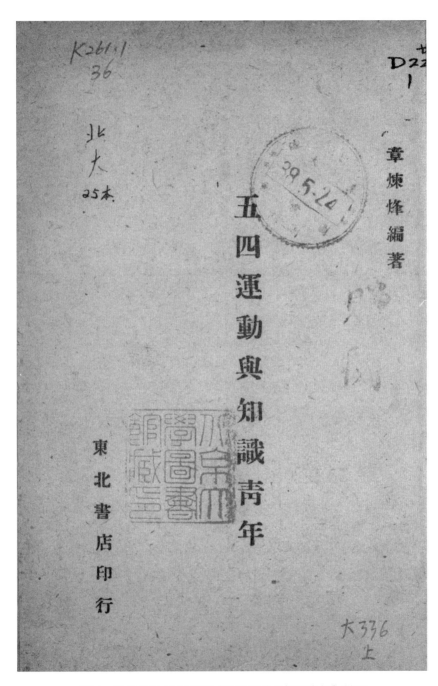

图6　东北书店1947年版《五四运动与知识青年》封面

（二）有关"五卅运动"的书籍

"五卅运动"由工人罢工开始，但社会各界人士也积极参加，其中学生更是主力之一。1925 年 5 月 30 日，上海二千多名学生在公共租界进行讲演，一百余名学生遭巡捕逮捕。部分高校和学生联合会也出版了一些反映"五卅"真相、学生们抗争活动，以及纪念"五卅"的书籍，如：

1.《五卅后之上海学生》

全书内容第一章《五卅运动初期之上海学生》，第二章《五卅运动中之上海学生与上海民众》，第三章《对日之经济绝交之概况》，第四章《宣传五卅惨案之经过》，第五章《暑期中之工作》，第六章《上海学生联合会之改组》，第七章《反奉战争与上海学生》，第八章《反对关税会议与司法重查》，第九章《学潮》，第十章《援助同兴惨案反抗警厅压迫》，第十一章《联欢会与同乐会》，第十二章《结论》，附录《平民教育运动报告》，可见学生在五卅运动中积极参与并在斗争中成长的过程。另外，该书由杨贤江、殷实甫作序，丰子恺绘制漫画，李石岑手题封面，体现了社会名流对"五卅运动"的支持。

2. 其他有关"五卅运动"的书籍

《五卅惨案实录》，刘怀仁等编辑，上海学生联合会 1925 年版；《五卅纪念特刊》，南方大学学生会出版部 1925 年版；《五卅纪念》，国立广东大学秘书处出版部 1926 年编印。

（三）有关"三一八惨案"的书籍

1.《北京惨案真像》

杨善南著，北京中华民国学生联合会总会 1926 年版。该书描述了"三一八惨案"的事实与经过（如"执政府前，死者四十余，伤者数百"），以及各界的反应，包括《北京学生总会紧急通电》《北大学生会紧急通电》《北京国民反辛丑条约国侵略大会为十八日惨剧致全国国民电》《北京九校校长宣言》《私立五大学宣言》《北大教职员恳切宣言》《中俄大学全体学生为屠杀案告全国民众书》《京汉铁路总工会西直门分工会宣言》《妇女团体通电》等。此外，还刊登了《十八日天安门之国民》《北大追悼会》两张珍贵的历史照片。

2.《李闽学烈士纪念册》

"三一八惨案"牺牲了四十余人,其中有不少年轻学生。当时出版了一些纪念册,部分死难学生的母校还为他们立了纪念碑。《李闽学烈士纪念册》由"旅京甘肃同乡追悼会"1926年4月编印(图7)。李闽学是"三一八"死难烈士,甘肃武威人,肄业汇文中学,转入今是中学。

3.《三一八烈士范士融三周纪念》

"三一八惨案"遇难烈士范士融君善后会1929年编印(图8)。北京师范大学遇难烈士范士融,1926年3月18日被枪弹击中头颅而牺牲,时年26岁。三年后,即1929年3月,该校立"三一八惨案"烈士范士融君纪念碑,由钱玄同书《烈士遇难纪略》,马衡书《烈士传略》。

4.《三一八烈士纪念碑》

燕京大学二年级学生魏士毅女士也是在"三一八惨案"中牺牲,只有23岁。1926年3月19日,燕大全校师生为魏士毅举行追悼会。1926年3月27日,《燕大周刊》第九十三、四期合刊作为"追悼魏士毅女士专号",登载蔡咏裳的《魏女士传》等文章,以资纪念。1927年3月,燕大学生自治会在燕园为其建立烈士纪念碑,碑铭为:"国有巨蠹政不纲,城狐社鼠争跳梁。公门喋血歼我良,牺牲小己终取偿。北斗无酒南箕扬,民心向背关兴亡。愿后死者长毋忘。"北京大学也在1929年5月30日立有"三一八遇难烈士黄君克仁(李君家珍、张君仲超)纪念碑",碑身篆刻有北大教授黄右昌题写的铭文:"死者烈士之身,不死者烈士之神。愤八国之通牒兮,竟杀身以成仁。唯烈士之碧血兮,共北大而长新。踏着三一八血迹兮,雪国耻以敌强邻。系后死之责任兮,誓尝胆而卧薪。"该碑现与魏士毅纪念碑相邻,这实际上就是属于实物的革命文献了。

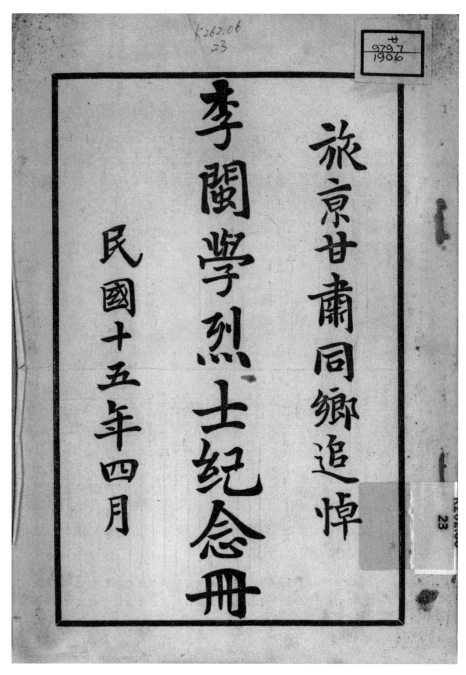

图 7　旅京甘肃同乡追悼会 1926 年编印《李闽学烈士纪念册》封面

图 8 "三一八惨案"遇难烈士范士融君善后会 1929 年编印
《三一八烈士范士融三周纪念》封面

（四）有关"一二·九运动"的书籍

北大图书馆收藏的关于"一二九"抗日救国运动及相关纪念的书籍有：

1.《一二·九：划时代的青年史诗》

版本一

林薮编，昆明民主周刊社 1945 年 12 月 9 日版。该书是《民主周刊》为纪念"一二·九运动"十周年而出版的纪念增刊。书前有吴晗《序》，将"一二·九运动"与 1945 年发生于昆明的"一二·一运动"类比："一二·一继承了一二·九，上溯到五四的使命，前人的血迹替后人指了路标。纵然万分艰苦，纵然前途修远，集合全民族青年人的力量，我们必然会到达，一定会到达。"书的主体由五部分构成：《"一二·九运动"的回顾与前瞻》《"一二·九运动"小史》《"一二·九"请愿示威速写——愤恨的火山爆发了》，《附录》二则。

版本二

《一二·九：划时代的青年史诗》，北京学习出版社 1947 年版（图 9），学习丛书之二。该书的主要内容与 1945 年民主周刊社的同名书相同，但书前没有吴晗序，书的最后多了一篇《历史可资借镜——北平学生抗日救国史的介绍》。

2.其他有关"一二·九运动"的书籍

《伟大的"一二·九运动"》，牡丹江市青年团筹委会编印；《救亡运动报告书：纪念我们血的"一二·九"》，清华大学学生自治会救国委员会 1936 年编印；《"一二·九"运动十一周年纪念特刊》，佳木斯各界纪念"一二·九"筹委会 1946 年编印；《"一二·九"与青年（纪念"一二·九"十周年）》，华中新华书店总店编，苏南新华书店 1949 年版。

图 9　学习出版社 1947 年版《一二九：划时代的青年史诗》封面

（五）有关"反饥饿、反内战、反迫害运动"的书籍

抗日战争胜利后，社会和民众还没有从连年战乱中恢复过来，国民党却掀起了内战，同时迫害青年学生，"反饥饿、反内战、反迫害运动"即是青年学生在此背景下奋起反抗的行动。围绕此运动主题，出版了一系列出版物：

1.《向炮口要饭吃：全国学生反饥饿反内战运动纪实》

陈雷编，中国学生联合会 1947 年编印。该书记录了上海、南京、浙江、北京、天津、唐山、东北、武汉、湖南、四川、广东、福建、山东、云南、广西等地高校的反饥饿反内战运动。书后附有《中国学生联合会成立宣言》，落款时间为 1947 年 7 月 10 日。该宣言提出："反对饥饿，争取生存！反对内战，争取和平！反对压迫，争取自由！独立民主和平强盛的新中国万岁！全国青年学生大团结万岁！"

2.《风暴四月》

北大四院自治会 1948 年编印（图 10）。该书叙述了 1948 年 4 月份以北大、清华、南开等高校为主体的学生罢课进行反饥饿反内战运动的英勇事迹，北大、清华等校教授对学生的声援，以及社会各界的反应等。

3. 其他有关"反饥饿、反内战、反迫害运动"的书籍

《血债：五·卅一纪念手册》，国立中山大学学生工作委员会 1947 年编印；《生与死的搏斗：华北院校反迫害反饥饿运动记实》，燕京大学反迫害反饥饿行动委员会 1948 年编印；《反剿民要活命》，东北华北学生抗议"七五"血案联合会 1948 年印行。

《燕大三年》，燕大学生自治会 1948 年 9 月版。该书的第四部分《团结战斗、迎接光明》和第五部分《新校难》是关于反饥饿、反内战、反迫害的内容。

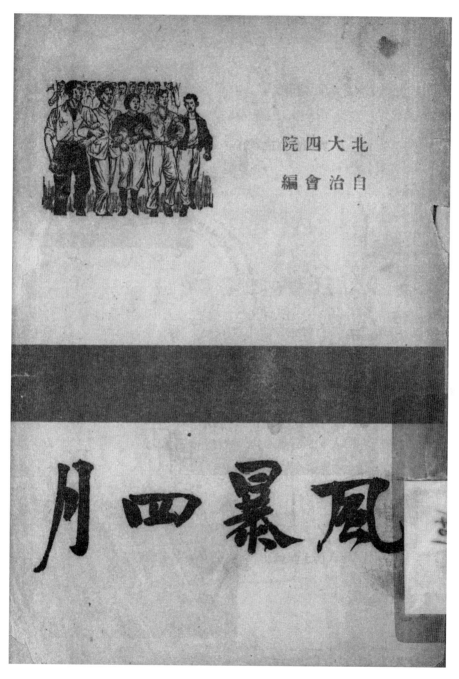

图 10　北大四院自治会 1948 年编印《风暴四月》封面

二、学生运动与学联史料

从上面的论述我们可以看出，学生运动相关文献大多由某个高校的学生组织或高校学生联合会编印出版。也就是说，学生的反帝、抗日等爱国运动，"反饥饿、反内战、反迫害"等运动是与学生会的组织乃至对事实的宣传与叙述分不开的。学生会也在斗争中得到了成长。大约是从 1947 年开始，各地的学生联合会就开始对以往的学生运动进行总结，并成立地方性的学生代表大会，甚至将目光放远到东南亚乃至世界，开始加入世界性的青年大会，并出版了一系列出版物：

《学运资料》，华北学联秘书处 1947 年编印；《东北学生第一次代表大会纪念专刊》，东北学联 1949 年 2 月 20 日出版；《华北学生运动小史》，华北学生运动小史编辑委员会 1948 年编印；《斗争中的东方青年学生》（图 11），中华全国学生联合会 1949 年编印，该书提到了东南亚青年大会，并列举了印度、朝鲜、日本、马来亚青年的斗争；《国际青运参考资料》，中国新民主主义青年团中央国际联络部 1950 年编。

总之，正如《学运资料》一书中提到的，"过去三十年中，中国学生一直站在人民的最前线，在国家解放的进行中，掀起了无数的高潮，而使他们前进，他们是中国解放运动中重要的、不可少的部分"。北大图书馆收藏的学生运动相关文献可以作为此段话的佐证。

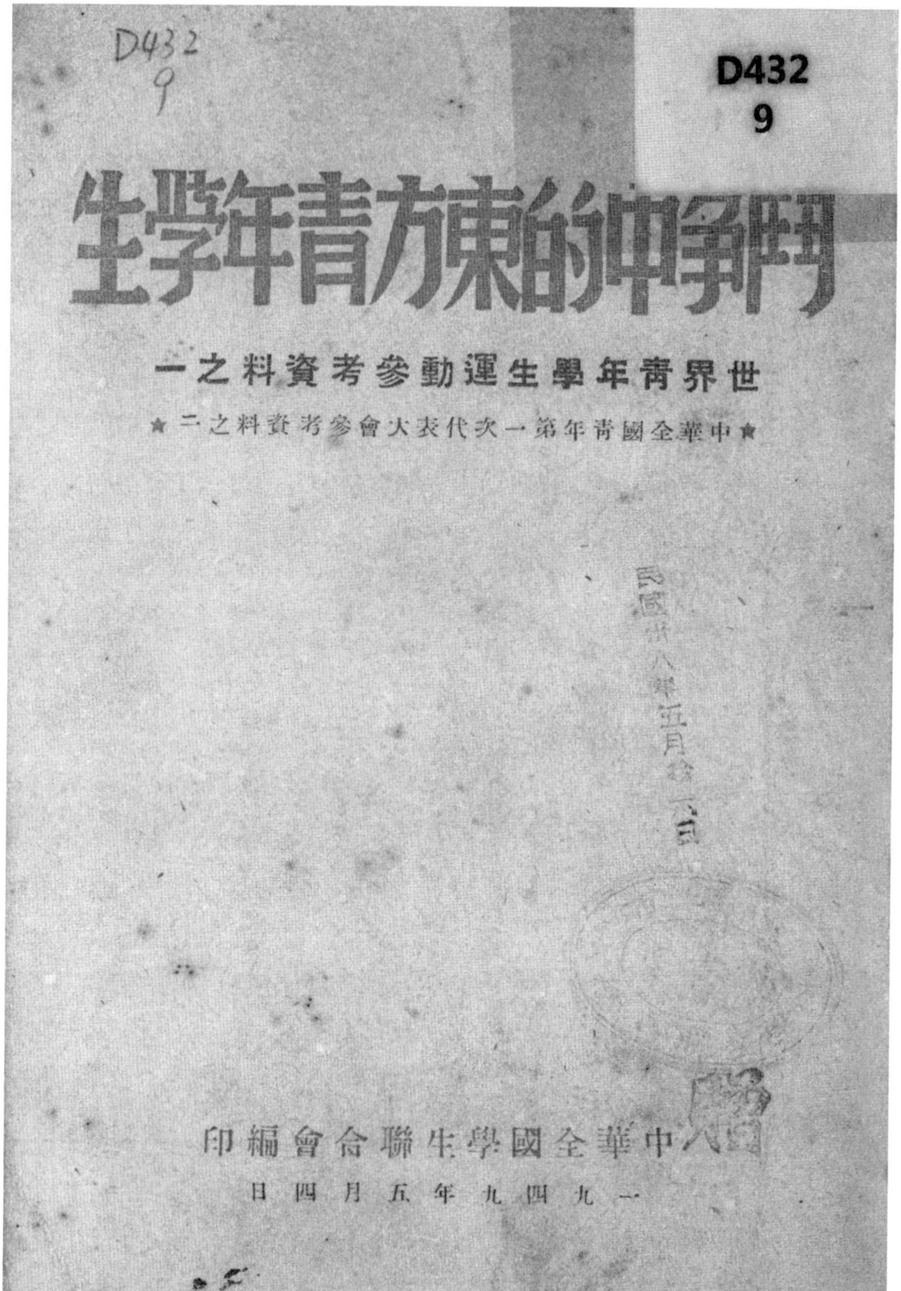

生學年青方東的中爭鬥

一之料資考參動運生學年青界世

★ 二之料資考參會大表代次一第年青國全華中 ★

印編會合聯生學國全華中

日四月五年九四九一

图 11　中华全国学生联合会 1949 年编印《斗争中的东方青年学生》封面

人民军队早期文献

栾伟平

一、北京大学图书馆藏人民军队早期文献概况

北大图书馆收藏的人民解放军早期文献数量多，内容也比较全。内容主要包括军队纲领性文件、军事战术战略、军队政治教育、军队文艺工作、军队宣传工作等。

（一）军队纲领性文件

1.《中国人民解放军宣言》

1947 年 10 月 10 日，中国人民解放军总部发布《中国人民解放军宣言》，又称《双十宣言》。《宣言》由毛泽东起草，朱德、彭德怀署名，指出中国人民解放军已进入大举反攻阶段，提出了"打倒蒋介石，解放全中国"的口号，宣布了中国人民解放军的八项基本政策，要求人民解放军"必须提高纪律性，坚决执行命令，执行政策，执行三大纪律八项注意"。北大图书馆收藏的关于《中国人民解放军宣言》的文献有：

《中国人民解放军宣言》，中国人民解放军华北军区政治部，1947 年；《中国人民解放军宣言》，晋察冀新华书店，1947 年 11 月；《中国人民解放军宣言与口号》，吉林省教育厅编，松江印刷局 1947 年。

2.《人民解放军宣言与中国土地法大纲》

《中国土地法大纲》，由中国共产党全国土地会议 1947 年 9 月 13 日通过；而《中国人民解放军宣言》于同年 10 月 10 日通过。这两个文件均为中国新民主主义革命进入战略反攻阶段后，中国共产党为进一步巩固战斗成果，教育军

队、激励抗战群众的重要文件。两个文件经常合印。北大图书馆收藏的关于此两个文件合印文献有：

《人民解放军宣言与中国土地法大纲》，华北书店，约 1947 年；《中国土地法大纲及人民解放军宣言》（图 1），辽南日报社 1947 年 12 月版；《中国土地法大纲及人民解放军宣言》，辽南五分区宣传部，1948 年。

（二）军事战略战术文献

《八路军的战略和战术》（图 2），毛泽东、朱德等著，上海生活出版社 1938 年印行；《抗敌的游击战术》，朱德、彭德怀等著，1938 年出版；《抗战的前途与游击战争》，郭化若著，1948 年汉口生活书店印；《敌后抗日根据地是怎样建成的》，群众出版社 1943 年出版；《游击战术》（图 3），山东第六区政治部宣传科编辑，文化供应社 1938 年出版；《游击战术课本》，战地文化协会编，山东聊城华北战地文化供应社 1938 年印；《高苗地战术》（图 4），战地文化协会 1938 年印行，"战斗知识小丛书"第六种；《抗日游击战争的战术问题》，郭化若、周纯全等著，中国文化社 1939 年重版；《战术问题》（图 5），刘伯承著，晋察冀军区司令部 1940 年印行，"战术研究参考丛书"之一；《增修步兵战术概则》，晋察冀军区司令部 1940 年翻印；《步兵战术教程》，八路军抗日战争研究会编译处编译，八路军军政杂志社 1941 年印行，"抗日战争参考丛书"第十五种。

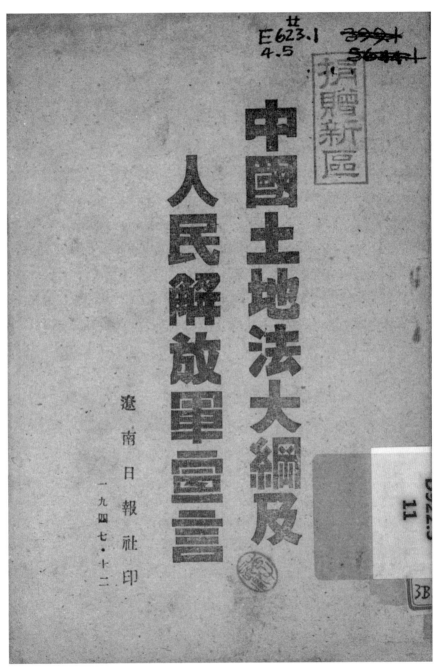

图 1　辽南日报社 1947 年版《中国土地法大纲及人民解放军宣言》封面

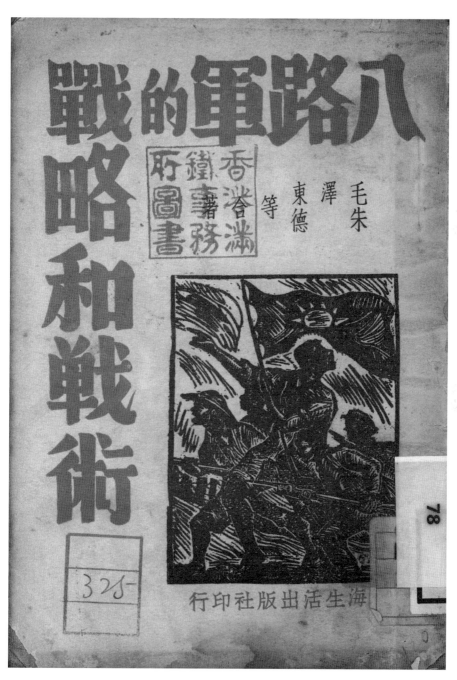

图 2　上海生活出版社 1938 年印行《八路军的战略和战术》封面

图 3　文化供应社 1938 年版《游击战术》封面

图 4　战地文化协会 1938 年印行《高苗地战术》封面

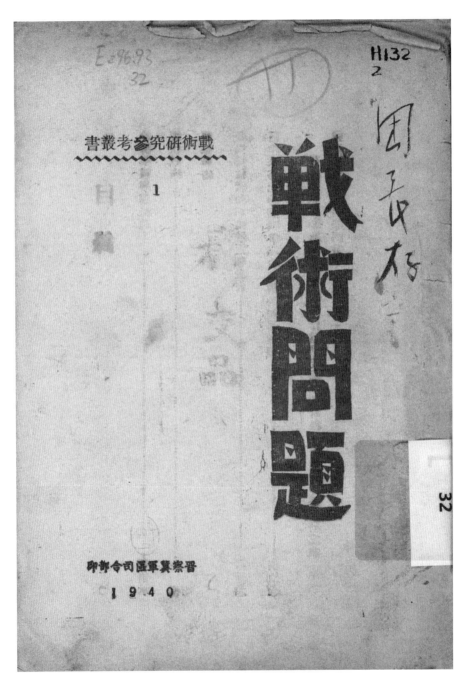

图 5　晋察冀军区司令部 1940 年印行《战术问题》封面

（三）军队政治学习文献

1.《抗战军队中的连队政治工作》

李卓然著，解放社 1938 年印。封面钤印"第三支队政治指导史俊明"（图 6）。

2.《新战士课本》

晋察冀军区政治部 1945 年编印（图 7），"部队传统教育材料之一"。书中共分九课：第一课《八路军是人民的军队》，第二课《八路军光荣历史》，第三课《抗战中的八路军》，第四课《八路军的光荣传统》，第五课《八路军的三大任务》，第六课《中国共产党》，第七课《八路军中的共产党》，第八课《怎样做一个好战士》（一），第九课《怎样做一个好战士》（二）。

3.《抗战与军队政治工作》

李富春等著，生活书店 1938 年版，"救亡文丛"之八。书中收录李富春《对抗战军队政治工作的商榷》、罗瑞卿《从过去八路军政治工作的经验说到今天抗战军队中的政治工作》、邓小平《动员新兵及新兵政治工作》等八篇文章。

4. 其他军队政治学习文献

《义务兵预备兵军事教育材料提纲》，晋察冀军区司令部 1942 年编印；《新兵政治教材》，冀南军区政治部 1947 年编印；《形势教育讲话材料》，1949 年东北军区政治部编印；《军民关系》，第十八集团军总政治部宣传部编，晋冀鲁豫军区政治部 1946 年 1 月翻印；《军民关系》，第十八集团军总政治部宣传部编，晋冀鲁豫军区政治部翻印，1946 年 1 月版；《人民军队》，晋冀鲁豫军区政治部 1946 年 5 月版，目录页有印章"军调部赠"。

图 6　解放社 1938 年版《抗战军队中的连队政治工作》封面

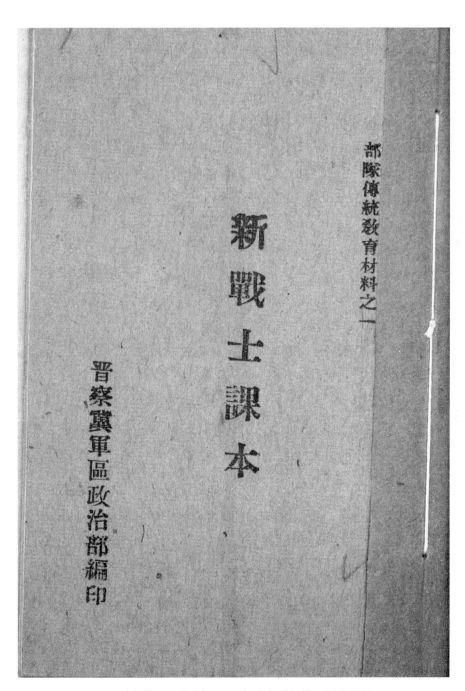

图 7　晋察冀军区政治部 1945 年编印《新战士课本》封面

（四）军队文艺工作文献

1.《部队的文化学习与文娱活动》

第十八集团军总政治部宣传部 1945 年编，晋冀鲁豫军区政治部 1946 年翻印（图 8）。

2.《五月歌集》

热河军区政治部胜利剧社音乐部编，冀热辽日报社 1946 年印行（图 9）。书中共有十首歌曲：《红五月》《愉快的劳动》《建设自己的家》《工人武装自卫队歌》《东方红》《五四青年节歌》《青年进行曲》《热河省的新青年》《青年战歌》《青年歌》。

3.《人民解放军歌集》第 1 集

部队文艺社编，东北书店 1948 年版。书中收录《三大纪律八项注意歌》《解放军打胜仗》《骑兵歌》等三十六首歌曲。

4.《部队的文化学习与通讯工作》

山东军区新四军政治部宣传部编，东北书店 1946 年版。

图 8　晋冀鲁豫军区政治部 1946 年翻印《部队的文化学习与文娱活动》封面

图 9　冀热辽日报社 1946 年印行《五月歌集》封面

（五）军队宣传工作文献

1.《贺电集锦》

东北军区政治部 1948 年编印（图 10）。书前《集印的话》称："自我军锦州、长春、辽西三次大捷之后，又解放沈阳，解放全东北……从我党中央与各兄弟解放区到全东北各省、市、县、民众、机关、团体、学校、工厂、矿山"均纷纷发电给东北军区，表示庆贺。

2.《鏖战太原城》

解放军第六十八军政治部 1949 年编印（图 11）。太原战役报导之一。该书描述了解放军在山西境内取得的胜利。

3.《从几个数目字看到的八路军新四军战绩》

新中国出版社 1941 年版（图 12、图 13）。

4. 其他军事宣传文献

《抗战八年来的八路军和新四军》，第十八集团军总政治部宣传部编；中国人民解放军华北军区政治部 1947 年编印的《清风店歼灭战》《刘邓大军强渡黄河天险》（图 14）、1948 年编印的《解放济南之战》《解放临汾》《解放开封》；《人民解放军的战绩》，东北民主联军总政宣传部编，东北民主联军总政治部 1947 年版；《解放石家庄》，晋察冀军区政治部 1948 年编印；《淮海大战》（图 15），第三野战军政治部编审，华东新华书店随军分店 1949 年印行，共五集五册。

图 10　东北军区政治部 1948 年印行《贺电集锦》封面

图 11　第六十八军政治部 1949 年编印《鏖战太原城》封面

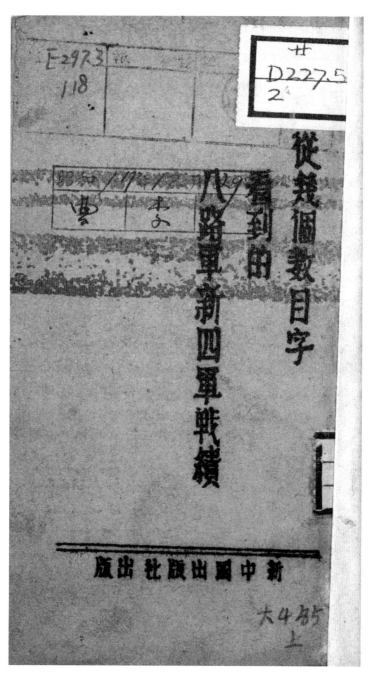

图 12　新中国出版社 1941 年版《从几个数目字看到的八路军新四军战绩》封面

抗战第五週年

八路軍英勇戰績

抗战第五週年，不論國際形勢發生了怎樣的變化！不論法西斯日本怎樣的發動了太平洋上大規模的軍事冒險，華北始終是處在敵人的嚴重掙扎中，日寇為華澗其佔領區，加強資源的掠奪，以便進行太平洋戰爭，並準備新的更大規模的軍事冒險，敵後的掃蕩戰爭更空前的緊張與日甚一日的慘酷，一年以來，英英勇的八路軍為反抗日寇的陰謀破壞掠奪計劃，曾不斷的粉碎了敵人的反覆「掃蕩」勝利的保護了華北資源，保衛了敵撲抗日根據地，我左副參謀長且因戰壯烈殉國；在此將向我左權同志及陣亡將士致無限的哀悼！並將去年六月到今年五

图13 《从几个数目字看到的八路军新四军战绩》正文

图 14　中国人民解放军华北军区政治部 1947 年编印《刘邓大军强渡黄河天险》封面

图 15　华东新华书店随军分店 1949 年印行《淮海大战》（第一集）封面

二、北京大学图书馆藏人民军队早期文献的特点

（一）解放区出版发行油印本教材十分珍贵

北京大学图书馆所藏人民军队早期文献，从出版地点和出版机构来看，很多文献在解放区出版发行，由解放区出版机构或军队机构印行；从印刷方式来看，很多是油印本，发行量本来不多，再加上人们不太重视，保存不易，存世很少，十分珍贵；从用途来看，很多文献是共产党的军队或解放区自办学校使用的教材。以下皆为解放区出版发行的油印本教材：

1.《班排连战术想定范例（班的部份）》

中国人民抗日军政大学第二分校 1930 年代末翻印（图 16、图 17）。

2.《锄奸网员教材》

武安 1940 年版（图 18）。

3.《锄奸常识课本》

1940 年版（图 19、图 20）。

4.《各个战斗教材》

冀鲁豫军区三军分区司令部翻印（图 21）。主要内容为地形识别判断利用、方位判定、距离测量、侦察员动作、步哨员动作、伪装与掩蔽，附战士职责、卫兵勤务（图 22）。

5.《义务预备兵军事教育材料提纲》

晋察冀军区司令部 1942 年 8 月编印。封面钤印"晋察冀边区第二区人民武装部"（图 23），上面两个手写墨笔字"存卷"，也就是说，该书曾是解放区军事机构的藏书。

该书分五部分，第一部分《制式教练》（图 24），第二部分《战斗教练——利用地形地物》，第三部分《手榴弹的投掷与保管》，第四部分《防空》，第五部分《防毒》。因为解放区的条件比较艰苦，该书中前后所用的纸张都不太相同。

6.《军语选释》

抗大二分校训练部 1940 年版（图 25、图 26）。

所谓军语，就是军事学的术语。为什么要研究军语呢？"我们作为一个革命军人，学习军语，所研究的军语，是为了：（1）便于研究军事学，便于听课，便于看参考书。（2）能阅读和了解上级所给的命令，而澈底的去完成它。（3）能用简单而又明确的军语表达自己的意思（如下达命令、通知，及对上级之报告等）。"

军语都有什么呢？即"战术、战略、运动战、阵地战"等。比如"阵地战"的定义是"胶着于坚固之阵地所行之正规的攻防战"。再如：射击就有直射、斜射、侧射、俯射、仰射、点射、扫射等不同。点射是"对一目标一次连发"，扫射是"向左右移动地射"。

7.《增修步兵战术概则》

1940 年晋察冀军区司令部翻印，封面标"战术教材 1"，最后一页附记："因战斗情况紧张关系，增修到此段暂停了，等候战斗间隙时间到来时，当继续增修，以成完璧。增修者：刘伯承。"可见，该书是由刘伯承在战斗间隙，为了指导士兵学习战术的需要而编写，并由军队翻印。也就是说，具有很强的实用性。

8.《抗日的步兵战术问答》

"抗大军事丛书"之一，副标题《步兵连以下诸分队底战术》，抗大训练部 1939 年版。封面钤蓝印"北平解放日报社资料室"。

9. 其他解放区出版发行油印本教材

《轻机枪教材》，冀东军分区司令部参谋处 1941 年翻印；《夜间教育》，十八集团军第二纵队司令部 1930 年代版；《步兵战术教程》，八路军抗日战争研究会编译处编，八路军军政杂志社 1941 年版；《苏联工农红军的步兵战斗条令》（第一部），泰山翻印，1938 年；《义务预备兵军事教育教材提纲》，晋察冀军区司令部编印，1942 年版。

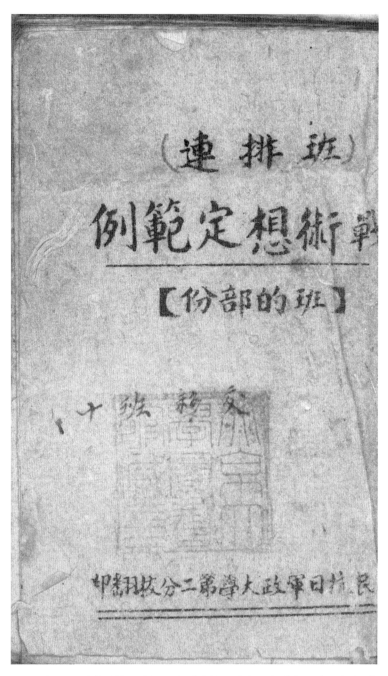

图16　人民抗日军政大学第二分校翻印《班排连战术想定范例（班的部份）》封面

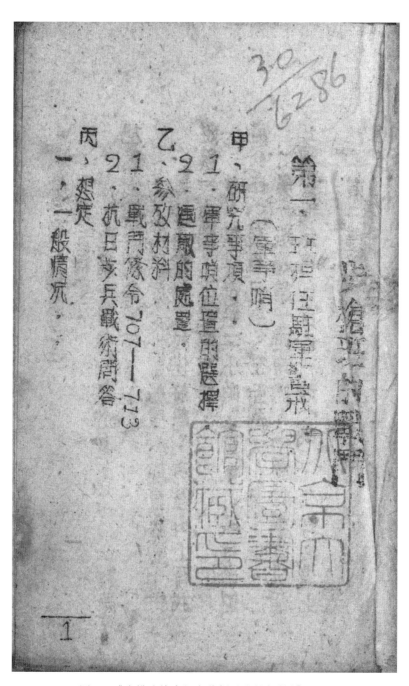

第一部分 班在驻军警戒

（军事队）

甲、研究事项：

1、军事阵地位置的选择

乙、21、退却的处置

参攷材料

21、战斗条令707——713

丙、抗日步兵战术阵容

1、想定

21、一般情况。

1

图 17 《班排连战术想定范例（班的部份）》正文

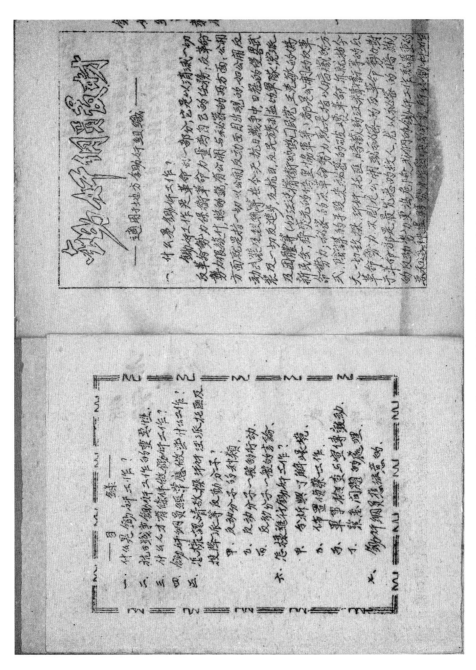

图 18　武安 1940 年版《锄奸网员教材》内文

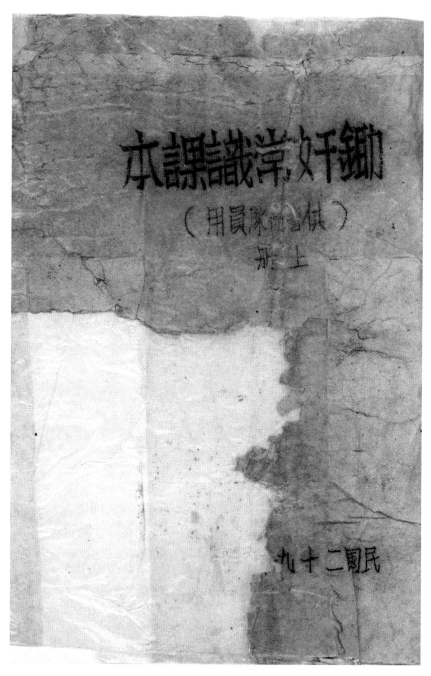

图 19　1940 年版《锄奸常识课本》封面

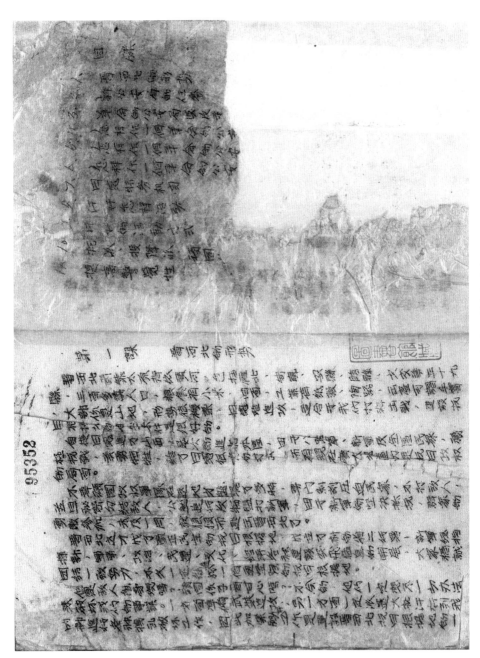

图 20 　《铲奸常识课本》内文

图 21 冀鲁豫军区三军分区司令部翻印《各个战斗教材》封面

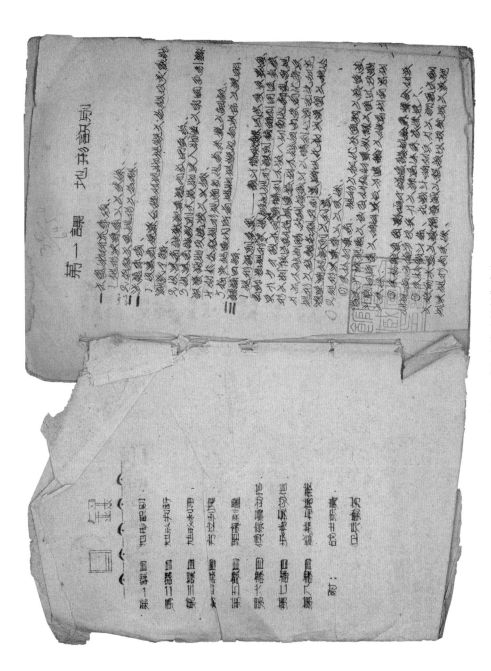

图 22 《各个战斗教材》内文

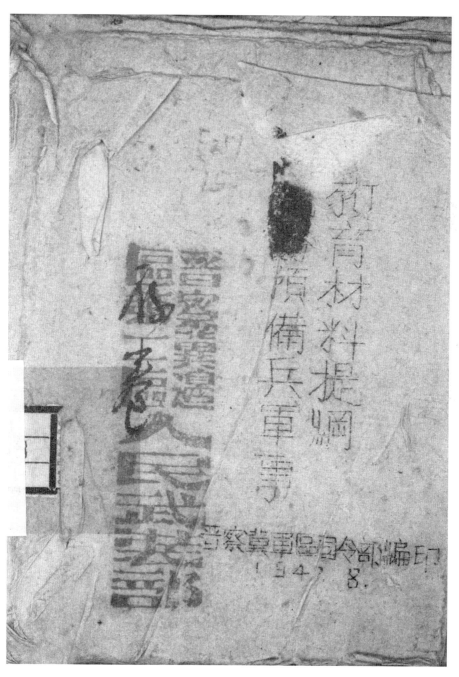

图 23　晋察冀军区司令部 1942 年编印《义务预备兵军事教育材料提纲》封面

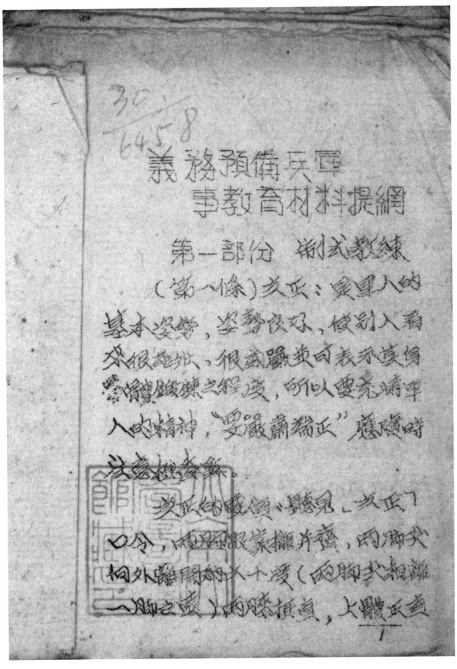

图 24 《义务预备兵军事教育材料提纲》内文

图 25　抗大二分校训练部 1940 年 1 月印《军语选释》封面

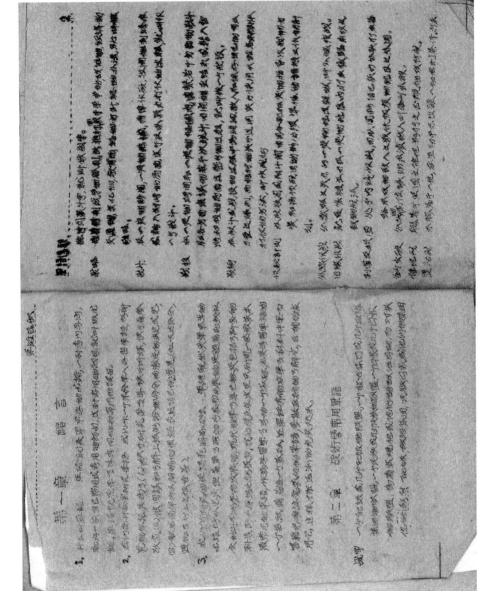

图 26 《军语选释》内文

（二）同种书往往有多个版本

从版本方面来看，因为辗转翻印，翻印中又对文献加以增删，有的书有若干不同版本，出现书名相同但内容却有差异的情况。

1.《人民解放战争两周年的总结和第三年的任务》

版本一

陕甘宁边区新华书店 1948 年版（图 27），"时事丛书"之六，共 39 页。目次：《人民解放战争两周年的总结和第三年的任务》（新华社七月卅一日社论），《人民解放军总部公布第一号、第二号、第三号、第四号公报》，附录《祝五路大捷》（新华社七月二十八日社论）。

版本二

东北书店印行，1948 年 8 月出版（图 28）。全书共 16 页，只有一篇文章，即《人民解放战争两周年的总结和第三年的任务》（新华社陕北二十九日电）。

版本三

中共冀鲁豫区党委宣传部编，冀鲁豫新华书店 1948 年印行（图 29）。全书共 32 页，包含《人民解放战争两周年的总结和第三年的任务》、人民解放军第一号至第四号公报，没有《祝五路大捷》。

版本四

香港正报社图书部 1948 年 8 月初版（图 30）。全书 52 页，内容主体是《人民解放战争两周年总结和第三年的任务》，并附录有《祝五路大捷》《论毛泽东军事学说中的游击战争》，正报社论《纪念"八一"与整军》《论湛江与沙鱼涌之战》，人民解放军公报第一、二、三号。该本与陕甘宁新华书店本不同的是没有人民解放军第四号公报，且多了三篇文章，即《论毛泽东军事学说中的游击战争》、正报社论《纪念"八一"与整军》《论湛江与沙鱼涌之战》。

综上，北大图书馆所藏的人民军队早期文献数量多；多在解放区发行，用作教材及政治宣传或教育，有很强的实用性，对于巩固战斗成果，教育军队、激励抗战群众以及人民军队的壮大发展起到了不可忽视的作用；其中很多文献是油印本，具有重要的版本价值；因为辗转翻印，翻印时又加上新文献，因此同名书籍版本和内容不同的情况比较常见；从收藏源流来看，这些书有不少是解放区军事机构或学校的收藏品，如何成为北大图书馆的收藏，有待进一步考察。

图 27　陕甘宁新华书店 1948 年版《人民解放战争两周年的总结和第三年的任务》封面

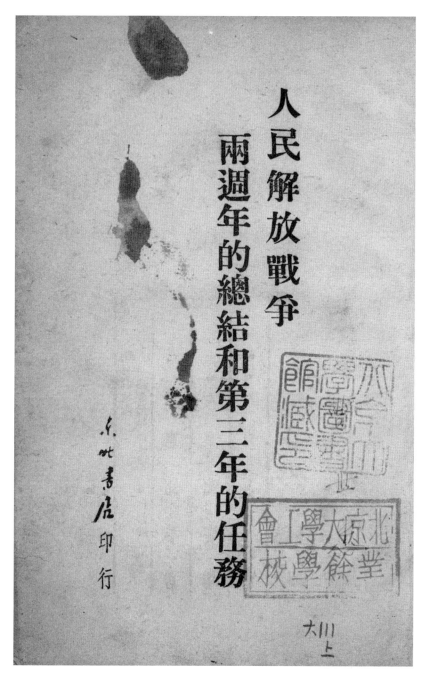

图 28　东北书店 1948 年版《人民解放战争两周年的总结和第三年的任务》封面

图 29　冀鲁豫新华书店 1948 年版《人民解放战争两周年的总结和第三年的任务》封面

图 30　香港正报社图书部 1948 年版《人民解放战争两周年总结和第三年的任务》封面

北京大学孑民图书室藏书

张丽静

抗战胜利后，中共为了在北京推进群众运动，加强宣传教育工作，传播进步书刊，团结教育广大同学，决定通过地下组织在北京大学建立一个小型图书馆。1947年9月25日，北大学生院系联合会（后改称北京大学学生自治会）通过决议："为了纪念已故校长蔡孑民先生，承继兼容并包的精神，收集各种书籍，培养自由研究的风气，发扬民主与科学的传统，决定成立孑民图书室。"[1] 10月21日，北京大学孑民图书室开馆，图书室正墙上悬挂蔡元培画像及其语录："若令为永久之觉醒，则非有以扩充其知识，高尚其志趣，纯洁其品性，必难幸致。"[2]当日的《益世报》以"北大孑民圕今日起开放"为题进行了报道[3]（图1）。

为了做好北京大学孑民图书室的筹建工作，孑民图书室工作人员田觉狮、李震、陈宗奇、王世钧、顾文安等人于1947年10月7日晚上召开了第一次干事会。会上决议聘请教授担任图书室导师、通过敲门运动募集图书、发动捐款活动募集运行基金、安排其他筹备管理工作等事项。[2]其中胡适被聘为图书室名誉顾问，毛子水（时任北京大学图书馆馆长）、许德珩、冯至、沈从文等三十多位北京大学教授被聘请为图书室导师，对图书室的工作进行指导管理。[4]

图书室创建初期得到了胡适、郑天挺、邓广铭、许德珩、朱光潜、吴晗等教授和巴金、沈从文、朱自清、李健吾等作家以及许广平、赵家璧等学术界、文化界人士的大力支持，他们积极捐赠自己的藏书，其中许广平赠送的一套楠木盒装《鲁迅全集》纪念本"皮面烫金，道林纸印，铜版纸图"，且有蔡元培校长题字，"其意义弥足珍视"。[5]此外，朱自清在接到孑民图书室的征书信函后，积极为之募书，给图书室捐赠了《新诗杂话》（图2、图3）；时任南京中苏文化协会《苏联文艺丛书》主编曹靖华至少先后给图书室寄过两次书，第一次有

《保卫察里津》等十余册，第二次有主编丛书《苏联见闻录》（图4、图5）等，这些图书至今在北大图书馆孑民藏书中仍有保留。此外，他们还呼吁出版机构、杂志社等社会团体向图书室捐赠书刊，通过募集图书扩充馆藏，并积极推进制度完善和举办文化活动，使得图书室不断发展壮大。

孑民图书室受中共地下党直接领导，采用合法的斗争方式和潜移默化的宣传教育活动传播革命思想，团结引导青年学生，配合党的中心工作开展活动。在图书室的藏书中，马列著作、延安文艺创作等革命书刊占有很大的比例。[1]在北大掀起了群众性的学习马列主义书籍及进步报刊的高潮。读者范围也从校内扩展到全市，最多时读者曾达800多人。平均每天外借图书100多册次，阅览图书达到七八百册之多。青年学生们把孑民图书室称为"北大人的精神营养站"。许多青年正是通过阅读这里的藏书，才逐渐了解到解放区的民主进步和国民党政权的腐朽本质，了解来自解放区的革命道理，受到进步思想的教育，从而开始信仰马列主义，走上革命道路。[1]孑民图书室在当时深受广大师生的喜爱。正如北京大学图书馆原馆长庄守经评价所说，"中共地下组织领导的北京大学孑民图书室创建并发展壮大，在解放战争时期的第二战场上发挥了重要的作用，为中国人民的解放事业做出了积极的贡献。孑民图书室也是北大图书馆历史的一个重要和特殊的组成部分"。[6]

1949年北平解放以后，孑民图书室的全部藏书并入北京大学图书馆。因历史原因，孑民图书室部分藏书被分散各处。北京大学图书馆现集中收藏孑民图书室藏书1184种，约2000册。孑民图书室藏书均盖有"孑民图书室"专有馆藏章。现孑民图书室藏书列为专藏并入革命文献，图书室收藏主要以革命的、进步书籍为主，包括马列主义经典著作，介绍马列主义基本理论、解放区和当时苏联情况的书刊和进步文艺作品。藏书中延安文艺创作书刊占有很大的比例，如赵树理的《李家庄的变迁》（图6）和《李有才板话》（图7），李季的《王贵与李香香》（图8），艾青的《吴满有》（图9）等作品，既展现了当时延安文艺创作的实绩，也让北大师生从中真正了解到解放区的革命现状和革命道理，受到进步思想的教育，坚定革命必胜的理想信念。孑民图书室主要介绍革命书刊，宣传革命理论。当时学生自治会从事的一些革命活动，如宣传解放区土改、反对美国扶植日本军国主义，都是从孑民图书室寻找的资料。许多参加孑民图书室工作的同学都在工作中接受了共产主义思想，学到了为人民服务的观念。[2]

图1 《益世报》1947年10月21日报道

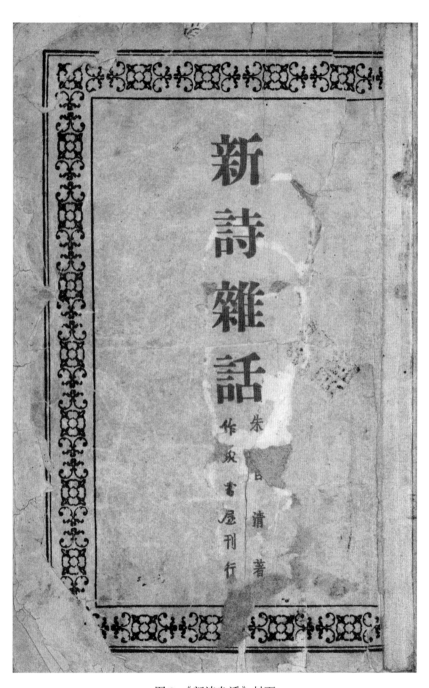

图 2 《新诗杂话》封面

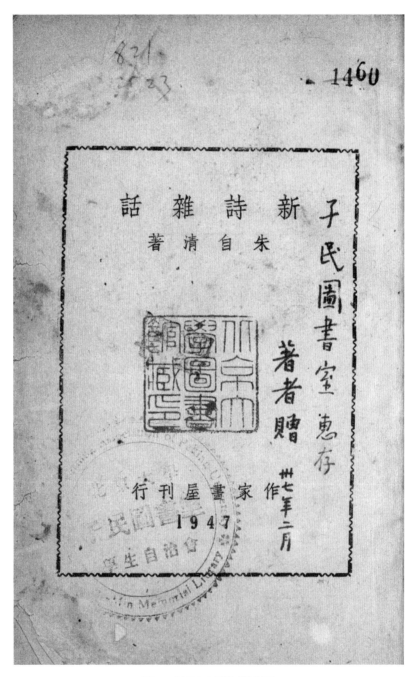

图 3 《新诗杂话》题名页

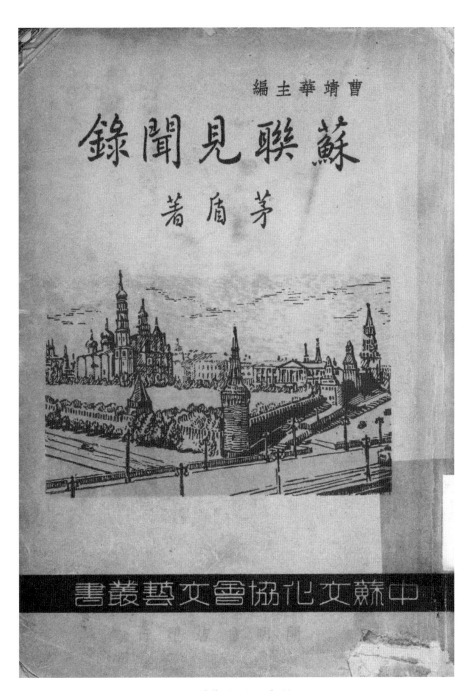

图 4 《苏联见闻录》封面

图 5 《苏联见闻录》题名页

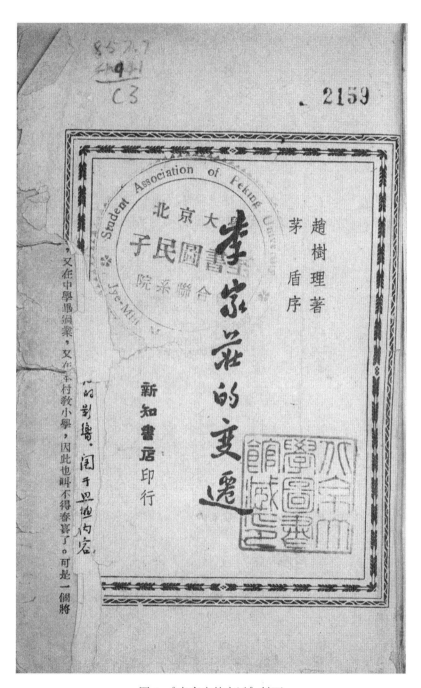

图 6 《李家庄的变迁》封面

图 7 《李有才板话》封面

图 8 《王贵与李香香》封面

图 9 《吴满有》封面

北京大学图书馆现藏子民图书室的马列主义经典著作，最重要的当属《共产党宣言》，共藏有两册，均为 1943 年博古校译本，一册为 1948 年 10 月东北书店安东分店印行本，一册为 1949 年北京解放社出版。两本书题名页和目录页钤有"北京大学学生自治会子民图书室"蓝色圆印。具体可参见革命文献图录中《共产党宣言》的专题介绍。

子民图书室还藏有介绍马列主义基本理论的书籍，如《大众哲学》2 册，1946 年分别由上海读书出版社（图 10、图 11）和读者服务社（图 12）出版印行，此书是艾思奇在 20 世纪 30 年代为通俗宣传马克思主义哲学而撰写的优秀著作。艾思奇，原名李生萱，云南省保山市腾冲县人。我国著名的马克思主义哲学家、教育家和革命家。作者以简洁晓畅的语言和文笔、浅显的事例，对什么是哲学，唯心论、二元论和唯物论，哲学与日常生活的关系，辩证唯物论的认识论，唯物辩证法的基本规律及唯物辩证法的主要范畴等，逐一进行了系统的介绍和阐释。其写作方法新颖，内容通俗易懂，开通俗哲学写作之一代风气，自出版以来，一版再版，在历史上产生过很大的影响，可以说影响和教育了几代人，至今仍有其理论和现实的价值。[7]

据原皮高品十进制分类法，子民图书室藏书按学科分类统计如下（表1）：

表 1 子民图书室藏书分类统计表

类号	类别	册数
001—090	总类	14
100	哲学	29
300	社会科学	322
400	语言文字学	32
500	自然科学	12
600	实业	2
700	美术文艺	41
800	文学	1094
900	历史	244

子民图书室一直重视文化宣传，出版《图书与学习》等各种期刊。1947年 11 月 10 日的第二次干事会决定创办《图书与学习》的壁报，后出版纸质版《图书与学习》刊物，为油印小册子，现仅存见第二期（图 13、图 14），北大

图书馆有收藏。内容主要是向校内外学生介绍子民图书室，宣传进步书刊，并刊登读者来信，报道图书室工作近况。不但刊载了介绍图书室发展情况的《子民图书室在怎样成长着？》和《各股工作近况》等文章，还刊载了《子民的教育思想》、李骏的新书评介《自然科学讲话》、村童的书评《读〈约翰克里斯多夫〉》等，内容非常丰富。[1]《图书与学习》是馆藏十分珍稀的民国期刊。

图 10　读书出版社 1946 年版《大众哲学》封面

图 11　读书出版社 1946 年版《大众哲学》题名页

图 12　读者服务社 1946 年版《大众哲学》封面

图 13 《图书与学习》封面

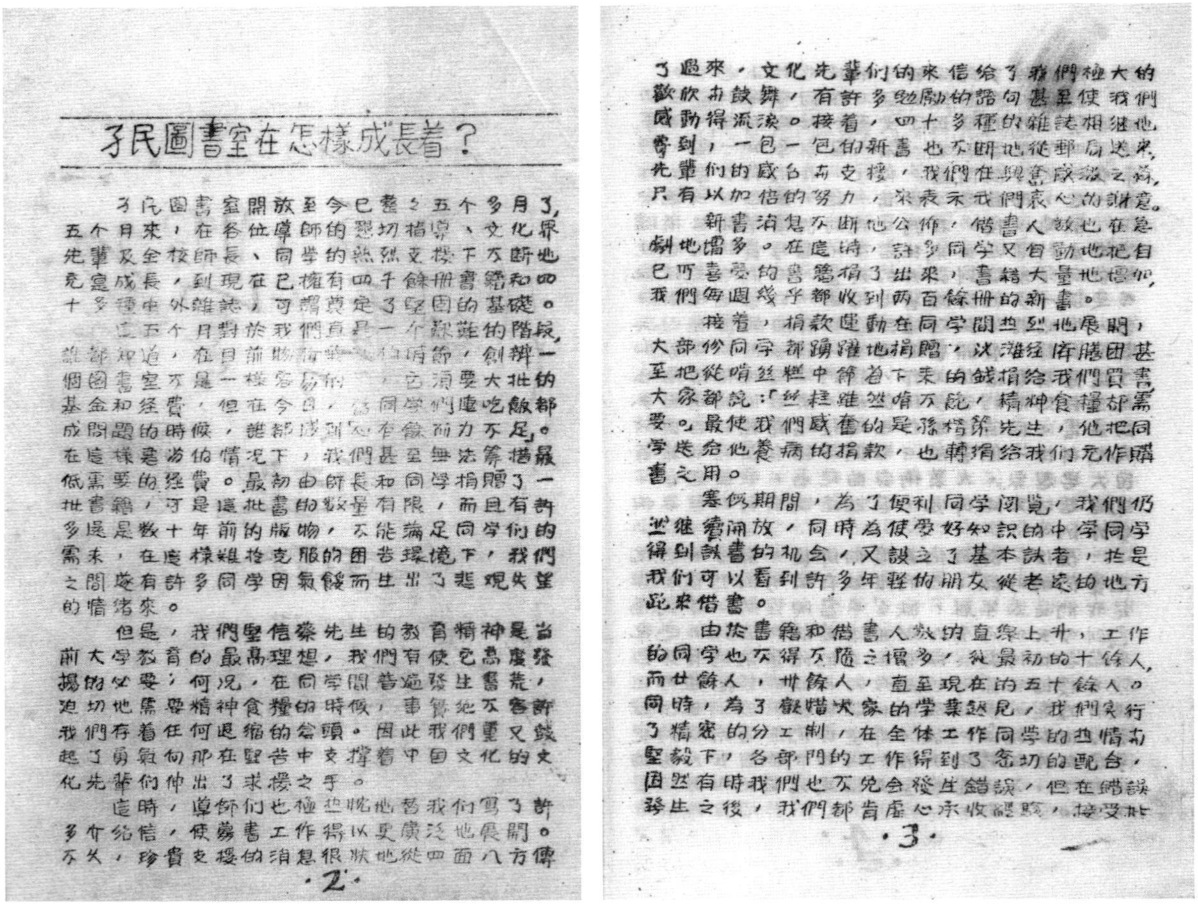

图 14　《图书与学习》正文

参考文献

［1］吴国彬，何颖.北京大学子民图书室的发展及其社会影响探究［J］.高校图书馆工作，2016，36（174）：65—68.

［2］李庆聪，吴晞.北京大学子民图书室记实［M］.北京：北京大学出版社，1992：4，121，15.

［3］佚名.北大子民图书室今日起开放［N］.《益世报》（北平），1947-10-21.

［4］徐康.青春永在：1946—1948北平学生运动风云录［M］.北京：北京出版社，2004：192.

［5］许广平.许广平来函//李庆聪，吴晞.北京大学子民图书室记实［C］.北京：北京大学出版社，1992：223.

［6］庄守经.英烈千秋开伟业，书城百载谱新篇——纪念北京大学图书馆建馆九十周年［J］.北京高校图书馆，1993（1）：4.

［7］湖南省宣传部.读有所得2［M］.湖南：湖南文艺出版社，2011：101.